Maria Langner
Blumentod

PIPER

Zu diesem Buch

Als Hauptkommissar Kramer 2006 auf einem abgelegenen Hof in der Eifel Nachforschungen zu einem mysteriösen Verkehrsunfall anstellen will, macht er einen schrecklichen Fund: Acht Frauen, scheinbar friedlich zum Teetrinken versammelt, wurde die Kehle durchtrennt. Es gelingt Kramer weder, den Hauptverdächtigen zu fassen, noch, die Überlebenden zu schützen.
Auch zwölf Jahre später lässt ihn die Erinnerung an diese toten Frauen nicht los. Da sorgt ein Zeitungsfoto dafür, dass sich die Wege von Opfern, Tätern und Ermittlern erneut kreuzen. Es kommt zu einem dramatischen Showdown.

»Maria Langner« ist das Pseudonym der Autorin *Barbara Wendelken*. Geboren in der Nähe von Bremen, lebt Barbara Wendelken heute mit ihrem Mann in Ostfriesland. Seit 1993 schrieb sie mehr als dreißig Kinderbücher, zwölf Kriminalromane, zwei Hörspiele und diverse Kurzgeschichten, die eine Gesamtauflage von über fünfhunderttausend Büchern erreicht haben.

Maria Langner

BLUMEN TOD

Roman

PIPER

Mehr über unsere Autoren und Bücher:
www.piper.de

Wenn Ihnen dieser Spannungsroman gefallen hat, schreiben Sie uns unter Nennung des Titels »Blumentod« an *empfehlungen@piper.de*, und wir empfehlen Ihnen gerne vergleichbare Bücher.

Unter dem Klarnamen der Autorin, Barbara Wendelken,
liegen im Piper Verlag vor:
Die Martinsfehn-Krimis
Band 1: Das Dorf der Lügen
Band 2: Die stille Braut
Band 3: Ihr einziges Kind
Band 4: Nur wer die Hölle kennt

Unter dem Pseudonym Anna Carls:
Die Stunde des Opfers

Unter dem Pseudonym Maria Langner:
Blumentod

Originalausgabe
ISBN 978-3-492-31513-5
November 2019

Redaktion: Christine Neumann
Umschlaggestaltung: zero-media.net, München
Umschlagabbildung: Stocksy/ALAN SHAPIRO;
FinePic®, München; GettyImages/Pinghung Chen/EyeEm
Satz: Uhl + Massopust, Aalen
Gesetzt aus der Freight Text
Druck und Bindung: CPI books GmbH, Leck
Printed in the EU

I

AMY

In meinem Pass steht, dass ich Amy Maiwald heiße und dreiunddreißig Jahre alt bin, geboren am 14. Februar, ausgerechnet am Valentinstag, dem Tag der Verliebten. Das ist gelogen, genau wie die Geschichte, dass mein Geburtsort irgendwo in Südafrika liegt und meine Eltern bei einem Flugzeugabsturz ums Leben gekommen sind. Ebenso wenig stimmt es, dass ich den Rest meiner Kindheit in verschiedenen Heimen verbringen musste. Lügen, nichts als Lügen. Mein Leben ist ein Haus, das auf Treibsand gebaut wurde. Eines Tages wird es über mir zusammenbrechen.

Aber nicht heute.

Ich stehe in dem weiß gefliesten Waschraum, lasse kaltes Wasser über meine Handgelenke laufen und beäuge mich kritisch in dem Spiegel, der über der langen Reihe von Waschbecken angebracht ist. Das kalte Licht hier ist wenig schmeichelhaft, es raubt mir den letzten Rest von Farbe. Als wäre nicht ohnehin schon alles an mir zu blass geraten. Sei es das hellblonde, fast schon weiße Haar, meine Haut, die im Sommer kaum Bräune annimmt, oder meine Augen, die die Farbe von Aquamarin haben, dieses silbrige, beinahe durchscheinende Blau.

Ich trage meist flache Schuhe und habe mir einen leisen, huschenden Gang angewöhnt. Meine Kleidung ist unauffällig. Heute habe ich mich für eine weit geschnittene Baumwollhose und eine hüftlange Strickjacke entschieden, die weder zu den sommerlichen Temperaturen noch zu dem Anlass passt, der mich hergeführt hat. Das Grau der Wolle betont unvorteilhaft die Schatten unter meinen Augen und lässt mich noch bleicher aussehen.

Er wird enttäuscht sein, wenn er mich sieht.

Für einen Moment frage ich mich, warum ich das eigens für diesen Tag gekaufte Kleid aus sonnengelber Baumwolle im letzten Moment zurück in den Schrank gehängt habe. Als würde ich die Antwort nicht kennen.

Ich darf nicht auffallen, und die nette Verkäuferin hat voller Begeisterung gerufen, dass ich in dem Kleid förmlich aufleuchten würde, »...als wäre die Sonne aufgegangen«. Ein letztes Mal mustere ich die unscheinbare Frau im Spiegel, die keinen zweiten Blick wert ist, und wünsche ihr alles Glück der Welt, dann verlasse ich die Damentoilette und suche mit gesenktem Kopf nach einem Platz auf einem der unbequemen Metallstühle in der Ankunftshalle des militärischen Flughafens Köln-Wahn, der direkt neben dem zivilen Flughafen liegt.

Heute ist Sonntag, der 8. Juni, und ich warte hier auf meinen Mann. Als Marco und ich kurz vor Weihnachten geheiratet haben, kannten wir uns gerade mal vier Wochen. Vierzehn Tage später musste er nach Afghanistan. Verrückt, ich weiß, verrückt, aber wunderschön. Wie ein Märchen, das einzige Märchen, in dem ich jemals die Prinzessin sein durfte. Damals zweifelte ich nicht eine Sekunde, dass nichts uns jemals wieder trennen könnte.

Das möchte ich immer noch glauben, auch wenn ich mir nicht mehr so hundertprozentig sicher bin wie bei Marcos Abflug. Ein halbes Jahr ist eine lange Zeit, und die wenigen Wochen, die wir miteinander verbracht haben, verblassen bereits in meiner Erinnerung. Manchmal muss ich sogar das Hochzeitsfoto anschauen, um sein Gesicht vor mir zu sehen, sein ganz besonderes Lächeln, und dann muss ich mir eingestehen, wie fremd dieser Mann mir in Wirklichkeit ist.

Vielleicht fühle ich mich deshalb so merkwürdig, als würde ich an einer Klippe stehen und runter aufs Meer schauen, das tief unter mir brodelt und kocht und hohe Wellen schlägt – ein bedrohlicher Anblick, wild und gleichzeitig wunderschön. Ich starre wie gebannt auf das tobende Wasser, unfähig, mich von der Stelle zu rühren, obwohl der Boden unter meinen Füßen langsam abbröckelt und mir längst klar ist, dass ich abstürzen werde. Die Steine unter meinen Fußsohlen bewegen sich bereits, und doch bleibe ich wie angewurzelt stehen.

Was ist mit mir los? Woher kommen diese verrückten Gedanken? Ich habe diesem Tag entgegengefiebert, zwei Wochen Urlaub genommen, damit wir keine Minute getrennt sein müssen, und die ganze Wohnung geputzt, obwohl ich nicht mal glaube, dass ihm das wichtig ist. Ich sollte außer mir sein vor Glück, stattdessen fürchte ich mich vor dem Wiedersehen, weil ich nicht weiß, wer aus dem Flugzeug steigen wird.

Ist es der Marco, der so zärtlich war, so liebevoll, dass ich jederzeit mein Leben für ihn hergeben würde? Oder ist es der Marco, der mir Briefe geschrieben hat, in denen kein Wort von Liebe oder Sehnsucht vorkam? Nüchterne Berichte aus dem Krieg, so distanziert verfasst, als wäre ich irgendwer und nicht die Frau, die er unbedingt noch vor dem Abflug heiraten wollte.

Die Ungewissheit ist kaum zu ertragen. Was, wenn der

große Zauber schon wieder verflogen ist, verdorrt in der Wüste von Afghanistan? Wenn er merkt, dass ich alles andere als eine Traumfrau bin, oder, schlimmer noch, wenn er meine Lügen entdeckt?

Seufzend atme ich ein und wieder aus und versuche möglichst unauffällig, mein Körpergewicht auf die linke Pobacke zu verlagern. Die Stühle hier sind aus grauem Lochmetall und nicht gerade bequem. Wahrscheinlich zeigen die Unterseiten meiner Oberschenkel bereits ein interessantes Muster. Ich sitze hier seit fünf Uhr morgens und finde längst keine Position mehr, in der ich mich entspannen kann. Mir ist abwechselnd zu kalt oder viel zu warm, und ein Teil von mir möchte am liebsten davonrennen. Vorhin habe ich mir völlig entnervt einen Kaffee besorgt, obwohl ich Kaffee auf nüchternen Magen gar nicht vertrage.

Inzwischen strömen immer mehr Menschen in die Halle. Soldaten in voller Montur, die es offenbar als ihre Pflicht betrachten, ihre Kameraden zu empfangen, Frauen, Kinder, Eltern, sogar ein paar Hunde. Einige Familien haben Fähnchen dabei oder Luftballons, und zwei halbwüchsige Jungen rollen gerade ein selbst gemaltes Plakat aus. *Willkommen zu Hause, Papa.*

So etwas ist mir überhaupt nicht in den Sinn gekommen. Ich kann nur hoffen, dass Marco nichts in dieser Art erwartet, weil ich mir nicht vorstellen möchte, dass er gleich als Erstes enttäuscht ist von mir.

Ein Blick auf die Uhr sagt mir, dass es nicht mehr lange dauert, bis die Maschine landet. Inzwischen ist meine Anspannung so groß, dass ich nicht länger still sitzen kann. Ich klemme meine Tasche unter den Arm und fange an, vor der Glasfront, hinter der das Rollfeld liegt, auf und ab zu marschieren. Ausnahmsweise ist es mir egal, ob ich damit Aufmerksamkeit errege, ich muss etwas gegen meine Nervosität tun, bevor ich daran ersticke.

Mein Herz flattert in meiner Brust wie ein eingesperrter Vogel, und ich frage mich, was gleich passiert. Fallen wir uns in die Arme, wird er mich küssen, richtig küssen, oder werden seine Lippen nur flüchtig meine Wange streifen. Wird er sagen: *Ich habe dich vermisst?*

Geschrieben hat er so etwas kein einziges Mal. Aber vielleicht bereitet es ihm Schwierigkeiten, seine Gefühle zu Papier zu bringen. Ich selbst war erstaunt, wie leicht mir das gefallen ist, sehr viel leichter, als *Ich liebe dich* auszusprechen. In meinen Briefen habe ich mich getraut zu schreiben, wie sehr er mir fehlt, vor allem sein Lächeln und seine starken Arme, die mich vor dem Einschlafen festgehalten haben. Wenn Marco neben mir liegt, quälen mich keine schrecklichen Träume.

Ohne dass ich es will, fallen meine Blicke immer wieder auf eine dunkelhaarige Frau in einem quietschrosa Mantel, die vergeblich versucht, ihre drei Kinder zu bändigen. Ich bin mir sicher, dass sie keinen Gedanken daran verschwendet, wie innig die Begrüßung ihres Ehemanns ausfallen wird.

Ihr Ältester, ein pummeliger Junge mit leuchtend roten Wangen, schafft es einfach nicht, still zu stehen. »Wann kommt Papa endlich?«, will er immer wieder wissen, und seine Mutter erklärt ihm jedes Mal geduldig, wie die Zeiger auf der Uhr stehen müssen, der große auf der Zwölf und der kleine auf der Eins.

Noch zwei Minuten. Ein Flugzeug rollt in mein Blickfeld, ganz langsam, bis es stoppt.

»Das sind sie«, ruft jemand. Alle beobachten gespannt, wie die Gangway an die Maschine gefahren wird, oben öffnet sich eine Tür, die von hier winzig klein aussieht, weil das Flugzeug so groß ist.

»Wo ist Papa?«, kreischt ein Kind. »Mama, sag doch! Wo ist Papa?«

Die ersten Soldaten steigen aus der Maschine, sie stapfen die Gangway runter und laufen zur Ankunftshalle. Einer hebt die Hand und winkt.

Die Zeit reicht gerade noch aus, um zu entscheiden, wo ich mich aufstellen will, ganz vorn in der ersten Reihe oder am Rand, wo er mich nicht sofort sehen kann. Ich entscheide mich für Letzteres.

»Das erste Mal?«, will jemand wissen. Ich brauche ein paar Sekunden, um zu realisieren, dass ich gemeint bin.

»Ja. Woran haben Sie das erkannt?«

Die Frau, die mich angesprochen hat, riecht intensiv nach Zigarettenrauch. Ihr Hosenanzug aus kastanienbraunem Stoff, der wunderbar weich fällt, ist elegant geschnitten und war bestimmt teuer. Wahrscheinlich ist es dumm, so etwas zu denken, aber in meinen Augen sieht sie überhaupt nicht aus wie die Frau eines Soldaten. Ihr Lachen klingt allerdings so, als käme es von Herzen.

»Keine Ahnung. Bauchgefühl, wahrscheinlich, weil Sie so jung aussehen. Gleich haben Sie Ihren Freund zurück.«

»Meinen Mann«, verbessere ich und schäme mich im selben Moment für den patzigen Ton in meiner Stimme.

»Oh.« Die Frau bricht ab, weil die Schiebetür sich öffnet und die ersten Soldaten sichtbar werden. Rhythmisches Klatschen setzt ein, Smartphones werden gezückt, Blitzlichter flackern auf.

Die Afghanistanheimkehrer tragen Feldanzüge mit Tarndruck, die aussehen, als wären sie frisch gewaschen. Jeder von ihnen schultert schweres Gepäck. Suchend schauen sie sich um, bis sie ihre Lieben entdecken und grinsend auf sie zustürmen.

Marco gehört nicht zu den Ersten, und beinahe hätte ich ihn übersehen, weil er sein dunkelblondes Haar komplett abrasiert hat. Sein Anblick versetzt mir einen leichten Stich, weil er mir vorher sehr viel besser gefallen hat. Und auch, weil er nichts von seiner neuen Frisur geschrieben hat, als ginge mich das nichts an. Männer mit Glatze, besonders wenn sie Uniform tragen, strahlen für mich etwas Hartes, Brutales aus. So, wie Marco jetzt aussieht, hätte ich mich nicht auf den ersten Blick in ihn verliebt.

Zögernd hebe ich meine rechte Hand, die mit dem golden glänzenden Ehering. Unsere Blicke treffen sich, und ich glaube zu erkennen, dass er enttäuscht ist, enttäuscht von meinem Anblick. Ich rede mir ein, dass er einfach weitergehen und mich hier zurücklassen wird, und mein Herzschlag stockt. Doch er beschleunigt seine Schritte, bis er vor mir steht. Sein Gepäck poltert auf den Boden, bevor seine Hände sich auf meine Schultern legen. »Hey.«

Seine Lippen, die sich trocken und rissig anfühlen, landen auf meiner Wange. Dann überlegt er es sich anders und küsst mich auf den Mund, wenn auch nur kurz und ein wenig zögerlich. Ich versuche, mir einzureden, dass das in Ordnung ist. Es sollte mir wirklich genügen, dass er wieder da ist, unversehrt und nicht verletzt oder tot wie drei seiner Kameraden, die vor wenigen Wochen in einen Hinterhalt der Taliban geraten und in die Luft gesprengt worden sind. *Es hätte jeden treffen können, auch mich*, hat er damals geschrieben. Aber es ist nicht so einfach, sich selbst zu belügen. Ich habe mir diesen Moment ganz anders vorgestellt und bin enttäuscht.

Behutsam berühre ich seine Wange, die sich ein bisschen

kratzig anfühlt. Zum Dank schenkt er mir ein Lächeln, eines von der Sorte, die ein inneres Licht in mir entzündet. Meine Augen werden feucht, weil ich ganz unerwartet von einer wohlig warmen Glückswoge überrollt werde. Marco ist wieder da, und wir werden zusammen nach Hause fahren. Alles wird gut. Es muss gut werden.

Rings um uns zucken Blitzlichter auf, Namen hallen durch den Raum, *Wenzel, Tobias, Olli, Papa, wir sind hier*. Ein junger Soldat bricht in Tränen aus, als seine Frau oder Freundin ihm einen winzigen Säugling in die Arme drückt.

Irgendwo platzt ein Luftballon, und ein Hund bellt hysterisch. Ich kann deutlich spüren, dass Marco bei dem Knall zusammenfährt. Bestimmt ist er nicht der Einzige hier, der so reagiert. Diese Männer kommen direkt aus dem Krieg, hinter ihnen liegt das Grauen. Und es ist die Aufgabe ihrer Familien, sie vergessen zu lassen.

Wir stehen immer noch mitten in der Ankunftshalle, seine Hände auf meinen Schultern, doch uns trennt eine unsichtbare Wand. Zwei Fremde, die auf dem Papier Mann und Frau sind. Einer von uns muss jetzt etwas sagen, etwas Großes, Bedeutsames, das diesem Moment angemessen ist, damit das Eis zwischen uns bricht. Weil Marco, anders als ich mir das vorher ausgemalt habe, eisern schweigt, überwinde ich meine Scheu.

»Ich bin so froh, dass du wieder da bist.« Viel ist das nicht, und es drückt nicht im Geringsten das aus, was ich empfinde, diese unendlich große Zuneigung für meinen Ehemann, egal, was er mit seinen Haaren angestellt haben mag, doch mehr bringe ich nicht über die Lippen, hier in der Flughafenhalle unter lauter Fremden, auch wenn mir klar sein sollte, dass niemand uns beachtet, weil alle mit sich selbst beschäftigt sind.

Er nickt. »Ich auch. Wollen wir vielleicht …«

In diesem Moment schlägt jemand von hinten auf seine Schulter. Marco dreht den Kopf, und ich werde nie erfahren, was er sagen wollte.

Mein Blick trifft auf einen Mann in Uniform, ein paar Zentimeter größer als Marco, aber sehr viel breiter gebaut und ebenfalls kahl rasiert. Sein Anblick lässt mich an die amerikanischen Elitesoldaten denken, menschliche Kampfmaschinen, die Ledernacken genannt werden. Der Mann könnte einer von ihnen sein, und ich gebe zu, dass er mir auf Anhieb unsympathisch ist. Vielleicht liegt es an seinem Äußeren, vielleicht auch daran, wie er mich ganz unverhohlen anstarrt und dabei keine Miene verzieht. Unwillkürlich dränge ich mich gegen meinen Mann.

»Das ist Olaf, wir haben im Camp einen Wohncontainer geteilt. Ich hab dir von ihm geschrieben.«

Richtig. Ohne ihm je begegnet zu sein, weiß ich eine Menge über Olaf, etwa, dass er zehn Jahre älter ist als Marco, dass er einen vierzehnjährigen Sohn hat und geschieden ist, auch dass er schnarcht und davon träumt, eines Tages eine Kneipe aufzumachen.

»Das ist sie also, deine Amy.«

Olaf streckt mir seine riesige Pranke entgegen, und mir bleibt nichts anderes übrig, als sie zu ergreifen. Sein Händedruck fällt nicht so kräftig aus wie befürchtet, dennoch bin ich erleichtert, als er meine Hand wieder loslässt. Wenn er mich nur nicht so anstieren würde.

»Stimmt es wirklich, dass ihr euch erst vier Wochen gekannt habt, bevor ihr zum Standesamt marschiert seid? Und vierzehn Tage später ging sein Flieger nach Kundus?«

Ehe ich antworten kann, sagt Marco: »Das weißt du doch.«

Olafs Blick wandert in aller Seelenruhe von meinem

Gesicht über meinen Körper und wieder zurück. Ich komme mir vor wie Schlachtvieh, das auf seinen Wert taxiert wird, und wieder einmal wird mir bewusst, dass ich alles andere als eine strahlende Schönheit bin.

Wahrscheinlich wird Olaf sich gerade fragen, weshalb Marco sich so ein blasses Mauerblümchen ausgesucht hat.

»Du kommst mir irgendwie bekannt vor.«

Peng. Genau sechs Worte braucht es, um mein Leben zu pulverisieren, in Schutt und Asche zu legen. *Du kommst mir irgendwie bekannt vor.*

»Das kann ich mir nicht vorstellen, weil… ich meine… äh«, stammele ich und versuche, nicht allzu erschrocken zu wirken, was natürlich nicht gelingt. Ich bin eine lausige Schauspielerin, und wenn ich aufgeregt bin, so wie jetzt, färbt mein Gesicht sich rosarot.

»Dein Name sagt mir allerdings nichts. Amy Maiwald… und vorher? Dein Mädchenname«, hakt er nach, als ich nicht reagiere.

»Strohm«, erwidere ich mechanisch. »Amy Strohm.«

»Amy Strohm…« Fragend hebt Olaf die Augenbrauen, dann schüttelt er den Kopf. »Noch nie gehört.« Es folgt ein trockenes Lachen. »Kein Wunder, Marco behauptet, dass du in Südafrika geboren bist.«

Marco behauptet, das klingt so, als ob er wüsste, dass es nicht stimmt. Kann das sein? Inzwischen bin ich mir vollkommen sicher, dass ich Olaf nie zuvor begegnet bin. Nein, wir kennen uns nicht, und ich sollte mich jetzt nicht verrückt machen.

Ich nicke flüchtig als Bestätigung, dass ich tatsächlich in Südafrika geboren wurde, und frage mich gleichzeitig, weshalb Olaf nicht einfach weitergeht. Ist denn niemand hier, der ihn abholt?

Vielleicht spürt Marco mein Unbehagen. Er bückt sich und hebt seinen Seesack auf. »Wir machen uns auf den Weg. Meine Telefonnummer hast du ja. Lass was von dir hören, Alter.«

»Mach ich. Ach, dahinten steht ja auch mein Bruder. Dann wünsche ich euch Turteltauben viel Spaß in den verspäteten Flitterwochen. Viel Zeit hattet ihr ja noch nicht füreinander.«

Sein anzügliches Grinsen lässt mich ein weiteres Mal erröten.

Demonstrativ fasst Marco nach meiner Hand und verschränkt seine Finger mit meinen. »Genau das haben wir vor.«

2 MARCO

Marco hat den Krieg hinter sich gelassen. Er befindet sich wieder auf deutschem Boden, in seinem Heimatland, und hier herrscht Frieden. Hier lauern keine bärtigen Arschlöcher, die unbedingt ihr Leben loswerden wollen und eine Reisebegleitung suchen für den Weg ins Himmelreich, wo zweiundsiebzig Jungfrauen sie erwarten.

Irgendwo in der Halle steht seine Ehefrau, und er wird das jetzt nicht versauen, indem er heulend zusammenbricht und keine Luft mehr kriegt oder an dem Empfangskomitee vorbei nach draußen stürmt, um der Menschenmenge zu entkommen. Er wird Amy in den Arm nehmen, wie es sich gehört, und was Nettes sagen. Marco atmet tief ein, dann folgt er den Kameraden, die im Laufschritt zu ihren Angehörigen eilen.

Mit dem frenetischen Beifall hat er nicht gerechnet. Es fühlt sich unerwartet gut an, wie eine Belohnung für den Dreck, die Hitze, die ständige Angst, den Schock, als die Kameraden in den Hinterhalt gerieten und drei von ihnen in Särgen den Heimflug antreten mussten. Für einen Moment gelingt es ihm, sich einzureden, dass die Deutschen tatsächlich hinter ihren Soldaten stehen und ihren Einsatz zu würdigen wissen. Bis ihm einfällt, dass sich in der Ankunftshalle lediglich die Angehörigen und ein paar Kameraden versammelt haben.

Und dann sieht er Amy, das Haar zu einem strengen Pferdeschwanz zurückgezurrt, das blasse Gesicht völlig ungeschminkt, die Strickjacke langweilig grau und irgendwie formlos, genau wie ihre Hose. Beim besten Willen versteht er nicht mehr, was er in ihr gesehen hat, weshalb er sie unbedingt heiraten musste, Hals über Kopf und ohne sie wirklich zu kennen. Für einen Moment verspürt er den Impuls, einfach weiterzugehen, als hätte er sie nicht erkannt. Aber das wäre nicht fair.

Als wäre er je fair zu Amy gewesen. Bei seinem Abflug, der ziemlich genau ein halbes Jahr zurückliegt, war er frisch verheiratet, gerade mal zwei Wochen, und dennoch in Gedanken bei einer anderen Frau.

Janine. Blond und langhaarig, aber da hört die Ähnlichkeit mit Amy auch schon auf. Janine spielt in einer völlig anderen Liga. Es gibt nichts an ihrem Aussehen, das dem Betrachter nicht sofort ins Auge springt. Sei es ihre Körpergröße, knapp eins achtzig, ihre Art, beim Lachen den Kopf in den Nacken zu werfen, oder ihr immer perfektes Styling. Ohne Make-up würde sie nie auf die Straße gehen. Natürlich hätte Janine an diesem Tag in der ersten Reihe gestanden und nicht so abseits wie Amy, und sie hätte einen Minirock angezogen, der die Blicke aller anwesenden Männer auf ihre endlos langen Beine lenkt. Sie hat diese Ausstrahlung, die kein männliches Wesen kaltlässt.

Gleich bei der ersten Begegnung ist Marco ihr regelrecht verfallen, und irgendwie hat er es damals geschafft, diese Wahnsinnsfrau für sich zu begeistern. Ein Jahr hielt die Beziehung, ein unglaubliches Jahr, und sie endete ziemlich abrupt, als er nach Afghanistan abkommandiert wurde. Janine wollte einfach nicht akzeptieren, dass ein Berufssoldat sich nicht gegen einen Auslandseinsatz wehren kann.

Bei seiner Abreise zum Vorbereitungskurs im Gefechtsübungszentrum Letzlingen weinte sie noch heiße Tränen und erklärte, nicht ohne ihn leben zu können. Zwei Wochen und endlos viele Telefonate später erklärte sie, nicht zur Soldatenbraut geeignet zu sein, jedenfalls nicht, wenn ihr Freund demnächst in Kundus stationiert wäre und sie sich monatelang nicht sehen könnten. *Das halte ich nicht aus.*

Da gab es neuerdings einen Tom, einen Versicherungskaufmann mit zwei Angestellten, wie sie mehrfach in das Gespräch einfließen ließ, und sie benötige eine Auszeit, um sich über ihre Gefühle klar zu werden. Auf einmal war es gar nicht mehr schlimm, dass er nach Afghanistan musste. *Der Abstand tut uns vielleicht ganz gut.*

Auch wenn sie es leugnete, war ihm klar, dass sie mit Tom bereits in der Kiste gelandet war und nicht wusste, für wen sie sich entscheiden sollte. Wobei sie zu Tom tendierte, das konnte er deutlich spüren.

Ohne lange zu überlegen, nahm er Janine die Entscheidung ab und machte Schluss. Wozu die Sache unnötig in die Länge ziehen? Er war Soldat und musste in den Krieg und verspürte absolut kein Verlangen, auch noch um seine Freundin zu kämpfen.

Marco holte seine Klamotten aus der Wohnung, in der Tom bereits seine Spuren hinterlassen hatte, und brachte sie zu seiner Schwester. Weshalb sollte er auf die Schnelle etwas Neues suchen? Er würde in wenigen Wochen Richtung Kundus starten, vielleicht kam er nicht mal zurück. Auch wenn niemand gern die Zahlen nennt, sterben jedes Jahr deutsche Soldaten im Ausland, und es kann jeden treffen.

Zwei Tage soff er sich beinahe ins Koma, am dritten Tag überschlug er sich mit seinem BMW auf der Autobahn. Dank moderner Technik stieg er ohne jeden Kratzer aus, sein heiß geliebter Wagen hatte allerdings nur noch Schrottwert. Der Anblick der verformten Karosserie brachte ihn wieder zur Vernunft. Verdammt, er hätte tot sein können. Das war keine Frau wert, nicht mal Janine.

Marco beschloss, sich abzulenken und seinen besten Freund zu besuchen, der seit ein paar Jahren in Kassel lebte. Bei Dennis und seiner Frau war gerade das zweite Baby angekommen, alle schwebten auf Wolke sieben, alle, bis auf Marco, der so viel geballte Glückseligkeit nicht ertragen konnte. Entnervt brach er seinen Aufenthalt nach drei Tagen ab, was keinen sonderlich zu stören schien. Wahrscheinlich waren sie sogar froh, den mies gelaunten Soldaten wieder loszuwerden, der ständig fluchte und über seine Ex schimpfte.

Auf dem Bahnhof folgte die nächste Katastrophe, ein plötzlicher Wintereinbruch hatte den Zugverkehr Richtung Norden vorübergehend lahmgelegt. Die Stimmung kochte hoch, alle waren sauer, weil ihr Tagesplan in Unordnung geriet und sie nichts dagegen unternehmen konnten. Vor allem das Gemecker der Rentner, die seiner Ansicht nach alle Zeit der Welt zur Verfügung hatten, brachte Marco auf die Palme. Er brauchte sich nur in Erinnerung zu rufen, was vor ihm lag, dass er in der glühenden Hitze von Afghanistan kämpfen würde, immer den Tod vor Augen, um zu erkennen, wie lächerlich die Empörung dieser Kleingeister doch war, die sich über einen verpassten Zug aufregten, als käme das dem Weltuntergang gleich.

Kopfschüttelnd stellte er sich am Infostand an, wo eine Frau, von der ihm vor allem ein alberner Hut in Erinnerung geblieben ist, sich lautstark über die chronische Unpünktlichkeit der Deutschen Bahn ereiferte. Es hörte sich an, als hätten die Eisenbahner das Unwetter selbst verursacht, um ihre Fahrgäste zu schikanieren.

Marco konnte nicht anders, als laut und vernehmlich zu sagen: »Wissen Sie eigentlich, wie gut es Ihnen geht, wenn Sie keine anderen Probleme haben als einen Zugausfall wegen Schlechtwetter?«

Die Frau, die direkt vor ihm in der Schlange stand und von der er bislang nicht viel mehr als eine schwarze Wollmütze gesehen hatte, drehte sich um und lächelte vorsichtig.

Amy. Nichts an ihrem Anblick ließ sein Herz schneller schlagen. Sie war klein und unscheinbar und verschwand beinahe in einem dunkelgrünen Mantel, der nicht so aussah, als würde er ihr tatsächlich gehören. Dazu trug sie eine tief ins Gesicht gezogene Wollmütze und klobige Stiefel, die entfernt an Kinderhausschuhe erinnerten. Da die Warteschlange sich nur im Schneckentempo vorwärtsbewegte, kamen sie ins Gespräch, das Wetter, die ewig unzufriedenen Leute, das Übliche, was einem in so einer Situation einfällt, und dabei stellte sich heraus, dass sie ebenfalls in Richtung Bremen unterwegs war. Erstaunlicherweise lagen ihre Reiseziele nicht weit voneinander entfernt, er wollte nach Zeven zu seiner Schwester, sie wohnte in Lilienthal.

Der gestresste Beamte am Info-Schalter vertröstete sie auf einen Zug, der in zwei Stunden fahren sollte – höchstwahrscheinlich –, und es ergab sich von selbst, dass sie gemeinsam nach einem warmen Ort suchten, um die Wartezeit zu überbrücken. Marco entdeckte eine Pizzeria in Bahnhofsnähe, und sie hatten das Glück, dass gerade ein Tisch frei wurde. Gleich als Erstes nahm Amy die Mütze ab und stopfte sie in ihre Tasche. Hellblondes Haar kam zum Vorschein, das sie zu einem Knoten auf dem Hinterkopf gezwirbelt hatte. Ein paar kurze Strähnen wollten sich allerdings nicht bändigen lassen, wie ein Heiligenschein umrahmten sie ihr blasses Gesicht. Als sie ihren schrecklichen Mantel auszog, war er überrascht, wie schlank sie war, geradezu mager. Sie hatte etwas Zartes, Elfenhaftes an sich, und irgendwie rührte ihn dieser Anblick. Noch mehr bewegte ihn ihre Lebensgeschichte, die sie während des Essens erzählte.

Amy war in Südafrika geboren, als Tochter deutscher Einwanderer, die dort eine Gästefarm betrieben. Ihre Eltern starben bei dem Absturz eines Privatflugzeugs, Amy war zum Glück nicht mit an Bord. Die deutsche Botschaft schickte die Siebenjährige zurück in die Bundesrepublik, wo es keine Angehörigen gab und sie in ein Kinderheim gesteckt wurde.

Seit ihrem siebten Lebensjahr stand Amy ganz allein auf der Welt, kein Wunder, dass sie so verloren wirkte, als würde sie gar nicht hierher gehören. Andererseits schien es kaum vorstellbar, dass jemand mit so zarter Haut, die beinahe schon durchsichtig wirkte, unter der Sonne Afrikas geboren war.

Natürlich saßen sie auch im Zug nebeneinander, und zum Abschied tauschten sie ihre Handynummern, obwohl Marco nicht vorhatte, sich jemals wieder bei ihr zu melden. Sie war ein Mensch, der jemanden suchte, an den er sich hängen konnte, das war deutlich zu spüren, und er würde das Land bald verlassen. Außerdem war sie nicht sein Typ.

Zwei Tage vergingen, und Marco beschloss, noch mal mit Janine zu reden. Vielleicht war da ja doch noch was zu retten. Er konnte nicht länger leugnen, wie sehr sie ihm fehlte, und er war beinahe sicher, dass es ihr genauso erging. Wie oft hatte Janine ihm Liebesschwüre ins Ohr gehaucht und behauptet, nicht ohne ihn leben zu können. Bestimmt bereute sie längst, dass sie mit diesem Tom rumgemacht hatte, und war nur zu stolz, ihren Fehler zuzugeben. Doch seine Versuche, Janine zu erreichen, blieben erfolglos, und als er zu der Wohnung fuhr, sah er, wie sie und ein dunkelhaariger Mann eng umschlungen durch die Tür traten. Er hatte sich geirrt, Janine meinte es ernst mit Tom.

Aus Verzweiflung oder Trotz, vielleicht auch aus einer Mischung von beidem, rief er Amy an und lud sie zum Essen ein. In dem schummrigen Licht des Restaurants fand er sie plötzlich auf eine ganze eigene, geradezu märchenhafte Art wunderschön: die helle Haut, der weiche Mund und die Grübchen, die sich jedes Mal bildeten, wenn sie lächelte, was eher selten vorkam. Er stellte sich vor, dass ihr Haar sich ganz weich anfühlen musste, und konnte sich kaum beherrschen, nicht die Hand danach auszustrecken.

Zudem hätte er ein Idiot sein müssen, um nicht zu merken, dass Amy sich in ihn verliebt hatte. Sie himmelte ihn förmlich an, ließ ihn kaum aus den Augen und strahlte, sobald er sie ansprach. Eine Frau wie Amy würde ihn niemals anlügen, sie war so arglos, dass er meinte, bis auf den Grund ihrer Seele schauen zu können. Amy würde mit keinem anderen um die Häuser ziehen, während er in einem fernen Land seinen Kopf hinhielt für die freiheitlichen Werte der westlichen Welt. Amy würde auf ihn warten und ihm seitenlange Briefe schreiben, Briefe voller Sehnsucht. An diesem Abend brachte er sie nach Hause und blieb gleich da.

Amy zögerte keine Sekunde, Ja zu sagen, als er ihr wenige Tage später einen Antrag machte. *Ein bisschen schnell, ich weiß*, hört er sich noch sagen, *aber manchmal passt es eben zwischen zwei Menschen.* Drei Wochen später waren sie verheiratet. Es gab keine Feier, nur ein Essen mit seiner Schwester Marina, die nicht einverstanden war mit seiner übereilten Entscheidung und den ganzen Abend entweder boshafte Bemerkungen fallen ließ oder schwieg.

Marco setzte eine Anzeige in die Zeitung und gestand sich nicht mal selber ein, dass es sich in Wahrheit um eine Botschaft für Janine handelte. Sie sollte erfahren, dass von jetzt an eine andere Frau seinen Namen trug. Er stellte sich genüsslich vor, wie sie beim Anblick der Annonce in Tränen ausbrach und ihr Verhalten bereute. Bestimmt würde sie sich fragen, wie lange er Amy schon kannte und ob er es, genau wie sie selbst, mit der Treue nicht so genau genommen hatte.

Zwei Wochen später saß er in der Maschine nach Kundus. Er reiste als frisch verheirateter Mann, doch seine Gedanken kreisten nicht um seine Ehefrau, sondern um Janine, und daran hat sich in den sechs Monaten Auslandseinsatz auch nicht viel geändert, egal, wie mies das auch sein mag.

Auf einem Bahnhof haben sie sich kennengelernt. Und jetzt fahren sie wieder gemeinsam in einem Zug Richtung Norden. Diesmal tragen sie allerdings goldene Ringe, ein äußeres Zeichen, dass sie zusammengehören, Mann und Frau sind. Doch sie ist ihm fremder als je zuvor. Es gibt nichts, was er Amy erzählen möchte, nicht mal ansehen mag er sie. Obwohl er nicht in ihre Richtung schaut, spürt er, dass Amy ihn nicht aus den Augen lässt. Aber er bringt es einfach nicht fertig, ihren Blick zu erwidern, und beschließt, sich schlafend zu stellen.

Während er dem monotonen Rattern der Räder lauscht, entscheidet er, Amy die Wahrheit zu sagen, am besten gleich heute Abend. Egal, wie enttäuscht sie auch sein wird: Diese Ehe hat keine Zukunft.

3 RÜCKBLICK, EIFEL, 2004

Freitag, sechzehn Uhr, Akten wurden zugeklappt, Computer heruntergefahren, Feierabend. Gleich würden die Kollegen vom Kriminaldauerdienst übernehmen. Hauptkommissar Benedikt Kramer warf einen letzten, äußerst zufriedenen Blick auf seinen aufgeräumten Schreibtisch, als plötzlich Polizeidirektor Möllering, den alle nur den Alten nannten, vor ihm stand, in der Hand ein Blatt Papier in einer durchsichtigen Folie.

»Hier, das muss noch schnell geklärt werden. Obwohl da mit achtundneunzigprozentiger Sicherheit nichts dran ist.« Er ließ den Blick durch das Großraumbüro schweifen, wo die Kollegen sich mehr oder weniger im Aufbruch befanden. Sie hatten alle Familie, Benedikt nicht. Also war das hier sein Job.

Normalerweise machten Überstunden Benedikt nichts aus, auch nicht an den Wochenenden. Heute allerdings war er mit einer Redakteurin der Tageszeitung verabredet, die er im Rahmen seiner Ermittlungen kennengelernt hatte. Mit ihren knapp dreißig Jahren mochte Melina ein bisschen jung sein für einen Mann, der gerade seinen sechsundvierzigsten Geburtstag gefeiert hatte, aber sie war bildhübsch und entsprach mit ihrem langen, blonden Haar und der schmalen Figur genau seinem Beuteschema. Drei Wochen hatte er baggern müssen, bis sie einwilligte, sich im örtlichen Café mit ihm zu treffen. Und jetzt war er gezwungen, das mühsam erkämpfte Date für einen blödsinnigen, völlig überflüssigen Einsatz zu canceln, in letzter Minute und per Telefon.

Verärgert starrte er auf den Wisch, dem er diese Abfuhr so kurz vor dem Ziel verdankte.

Auf dem Hof Weiße Sonne *kann man Kinder kaufen. Ein Schwein ist der Mann. Gehört bestraft.*

Der Hof *Weiße Sonne* lag im Einzugsbereich der kleinen Stadt Heimbach, und dort war der Brief auch aufgetaucht, im Briefkasten des Bürgermeisters. Ein Umschlag ohne Anschrift und Briefmarke, der Verfasser musste ihn also persönlich eingesteckt haben.

»Schlechtes Deutsch«, murmelte Benedikt. »Trotzdem ist alles orthografisch richtig. Da stellt sich einer dümmer, als er ist.«

Sein Chef nickte geistesabwesend, die Hand schon auf der Türklinke. »Könnte sein. In einer Stunde bist du schlauer. Ach so, Lothar fährt mit.« Dann verließ er den Raum, wahrscheinlich, um pünktlich Feierabend zu machen.

Wie befürchtet, nahm Melina seine Absage keineswegs sportlich. »Ich wusste doch gleich, dass ein Polizist nur Probleme macht.« Sie schnitt seine Beteuerung, auf jeden Fall noch zu kommen, nur später, mittendrin ab und beendete das Gespräch.

Grimmig starrte Benedikt auf das Telefon in seiner Hand. Da Lothar sich noch nicht herbequemt hatte, rief er den Bürgermeister an und erfuhr als Erstes, dass er Glück hätte, ihn noch erwischt zu haben.

Noch einer, der pünktlich Feierabend machen durfte.

Er holte Luft und schluckte seine miese Laune runter. »Sie kennen sich doch aus. Was wird im Ort geredet über diesen Bozanski?«

»So was jedenfalls nicht.« Es klang entrüstet. »Das wäre mir bekannt. Bozanski gilt als Wunderheiler. Er lebt mit seinen Anhängern, die alle weiblich sind, in dem ehemaligen Forstamt. Ökospinner, die nichts im Laden kaufen und den ganzen Tag singen und beten. Die Praxis soll gut laufen, da kommen viele Leute von außerhalb, die auf den Bozanski schwören. Nehmen Sie den Wisch etwa ernst?«, fragte er erstaunt.

»Sie haben den Brief an uns weitergeleitet, also müssen wir uns persönlich ein Bild machen, bevor wir ihn zu den Akten legen können.«

»Sie machen das schon«, befand der Bürgermeister, bevor er sich eilig verabschiedete.

Während Benedikt überlegte, ob es lohnte, den PC noch mal hochzufahren und den Namen Bozanski einzugeben, legte einer der jungen Kollegen einen Zettel auf seinen Schreibtisch. »Hier, das hab ich schon mal für dich recherchiert. Tschüss, bis Montag.«

In diesem Moment stürmte Lothar herein. Als Benedikt nicht sofort aufsprang, klimperte er mit seinem Schlüssel, als wäre Benedikt ein Hund, der auf Kommando zu parieren hatte. »Los, ich hab nicht ewig Zeit.«

Benedikt konnte Lothar nicht sonderlich leiden, unter anderem, weil der Kollege grundsätzlich keinen anderen ans Steuerrad ließ und seine ruppige Fahrweise nichts für Leute mit schwachen Nerven war. Als junger Mann hatte Lothar an Slalomrennen teilgenommen, sogar ziemlich erfolgreich. Er vergaß gern, dass diese Zeiten längst hinter ihm lagen.

Seit damals hatte er gut und gern vierzig Kilo zugelegt.

Sein Bauch hing wie ein prall gefülltes Kissen über seinem Hosenbund, und seine dünnen Beine wirkten im Vergleich dazu gerade grotesk. Beim Laufen kam Lothar schnell außer Atem, und er brauchte jedes Mal ein paar Minuten, um sich zu erholen. Alle Wege, die er vermeiden konnte, überließ er anderen.

Es bereitete Benedikt ein stilles Vergnügen, so schnell die Treppen runterzulaufen, dass der Kollege ihm nicht folgen konnte. Draußen legte er noch einen medaillenverdächtigen Sprint über den Parkplatz hin, wohl wissend, dass er den Kollegen damit ärgerte. Als Lothar den Dienstwagen erreichte, schnaufte er wie eine altersschwache Dampflok, während Benedikt scheinbar gelangweilt an der Beifahrertür lehnte, sein volles, dunkles Haar zurückstrich und in den Himmel starrte.

Sobald die Türen entriegelt waren, nahm Benedikt auf dem Beifahrersitz Platz und begann, die Adresse in das Navi einzugeben.

»Kannst du dir sparen. Ich weiß, wo das ist«, keuchte Lothar. »Ein guter Bulle kennt sein Einzugsgebiet in- und auswendig.«

Aha. *Ein guter Bulle*, so einer wie Lothar.

Mit quietschenden Reifen schoss der Dienstwagen auf die Straße, und Benedikt verfluchte seinen Chef ein weiteres Mal für diesen Einsatz, während die Finger seiner rechten Hand sich um den Griff über der Tür klammerten. Es dauerte ein paar Minuten, bis er sich so weit an Lothars Fahrweise gewöhnt hatte, dass er die Hand lösen konnte, um den Zettel mit den Infos zu lesen, die der Kollege ihm ausgedruckt hatte.

Der Hof *Weiße Sonne* lag völlig abgeschieden im Naturpark Eifel. Früher hatte er mal das Forstamt beherbergt. Seit zwölf Jahren lebte dort der ehemalige Lehrer Roman Bozanski. Auf seiner schlichten, fast schon stümperhaft gestalteten Homepage gab es weder Fotos noch eine Telefonnummer oder E-Mail-Adresse. Nur die Sprechzeiten waren angegeben, Montag bis Freitag von vierzehn bis achtzehn Uhr.

Roman Bozanski bezeichnete sich als Energetischen Heiler, der kraft seiner besonderen Gabe Körper und Seele wieder in Einklang bringen könnte. Wie das funktionierte, stand dort natürlich nicht. Stattdessen konnte man überschwängliche Dankesschreiben von Menschen lesen, denen er angeblich geholfen hatte.

»*Ohne Sie würde ich nicht mehr leben, Sie haben mich gerettet, endlich kann ich wieder Glück empfinden, was würde ich ohne Sie tun…*«, las Benedikt vor. »Die Dummheit der Menschen ist unfassbar!«

»Den anonymen Wisch hat jemand geschrieben, weil der Wunderheiler sich als Betrüger entpuppt hat«, knurrte Lothar, während er hochschaltete und dabei völlig unnötig den Motor aufheulen ließ. Benedikt nickte, etwas Ähnliches stellte er sich auch vor.

Fünfzehn Minuten fuhren sie auf der Kreisstraße, immer bergauf, immer durch dichten Wald, immer viel zu schnell, und während der ganzen Zeit begegnete ihnen kein einziges Auto. Beinahe hätte Benedikt das kleine Hinweisschild übersehen, das auf den Hof des Heilpraktikers hinwies. »Hier müssen wir rein.«

Fluchend trat Lothar das Bremspedal durch, die Reifen rutschten auf dem nassen Asphalt, und der Wagen brach hinten ein wenig aus, bevor er ihn wieder auf Spur brachte. Als wäre nichts geschehen, knallte Lothar den Rückwärtsgang rein, setzte ein paar Meter zurück und bog, ohne zu blinken, in die schmale Zuwegung.

»Gott, ist das 'ne jämmerliche Buckelpiste!«, stöhnte er theatralisch.

Benedikt konnte nicht widersprechen. Fast einen Kilometer holperten sie über einen kurvigen, schlecht befestigten Schotterweg, im Schritttempo, um den zahlreichen Schlaglöchern auszuweichen, in denen sich das Regenwasser der letzten Tage gesammelt hatte. Bei Dunkelheit war es bestimmt kein Vergnügen, hier langzufahren. Wie der Heilpraktiker seine Zuwegung wohl im Winter von Schnee befreite? Es war ja nicht anzunehmen, dass er nur im Sommer praktizierte.

Der Hof *Weiße Sonne* erwies sich als langer, barackenähnlicher Bau aus dunklen Holzbohlen mit kleinen, weiß gestrichenen Fenstern. Vorn hatte man im rechten Winkel einen Seitenflügel angeflickt, der Baustil war dem alten Teil angeglichen, das Holz aber sehr viel heller und die Fenster größer. Nebengebäude gab es auch, darunter eine Remise, in der ein großer Geländewagen parkte, ein grüner Kombi und daneben ein kleiner, völlig verrosteter Trecker, der vor Urzeiten mal rot lackiert gewesen sein dürfte. Damit schien das Rätsel, wie Bozanski die Auffahrt bei Schnee frei hielt, gelöst.

Weiter hinten entdeckte Benedikt einen Schuppen, der von der Bauart der Wohnbaracke glich, und ein Gewächshaus aus Glas, an das sich ein mit Maschendraht eingezäunter Gemüsegarten anschloss. Ein paar braune Hühner, die frei auf dem Gelände liefen, pickten geschäftig nach Würmern und würdigten die Polizisten keines Blickes. Eine in die Jahre gekommene Idylle, für die man Gummistiefel und eine dicke Wetterjacke brauchte. Um nichts in der Welt hätte Benedikt so leben wollen.

Auf einem Parkplatz direkt neben dem Anbau standen zwei Autos, beide von auswärts, eins aus Köln und das andere aus Düsseldorf.

Lothar klingelte bereits an der Eingangstür, und binnen weniger Minuten erschien eine Frau um die fünfzig mit glatten grauen Haaren, in der Mitte gescheitelt, die in sanften Wellen über ihren Rücken fielen. Ihr bodenlanges Kleid aus ungefärbtem Leinenstoff war rings um den Ausschnitt mit weißen, aufgedruckten Sonnen verziert, die Benedikt daran erinnerten, wie er als Grundschüler versucht hatte, zum Muttertag Servietten mit einem Kartoffelstempel und Farbe zu verschönern.

»Kommen Sie herein, und entspannen Sie sich. Hier bei uns hat der Stress keinen Zutritt«, sagte sie in einem freundlichen Singsang, während sie die beiden mit der rechten Hand ins Hausinnere winkte.

Weil Lothar keine Reaktion zeigte, sah Benedikt sich zu einem »Sehr freundlich« genötigt.

Gleich links ging es durch eine Glastür in den neueren Teil des Hauses, das Therapiezentrum, wie ein großes ovales Holzschild verkündete. Geradeaus führte der Flur in den Privatbereich, wie einem weiteren Holzschild zu entnehmen war. Hier versperrte eine rustikale Holztür, die genauso gut in einen Stall gepasst hätte, den Zugang. Die Frau öffnete die Glastür und forderte sie mit einer Handbewegung auf, an ihr vorbeizugehen. »Der Warteraum liegt gleich links. Darf ich fragen, was Sie zu uns führt?«

»Jedenfalls kommen wir nicht als Patienten«, erklärte Lothar gönnerhaft. »Wir sind dienstlich hier und wollen mit Herrn Bozanski reden.« Während er das sagte, angelte er seinen Dienstausweis aus der Hosentasche und hielt ihn der Frau unter die Nase.

Den meisten Menschen flößte der Besuch von zwei Polizisten Respekt ein, manchmal sogar Angst. Die Frau schien nicht im Mindesten beeindruckt, sie lächelte sogar. »Roman befindet sich gerade in einer Heilsitzung. Da darf ich nicht stören, das werden Sie sicher verstehen. Ich muss Sie um ein wenig Geduld bitten. Am besten kommen Sie mit.«

Sie leitete die beiden Polizisten an der Tür mit dem aufgemalten Schriftzug *Warteraum* vorbei in einen kleinen Raum, in dem drei Stühle aus unbehandeltem Holz standen und ein kleiner runder Tisch. Die Platte bestand aus einem Mosaik, das eine weiße Sonne auf dunkelblauem Hintergrund zeigte und wie das Werk eines Schulkindes wirkte. Ansonsten befanden sich in dem Raum noch ein mit Büchern und Holzspielzeug überladenes Regal, das aussah, als wäre es selbst gebaut und nicht sehr stabil, und ein unrestaurierter Bauernschrank. Eine der beiden Türen war so verzogen, dass sie sich nicht schließen ließ.

Der stechend süßliche Duft, der den Raum erfüllte, Sandelholz, wenn er sich nicht sehr irrte, erinnerte Benedikt sofort an den esoterischen Laden in der Altstadt von Koblenz, in dem seine erste feste Freundin ihre wallenden Gewänder gekauft hatte, außerdem Unmengen von Duftkerzen, die sie überall in ihrer Wohnung abbrannte. Damals war er siebzehn und schwer verliebt. Lange hatte die Sache allerdings nicht gehalten.

Am liebsten hätte er sich geschüttelt, um sowohl die Erinnerung an das Mädchen als auch an den Geruch, der sich sehr zum Ärger seiner Mutter allzu gern in den Kleidern niedergelassen hatte, wieder loszuwerden. Um sich abzulenken, ließ er seinen Blick durch den Raum schweifen und entdeckte eine Aromalampe auf dem Fensterbrett, von der die klebrigen Duftschwaden aufstiegen. Dazu passend, rieselte aus einem Lautsprecher über der Tür meditative Musik, die ihm schon nach einer Minute auf die Nerven fiel. Auf andere Menschen mochte so ein gleichtöniges Gedudel beruhigend wirken, ihn machte es aggressiv.

»Setzen Sie sich doch. Möchten Sie einen Tee? Ich könnte Melissentee anbieten, den hab ich gerade frisch aufgebrüht. Mitunter sind unsere Besucher sehr aufgeregt. Da wirkt Melisse wahre Wunder.«

Lothar, der sich breitbeinig auf einem Stuhl niedergelassen hatte, machte eine abwehrende Handbewegung. Benedikt lehnte höflich ab.

Kaum dass die Frau den Raum verlassen hatte, prustete Lothar los. »Wo sind wir hier denn gelandet? Melissentee, ja klar. Ich bin ja auch so schrecklich nervös! Komische Tante, oder?«

Da wollte Benedikt nicht widersprechen. Zehn Minuten lang mutmaßten sie aus Langeweile, wie Herr Bozanski wohl aussehen mochte, als er mit Schwung den Raum betrat, auf dem Gesicht ein freundliches Lächeln.

Auch Roman Bozanski war ganz in ungebleichtes Leinen gehüllt, eine weite Hose, darüber ein Hemd mit einer Knopfleiste und aufgekrempelten Ärmeln, dazu trug er Ledersandalen und keine Strümpfe, obwohl sie bereits Oktober hatten. Bei ihm war die weiße Sonne auf eine kleine Brusttasche gedruckt. Seine Haut zeigte eine gleichmäßige Bräunung, als würde er sehr viel Zeit im Freien verbringen, sein Haar war schneeweiß und so lang wie das der Frau, sein Gesicht trotz seines Alters völlig faltenfrei. Ein Mann mit Charisma, der ein wenig eitel wirkte. Genauso stellte Benedikt sich einen Energetischen Heiler vor.

»Die Polizei. Darf ich fragen, was Sie herführt?« Beiläufig griff er nach dem dritten Stuhl, drehte ihn um und setzte sich rittlings darauf, die Arme über der Lehne verschränkt und den Rücken gerundet. »Diese Position ist sehr entspannend für die Wirbelsäule, das sollten Sie unbedingt mal ausprobieren. Bei der Polizei muss man doch sehr viel sitzen, oder?«

Benedikt verspürte wenig Lust, darüber nachzudenken, was Herr Bozanski damit aussagen wollte, und grinste nur vage. Die ganze Zeit fragte er sich schon, wie er das Gespräch beginnen sollte, ohne sich der Lächerlichkeit preiszugeben. Lothar nahm ihm die Entscheidung ab. »Es geht um ein anonymes Schreiben. Wir sind verpflichtet, solchen Anschuldigungen nachzugehen.« Er räusperte sich mehrfach.

Eben noch hatte seine Körperhaltung totale Entspannung vermittelt, jetzt krallte der Wunderheiler plötzlich seine Finger um die Rückenlehne des Stuhls. »Sicher etwas Hässliches. So etwas sind wir leider gewohnt.« Es klang bitter. »Jeder, der sich vom Durchschnitt abhebt, ist der Gesellschaft suspekt und muss diskreditiert werden. Man stelle sich vor, so ein Spinner hätte recht. Das würde ja das Weltgefüge ins Wanken bringen. Am Ende wären die Menschen noch gezwungen, nachzudenken, sich eine eigene Meinung zu bilden. Denken…«, wiederholte er eindringlich und klopfte dabei mit den Fingerknöcheln gegen seine Schläfe. »Wie unbequem. Muss das wirklich sein?«

Auf diese provokative Frage würde Benedikt ganz sicher nicht reagieren. Ohnehin waren seine Gedanken bei einer anderen Aussage hängen geblieben. *Jeder, der sich abhebt.* Dieser Bozanski legte also Wert darauf, sich von der Allgemeinheit abzuheben. Er dachte nach, im Gegensatz zu den Normalsterblichen. Der Mann war noch sehr viel mehr von sich überzeugt, als Benedikt angenommen hatte.

»Ich bin von Haus aus Lehrer«, fuhr Bozanski fort. »Jahrelang war ich ein kleines Rädchen in einem Bildungssystem, das die Kinder nicht zu starken, eigenständigen Individuen formt, sondern stattdessen geduckte Mitläufer produziert, Menschen, wie der Staat sie braucht, eine Armee von meinungslosen Jasagern, die brav alles konsumieren, das die Werbung ihnen zeigt.« Roman Bozanski hatte sich in Rage geredet, ob die beiden Besucher ihm zuhörten, ihm folgen konnten oder wollten, schien ihn nicht zu tangieren. Er hatte etwas mitzuteilen.

Benedikt unterdrückte ein Gähnen.

»Nur so floriert unsere Wirtschaft, meine Herren, nur so können gewisse Leute ihre Millionen scheffeln. Mir war das längst klar, doch erst als meine Frau mich verließ, war ich bereit, daraus Konsequenzen zu ziehen. Ich habe meinen Job als Lehrer aufgegeben und mich auf das besonnen, was ich wirklich bin.« Jetzt war es ihm doch wichtig, dass sie zuhörten. Bevor er weiterredete, vergewisserte er sich, dass seine Besucher ihn anschauten. »Meine Großmutter war eine hellsichtige Heilerin, und sie hat diese Gabe an mich weitergegeben. Als junger Mensch habe ich mich allerdings dagegen gesträubt, das war mir viel zu suspekt. Wer möchte schon als Spinner ausgelacht werden? Dafür braucht man ein gewisses Standing, das ich damals noch nicht hatte. Erst mit vierzig war ich bereit, mich auf dieses Geschenk einzulassen. Ich bin hier rausgezogen, um zu mir selbst zu finden, und nach und nach sind Menschen in mein Leben getreten, die meine Vorstellung von einem erfüllten Dasein mit mir teilen wollten. Einige sind geblieben, darunter auch Anna, meine Frau, die Sie gerade kennengelernt haben. Andere haben die Gemeinschaft wieder verlassen, weil sie es nicht ertragen konnten, der Konsumgesellschaft den Rücken zu kehren. Wir leben sehr einfach und weitestgehend autark. Alles, was wir brauchen, bauen wir im Garten an, außerdem halten wir Hühner und Schafe. Milchprodukte kaufen wir dazu, natürlich von einem Biobauern. Es ist uns wichtig, jegliche Umweltgifte aus unserer Nahrungskette zu verbannen. Wir beten und meditieren gemeinsam und fühlen uns hier draußen im völligen Einklang mit der Schöpfung. Mehr brauchen wir nicht.« Für einen Moment schien er dem Nachhall seiner Worte zu lauschen, dann sagte er betont freundlich: »Vor einiger Zeit habe ich beschlossen, meine besondere Gabe mit der Welt zu teilen, weil ich erkannt habe, dass sie nicht mir allein gehört. Das Heilen ist meine Aufgabe. Auch wenn Sie daran zweifeln, wie ich Ihrem skeptischen Blick entnehme, konnte ich schon vielen Menschen helfen.«

Ließ sich das, was er dachte, wirklich so einfach von seinem Gesicht ablesen? Hoffentlich nicht. Benedikt presste die Lippen aufeinander und bemühte sich, ganz neutral zu gucken, hatte aber das ungute Gefühl, dass der Heiler ihn durchschaute und sich köstlich amüsierte.

»Ich erwarte nicht, dass jeder mich versteht, ich wünsche mir einfach nur Toleranz. Dieselbe Toleranz, die ich meinen Mitmenschen entgegenbringe. Aber das fällt den Leuten hier nicht leicht. Da landen schon mal böse Briefe im Postkasten, Scheiben werden eingeworfen, der Lack meines Wagens zerkratzt. Im Frühjahr wurden unsere Hühner vergiftet. Sie sind ziemlich jämmerlich eingegangen. Was sind das für Menschen, die eine unschuldige Kreatur so leiden lassen?«

Wie üblich ließ Lothar kein Fettnäpfchen aus. »Sie konnten das Federvieh nicht retten? Ich dachte, Sie können Wunder vollbringen!«

Der eisige Blick, den Herr Bozanski ihm daraufhin zuwarf, prallte wirkungslos von ihm ab. Lothar ließ sich nicht so leicht aus der Fassung bringen.

Der Heiler dagegen wirkte jetzt verärgert. »Ich bin kein

Scharlatan, auch wenn Sie das offenbar glauben. Es macht mir nichts aus, zuzugeben, dass meinen Heilkräften Grenzen gesetzt sind. Und jetzt wüsste ich gern, was Sie konkret zu mir führt.«

Als Lothar den Brief vorlas, der im Bürgermeisterbüro gelandet war, brach Roman Bozanski wie erwartet in lautes Gelächter aus. »Sie wollen ernsthaft überprüfen, ob ich hier einen blühenden Kinderhandel betreibe? Anna hat zwei Kinder mitgebracht, als sie hierherkam, die beiden sind inzwischen erwachsen und haben unsere Gemeinschaft verlassen. Wir haben keine gemeinsamen Kinder, und sie ist nicht mehr im gebärfähigen Alter. Sie haben Anna selbst kennengelernt. Wirkt sie wie eine Frau, die ihre Kinder weggeben würde?« Er wartete geduldig, bis Lothar ein Kopfschütteln andeutete, dann sprach er weiter. »Wanda, ein weiteres Mitglied unserer Gemeinschaft, hat drei Kinder, zwei Mädchen und einen Jungen. Die Kinder leben aber nicht bei uns, sondern bei ihrem Mann. Er hat das vor Gericht erzwungen. Angeblich tut unsere Lebensweise den Kindern nicht gut. Kindesgefährdung nennt man das. Drei Frauen unserer Gemeinschaft haben erwachsene Kinder. Sie pflegen allerdings keinen Kontakt mehr zu ihren Familien. Oder glauben Sie, dass wir Kinder von der Straße entführen und dann über das Internet anbieten? Ich muss mich doch sehr wundern, dass die Polizei, die in der Öffentlichkeit ständig über zu hohe Arbeitsbelastung und Berge von Überstunden klagt, sich mit solchen Lächerlichkeiten befasst.«

Den letzten Satz hätte er sich sparen können. Doch bevor einem von ihnen eine passende Erwiderung einfiel, entschuldigte sich Bozanski.

»Tut mir leid, das war unhöflich. Aber unsere Art zu leben passt nun einmal nicht in die deutsche Gartenzwergmentalität, und offenbar ist es den Menschen nicht gegeben, andere einfach in Frieden leben zu lassen. Wenn Sie auf die Kennzeichen der Wagen draußen geachtet haben, ist Ihnen sicher aufgefallen, dass meine Patienten von außerhalb kommen. Hier im Dorf würde mich niemand aufsuchen.«

»Das kann ich mir vorstellen«, warf Benedikt ein, nur um auch mal was zu sagen.

»Angeblich lebe ich in Vielweiberei!«

»Und?«, fragte Benedikt spöttisch. »Stimmt das? Es wäre ja kein Verbrechen, wenn alle Damen einverstanden sind.«

Roman Bozanski schmunzelte, als hätte er ihm gerade ein Kompliment gemacht. »Als Polizist sollten Sie wissen, dass eifersüchtige Frauen zu Furien werden können. Ein Mann, der Liebesbeziehungen zu mehreren Frauen gleichzeitig unterhält, kann wahrscheinlich für nichts anderes im Leben mehr Energie aufbringen. Nein, meine Herren, ich lebe monogam, anders könnte das hier nicht funktionieren. Was mich und die Mitglieder der Gemeinschaft verbindet, ist unser starker Glaube und unsere Suche nach Spiritualität.«

»Wie viele Menschen leben hier und wie viele davon sind Kinder?«

Benedikts Beharrlichkeit ließ Roman Bozanski leise aufseufzen. »Also gut, Sie möchten es genau wissen, und ich habe nichts zu verbergen. Hier leben zwölf Personen, elf Frauen und ich, alle erwachsen.« Unvermittelt erhob er sich und riss die Tür auf. »Anna, könntest du bitte mal kommen?«

So rasch, wie die Frau hereinkam, schien die Vorstellung, dass sie die ganze Zeit an der Tür gelauscht hatte, nicht abwegig.

»Meine Liebe, die Herren möchten wissen, wie viele Personen hier leben.«

Irritiert hob sie die Augenbrauen, zögerte aber nicht mit der Antwort. »Außer Roman und mir gehören zehn Frauen zu unserer Gemeinschaft. Und egal, was manche Leute sich auch vorstellen, Roman und ich sind ein Paar, und ich bin die Einzige, mit der er das Bett teilt.«

Benedikt nickte. »Kinder?«

»Ich bin über fünfzig. Aus dem Alter bin ich raus.«

»Und die anderen Frauen? Wie sieht es da mit Kindern aus?«

»Hier leben keine Kinder. Ist Ihre Frage damit beantwortet?«

Kurz darauf verabschiedeten sie sich. Der Heiler legte eine Hand auf Lothars Schulter und schaute ihm intensiv in die Augen. »Zu Ihrem Übergewicht und den damit verbundenen gesundheitlichen Risiken will ich mich nicht äußern, das Problem ist Ihnen ja bekannt. Sie sollten aber etwas gegen Ihre Gelenkschmerzen unternehmen. Die werden Ihnen bald noch sehr viel mehr Beschwerden bereiten. Probieren Sie es mit Ingwertee, nicht fertig gekauft, sondern aus frischem Ingwer zubereitet. Sie könnten sich natürlich auch Termine für drei Heilsitzungen geben lassen. Ich denke, das dürfte reichen.«

»Danke«, winkte Lothar ab. »Ich bin zufrieden mit meinem Hausarzt.«

Als hätte er nichts anderes erwartet, nickte Roman Bozanski freundlich und wandte sich Benedikt zu. Mit beiden Händen ergriff er seine rechte Hand. »Sie müssen Ihre Enttäuschung überwinden, bevor Sie dauerhaft krank davon werden. Negative Energien können sehr viel Schaden in unserem Körper anrichten. Es kommt eine neue Chance, schon eher, als Sie glauben. Und beim nächsten Mal wird es klappen.«

Mit einem Ruck riss Benedikt seine Hand zurück. Was bildete dieser Ökoheini mit seiner angeblichen Wundergabe sich eigentlich ein?

»Kein Wunder, dass die Leute ihm die schlimmsten Dinge andichten, der ist ja total schräg drauf«, höhnte Lothar, als sie wieder auf dem Hof standen. »Drei Heilsitzungen! Der weiß, wie er zu Kunden kommt! Der Brief ist jedenfalls Blödsinn, hab ich ja gleich gewusst.«

Benedikt schaute sich ein letztes Mal auf dem Hof um. Inzwischen arbeiteten zwei Frauen, die ebenfalls in sackartige Leinengewänder gehüllt waren, in dem eingezäunten Garten.

»Warte mal eben.« Er ließ Lothar stehen und marschierte zügig Richtung Zaun. Am Tor angekommen, fiel ihm als Erstes auf, dass die beiden schon älter waren, als es aus der Ferne ausgesehen hatte, irgendwo zwischen fünfzig und sechzig.

»Entschuldigen Sie«, er zückte seinen Dienstausweis, den die beiden misstrauisch beäugten. »Ich hab nur eine Frage. Leben hier Kinder?«

»Nein«, sagte die Größere der beiden unfreundlich. »Oder sehen Sie irgendwo ein Kind?« Sie griff nach dem Spaten und stach ihn in den Boden, irgendwie wütend, als hätte er sie persönlich angegriffen.

»Es gibt Gerüchte…«, setzte Benedikt an, wurde aber sofort von einem harschen »Die Leute denken sich Lügengeschichten aus, weil unsere Art zu leben nicht in ihr Weltbild passt« unterbrochen.

Ihre Worte spiegelten Bozanskis Geisteshaltung wider. Benedikt stellte sich vor, wie der Mann und seine Anhängerinnen abends über die böse Welt herzogen, während sie Melissentee schlürften und dazu selbst gebackenes Brot aßen. Vielleicht tanzten sie anschließend noch ihre Namen.

Wenn er ehrlich war, käme er anstelle des Heilers auch nicht auf die Idee, mit einem dieser freudlosen Weiber in die Kiste zu steigen. Grinsend verabschiedete er sich und trabte zum Wagen, wo Lothar bereits den Motor aufheulen ließ.

Während sie auf dem Privatweg zurück zur Kreisstraße schlichen und dabei die Schlaglöcher umkurvten, gestand Benedikt sich ein, dass der Heiler ihn wider Erwarten beeindruckt hatte, und das ärgerte ihn gewaltig. Er wollte nicht an solchen Hokuspokus glauben. Und doch wusste er genau, wovon Roman Bozanski gesprochen hatte. Bis vor zwei Wochen war er fest davon ausgegangen, befördert zu werden und die Leitung seines Kommissariats zu übernehmen. Doch man hatte sich für einen Bewerber von außerhalb entschieden. Und ja, verdammt noch mal, das nagte gewaltig an ihm.

Aber wie hatte dieser Bozanski das wissen können?

Sein freies Wochenende startete mit drei Stunden Verspätung. Vielleicht könnte er ja doch noch bei Melina landen. Einen Versuch war es allemal wert.

4 AMY

Die Rückfahrt gestern war sehr anstrengend. S-Bahn, ICE und das letzte Stück mit der Straßenbahn. Marco hat die meiste Zeit gedöst oder sogar richtig geschlafen.

Als wir endlich zu Hause ankamen, hat er sein Handy geschnappt und stundenlang telefoniert, um sich bei irgendwelchen Leuten zurückzumelden. Ein Kalle, von dem ich noch nie gehört habe, sollte Karten für ein Werder-Bremen-Spiel besorgen, mit einem Daniel wollte er wieder mal in die Tennishalle. Kaum dass er das Gespräch beendet hatte, klingelte sein Handy. Er runzelte die Stirn, offenbar kannte er die Nummer auf dem Display nicht und nannte seinen vollen Namen. »Ja, genau, der bin ich«, sagte er, bevor er mit dem Telefon in den Flur ging und die Tür nachdrücklich hinter sich schloss. Erst fünf Minuten später kam er zurück und setzte sich schweigend wieder auf seinen Platz, ohne mich zu beachten. Am Abend sind wir in die Pizzeria gegangen. Er hat sein Essen runtergeschlungen, kaum gesprochen und ständig auf sein Handy gestarrt, wo pausenlos Nachrichten eintrudelten, die er sofort beantwortet hat, manchmal mit einem erfreuten Lächeln, manchmal mit unbewegter Miene. Mich hat er mehr oder weniger ignoriert.

Wieder zu Hause, hat er ewig geduscht und danach geschwärmt, wie unglaublich es sei, heißes Wasser ohne Beschränkung zur Verfügung zu haben. Anschließend ist er in Boxershorts und Shirt durch die Wohnung getigert, rastlos wie ein eingesperrtes Tier, das verzweifelt einen Ausgang sucht, und ich bin ihm mit meinen Blicken gefolgt. Manchmal hat er mir im Vorbeigehen einen flüchtigen Kuss auf die Wange oder mein Haar gedrückt, als wäre ihm gerade eingefallen, dass ein frisch verheirateter Mann sich so benehmen sollte, aber es war überdeutlich zu spüren, dass diese flüchtigen Zärtlichkeiten ihm nichts bedeuten. Wie eine Fahrkarte kam ich mir vor, die der Schaffner abstempelt, ohne genau hinzugucken, weil es nun einmal seine Pflicht ist.

Irgendwann hat Marco sich auf die Couch geflätzt, nach der Fernbedienung gegriffen und planlos durch die Programme gezappt. Doch es gelang ihm nicht, sich auf eine Sendung zu konzentrieren. Vielleicht wollte er sich auch nur davon überzeugen, dass noch alle Sender da sind. Kein nettes Wort, kein zärtlicher Blick, keine Berührung. Ich weiß gar nicht, wie ich das ausgehalten habe, ohne in Tränen auszubrechen und ihn anzuflehen, mich endlich in den Arm zu nehmen und so festzuhalten wie vor seiner Abreise.

Dann wieder war ich überzeugt, dass ich selbst schuld bin an seinem lieblosen Verhalten, weil ich nichts Schönes für ihn angezogen habe, nicht einmal für das Essen beim Italiener, und ich hab mich gefragt, warum ich nie das tue, was ich eigentlich tun möchte. In meiner Fantasie bin ich aufgestanden und im Schlafzimmer verschwunden, um das schöne gelbe Kleid anzuziehen oder sogar nackt zurückzukommen, weil Marco mal gesagt hat, ohne Kleider gefalle ich ihm am besten. In der Realität bin ich sitzen geblieben und habe auf Dinge gewartet, die nicht passiert sind, während die Zeit mir zwischen den Fingern zerrann und mit ihr die Hoffnung.

Als ich mehrfach gähnen musste, schlug Marco mir vor, ins Bett zu gehen, er käme gleich hinterher. Doch um halb zwei lief der Fernsehapparat immer noch, und als ich gegen vier aufgewacht bin, lag er mit dem Rücken zu mir und schlief, wenn auch sehr unruhig. Er muss sich ganz leise ins Bett geschlichen haben, um mich nicht zu wecken.

Jetzt ist es halb acht. Marco schnarcht leise, das Gesicht in seinem Kopfkissen vergraben, ein Bein um die Decke geschlungen. Bei seinem Anblick wird mir bewusst, wie sehr es mich verletzt, dass am Vorabend nichts von dem geschehen ist, was ich mir ausgemalt habe.

Ich unterdrücke den Drang, ihn zu berühren, obwohl es nichts gibt, das ich mir sehnlicher wünsche. Ich möchte seine glatte Haut unter meinen Fingerspitzen spüren, die harten Muskelstränge auf den Schultern, seinen Nacken küssen. Bevor ich schwach werde, schlüpfe ich aus dem Bett, und doch kann ich meinen Blick nicht losreißen.

Leise kleide ich mich an, dieselbe Hose wie gestern, ein locker sitzendes Shirt ohne jeden Pep und meine Strickjacke. Dann verlasse ich die Wohnung, um Brötchen zu holen. Gewohnheitsmäßig ziehe ich draußen die Kapuze über mein Haar, dabei ist es so warm, dass niemand außer mir überhaupt eine Jacke trägt.

Unterwegs fällt mir die seltsame Begegnung mit Olaf ein. Inzwischen hab ich mich wieder beruhigt. Hätte er mich wirklich erkannt, gäbe es keinen Grund für ihn zu schweigen. Nein, meine kurze Panikattacke gestern war unbegründet, genau wie meine Enttäuschung über Marcos Verhalten. Ich sollte wirklich kein Drama daraus machen. Mein Ehemann war gestern einfach nur erschöpft. Heute wird alles besser. Bestimmt.

Die Filiale der Großbäckerei liegt nur ein paar Häuser entfernt auf derselben Straßenseite. Viel ist dort nicht los, ich wundere mich immer wieder, dass der Laden sich überhaupt halten kann. Die Verkäuferinnen wechseln ständig, aber die Frau, die heute bedient, arbeitet schon länger hier. Ihre Haare sind so hell wie meine, allerdings sind ihre gefärbt, viel kürzer und von rosa Strähnchen durchzogen. Jedes Mal, wenn ich hier einkaufe, kaut sie Kaugummi, auch heute. Ihr Kiefer bewegt sich unablässig auf und ab und hält nur an, wenn sie spricht.

»Ich nehme vier Roggenbrötchen und zwei Croissants.«

»Okay. Hab gesehen, dass Sie heute in der Zeitung sind. Sie und Ihr Mann. Wollen Sie eine mitnehmen?« Ohne zu fragen, zieht sie eine BILD-Zeitung von dem Stapel neben der Kasse und legt sie neben die Brötchentüte. Gleich auf der Titelseite steht mit großen Lettern: *Es war die Hölle – die Kameraden der toten Soldaten kehren heim.*

Mein Foto ist in der Zeitung. Jeder kann es sehen. Überall.

Nein, möchte ich laut schreien, *bitte nicht*. Es fühlt sich an, als hätte jemand den Stecker gezogen, der mich am

Leben erhält, mein Herz scheint nicht mehr zu schlagen, und meine Knie werden weich. Ich muss mich an der gläsernen Verkaufstheke abstützen, damit mir nicht die Beine wegknicken.

»Ist Ihnen nicht gut?« Die Verkäuferin klingt eher neugierig als besorgt.

»Es geht schon«, flüstere ich tonlos. Eine Lüge. Es geht nicht, es wird niemals gehen.

Die Katastrophe, vor der ich mich seit Jahren fürchte, ist eingetreten. Mein Versteckspiel wird auffliegen. Ich bin verloren.

Hastig krame ich mein Portemonnaie hervor und lege einen Zehneuroschein auf den Tresen. Das Wechselgeld stecke ich ein, ohne nachzuzählen. Ich stopfe die Zeitung in meinen Leinenbeutel, zusammen mit der Brötchentüte, und verlasse fluchtartig den Laden.

Draußen ziehe ich erneut die Kapuze über mein Haar, diesmal nicht aus alter Gewohnheit, sondern um mich vor einer sehr realen Bedrohung zu schützen. Für die anderen mag es Hochsommer sein, für mich ist soeben die Eiszeit ausgebrochen. In meinem Inneren herrscht Grabeskälte, und ich merke, dass meine Zähne aufeinanderklappern.

Die wenigen Meter bis nach Hause lege ich im Laufschritt zurück, ich schließe mit zittrigen Fingern die Eingangstür unten im Flur auf und hetze durch das Treppenhaus, als wäre der Teufel persönlich hinter mir her. Aber das ist er jetzt wohl auch, der Teufel wird nicht ruhen, bis er mich ausfindig gemacht hat. Oben reiße ich die Wohnungstür auf und knalle sie hinter mir zu, bevor ich abschließe, zweimal, und die Sicherheitskette und den Riegel vorlege. Als wüsste ich nicht, dass kein Schloss der Welt mich vor ihm schützen kann.

In der Küche zerre ich die Zeitung aus der Tasche und breite sie auf dem Tisch aus.

Der Trennungsschmerz der letzten Monate steht ihnen ins Gesicht geschrieben: Hauptfeldwebel Marco Maiwald endlich wieder daheim bei seiner Frau Amy. Es folgen noch ein paar Aufnahmen von anderen Ehepaaren, an die ich mich dunkel erinnern kann, doch unser Bild ist gleich zweimal zu sehen, einmal auf der Titelseite und ein zweites Mal in dem Bericht auf Seite vier.

Für mich schaut Marco auf dem Foto ein wenig irritiert aus, als würde er sich fragen, wer die Frau ist, die an seiner Seite steht. Aber das spielt keine Rolle. Ich selbst bin perfekt getroffen, genau von vorn. Und mein Name steht direkt unter dem Bild, dick und fett und nicht zu übersehen, zusammen mit meinem Wohnort. Amy Maiwald, Erzieherin aus Lilienthal. Mein Gott, ich bin wirklich verloren.

Ohne darüber nachzudenken, raffe ich die Zeitung zusammen und stürze damit durch den schmalen Flur ins Schlafzimmer, wo Marco immer noch selig schläft. Ich pfeffere sie auf das Bett, dann rüttele ich mit beiden Händen an seiner Schulter, und das nicht gerade sanft.

»Hast du das gewusst? Hast du gewusst, dass die BILD-Zeitung ein Foto von uns bringt?«

Schlaftrunken schlägt er die Augen auf. »Was? Zeig mal her.«

Gähnend setzt er sich auf und mustert mit hochgezogenen Brauen die Titelseite. »Die haben gestern angerufen und gefragt, ob sie das Foto drucken dürfen. Meine Telefonnummer hat ihnen mein Vorgesetzter gegeben. Bei der Gelegenheit sollte ich noch ein paar Worte sagen, wie es mir geht, wie du dich jetzt fühlst, solche Sachen. Warum regst du dich so auf? Du bist doch gut getroffen, richtig niedlich. Ich dagegen…«

»Wie kannst du es wagen, mein Foto der Presse zu überlassen? Ohne zu fragen, ob ich das überhaupt will?«

»Hä? Was ist mit dir denn los? Spinnst du jetzt völlig? Und hör auf, mich die ganze Zeit zu kneifen.«

Tatsächlich bohren meine Finger sich in seinen Oberarm, im Eifer des Gefechts ist mir das nicht aufgefallen. Beschämt ziehe ich die Hand zurück und flüstere: »Du weißt gar nicht, was du getan hast.«

»Nein, das weiß ich tatsächlich nicht, aber vielleicht bist du ja so gnädig, mich aufzuklären. Mir ist nämlich absolut nicht klar, warum du so ausflippst. Wenn ich mich recht entsinne, sind wir verheiratet. Ist das neuerdings ein Geheimnis, oder hast du dir in der Zwischenzeit überlegt, dass du doch keinen Soldaten willst? Echt, Amy, was willst du mir eigentlich mitteilen?«

»Nichts. Gar nichts.«

Schwerfällig richte ich mich auf und schleppe mich ins Bad, wo ich zuerst die Tür abschließe und mich dann auf den Rand der Badewanne sinken lasse. Ich streife meine Sandalen von den Füßen und zeichne mit den nackten Zehen Kreise auf den weiß gefliesten Boden, für jeden Gedanken einen Kreis. Ich habe nicht die geringste Ahnung, was ich jetzt machen soll, aber mir ist schlecht vor Angst, so schlecht, dass ich plötzlich würgen muss. Ich knie mich vor die Toilette und halte den Kopf über das Becken, doch mein Magen will nichts hergeben. Ohne dass ich etwas dagegen tun kann, überfluten mich all die Erinnerungen, vor denen ich seit Jahren davonlaufe. Es fühlt sich an, als hätte jemand einen Kübel Unrat über meinem Haupt ausgekippt.

Ich setze mich wieder auf den Wannenrand, verberge mein Gesicht in den Händen und versuche, mich zu beruhigen. Vielleicht lebt er gar nicht mehr in Deutschland. Vielleicht liest er das gar nicht. Vielleicht passiert überhaupt nichts, versuche ich, mir einzureden. Erfolglos.

Es klopft. Marco will ins Bad. Als ich die Tür öffne, sagt er kein Wort, sondern schlängelt sich an mir vorbei, ohne mich zu berühren. Genau, wie ich es gerade getan habe, schließt auch er sich ein, und kurz darauf höre ich ihn reden. Wenn er keine Selbstgespräche führt, hat er sein Handy mit ins Bad genommen und telefoniert.

Während ich den Tisch für uns decke, nehme ich das Rauschen der Dusche wahr. Als Marco aus dem Badezimmer kommt, ist er komplett angezogen, als wäre es ihm unangenehm, sich nackt vor mir zu zeigen.

Mit gerunzelter Stirn betrachtet er den gedeckten Tisch. »Olaf kommt gleich. Er fährt mich nach Zeven. Mit dem Bus ist das ja eine halbe Weltreise. Ich will den Wagen anmelden, das haben wir doch gestern besprochen. Und wenn ich schon dort bin, muss ich natürlich bei Marina vorbeischauen.«

Marina, seine ältere Schwester, hat mir schon bei unserer ersten Begegnung klargemacht, dass sie nichts mit mir anfangen kann – und will. In ihren Augen bin ich nicht die Richtige für Marco. Abgesehen von einem kurzen Anruf zu Weihnachten, hatten wir in dem halben Jahr auch keinen Kontakt.

»Bei der Gelegenheit will Marina mit mir noch zu IKEA«, fährt Marco fort, ehe ich etwas sagen kann. »Sie braucht irgendwelche Regale, die sie allein nicht schleppen kann.«

Vielleicht merkt er tatsächlich nicht, wie weh er mir damit tut, dass er gleich an unserem ersten gemeinsamen Tag sämtliche Unternehmungen ohne mich plant. Oder er merkt es, und es ist ihm völlig egal. Ich bin ihm völlig egal.

»Oh«, rutscht es mir heraus. »Wir wollten den Wagen doch zusammen…«

»Sorry, Amy, da wusste ich noch nicht, dass Marina die

Regale braucht. Wir müssen die Rückbank umklappen, also können wir dich nicht mit zu IKEA nehmen. Mal ehrlich, was willst du die ganze Zeit allein in Zeven machen?«

An einer Antwort ist er nicht interessiert, alles ist längst entschieden. Als Nächstes stürzt er einen Becher Kaffee runter, im Stehen, den Blick auf die Uhr über der Küchentür gerichtet. »Ich mach mich fertig, Olaf kann jede Minute hier sein.«

Ohne etwas zu sagen, stütze ich die Ellenbogen auf den Tisch und betrachte den Korb mit den Brötchen, die ich allein niemals aufessen kann. Gestern hieß es noch, dass wir gemeinsam mit dem Bus nach Zeven fahren, um den Wagen zu holen. Von einem Besuch bei IKEA oder einer Verabredung mit Olaf war nicht die Rede. Vielleicht hat er das mitten in der Nacht entschieden, nachdem er mich ins Bett geschickt hat. Oder heute Morgen im Bad.

Natürlich kann ich verstehen, dass er heiß ist auf den neuen Wagen, den er kurz vor seinem Abflug bestellt hat, weil der alte nach einem Unfall nur noch Schrottwert besaß. Ein roter BMW, die genaue Bezeichnung hab ich mir nicht gemerkt. Mit Autos kenne ich mich nicht aus. Ich habe nicht mal einen Führerschein. Der BMW steht bei einem Autohändler in Zeven, seit Freitag zugelassen, und wartet darauf, dass sein Besitzer ihn abholt. Marco ist ein typischer Autofahrer, der Busfahren hasst, und kann es nicht erwarten, wieder mobil zu sein. Allerdings war mir nicht so klar, wie gering mein Stellenwert in seinem Leben ist. Ich gehöre scheinbar nicht dazu.

Es klingelt. Olaf. Marco drückt seine Lippen auf meine Stirn, bevor er geht. Ich bin traurig und gleichzeitig erleichtert, dass Olaf gar nicht erst die Wohnung betritt. Irgendwie ist er mir unheimlich.

Ich gehe ins Bad, hebe das Handtuch auf, das Marco benutzt hat, und schnuppere daran. Am Tag, bevor er nach Afghanistan geflogen ist, hatten wir Sex unter der laufenden Dusche. Wie oft habe ich in den letzten Monaten daran gedacht, und jedes Mal ist mir ganz heiß geworden bei der Vorstellung, dass es nach seiner Rückkehr wieder so sein würde. Wo ist seine Lust auf meinen Körper geblieben? Wo ist der Mann geblieben, dem ich aus tiefster Überzeugung ewige Treue geschworen habe? Was ist mit uns passiert?

5 RÜCKBLICK, EIFEL, 2008

Wenn es einen Tag im Leben gab, den Friedhelm Schwarz als seinen Glückstag bezeichnen würde, dann war es der, an dem er seine Frau gefunden hatte.

Dass so ein einfacher Mensch wie er, ohne Schulabschluss, ohne Berufsausbildung, das Gesicht entstellt von Brandnarben, weil er als Dreijähriger in das Lagerfeuer gestolpert war, das sein Vater unbeaufsichtigt hatte abbrennen lassen, eines Tages doch noch eine Frau finden würde – und dann so eine wunderbare Frau wie Viola –, hätte er nicht einmal zu träumen gewagt.

Während Friedhelm das Lesen und erst recht das Schreiben schwerfiel, war Viola richtig klug. Sie las die Zeitungen, die er ihr aus dem Dorf mitbrachte, und abends schaute sie die Nachrichten im Fernsehen. Hübsch war sie auch und viel jünger als Friedhelm. Trotzdem liebte sie ihn und war ihm eine gute Frau.

Es ekelte sie nicht, seine Narben zu berühren, und manchmal sagte sie Sachen, die ihn so glücklich machten, dass ihm beinahe die Tränen kamen. Zum Beispiel, dass er von innen der schönste Mensch wäre, den sie in ihrem Leben kennengelernt hatte, und dass sein Herz aus purem Gold sein musste.

Was spielte es da für eine Rolle, dass Viola bestimmte, wo es langging? Seine Mutter hatte immer geschimpft, dass er kein echter Kerl wäre, so wie sein Vater, sondern ein Jammerlappen, der sich von anderen rumschubsen ließ, ohne sich zu wehren. Wenn sie wüsste, dass er sich von einer Frau rumkommandieren ließ, würde sie ihn auslachen. Aber seine Mutter war schon lange tot, und wenn er sich an sie erinnerte, begriff er, dass sie nicht viel gewusst hatte vom Leben außerhalb ihres Hofs und schon gar nichts von Liebe und Glücklichsein.

Mit Viola konnte man friedlich zusammenleben, ganz ohne Alkohol, Schläge und böse Worte. An ihrer Seite fühlte er sich nicht mehr minderwertig oder dumm. Sie teilten die Arbeit, manche Dinge wusste er besser, mit anderen kannte Viola sich aus. Das Einzige, das er sich noch wünschte, war ein Kind, auch mehrere. Doch bisher sollte das nicht sein, und wenn er enttäuscht war, sagte er sich, dass er Viola so mit keinem teilen musste.

Am Wochenende, so wie heute, arbeiteten sie den ganzen Tag draußen. Sie mussten gar nicht reden, ein Blick oder ein Lächeln von ihr genügten, damit er sich wie der glücklichste Mensch auf Erden fühlte.

»Du wolltest doch den bunten Hahn schlachten!«, rief Viola über den Hof, und er nickte, obwohl er lieber den weißen Hahn geschlachtet hätte, weil er den nicht so hübsch fand wie den bunten. Um den tat es ihm leid, trotzdem würde er machen, was Viola sagte. Wie immer.

Ihr rotes Kopftuch, das sie im Nacken verknotet hatte, leuchtete in der Sonne, und es war schön anzusehen, wie sie die Arme hob und sich auf die Zehenspitzen stellte, um die Kletterrose am Spalier zu befestigen. Was, wenn er einfach zu ihr gehen würde, um ihr Kleid nach oben zu schieben und die Hand in ihre Unterhose zu stecken, dorthin, wo es warm war und feucht? Aber so etwas würde Friedhelm niemals tun. Wenn sie miteinander schliefen, dann, weil Viola ihm ein Zeichen gab.

Jetzt drehte sie den Kopf und lachte. »Guck mich nicht so an! Man könnte ja denken, dass du was von mir willst.«

Obwohl sie schon zwei Jahre zusammenlebten und viele Male miteinander geschlafen hatten, konnte er nicht verhindern, dass er rot anlief. Wieder einmal wurde ihm klar, dass Viola seine Gedanken lesen konnte. Das fand er schön und schrecklich zugleich.

Am Anfang war Viola immer zu Hause geblieben. Der einzige Mensch, der sie zu Gesicht bekam, war der Postbote, aber sie sprach niemals, sondern nickte nur oder schüttelte den Kopf. Der Postbote dachte sich seinen Teil, und bald hieß es im Dorf, dass Friedhelm sich eine Frau aus Russland geholt hätte, weil ihn hier keine wollte.

Später fuhren sie mal zusammen ins Dorf. Da machten die Leute große Augen und wunderten sich, wie hübsch seine junge Frau war und wie gut sie Deutsch sprach. *Mensch, Friedhelm, was hast du für ein Glück*, flüsterten sie ihm zu. *Die Polin, die der Sohn vom alten Lehnert hergeholt hat, war hässlich, außerdem hat sie ihn nach einem Jahr sitzen lassen.* Er nickte nur. Sollen die im Dorf Viola doch für eine gekaufte Braut aus Russland halten.

Inzwischen kauften sie regelmäßig unten im Dorf ein, immer montags. Auf dem Küchentisch lag ein Zettel, und

Viola schrieb über die Woche alles darauf, was ihr fehlte. Montags befestigte er den kleinen Anhänger an seinem Moped, und danach machten sie sich auf den Weg.

Er genoss es, Moped zu fahren, wenn Viola hinter ihm saß und sich an seinen Rücken klammerte. Manchmal freute er sich den ganzen Sonntag darauf.

6 MARCO

Der X4 aus der neuen Baureihe glitzert in der Junisonne, als wollte er Marco auffordern, einzusteigen und loszufahren.

»Geile Karre«, sagt Olaf, der sichtlich beeindruckt ist, und Marco nickt voller Besitzerstolz.

Der Wagen ist genau das, was er jetzt braucht, ein Spielzeug, um abzuschalten und zu vergessen. Dass Amy sich wegen des Fotos so aufgeregt hat, macht ihn immer noch sauer. Janine hätte sich gefreut, ihr Bild auf der Titelseite zu sehen.

Amy ist komisch, das war sein allererster Eindruck von ihr, nett, aber irgendwie seltsam, und wie so oft im Leben war der erste Eindruck am Ende der richtige. Er hätte sich darauf verlassen sollen. Stattdessen hat er sie geheiratet. Und jetzt verspürt er keinerlei Lust, den Tag mit ihr zu verbringen, obwohl er weiß, dass sie seinetwegen zwei Wochen Urlaub genommen hat. Deshalb hat er auch vom Bad aus Olaf angerufen und gefragt, ob er ihn nach Zeven fahren könnte, am besten sofort. Unterwegs hatte er alle Fragen zu seiner Frau abgewürgt und das Gespräch immer wieder auf den BMW gebracht.

Er verabschiedet Olaf mit dem Versprechen, sich demnächst auf ein Bier zu treffen, dann macht er sich auf den Weg in das Innere des gläsernen Autohauses, um alle Unterschriften zu leisten und im Gegenzug die Papiere und Schlüssel in Empfang zu nehmen. Der Verkäufer nervt ihn mit seinen blumigen Sprüchen, das war schon so, als er den Wagen bestellt hat, aber es stört ihn nicht sonderlich. Er hat nicht vor, sich mit dem schmierigen Typen anzufreunden. Er will nur das Auto.

Als er endlich hinter dem Steuer sitzt, den Motor startet und den Wagen auf die Straße rollen lässt, atmet er erleichtert auf, und fünf Minuten später weiß er gar nicht, wohin mit seiner Begeisterung. Das Auto ist fantastisch, ein Wunderwerk der modernen Technik, den Motor hört man kaum, und die Beschleunigung zaubert ein breites Grinsen in sein Gesicht. Perfekt.

Für einen Moment stellt er sich vor, direkt auf die Autobahn zu fahren, das Gaspedal durchzutreten und einfach loszubrettern, egal, wohin. Aber zuerst braucht er ein anständiges Frühstück und einen Menschen, der zuhören kann und ihn versteht: seine große Schwester.

Marina teilt ihr kleines Haus mit fünf Katzen, die aus dem Tierheim stammen, überall ihre Haare hinterlassen und nachts in ihrem Bett schlafen. Sobald ein Fremder da ist, beschweren sie sich und verlangen lautstark nach Trost in Form von Dosenfutter, und sie geben keine Ruhe, bis Marina sich ihrer erbarmt. Die Schwarze, die die Katzengang anzuführen scheint, heißt Oprah, nach der amerikanischen Talkshow-Moderatorin, die farbig ist, übergewichtig und trotzdem so erfolgreich, was Marina, die ständig mit ihren Pfunden kämpft, zutiefst bewundert. Die Namen der anderen Katzen kann Marco sich nicht merken.

Während ihrer Arbeitszeit sieht seine Schwester aus wie eine typische Friseurin. Ständig wechselt sie Haarfarbe und Frisur, sie trägt enge schwarze Klamotten, auch wenn sie ihre runde Hüftpartie ungünstig betonen, und dazu hohe Absätze, um schlanker zu wirken, obwohl sie abends immer stöhnt, dass ihre Füße davon wehtun. Privat läuft Marina in Hausschuhen aus rosa Plüsch rum, die aussehen wie Kaninchen, und in ausgebeulten Jogginghosen. Es stört sie nicht im Geringsten, dass die Knie der Hosen durchgescheuert sind und die Nähte sich lösen. Wenn sie freihat, liegt sie auf der Couch, umgeben von ihren Katzen, stopft Schokolade in sich rein, liest Heftchenromane, die von der großen Liebe handeln, oder schaut DVDs mit rührseligen Liebesschnulzen.

Falls sie erstaunt ist, dass er allein auftaucht und nach Frühstück fragt, obwohl sie erst für den Nachmittag verabredet sind, lässt sie es sich nicht anmerken.

»Klar. Kaffee, Toastbrot, Marmelade, Nutella und Käse. Mit Wurst kann ich nicht dienen.« Kein Wort über Amy. Dafür will sie etwas anderes wissen. »Wusstest du, dass euer Foto in die Presse kommt?«

»Natürlich. Die haben mich gestern angerufen und gefragt.«

»Hmm. Ich find das komisch, früher wärst du damit nicht einverstanden gewesen. Und das Bild ... na ja.« Spöttisch verzieht sie den Mund. »Du guckst sie an, als hättest du gerade erkannt, dass du ein Alien geheiratet hast.«

»Mir ist klar, dass du meine Frau nicht leiden kannst«, knurrt er unwillig. »Aber wie ein Alien sieht sie nun wirklich nicht aus.«

»Das wollte ich auch nicht sagen. Also, was ist jetzt, Frühstück?«

»Ja, bitte.«

»Aber nur in der Küche, wenn's recht ist. Ich verspüre wenig Lust, den ganzen Krempel ins Esszimmer zu schleppen.«

»Okay. Würdest du mir auch ein paar Eier in die Pfanne hauen?«

»Weil du es bist.«

Helfen darf er nicht, das macht Marina, die schon ewig allein lebt, nervös, also schaut er zu, wie sie sich einen Weg zwischen den jammernden Katzen bahnt, die Pfanne aus dem Schrank holt und mit einem Klecks Margarine auf den Herd stellt, vier Eier in einer Schüssel verquirlt und den Tisch für ihn deckt. Dann macht sie sich daran, sein Rührei zuzubereiten. Mit Schnittlauch, wie er es liebt, auch wenn die Kräuter aus dem Tiefkühlfach stammen.

Marina ist fünf Jahre älter als Marco. Im Grundschulalter hat er seine große Schwester innig geliebt, weil sie sich wie eine zweite Mutter um ihn kümmerte, während seine erste Mutter ständig mit sich selbst beschäftigt war. Als Alleinerziehende ging Gaby Maiwald beinahe jeden Abend aus, auf der Suche nach einem Versorger für sich und ihre halbwüchsigen Kinder, doch ihre Männerbekanntschaften dauerten selten länger als ein paar Wochen, und hinterher fiel sie immer in ein tiefes Loch, das sie mit Alkohol und neuen Männergeschichten zu füllen suchte. Für Marina und Marco blieb nur wenig Zeit.

Als Marco älter wurde, fiel ihm seine Schwester gehörig auf die Nerven. Wenn er irgendwelchen Mist verzapfte, musste er sich nicht vor seiner Mutter rechtfertigen, die das herzlich wenig interessierte, sondern vor seiner älteren Schwester, die anscheinend niemals einen Fehler machte und dasselbe von ihm verlangte. Er war heilfroh, als Marina zu ihrem Freund zog. Damals war sie dreiundzwanzig und er achtzehn.

Ein paar Monate später versuchte seine Mutter zum ersten Mal, sich das Leben zu nehmen, irgendein Kerl war mit ihr in Urlaub gefahren und hatte sich danach abgeseilt, weil er sie zu anstrengend fand. Sie wurde in die Psychiatrie eingewiesen und lernte dort einen schwer depressiven Mann kennen. Seither leben die beiden in einem Sumpf aus Alkohol, Tabletten und halbherzigen Selbstmordversuchen seiner Mutter, die ihr Lebenspartner mit erstaunlichem Gleichmut erträgt. Sie kreisen nur um ihr eigenes Wohlbefinden, und ihre Wohnung ist so zugemüllt, dass niemand sie betreten darf. Marco hat seine Mutter seit Jahren nicht gesehen, und er verspürt auch keinerlei Verlangen, das zu ändern.

Irgendwann ging Marinas Beziehung in die Brüche. Marco war sicher, dass ihr Freund die Nase voll hatte von ihrer ewigen Bevormundung, sie behandelte ihn nämlich genauso wie ihren kleinen Bruder. *Tu dies, tu das, du willst ja wohl kein Bier mehr trinken…* Marina nahm das Ende ihrer großen Liebe erstaunlich gelassen auf. Sie erklärte, keine Lust mehr zu verspüren, jemand anderen zu versorgen, und meldete sich an der Meisterschule an. Nach der Abschlussprüfung eröffnete sie einen eigenen Salon, der, soweit Marco das beurteilen kann, gut läuft.

Männer lässt sie nicht mehr in ihr Leben, nur Katzen, ein paar gute Freundinnen und ihren kleinen Bruder. Obwohl er inzwischen fünfunddreißig ist, glaubt sie immer noch, über sein Leben bestimmen zu müssen, was ihn oft genug ärgert, andererseits ist sie immer für ihn da.

»Du siehst nicht gut aus«, sagt sie jetzt und setzt sich mit einem Becher Kaffee auf den anderen Küchenstuhl. »Schläfst du richtig? Ich hab gelesen, dass die meisten Soldaten, die dort unten waren, nicht so leicht in die Normalität zurückfinden.«

»Geht so«, murmelt er. »Ich träume schlecht, aber das hat schon in Afghanistan angefangen. Das gibt sich wieder.«

»Und Amy arbeitet wieder?«

Stumm schüttelt er den Kopf.

»Warum kommst du dann allein?«

Schulterzucken. »Weil die Möbel sonst nicht in den Wagen passen.«

»Wir hätten doch meinen Kombi nehmen können.«

»Hab ich nicht dran gedacht. Außerdem will ich meinen neuen Wagen ausprobieren, ist ja wohl logisch. Darauf freue ich mich seit Wochen.«

Marina seufzt schwer. Mit gespitzten Lippen pustet sie kühle Luft in ihren Kaffeebecher, dann stellt sie ihn entschieden auf den Tisch. »Lass uns ehrlich sein. Diese überstürzte Ehe war ein Fehler. Du wolltest Janine beweisen, was für ein toller Hecht du bist. Einer, der gleich die Nächste aus dem Ärmel zaubern kann. Nur darum hast du vor deinem Abflug noch schnell geheiratet und eine große Anzeige in die Zeitung gesetzt. Du hattest Angst, dass Janine sonst gar nichts von deiner Heirat mitkriegt. Und aus demselben Grund ist jetzt dieses Foto in der BILD-Zeitung gelandet. Janine soll sehen, wie gut es dir geht.« Mit einem traurigen Lächeln beugt sie sich vor und greift nach seiner Hand. »Aber weißt du was, kleiner Bruder, du siehst überhaupt nicht glücklich aus, nicht in Wirklichkeit und schon gar nicht auf dem albernen Foto. Wenn Janine dich kennt, und das wird sie ja wohl, kapiert sie sofort, was los ist.«

Was ist denn los?, denkt er trotzig und häuft sich Rührei auf den Teller. »Du spinnst.«

»Du solltest Amy die Wahrheit sagen. Das mit euch ist

doch ein Witz«, fährt sie ungerührt fort. »Das Mädchen passt überhaupt nicht zu dir. Amy könnte besser einen Pastor heiraten, und du brauchst eine Frau, mit der man auch mal Spaß haben kann.« Eine wie Janine, das braucht sie gar nicht auszusprechen. »Und sieh bloß zu, dass du Amy nicht schwängerst. Ein Kind wäre jetzt der Supergau.«

Wenn Amy nicht die zweite Jungfrau Maria ist, kann sie nicht schwanger werden, aber das geht Marina nun wirklich nichts an. »Ich pass schon auf.«

Gegen Mittag machen sie eine Probefahrt mit dem BMW, über die Landstraße zur A 1 und dort Richtung Hamburg und wieder zurück. Marco genießt jeden Kilometer. So fühlt sich Freiheit an, die Freiheit, von der er in Afghanistan nur träumen konnte. Anschließend geht es zum schwedischen Möbelhaus – mit Marinas Passat. Sie braucht zwei neue Billy-Regale für den Flur und eine Kommode für ihr Schlafzimmer, die sich auf keinen Fall in dem Coupé unterbringen lassen. Im Möbelhaus schlendern sie durch die Ausstellung, trinken gemütlich Kaffee und essen dazu schwedische Mandeltorte.

»Meldest du dich gar nicht bei Amy?«, will Marina einmal wissen, und er erklärt, dass das unnötig wäre.

Marina lacht spöttisch.

Wieder in Zeven, verschwendet sie allerdings keinen Gedanken mehr an ihre Schwägerin, sondern bittet Marco, die Möbel gleich aufzubauen.

»Ich hab keine Lust, dass hier wochenlang die Kartons rumstehen.« Und dann kichert sie und meint, dass Männer schließlich zu irgendwas gut sein müssten.

Erst gegen halb sechs, er hat bei der Gelegenheit noch eine Gardinenstange angedübelt und eine kaputte Lampe repariert, macht Marco sich auf den Heimweg, und er spürt deutlich, wie seine gute Laune sich mit jedem Kilometer verringert, bis nichts mehr davon übrig ist.

7 BENEDIKT KRAMER

Mit wackligen Knien stapft Benedikt Kramer die Gangway der Boeing 737 runter. Er ist mehr als froh, wieder festen Boden unter den Füßen zu spüren. Die Maschine hat ihn sicher von Kreta nach Deutschland getragen, unterwegs gab es keinerlei Turbulenzen, und doch konnte er sich an Bord nicht eine Minute wirklich entspannen. Das Gefühl, den Flugkünsten eines Piloten hilflos ausgeliefert zu sein, über den er rein gar nichts weiß, bereitet ihm seit jeher Unbehagen, und es wird ihm ewig ein Rätsel bleiben, wie Menschen während des Fluges schlafen können. Benedikt schwitzt die ganze Zeit Blut und Wasser, bei jeder Erschütterung krallt er die Hände um die Armlehnen und hält die Luft an. Die Snacks, die das Bordpersonal unterwegs anbietet, muss er ablehnen, weil sein Magen sich anfühlt wie zugenagelt.

Benedikt ist inzwischen Kriminalrat und Leiter des Polizeipräsidiums Düren. Vor elf Tagen hat er seinen sechzigsten Geburtstag gefeiert. Daran, wie die Feier zu Ende gegangen ist, erinnert er sich nicht nur noch verschwommen, zu viel Bier und Ouzo, dafür weiß er nur zu gut, dass er morgens neben Anita Werner aufgewacht ist, einer Kollegin aus dem Dezernat für Wirtschaftskriminalität, die seit ihrer Scheidung vor drei Jahren das ist, was man allgemein als bedürftig bezeichnet.

Er war heilfroh, dass um zwölf Uhr sein Flieger Richtung

Griechenland startete und er Anita deshalb vor die Tür setzen musste. Dennoch bleibt die Frage, wie das überhaupt passieren konnte. Anita ist überhaupt nicht die Art Frau, die ihn interessiert. Zu groß, zu hager, zu laut und mit ihren zweiundfünfzig Jahren auch zu alt, um ihn wirklich anzumachen. Außerdem redet sie ständig von ihrer Border-Collie-Hündin Poppy, mit der sie scheinbar stundenlang auf dem Hundeplatz trainiert. Agility, er weiß nicht mal genau, was das ist, und es interessiert ihn auch nicht im Geringsten. Bis heute kapiert er nicht, was ihn dazu bewogen hat, mit Anita zu schlafen, und in gewisser Weise ist er froh, sich nicht an Einzelheiten erinnern zu können.

An acht von zehn Urlaubstagen hat Anita ihm euphorische Nachrichten geschickt. Sie freut sich so auf seine Rückkehr, sie will für ihn kochen, sie hofft, dass er ebenso gern spazieren geht wie sie und die Hündin. *In unserem Alter genau die richtige Freizeitbeschäftigung,* hat sie doch tatsächlich geschrieben. Dreimal hat sie angeblich von ihm geträumt.

Scheiße.

Er will nichts von Anita und fragt sich, wie er ihr das beibringen soll, ohne wie ein Arschloch dazustehen. Seine nichtssagenden Antworten im Telegrammstil, die an Unhöflichkeit grenzten, scheinen nichts zu bewirken. Vielleicht sollte er gar nicht mehr antworten.

Zehn Tage Kreta. In jungen Jahren war es ihm noch wichtig, die Insel zu Fuß zu ergründen, heutzutage reicht ihm ein Fünfsternehotel mit gehobener Küche, sogar auf den Leihwagen hat er diesmal verzichtet. Er genoss es, bis um zehn Uhr zu schlafen, sich anschließend an dem Frühstücksbüfett zu erfreuen und sich dann mit einem Buch in die Sonne zu setzen, bevor er sich ein ausgedehntes Mittagsschläfchen gönnte.

Am Nachmittag stattete er dem Strand einen Kurzbesuch ab, ohne zu baden allerdings. Trotz seiner sechzig Jahre ist Benedikt noch eitel, und er hat beschlossen, seinen alternden Männerkörper nicht mehr der Allgemeinheit zu präsentieren. Diese Zeiten sind unwiderruflich vorbei. Zurück im Hotel, setzte er sich auf den winzigen Balkon vor seinem Zimmer, las noch ein paar Seiten in seinem Roman oder löste ein Sudoku, bevor er sich als einer der Ersten zum Abendessen aufmachte.

Junge Frauen faszinieren ihn immer noch, doch das beruht schon lange nicht mehr auf Gegenseitigkeit. Ein sechzigjähriger Polizist mit schütterem Haar, nicht mehr ganz schlank, der weder gern tanzt noch an der Bar hockt und wildfremde Frauen zu einem Cocktail einlädt, gefällt höchstens den Damen seiner eigenen Altersklasse, die ihn wiederum langweilen. Dieser Lebensabschnitt scheint endgültig vorüber zu sein. Nach der unseligen Nacht mit Anita hat er beschlossen, keinen Kontakt mehr zum anderen Geschlecht zu suchen und in Würde zu altern – allein. Selten ist er so erholt aus dem Urlaub zurückgekehrt.

Nachdem er seinen dunkelblauen Trolley vom Gepäckband gefischt hat, strebt er zusammen mit einer Traube von Urlaubsheimkehrern dem Ausgang zu. Er stoppt an einem der zahlreichen Geschäfte, um sich den aktuellen STERN zu kaufen und ein Taschenbuch, einen Krimi natürlich, damit er sich bei der Lektüre über die stümperhafte Darstellung seiner Arbeit amüsieren kann. Vor ihm liegt noch eine ganze Woche Urlaub und damit Zeit genug zu lesen. Das Wetter in Deutschland scheint ja ganz ordentlich zu sein, und seine kleine Terrasse liegt nach Südwesten.

Kurz mustert er die Taschenbücher in dem Drehständer und entscheidet sich für eine schwedische Autorin, weil der Name ihm bekannt vorkommt. Ob ein Buch gut ist oder schlecht, weiß man ohnehin erst, wenn man es nach der letzten Seite zuschlägt. Da es ziemlich voll ist in dem kleinen Laden, reiht er sich brav in die Schlange der Wartenden ein. Dabei streift sein Blick eher zufällig den Aufsteller mit der aktuellen BILD-Zeitung. Flüchtig nimmt er das auffallend helle Haar der Frau auf dem Titelbild wahr, dann betrachtet er die Aufnahme genauer, und sein Mund wird trocken, wie immer, wenn Adrenalin in seine Blutbahn gelangt.

Er greift nach einem Exemplar – im Inneren gibt es noch ein Foto des Paares. Mein Gott, wie dumm ist dieses Mädchen eigentlich? Lässt sich für die BILD ablichten, sogar mit Namen und Wohnort. Es scheint, als wäre sie von allen guten Geistern verlassen. Das Mädchen, denkt er im selben Moment und schüttelt unwillig den Kopf. Wie lange ist das jetzt her? Er braucht eine Weile, bis es ihm einfällt. Zwölf Jahre. Sie ist längst eine erwachsene Frau, eine verheiratete Frau, wie ganz Deutschland jetzt weiß. Und trotzdem hat er sie sofort erkannt.

Damals hat er sich gefragt, warum sie ums Verrecken nicht den Mund aufmachen wollte. Und heute fragt er sich das immer noch. Entschlossen faltet Benedikt die BILD-Zeitung zusammen und bezahlt sie mit dem Buch und dem STERN.

Den Roman hätte er sich allerdings sparen können, sieht nicht so aus, als würde er in nächster Zeit die Muße zum Lesen finden.

8 AMY

Mir ist eisig kalt, die ganze Zeit schon. Ich weiß nicht, wie ich die letzten Stunden überstanden habe, warum ich nicht erfroren bin. Könnte ich weinen, würden meine Augen keine Tränen, sondern winzig kleine Schneekristalle hervorbringen, die sich auf meiner Haut sammeln, bis ich unter einer weißen Schneedecke verschwunden wäre. Ein schönes Bild, finde ich, Schnee ist so unschuldig und rein, ganz anders als ich selbst. Aber ich kann nicht weinen, keine einzige Träne.

Seit Marco fort ist, sitze ich wie festgenagelt auf dem Küchenstuhl, den Blick auf das verfluchte Foto gerichtet. Ich studiere jede Einzelheit darauf. Keine Ahnung, wie oft ich den dazugehörigen Artikel bereits gelesen habe, inzwischen kann ich die Namen der anderen Paare auswendig herunterbeten. Für mich sehen alle anderen glücklicher aus als Marco und ich. Warum hat man ausgerechnet unser Foto für die Titelseite gewählt?

Irgendwann zwinge ich mich, die Zeitung wegzulegen, ehe ich vollends durchdrehe. Ich kneife die Augen zusammen und versuche, an gar nichts zu denken. Vergeblich. Hinter meiner Stirn laufen drei Filme gleichzeitig ab. In dem ersten irre ich durch einen Wald, ich stolpere vorwärts, und das einzige Geräusch, das ich hören kann, ist mein eigenes Keuchen. In dem zweiten Film ist es stockfinster, ich sehe absolut nichts, weiß aber, dass ich eingesperrt bin. Weil ich nichts sehe, konzentriere ich mich auf das, was meine Ohren wahrnehmen. Ein leises Huschen, das Trippeln winziger Füße. Alle sagen, dass es hier unten gar keine Ratten gibt, aber das stimmt nicht, ich kann sie hören und habe furchtbare Angst, dass die hässlichen Nager sich im Schutz der Dunkelheit auf mich stürzen. In dem dritten Film höre ich ein Baby schreien. Alles passiert gleichzeitig, es ist hell und dunkel, ich höre Stimmen, die ich vergessen möchte, vor allem seine Stimme.

Marco kommt später als angekündigt. Er war mit seiner Schwester bei IKEA und hat die gekauften Regale hinterher noch zusammengebaut. Kein Wort der Entschuldigung, dass er mich gleich an unserem ersten gemeinsamen Tag allein gelassen hat, stattdessen schnappt er sich die Fernsehzeitung und setzt sich damit an den Küchentisch. Als ich an ihm vorbeigehe, um Nudeln aus dem Schrank zu holen, irgendwas müssen wir ja essen, obwohl mir weiß Gott nicht danach zumute ist, greift er ganz unerwartet nach meiner Hand.

»Hör mal, das mit dem Foto in der Zeitung... vielleicht kannst du mir jetzt ja mal erklären, was so schlimm daran sein soll.«

Nichts. Alles. »Du hättest mich vorher fragen können.«

»Stimmt. Hätte ich. Wenn mir klar gewesen wäre, dass du so ein Drama daraus machst. Ich bin eben stolz auf das, was ich in Afghanistan geleistet habe, und so ein Foto auf der Titelseite einer Zeitung, die man überall kaufen kann, ist doch so was wie eine öffentliche Anerkennung. Ich dachte, du siehst das genauso. Vor dem Abflug hast du gesagt, dass du es gut findest, wenn man für seine Anschauung einsteht.«

Vor dem Abflug, das scheint Lichtjahre her zu sein. »Das stimmt ja auch«, versichere ich eilig, obwohl ich gar nicht mehr beschwören möchte, dass das wirklich meine Meinung ist. Ich frage mich, ob Marco mich schon immer so abweisend behandelt hat und ich das in meiner Verliebtheit nicht sehen wollte oder ob das, was er in Afghanistan erleben musste, ihn verändert hat.

»War es schlimm da unten? Schlimmer, als du geschrieben hast?« Ich hoffe auf ein Ja, weil ich mir wünsche, dass sein kühles Verhalten nichts mit mir zu tun hat.

»Ich wusste doch, was auf mich zukommt.« Der Punkt hinter dem Satz ist deutlich zu hören, mehr wird er nicht dazu sagen.

In genau diesem Ton waren auch Marcos Briefe abgefasst. Distanziert und nüchtern wie ein Militärrapport. In meiner Vorstellung schreiben frisch verheiratete Männer ganz andere Dinge. Andererseits kenne ich keine anderen Männer näher, und über Marco scheine ich auch nicht viel zu wissen.

Gleich nach dem Essen geht er ins Bett. »Die letzte Nacht war ein bisschen kurz.«

»Schon?« Ich merke, wie enttäuscht ich klinge, und schäme mich für meine Schwäche. Aber warum soll er nicht wissen, wie unglücklich ich bin? Er muss doch selbst merken, wie angespannt die Stimmung seit seiner Rückkehr ist. Wenigstens fühle ich mich in seiner Anwesenheit sicherer als vorher. Sogar die Kälte ist verschwunden, dafür hängt eine schwere Traurigkeit in der Luft, feucht und lauwarm, wie etwas, unter dem man leicht ersticken kann.

Vielleicht muss ich nur den Anfang machen, damit alles gut wird zwischen uns. Ich beschließe zu duschen und creme meine Haut danach mit einer Körperlotion ein, die nach Vanille und Mandeln duftet. Dann ziehe ich ein kurzes Nachthemd aus weißer Spitze an, das ganz neu ist.

Als Marco mich in meinem Hochzeitskleid gesehen hat, das ich in aller Eile gekauft hatte, schulterfrei, eng anliegend, kniekurz und aus weißem, glänzendem Stoff, hat er mir ins Ohr geflüstert, dass ich wie eine Elfe aussähe, wunderschön und sehr zerbrechlich, und dass er in Afghanistan jeden Tag an diesen Anblick denken würde.

Nichts wünsche ich mir mehr, als dass ich ihm in dem

Nachthemd genauso gut gefalle. Mit der Bürste fahre ich durch meine Haare, auch wenn ich nicht so recht daran glaube, dass sie hinterher stärker glänzen, wie es immer behauptet wird. Aber es hilft gegen meine Nervosität. Bisher war Marco derjenige, der mich ständig berühren wollte. Es wird das erste Mal sein, dass ich die Initiative ergreife.

Im Schlafzimmer stelle ich zu meiner Enttäuschung fest, dass Marco längst schläft, wenn auch sehr unruhig. Er wälzt sich von einer Seite auf die andere, als würden seine Kriegserlebnisse ihn bis in seine Träume verfolgen. Dabei schwitzt er so heftig, dass sein Körper vor Feuchtigkeit glänzt. Ich flüstere seinen Namen, doch er reagiert nicht, und ich begreife, dass auch in dieser Nacht nichts passieren wird. Es fällt mir schwer, neben ihm zu liegen und seinen inneren Kämpfen zu lauschen, doch irgendwann dämmere ich ein.

Gegen zwei Uhr wache ich davon auf, dass Marco im Schlaf irgendwelche unverständlichen Befehle zischt. Er klingt unglaublich zornig, und es will mir nicht gelingen, wieder einzuschlafen. Stattdessen liege ich mit offenen Augen neben meinem Ehemann und versuche, mir ins Gedächtnis zu rufen, weshalb ich mich damals so schnell in ihn verliebt habe. Zuallererst lag es wohl an seiner Art, Probleme entweder als unwichtig abzutun oder sie sofort zu lösen. Und dann natürlich an seinem Aussehen, an dem Grübchen im Kinn, seinem Haar, das immer ein wenig ungekämmt wirkte, und seinen Augen. Um die rauchblauen Pupillen verläuft ein schmaler, rehbrauner Ring, den man nur sieht, wenn man ganz nah vor ihm steht. Ich bin nicht mal sicher, ob das wirklich so besonders ist, wie ich es mir einbilde, ich komme anderen Menschen nur selten so nahe, dass ich ihnen direkt in die Augen schauen kann. Außerdem mag ich seinen Mund, sein Lächeln, das ich, wenn es mir gilt, bis in die Zehenspitzen spüren kann, und ich liebe den Klang seiner Stimme, wenn er leise und zärtlich mit mir spricht.

Wenn er mich doch einmal, nur ein einziges Mal so ansehen würde wie damals. Wie sehr ich mich danach sehne, seine Hände auf meinem Körper zu fühlen, zu spüren, wie sehr er mich begehrt, so, wie es vor dem Abflug war. Sogar an seine neue Frisur habe ich mich schon gewöhnt. Sie lässt ihn härter aussehen, aber auch männlicher. Und vielleicht lässt er sein Haar ja mir zuliebe wieder wachsen.

Irgendwann halte ich es nicht mehr aus und schmiege mich an seinen Rücken. Ich streichle mit den Fingerspitzen über seinen Oberarm, ganz behutsam, um ihn nicht zu wecken.

Auf das, was jetzt folgt, bin ich nicht vorbereitet.

Marco brüllt: »Nein!« Er stößt einen markerschütternden Schrei aus, schlägt wild um sich und rammt seinen Ellenbogen in mein Gesicht, bevor er mich mit Fußtritten aus dem Bett befördert.

Alles passiert so schnell, dass ich mich auf dem Boden finde, bevor ich reagieren kann. Wie in Schockstarre bleibe ich dort liegen und schaue zu, wie Marco das Licht anknipst, sich aufrichtet und die Augen aufreißt. Er wirkt völlig desorientiert und murmelt unverständliches Zeug. Es dauert eine ganze Weile, bis er begreift, wo er sich befindet und was gerade geschehen ist. Sofort springt er aus dem Bett und kniet sich vor mich auf den Boden.

»O Gott, Amy, das wollte ich nicht, ehrlich, entschuldige bitte. In den letzten Wochen träume ich ständig so heftig, Olaf hat sich auch schon beschwert. Warte, ich hole etwas zum Kühlen.«

Wenige Minuten später sitze ich auf der Bettkante, und Marco presst einen mit Eiswürfeln gefüllten Plastikbeutel, um den er ein Geschirrtuch gewickelt hat, gegen mein Gesicht.

»Scheiße, das tut mir so leid. Ist es sehr schlimm?«

Ich gebe keine Antwort. Die Wahrheit ist, dass mein ganzes Gesicht vor Schmerzen brennt, aber das muss er nicht wissen, er würde sich noch schlechter fühlen. Stattdessen lehne ich meinen Kopf gegen seine Schulter. Einen Moment bleiben wir so sitzen, dann haucht er einen Kuss auf meine Stirn und steht auf.

»Wir sollten besser getrennt schlafen, bevor so etwas noch mal passiert.« Ungeachtet meiner Proteste, schnappt er sein Bettzeug und zieht damit um auf die Couch im Wohnzimmer, so schnell, als könnte er es kaum erwarten, das gemeinsame Bett zu verlassen.

Ich weiß gar nicht, wie mir geschieht. Erst verletzt mein Mann mich, wenn auch aus Versehen, dann flüchtet er ins Nebenzimmer. Warum bleibt er nicht bei mir? Warum nimmt er mich nicht in den Arm? Wenn er mich wirklich lieben würde, würde er mich jetzt doch nicht allein lassen.

Er liebt mich nicht. Niemand liebt mich. Die einzigen Menschen, die mich je geliebt haben, leben nicht mehr, und das ist meine Schuld. Auch wenn es gerade unheimlich schmerzt, ich darf mich nicht beschweren. Ich habe keine Liebe verdient.

9 RÜCKBLICK, EIFEL, 2006

Der Kollege aus Düsseldorf hatte es nicht lange ausgehalten, angeblich waren die Eifler sturköpfige Eigenbrötler, mit denen man nicht arbeiten konnte. Deshalb war Benedikt Kramer seit Neuestem Erster Hauptkommissar und Leiter des Dezernats für Gewaltdelikte. Manchmal dachte er noch an den seltsamen Wunderheiler, der ihm eine zweite Chance prognostiziert hatte, und dann musste er jedes Mal grinsen.

Aus der Sache mit Melina war nichts mehr geworden, ein paar Monate später hatte er Christine kennengelernt, es folgte eine Petra, die im ersten Semester Medizin studierte, und aktuell war er mit Birte liiert, die vor wenigen Wochen ihren vierundzwanzigsten Geburtstag gefeiert hatte und eigentlich viel zu jung war für einen Achtundvierzigjährigen. Aber junge Frauen waren seine Schwäche, seine einzige, und Birte gefiel ihm nun mal und volljährig war sie auch. Niemand konnte ihm einen Vorwurf machen.

Heute war Sonntag, Birte verbrachte das Wochenende in seiner Wohnung, zum dritten Mal, und sie lagen noch im Bett, als das Telefon klingelte. Die Nummer im Display gehörte dem Präsidiumsleiter, das bedeutete nichts Gutes.

»Hör mal, warst du nicht vor zwei Jahren in Heimbach auf diesem Hof? Rote Rose oder so.«

»Weiße Sonne. Ja.«

»Da ist gestern Vormittag etwas Seltsames passiert. Ein schwerer Verkehrsunfall, zwei Tote, zwei Verletzte, einer lebensbedrohlich.«

Auf einen Schlag war Benedikt hellwach. Er setzte sich aufrecht hin und gab Birte mit einem Handzeichen zu verstehen, dass sie leise sein sollte. »Hab ich mitgekriegt. Sind Leute von dem Hof darunter?«

»Nee. Hör einfach zu. Ein Wagen aus Mönchengladbach biegt von dem Privatweg, der zu dem Hof führt, auf die Kreisstraße und übersieht einen Lieferwagen, der vermutlich zu schnell unterwegs war, aber darum geht es nicht, der hatte ja trotzdem Vorfahrt. Es kracht. In dem Mönchengladbacher Mercedes befinden sich ein Ehepaar und ein

Neugeborenes. Die Frau ist tot, das Baby auch. Der Mann hat überlebt, liegt allerdings im Koma, und keiner weiß, wie das ausgeht. Den Fahrer des Lieferwagens hat es ebenfalls erwischt, aber nicht so schwer. Die Kollegen, die vor Ort waren, haben natürlich bei dem komischen Wunderheiler geklingelt. Der hat steif und fest behauptet, die Leute nicht zu kennen. Seine Frau hat das bestätigt. Klang zunächst mal logisch, schließlich war gestern Samstag, und so ein Heiler legt sicher auch Wert auf ein freies Wochenende. Seiner Ansicht nach muss der Mercedes auf seiner Zufahrt gewendet haben, bevor es zu dem Unfall kam. Es gibt aber keine passenden Reifenspuren, die das belegen. Und jetzt kommt es: Das Baby war erst wenige Stunden alt, die Frau hat aber kein Kind geboren. Das hat die Rechtsmedizinerin heute früh festgestellt, und sie ist sich vollkommen sicher. Selbstredend wurden sofort DNA-Proben von Mutter und Kind entnommen, das Ergebnis erwarten wir gegen Abend. Aber ich sehe nicht, dass eine versierte Rechtsmedizinerin sich in so einer Angelegenheit irrt. Woher also stammt das Kleine, und was wollten die Leute aus Mönchengladbach an einem Wochenende bei diesem Wunderheiler?«

Benedikt nickte, obwohl der Alte das natürlich nicht sehen konnte. »Und da ist dir der anonyme Brief eingefallen. Die Sache mit den verkauften Kindern.«

»Richtig. Die Kollegen haben im Kofferraum des Mercedes nämlich einen künstlichen Bauch gefunden. Aus Silikon. Damit kann man eine Schwangerschaft vortäuschen.«

»Alles klar. Du denkst also …«

»Genau. Mir wäre es lieb, wenn du da rausfährst. Du kennst diesen Heiler bereits. Dass du dir unbedingt alle Frauen ansehen musst, die dort leben, muss ich dir ja nicht extra sagen. Soll mich nicht wundern, wenn eine von ihnen gerade frisch entbunden hat. Sobald du mir telefonisch grünes Licht gibst, kümmere ich mich um einen Durchsuchungsbescheid.«

»Schon unterwegs.« Als er Birte aufforderte, sich anzuziehen und mit ihm gemeinsam die Wohnung zu verlassen, »...keine Ahnung, wie lange das dauert«, reagierte sie empört.

»Wie? Du schmeißt mich einfach raus? Ohne Kaffee, ohne was zu essen?«

Aber Benedikt war nun mal Polizist und chronisch misstrauisch. So gut, dass er sie bedenkenlos allein in seiner Wohnung lassen würde, kannte er Birte noch nicht. Und so, wie sie ihn jetzt anfunkelte, während sie hastig in ihre Klamotten schlüpfte, würde er sie auch nicht mehr so gut kennenlernen. Wahrscheinlich war er einfach nicht geschaffen für eine feste Beziehung.

Als sie fauchte: »Glaubst du etwa, dass ich dich beklaue, sobald du aus der Tür bist? Du hast ja nicht mehr alle Latten am Zaun!«, zuckte er nur mit den Schultern, in Gedanken schon bei seinem Auftrag.

Unterwegs ließ Benedikt noch mal seinen Besuch auf dem Hof *Weiße Sonne* Revue passieren. Dabei dachte er seit längerer Zeit mal wieder an Lothar, der nach einem Streifschuss bei einer Razzia in den vorzeitigen Ruhestand gegangen war. Benedikt trauerte ihm nicht eine Minute nach. Er würde Oberkommissar Ingo Wenzel mitnehmen. Ingo war ein ruhiger, besonnener Kollege, Anfang vierzig, glücklich verheiratet und Vater einer zweijährigen Tochter. Sie bildeten ein gutes Team, das gerade einen komplizierten Raubmord aufgeklärt hatte.

Wenn es etwas gab, das Benedikt an ihm störte, dann, dass er für einen Ermittler extrem zartbesaitet schien. Ingo fehlte es häufig an der dringend notwendigen professionellen Distanz, er ließ das Leid der Opfer viel zu nah an sich rankommen. Aber das war sein persönliches Problem, und bislang kam er trotz seiner Dünnhäutigkeit gut im Dienst zurecht. Noch eine zweite Sache störte Benedikt ein wenig. Der Kollege redete ständig von seiner kleinen Tochter, wie außergewöhnlich gut sie schon sprechen konnte, wie musikalisch sie war, wie niedlich. Aber damit ließ es sich leben. Ingo war in dieser Beziehung nicht anspruchsvoll, es reichte ihm völlig, wenn Benedikt dann und wann nickte oder ein erstauntes *Ach* einstreute.

Als Benedikt im Präsidium ankam, erwartete Ingo ihn bereits. Er sah jetzt schon blass und mitgenommen aus, dabei waren sie noch nicht mal losgefahren.

»Ich hab mit einem der Kollegen telefoniert, die gestern auf dem Hof waren«, verkündete er. »Der Heiler wirkte ganz relaxed, seine Frau ebenfalls. Im Garten haben drei Frauen gearbeitet. Keine von ihnen war jung genug, ein Kind zu gebären.«

»Wir werden sehen. Am besten machen wir uns gleich auf den Weg.«

Während sie auf die kleine Flotte von Dienstwagen zusteuerten und sich für einen dunklen Golf entschieden, sagte Ingo: »Stell dir das bloß mal vor. Du sitzt am Steuer, bist eine Sekunde nicht aufmerksam, und schon knallt es. Deine Frau und dein Baby sind tot, und du hast sie auf dem Gewissen. Ich frage mich wirklich, wie der Mann, falls er überlebt, damit klarkommen soll.«

Benedikt musste an sich halten, um nicht demonstrativ die Augen zu verdrehen. Ihm schwante bereits, welche Art von Kommentaren er sich während der ganzen Fahrt anhören musste. *Die armen Leute, was für eine Tragödie… Tragö-*

die zählte zu Ingos Lieblingsvokabeln. Egal, er würde brav nicken und sich auf seine eigenen Gedanken konzentrieren.

Erstaunlicherweise verschonte Ingo ihn unterwegs mit seiner Einschätzung der Lage, stattdessen schrieb er SMS mit seiner Frau, und Benedikt konnte sich in etwa vorstellen, was darin stand. Das Wort *Tragödie* kam mindestens fünfmal vor, darauf würde er jederzeit wetten.

Wem half es, sich mit solchen Gedanken verrückt zu machen? Sie waren Ermittler und keine Angehörigen und nicht persönlich betroffen. Wenn sich herausstellte, dass eine der auf dem Hof lebenden Frauen ihr Baby an das verunglückte Ehepaar abgegeben hatte, Benedikt konnte sich so etwas wie eine Leihmutterschaft vorstellen, war das eine Straftat und die Justiz würde gegen alle Beteiligten vorgehen.

An der Einbiegung zum Hof *Weiße Sonne* hatte jemand Glasscherben auf den völlig aufgeweichten Seitenstreifen gefegt. Zwei junge Männer, deren klappriger Fiat ein Stück entfernt parkte, begutachteten die Unfallstelle, machten Fotos mit ihren Handys und stellten Mutmaßungen an, wie schnell der Lieferwagen gefahren sein mochte und weshalb der andere ihn nicht gesehen hatte. Als Benedikt seinen Dienstausweis zeigte und fragte, was sie hier zu suchen hätten, zuckten sie nur mit den Schultern.

»Der Typ, der den Sprinter gefahren hat, ist ein Kumpel von mir«, brummte schließlich der Größere von beiden, als würde das als Begründung reichen, um sich hier aufzuhalten.

»Wie lange stehen Sie schon hier?«, fragte Benedikt.

»Schon ewig. Gestern haben wir es auch schon versucht, aber da war hier noch alles gesperrt.« Es klang verärgert.

»Heute sind wir gleich nach dem Frühstück losgefahren, gegen neun«, warf der andere ein. Sein Gesicht war von

Pickeln übersät, viel älter als sechzehn konnte er nicht sein, vielleicht waren die beiden Brüder.

Inzwischen war es elf. »Ist in der Zeit jemand vom Hof hier langgefahren?« Benedikt nickte Richtung Privatweg.

»Nee, die Spinner haben sich nicht sehen lassen.« Da waren die beiden sich einig.

Vorsichtshalber nahm Benedikt ihre Personalien auf, es war durchaus möglich, dass er sie noch mal befragen musste. Sie trugen tatsächlich denselben Nachnamen. Er forderte sie auf, die Unfallstelle zu verlassen. Zum Glück fingen die beiden keine Diskussion an, sondern trollten sich davon und nahmen dabei ihr Gespräch wieder auf.

»Die Sonne hat geblendet«, schlug der eine vor.

»Oder der Typ in dem Mercedes ist plötzlich erblindet«, kicherte der Jüngere. »Der Wagen aus Mönchengladbach hatte jedenfalls Schuld.«

In dieser Beziehung gab Benedikt den beiden recht, egal, wie schnell der Sprinter unterwegs gewesen war, er befuhr die Vorfahrtsstraße, die hier ziemlich gerade verlief. Er gab Ingo einen Wink, und sie setzten sich wieder in den Wagen.

Auf der Zuwegung musste man immer noch aufpassen, nicht in eines der unzähligen Schlaglöcher zu geraten. Auch sonst hatte sich auf dem Hof *Weiße Sonne* in den letzten beiden Jahren nicht viel verändert. In der Remise standen drei Fahrzeuge einträchtig nebeneinander. Der Geländewagen, den Benedikt schon vor zwei Jahren bemerkt hatte, ein weißer Ford älteren Baujahrs und der alte rostige Trecker. Hühner gab es immer noch, diesmal waren ein paar gesprenkelte darunter, doch Menschen konnten sie nirgends entdecken.

Sie stiegen aus dem Dienstwagen, und Benedikt klingelte Sturm. Nicht sehr höflich, doch er verspürte plötzlich eine unerklärliche Unruhe. Im Haus tat sich nichts, und Ingo überlegte laut, ob die Hausbesitzer im Wald unterwegs waren.

»Das Wetter ist ideal für einen schönen Spaziergang. Wir hatten auch geplant, mit Leni rauszugehen.« Leni lautete der Name seiner Tochter.

»Kann sein«, knurrte Benedikt, dem der Sinn gerade nicht nach Familiengeschichten stand, und drückte erneut auf den Klingelknopf, diesmal noch länger. Doch hinter der Tür blieb es still.

Ingo schlug vor, das Haus zu umrunden und in die Fenster zu schauen. »Ich gehe linksrum, du rechts.«

»Okay.«

Sie nickten sich kurz zu und setzten sich dann in Bewegung.

Benedikt klopfte an alle Fensterscheiben und rief laut: »Herr Bozanski, hier ist die Polizei! Öffnen Sie bitte die Tür.«

Weiße Vorhänge aus Voile, die hauchzart waren, verhinderten, dass er ins Haus schauen konnte. Das war ärgerlich, und er fragte sich, warum Leute, die so abgelegen wohnten, sich gegen fremde Blicke schützten. Soweit er das beurteilen konnte, regte sich nichts in dem Haus. An der Hinterseite des Gebäudes hatte man die kleinen Fenster durch eine große, bis auf den Boden reichende Doppeltür ersetzt. Es war anzunehmen, dass sich dahinter das Wohnzimmer befand, mit einem wunderbaren Ausblick auf den Garten und den angrenzenden Wald. Auch hier verwehrten weiße Vorhänge jeglichen Einblick. »Hier ist die Polizei! Würden Sie bitte die Tür öffnen!«

Jetzt kam auch Ingo um die Ecke. »Negativ. Und bei dir?«

Benedikt hob resigniert die Hände. »Nichts.«

»Tja, dann ist wohl keiner hier. Wir haben ohnehin nichts Konkretes in der Hand, mehr als eine Befragung ist nicht drin. Lass uns später wiederkommen. Oder morgen«, schlug Ingo vor.

Meinte er das ernst? Wahrscheinlich wollte er unbedingt noch mit Leni spazieren gehen. Da hatte Benedikt ganz andere Prioritäten. »Auf keinen Fall. Morgen sind die weg. Garantiert. Wenn wir recht haben und alles auffliegt, ist der Typ doch erledigt.«

»Wenn was auffliegt? Dass der Mann hier Babys auf Bestellung produziert, ausgetragen von Frauen jenseits des gebärfähigen Alters? Das glaubst du doch selbst nicht. Was hältst du von der Theorie, dass die Leute das Baby ganz legal adoptiert haben, irgendwo in der Gegend? Sie haben den Kleinen direkt nach der Geburt abgeholt, und weil sie Anhänger von diesem Bozanski sind, wollten sie auf dem Heimweg noch schnell, dass er seine heilende Hand auf das Baby legt. Damit es besser schläft oder was weiß ich. Vielleicht hat es die ganze Zeit gebrüllt, und der Mann war so mit den Nerven runter, dass er sich nicht mehr auf den Verkehr konzentrieren konnte.«

»Und der falsche Bauch? Wenn man einen Antrag auf Adoption stellt, kann man doch nicht davon ausgehen, dass genau neun Monate später ein Neugeborenes zur Vermittlung steht«, hielt Benedikt dagegen.

»Stimmt«, gab Ingo zu. »Das mit dem Bauch ist wirklich seltsam.«

»Eben.« Für Benedikt stand bereits fest, dass dieser Wunderheiler irgendein schmutziges Geschäftsmodell entwickelt hatte, bei dem wohlhabende Elternpaare sich ein Baby bestellen konnten, mit Liefertermin. Und wenn seine Vermutung stimmte, hielten Bozanski und seine Anhängerinnen sich im

Haus versteckt und lauerten nur darauf, dass die Polizei den Rückzug antrat, damit sie das Weite suchen konnten. Aber das würde er zu verhindern wissen.

Benedikt war keineswegs bereit, hier draußen zu warten, bis der Wunderheiler die Geduld verlor und sie hereinließ. Nein. Er würde sich einen Weg ins Haus suchen, notfalls mit Gewalt.

Normalerweise müsste er jetzt Rücksprache mit dem Staatsanwalt vom Dienst halten, und falls der sein Einverständnis gab, einen Schlüsseldienst bestellen, der fachgerecht die Haustür öffnete. Das würde mindestens eine Stunde dauern, vielleicht noch sehr viel länger.

Viel zu lange für Benedikt. In seinem Bauch machte sich ein verdammt ungutes Gefühl breit, weil sich hinter den Gardinen nichts regte. Hier war etwas oberfaul, das wusste er einfach, und mit den Jahren hatte er gelernt, auf seine Intuition zu hören, vor allem, seit er gegen alle Vorschriften eine Wohnung aufgebrochen und damit eine Frau gerade noch rechtzeitig davon abhalten konnte, sich aufzuhängen.

Sein Bauchgrummeln signalisierte ihm, dass er keine Zeit verlieren durfte, und von Ingo, der lieber mit seinem Sonnenschein Leni spazieren gehen wollte, würde er sich nicht ausbremsen lassen.

»Wir verschaffen uns gewaltsam Zugang. Die Sache schmeckt mir nicht. Ich will wissen, warum die nicht reagieren. Immerhin leben zwölf Personen in dem Haus. Warum gibt keiner einen Laut von sich?«

»Verstehe. Aber wie willst du das vor der Staatsanwaltschaft begründen? Ich hatte da so ein Gefühl …«

Ärgerlich winkte Benedikt ab. »Das lass mal meine Sorge sein. Wenn dir das zu heiß ist, kannst du gern hier stehen bleiben.«

»Nee, so war das nicht gemeint«, versicherte Ingo. »Ich bin dabei.«

Im Eilschritt hasteten sie zurück zum Haupteingang. Die Tür ließ sich nicht so problemlos aufhebeln wie erhofft. Benedikt musste in der Remise nach einem Werkzeug suchen und fand schließlich einen großen Schraubenzieher, den er zwischen Rahmen und Tür ins Holz rammte und dann Richtung Hauswand drückte, bis es knackte und die Tür aufsprang.

Im Haus blieb es still.

»Ich probiere es hier«, flüsterte Ingo und zeigte auf die Glastür mit der Aufschrift *Therapiezentrum*.

Benedikt nickte. »Okay, ich nehme mir die Privaträume vor.«

Er stürmte sofort los und öffnete, immer wieder laut nach den Hausbewohnern rufend, die Zwischentür in den Wohnbereich. Dort stieß er auf einen langen, fensterlosen Korridor, von dem rechts und links Türen abgingen, die er, eine nach der anderen, aufstieß.

Dahinter lagen spartanisch eingerichtete Schlafzimmer, die alle gleich aussahen, ein Schrank, zwei schlichte Betten, über die Wolldecken mit einer aufgedruckten Sonne gebreitet waren, zwei Holzschemel als Nachttische, eine kugelförmige Deckenleuchte aus weißem Glas und ein dunkles Holzkreuz an der Wand, der Längsbalken mindestens einen Meter lang. *Wir sind sehr religiös.* Er öffnete einen der Schränke und schüttelte fassungslos den Kopf. Keine Jeans, keine T-Shirts, keine Farben. Es gab nur Gewänder aus ungefärbtem Leinen, Jacken aus dicker Wolle in Grau oder Dunkelblau und derbe Schuhe aus Naturleder. In einer Ecke stand ein Korb mit Wolle und Stricknadeln.

In einem der Zimmer waren drei Betten aufgestellt, dort

entdeckte er einen Teddy, der aussah, als müsste er schon viele Jahre ein Kind trösten. Neben dem obligatorischen Kleiderschrank gab es hier auch einen Tisch, auf dem sich ein Stapel Zeichenpapier und ein Becher mit Stiften befanden, und einen Stuhl. An den Wänden hingen Bleistiftzeichnungen von Pferden, Hunden und Katzenbabys. Sie waren nicht gerahmt, sondern einfach nur mit Heftzwecken angepinnt. Benedikt war überzeugt, dass in diesem Zimmer junge Mädchen wohnten, auch wenn man vergeblich nach Postern der angesagten Musiker suchte, die gewöhnlich die Wände von Jugendzimmern schmückten, wie bei seiner fünfzehnjährigen Nichte, die zu seinem Entsetzen für diesen aufgetakelten Spinner von *Tokio Hotel* schwärmte, die unbedingt durch den Monsun laufen wollten. Andererseits war es nur schwer vorstellbar, dass der angebliche Heiler derartige Poster in seinem Haus dulden würde. Vorsichtig nahm er eines der Bilder von der Wand, es war nicht signiert, aber mit sehr viel Talent gemalt, auch wenn die Darstellungen insgesamt recht kitschig wirkten, weil überall Schmetterlinge und Gänseblümchen verteilt waren und die Tiere aus übertrieben großen Augen in die Welt schauten.

Vor dem Kleiderschrank baumelten mehrere Sträuße aus getrocknetem Lavendel von der Decke. Zusammengebunden mit lila Schleifenband verströmten sie den typisch herben Geruch, der Benedikt sofort an Seife denken ließ. Der Schrank enthielt dieselben Kleidungsstücke wie alle anderen, außerdem drei Fächer, die alle leer waren. Benedikt dachte sofort, dass die Fächer erst kürzlich ausgeräumt wurden. Zu gern hätte er gewusst, was sich darin befunden hatte. An der Wand hing, genau wie in den anderen Zimmern, ein großes Kreuz aus Holz.

Hier wohnen keine Kinder, hatte Bozanski vor zwei Jahren behauptet. Warum hatte er das nicht überprüft?

Als Nächstes stieß Benedikt auf eine große, gemütliche Wohnküche, die zu seiner Überraschung den nüchternen Eindruck der Schlafräume wettmachte. Hier also versammelte man sich zum Essen und hoffentlich auch zum Lachen. Voller Neugierde glitt sein Blick durch den Raum. Ein Boden aus braunroten Fliesen, ein moderner Gasherd mit sechs Feuerstellen, auf dem ein riesiger Topf und ein Wasserkessel standen. Ein langer Tisch, der den Namen Tafel redlich verdiente, und zwölf Stühle mit dicken Leinenkissen, die mit der obligatorischen weißen Sonne bedruckt waren. An den Längsseiten des Tisches standen fünf und gegenüber sechs Stühle, der zwölfte – der einzige mit Armlehnen – am Kopf der Tafel. Benedikt wusste sofort, wem dieser Platz gehörte, und er fand, dass die Sitzordnung einiges über die Gemeinschaft aussagte.

Nachdenklich zog er die weißen Vorhänge beiseite und warf einen Blick durch das Fenster. Draußen bewegte sich nichts, abgesehen von zwei braunen Hühnern, die auf dem Hof nach Würmern scharrten. Er öffnete ein paar Schranktüren. Rustikales Geschirr aus Steingut, weiß mit blauen und grünen Mustern, die Teller verziert mit einem schmalen gelben Rand, außerdem ein paar Lebensmittelvorräte. Das brachte ihn nicht weiter. Der Topf auf dem Herd war bis zum Rand mit einer grünen Suppe gefüllt, die streng und wenig appetitlich roch und kalt war.

Jemand hatte Mittagessen gekocht, doch niemand war zum Essen gekommen, nicht einmal Teller standen auf dem Tisch. Alles hier wirkte ordentlich und aufgeräumt, doch von den Bewohnern fehlte jede Spur.

Hatte er sich geirrt? Waren der Heiler und seine Anhänger tatsächlich nicht zu Hause? Besaßen sie ein weiteres Auto, einen Kleinbus oder etwas in der Art? Zum ersten Mal kam Benedikt die Idee, dass Roman Bozanski längst über alle Berge sein könnte. Weshalb sollte er auch geduldig ausharren, bis die Polizei alle Beweise beisammenhatte? Wenn Roman Bozanski schlau war, und davon ging Benedikt aus, musste ihm nach dem Besuch der uniformierten Kollegen am Vortag klar sein, dass sein Konstrukt, wie immer es auch aussehen mochte, auffliegen würde.

Aber jetzt war Benedikt schon mal hier, möglicherweise widerrechtlich eingedrungen, und würde weitersuchen. Mit trotziger Entschlossenheit stieß er die nächste Tür auf, die genau gegenüber der Küche lag, und landete in einem Zimmer mit einem Doppelbett. In einer Ecke stand ein kleiner Tisch mit einer Nähmaschine darauf, und dahinter wurden in einem Regal zwei Ballen ungebleichtes Leinen aufbewahrt. Hier entstanden also die merkwürdigen Gewänder. Er fuhr mit der Hand über den Stoff, er fühlte sich hart und kratzig an.

In diesem Moment heulte draußen ein Motor auf. Mit einem Satz war er am Fenster und riss die Vorhänge auf. Er konnte gerade noch sehen, wie der Geländewagen mit hoher Geschwindigkeit davonraste. Verdammt. Er rannte in den Flur und rief nach Ingo, bekam aber keine Antwort.

Damit war die Idee, den flüchtenden Bozanski mit dem Dienstwagen zu verfolgen, gestorben. Er musste zuerst nach Ingo schauen.

Der Kollege hockte im Besprechungszimmer der Praxis auf dem Boden und presste die linke Hand auf eine blutende Wunde an der Schläfe. »Verdammter Mist. Der Scheißkerl hat hinter der Tür gelauert und mir eins übergebraten. Meine Dienstwaffe ist auch weg.«

Fluchend griff Benedikt zum Telefon, forderte Verstärkung an und einen Arzt für Ingo. Den Geländewagen ließ er zur Fahndung ausschreiben. »Das Kennzeichen hab ich nicht, das müsst ihr euch irgendwie besorgen. Ein dunkelroter Geländewagen. Weit kann er noch nicht sein. Der Fahrer ist bewaffnet. Gut möglich, dass sich noch andere Personen in dem Wagen befinden.« Dann erst kniete er sich auf den Boden und begutachtete die Kopfwunde, die heftig blutete. »Hast du sonst jemanden gesehen? Seine Frau, vielleicht?«

»Nein. Nur ihn. Aber nicht sofort. Er hat hinter der Tür zu seinem Sprechzimmer gewartet und gleich zugeschlagen. Mit einem Briefbeschwerer.« Ingo zeigte auf einen handtellergroßen Stein aus blauem Glas, der auf dem Boden lag. Dann ließ er sich stöhnend auf den Rücken fallen. »Entschuldige, aber mir ist übel. Vielleicht hab ich 'ne leichte Gehirnerschütterung.«

»Okay, bleib liegen, ich suche weiter. Nach dem, was ich bis jetzt entdeckt habe, wohnen hier zwölf Personen. Die können unmöglich alle in dem Geländewagen gesessen haben.«

Ohne Ingos Antwort abzuwarten, rannte er zurück in den Wohnbereich und riss die letzte Tür auf, die ganz am Ende lag, gegenüber der Eingangstür zu den Privaträumen. Dahinter musste sich der Raum mit den großen Fenstern befinden, vermutlich eine Art Wohnzimmer.

Der Geruch, der ihn empfing, ließ ihn abrupt stoppen. Für einen Moment schien der Boden unter Benedikts Füßen zu schwanken. Er musste mehrfach tief durchatmen. Erst dann fand er die Kraft, einen Fuß in den Raum zu setzen, in dem ihn das Grauen erwartete.

Eine Gruppe von Frauen, alle blond und langhaarig und in sackähnliche Leinengewänder gekleidet, schaute ihm aus toten Augen entgegen. Sie lagen entweder auf oder vor einer riesigen Eckcouch, blutüberströmt. Jemand hatte ihnen die Kehlen aufgeschlitzt. Er musste sich zwingen, sie zu zählen. Es waren acht.

Das Zimmer erinnerte an ein Schlachtfeld, überall Blut, mehrere Lachen auf dem Boden, riesige Flecken auf der Couch, an der Wand bogenförmige Muster aus roten Sprenkeln. Die Kleider der Toten waren blutdurchtränkt. In seiner ganzen Laufbahn hatte Benedikt noch nie so etwas Furchtbares gesehen, und er wusste jetzt schon, dass er diesen Anblick niemals vergessen würde.

Ohne nachzudenken, stürzte er vorwärts, um sich zu vergewissern, dass er keinem der Opfer mehr helfen konnte, und es war ihm egal, dass er in den Blutlachen ins Schlittern kam und wahrscheinlich irgendwelche Spuren verwischte. Und genauso wenig interessierte es ihn, dass seine Hände am Ende nass waren von all dem Blut. Er kam zu spät, es gab kein Leben zu retten, sie alle waren schon kalt und unwiderruflich tot.

Auf dem Tisch standen eine große Teekanne, das Dekor passte zu dem Geschirr in der Küche, und Schalen, die leer waren, bis auf eine, aus der scheinbar nicht getrunken wurde. Bevor dieses Gemetzel stattfand, hatten sie hier scheinbar ganz friedlich gesessen und Tee getrunken. Aber warum hatten sie sich nicht gewehrt, warum war es keiner von ihnen gelungen zu entkommen? Es war doch nicht vorstellbar, dass sie geduldig dabei zugesehen hatten, wie Roman Bozanski eine nach der anderen abschlachtete, bis sie selbst an der Reihe waren. Er nahm die Hand der Frau, die ihm am nächsten lag, und untersuchte sie, soweit es mit bloßem Auge möglich war. Keine Abwehrverletzungen, sie hatte sich widerstandslos töten lassen.

Hastig zählte Benedikt die Teeschalen, es waren neun,

eine für jede tote Frau und eine für den Mörder, der nicht daraus getrunken hatte, vielleicht aus gutem Grund. Oder gehörte die Teeschale einer Mitbewohnerin, der es doch gelungen war zu entkommen? Das Märchen vom Wolf und den sieben Geißlein fiel ihm ein, von denen sich eines im Uhrkasten versteckt hatte.

Eine verzweifelte Hoffnung ließ ihn laut rufen: »Hallo, mein Name ist Benedikt Kramer, Hauptkommissar Benedikt Kramer, ich bin von der Polizei. Es ist alles in Ordnung. Sie können herauskommen.«

Doch es blieb still, entsetzlich still.

10 BENEDIKT KRAMER

Benedikt hat sich vorgenommen, nur kurz nach Hause zu fahren, um frische Wäsche einzupacken, und sich heute noch auf den Weg in den Norden zu machen. Doch niemand außer ihm selbst scheint es sonderlich eilig zu haben. Überall stehen Leute im Weg, und er muss sich beherrschen, um höflich zu bleiben und sich nicht mit ausgefahrenen Ellenbogen eine Schneise zu bahnen.

Zusammen mit einer Traube von fröhlich schwatzenden Urlaubsheimkehrern strebt er dem Ausgang zu. Der Wagen ist außerhalb des Flughafens geparkt und der Shuttlebus zur Garage im Preis inbegriffen, ein Sitzplatz im Bus allerdings nicht, dafür dauert die Fahrt nur ein paar Minuten. Sein Wagen steht unversehrt in dem Parkhaus, und er atmet erleichtert auf. Glück gehabt, als Polizist kennt er die Zahlen der aufgebrochenen Fahrzeuge nur zu gut. Nachdem er sein Gepäck im Kofferraum verstaut hat, startet er den Motor und wartet auf eine Gelegenheit, rückwärts aus der Parklücke zu setzen. Auch hier ist Geduld gefordert, es dauert ewig, bis ein netter Zeitgenosse ihn vorlässt. Wie üblich, wenn ein größerer Flieger eingetroffen ist, geht es nur im Schritttempo vorwärts, die Schranke am Ausgang ist das Nadelöhr, das jeder passieren muss.

Als die Räder endlich die Straße berühren, atmet er auf. Wenn die A 4 frei ist, wird er ziemlich genau vierzig Minuten bis nach Hause brauchen. Koffer auspacken, neue Wäsche aus dem Schrank holen, einen schnellen Kaffee trinken, um seine Lebensgeister zu wecken. Wenn alles gut geht, kann er gegen sechzehn Uhr starten.

Aber so soll es nicht sein, ein Verkehrsunfall zwingt ihn bereits nach wenigen Kilometern, den Motor abzustellen und erneut zu warten. Wütend boxt er gegen das Lenkrad – noch eine Zeitverzögerung!

Als er endlich zu Hause eintrifft, ist zu guter Letzt auch noch der Parkplatz, der zu seinem Reihenhaus gehört, belegt. Wie üblich hat die Tochter seines Nachbarn seine Abwesenheit genutzt, um ihren klapprigen Toyota dort abzustellen. Mit dem letzten Rest von Geduld, den er noch aktivieren kann, klingelt er und bittet mit gepresster Stimme, den Parkplatz unverzüglich zu räumen. »Ich habe es ziemlich eilig.«

»Oh, Mira ist bei ihrer Freundin, und ich hab keinen Schlüssel für das Auto. Ich weiß auch gar nicht, wann sie wiederkommt.«

»Ihr Handy wird sie ja wohl dabeihaben.«

»Ja, aber die wollten was trinken.«

»Um diese Zeit?« Demonstrativ schaut Benedikt auf seine Armbanduhr.

»Die feiern Geburtstag. Solange sich keiner hinters Steuer setzt, wird das ja wohl erlaubt sein.«

»Dann machen Sie jetzt Ihren Parkplatz für mich frei, oder ich rufe einen Abschleppdienst und lasse den Wagen Ihrer Tochter kostenpflichtig entfernen«, knurrt er böse.

»Andere Leute kommen erholt und gut gelaunt aus dem Urlaub zurück... Warum können Sie nicht ausnahmsweise an der Straße parken?«

»Weil ich weit und breit keine freie Parklücke entdecken kann und keine Lust verspüre, sonst wo zu suchen und mein Gepäck durch die Gegend zu schleppen. Außerdem zahle ich für diesen Parkplatz.«

Sieben Minuten später steht sein Wagen vor dem Haus der Nachbarin, und Benedikt kann endlich den Trolley aus dem Kofferraum heben. Ihm ist jetzt schon klar, dass seine Nachbarin wochenlang kein Wort mit ihm reden und keine Pakete mehr für ihn annehmen wird, aber das ist ihm gerade herzlich egal. Seine Frustrationstoleranz für heute ist erreicht, besser gesagt, überschritten.

Als er sich auf sein schwarzes Ledersofa sinken lässt, ist es fast sechs, laut Google Maps braucht er mindestens vier Stunden bis Lilienthal, vorher muss er aber noch etwas essen und den Koffer neu packen. Elf Uhr abends ist eine realistische Ankunftszeit, und ihm ist klar, dass er eine Stunde vor Mitternacht in einer Kleinstadt wie Lilienthal kein anständiges Hotelzimmer mehr finden wird. Außerdem fühlt er sich nach diesem Tag voller Pannen total ausgelaugt. Seit dem Frühstück hat er nichts Nennenswertes mehr zu sich genommen, sein Körper schreit nach Nahrung und Schlaf. Vielleicht sollte er seinen irrwitzigen Plan aufgeben, bei der zuständigen Polizei anrufen und die Kollegen bitten, ein Auge auf die junge Frau zu haben.

Eine Stunde später, die er genutzt hat, um sich einen Grillteller XXL von seinem Lieblingsgriechen liefern zu lassen und eine Flasche Bier zu trinken, ist er wieder vollkommen sicher, dass er selbst nach Lilienthal fahren muss. Aber nicht mehr heute Abend.

Dieser Fall verfolgt ihn seit nunmehr zwölf Jahren. All die unbeantworteten Fragen, die ihn seither quälen, schreien immer noch nach einer Antwort. Und jetzt ist urplötzlich diese Frau aufgetaucht, in Norddeutschland, wo er als Polizist zwar Urlaub machen, aber nicht dienstlich tätig werden darf.

Die für Lilienthal zuständige Kriminalpolizei sitzt in der Kreisstadt Osterholz, das hat er bereits rausgefunden. Ihm ist allerdings klar, dass die Kollegen dort nicht begeistert sein werden, wenn ein Bulle aus NRW ohne Kompetenzen mitreden will, und schon gar nicht werden sie bereit sein, Recherchen für ihn anzustellen.

Aber das wird ihn nicht davon abhalten, mit ihr zu reden. Amy Maiwald. Er lacht leise. Netter Name, passt zu ihr.

11

AMY Ich öffne leise die Tür zum Wohnzimmer. Marco schläft. Im Bad fällt mein erster Blick in den Spiegel, und ich zucke zusammen, weil ich nicht erwartet habe, dass mein Gesicht so schlimm aussieht. Auf der linken Wange zeichnen sich überdeutlich zwei bläuliche Flecken ab, die Oberlippe ist angeschwollen und an einer Stelle sogar aufgeplatzt. Ich presse einen kalten Waschlappen gegen mein Gesicht, dann putze ich die Zähne. Langsam und sehr vorsichtig. Mein Mund schmerzt schon bei der geringsten Bewegung, und ich habe Angst, dass die verschorfte Stelle an der Lippe sich wieder öffnet, wenn ich sie mit der Zahnbürste berühre.

Marco wird sich schrecklich fühlen bei meinem Anblick. Soll ich mich aus der Wohnung schleichen und mir irgendwo Make-up besorgen? Während ich darüber nachdenke, fällt mir das Foto in der Zeitung ein. Nein, ich werde nicht rausgehen, nicht um diese Zeit, wo die Straßen noch leer sind. Das ist viel zu gefährlich.

Mittlerweile ist Marco aufgestanden und hat sein Bettzeug ins Schlafzimmer gebracht. Ich höre, dass er in der Küche die Schranktüren aufreißt und wieder zuknallt. Was er wohl sucht?

Es braucht meinen ganzen Mut, um die Tür aufzustoßen. Mein Ehemann steht vor dem Fenster und hält einen Kaffeebecher in der Hand. Sofort frage ich mich, ob er heute wieder nicht mit mir frühstücken wird. Eigentlich frage ich mich sogar, warum er hier wohnt, wenn er meine Anwesenheit nicht ertragen kann, nicht mal mehr im Schlaf. Wie lange sollen wir so leben? Wer von uns wird dieser Ehe zuerst den Todesstoß versetzen? Ich weiß es nicht.

Als ich einen Becher aus dem Schrank holen will, blockiert er den Weg und legt zwei Finger unter mein Kinn.

»Hey, das sieht schlimm aus. Entschuldige, Amy, das ist mir wirklich peinlich. Die Leute werden denken, dass du Prügel bezogen hast.« Behutsam hebt er meinen Kopf noch ein paar Zentimeter höher und runzelt die Stirn. »Tut es weh? Soll ich zur Apotheke fahren und was zum Draufschmieren holen? Vielleicht bringt es ja noch was. So kannst du jedenfalls nicht auf die Straße gehen. Echt, das sieht verboten aus. Tu mir den Gefallen und bleib ein paar Tage zu Hause.« Es klingt so vorwurfsvoll, als wäre ich selbst schuld an meinem Zustand. »Sag einfach, wenn du was brauchst, ich kann alles besorgen. Zum Glück bin ich ja wieder mobil.« Und dann erfahre ich, dass er viel zu erledigen hat, ein Gesundheitscheck in der Kaserne steht an, ein paar Besorgungen, mit dem Auto ist auch noch irgendwas, aber da höre ich schon gar nicht mehr richtig hin. Er beugt sich vor und beäugt ein weiteres Mal mein Gesicht. »Kann man das irgendwie überschminken?«

Zum ersten Mal, seit wir uns kennen, bin ich richtig wütend auf Marco. Ist das alles, was ihn interessiert?

Und dann ist er auch schon wieder weg, ohne klare Angabe, wann er wiederzukommen gedenkt. Im Rausgehen ruft er mir noch zu, dass wir am Abend Essen bestellen können. »Du musst nicht kochen. Ruh dich aus.«

Wovon?, möchte ich ihm hinterherschreien, *von deiner Lieblosigkeit? Vom Rumsitzen und Warten?* Aber ich halte den Mund. Ich halte ja immer den Mund. Vielleicht behandelt mein Ehemann mich deshalb so, als wäre ich gar nicht da. Ich sorge selbst dafür, dass ich unsichtbar bin.

Kaum dass er die Wohnung verlassen hat, kommt die Angst zurück. Sie überfällt mich hinterrücks, als hätte sie nur auf diesen Augenblick gewartet. Gestern stand der Artikel mit meinem Foto in der Zeitung. Ich habe keine Ahnung, wo er jetzt lebt, aber heute könnte er schon vor Ort sein und meine Adresse rausgefunden haben. In meiner Kehle wird es eng, und mein Rücken prickelt, als würden sich feindliche Blicke, spitz wie Pfeile, ins Fleisch bohren. Ich fühle mich beobachtet. Bedroht. Und allein, mutterseelenallein. Nichts Neues für mich, mit diesem Gefühl habe ich viele Jahre gelebt, immer auf der Hut, immer verborgen im Schatten. Es ist noch gar nicht lange her, dass ich die Fesseln ein wenig gelockert und mir eingeredet habe, nach so langer Zeit könnte mir nichts mehr passieren. Ein Irrtum.

Erstaunlich, wie schnell ich in die alten Verhaltensweisen zurückfalle und die To-do-Liste in meinem Kopf abhake.

Punkt eins: Ich stürze zur Wohnungstür, drehe den Schlüssel zweimal, dann lege ich die Sicherheitskette und den Riegel vor. Natürlich schaue ich dabei durch den Spion ins Treppenhaus.

Punkt zwei: Ich gucke ständig aus dem Fenster, um die Straße zu kontrollieren. Hier gibt es keinen Durchgangsverkehr, und auf dem Seitenstreifen parken nur Anwohner und Kunden der Bäckerei. Ein auswärtiger Wagen würde mir sofort auffallen. Alle Autos, die ich von hier oben sehen kann, tragen das Kennzeichen OHZ, die meisten kann ich sogar den Besitzern zuordnen.

Punkt drei: Ich packe alle wichtigen Papiere, Unterwäsche und eine Zahnbürste in meine Handtasche. Sollte ich nicht mehr zurück in meine Wohnung können, habe ich alles dabei, was ich zum Überleben benötige.

Punkt vier: Ich stelle die Tasche direkt neben die Tür. Im Notfall genügt ein Griff.

Dann nehme ich wieder meinen Platz hinter dem Küchenfenster ein. Alles scheint gut. Ich könnte beruhigt sein, bin es aber nicht. Ein kurzer Blick aus dem Fenster ist lediglich eine Momentaufnahme, vielleicht sucht er in genau dieser Sekunde in einer der Querstraßen einen Parkplatz. Er wird wohl kaum so dumm sein, seinen Wagen direkt vor meiner Haustür abzustellen. Und wieder muss ich Straße und Bürgersteig mit den Augen absuchen. Nach einem Auto, das hier nicht hergehört, nach einem Mann, dessen Art zu gehen mir vertraut vorkommt, nach seinem verhassten Gesicht.

»Es reicht«, murmele ich schließlich. »Er ist nicht da. Mach dich nicht verrückt. Niemand kann deine Adresse rausfinden.«

Zur Sicherheit fahre ich meinen Computer hoch, was eine ganze Weile dauert, weil das Gerät uralt ist, und gebe meinen Namen ein. Amy Maiwald. Nichts. Die einzige Info, die der PC anbietet, ist der Artikel in der BILD-Zeitung. Damit ist eigentlich klar, dass andere Menschen auch nicht mehr über mich finden können. Und doch reicht es nicht aus, um mich zu entspannen. Ich versuche es mit meinem Mädchennamen. Amy Strohm. Es gibt einen uralten Zeitungsartikel, sogar mit Bild, in dem die erfolgreichen Absolventen der Fachschule für Heilerziehungspflege in Lübeck namentlich genannt werden. Damals habe ich darauf geachtet, mich so hinter meinen Vordermann zu ducken, dass man nur mein Haar, damals gerade schwarz gefärbt, und ein Ohr sieht. Niemand könnte mich anhand dieses Fotos erkennen. Niemand. Er kann mich nicht finden.

Ich zwinge mich, wieder in die Küche zu gehen und Platz am Tisch zu nehmen, ohne vorher aus dem Fenster zu schauen und die Straße zu checken. Mit zittrigen Fingern gieße ich mir etwas von dem Kaffee ein, den Marco vorhin gekocht hat und der mir, ehrlich gesagt, zu stark ist, dann versuche ich, ein Brötchen vom Vortag zu essen, davon sind ja noch mehr als genug da. Bei dem Versuch abzubeißen, schreie ich auf vor Schmerz und lasse das Brötchen zurück auf den Teller fallen. Mit zwei Fingern teste ich, ob meine Zähne wackeln, aber das tun sie zum Glück nicht. Trotzdem bereitet das Kauen mir Schmerzen. Um überhaupt etwas in den Magen zu bekommen, öffne ich eine Packung Schmelzkäse, den ich langsam auf meiner Zunge zergehen lasse. Das Brötchen landet im Müll, danach räume ich die Küche auf.

Ich weiß nicht, was ich mit mir anfangen soll, und es dauert nicht lange, bis ich schwach werde und mich erneut hinter der Gardine wiederfinde. Auf dem Bürgersteig kann ich nichts Verdächtiges entdecken, also probiere ich es am Schlafzimmerfenster. Auch auf dem Grünstreifen hinter dem Haus ist niemand zu sehen. Sicher fühle ich mich deshalb noch lange nicht, im Gegenteil. Meine Angst wird von Minuten zu Minute größer, wie ein Luftballon, der immer weiter aufgepustet wird. Ich frage mich, was passiert, wenn er platzt.

Wäre ich nicht mit Marco verheiratet, würde ich jetzt die nötigsten Sachen zusammenpacken und verschwinden. Wäre ich nicht mit Marco verheiratet, gäbe es diesen Zeitungsartikel nicht und ich könnte unbehelligt weiterleben, so tun, als wäre meine Vergangenheit keine Lügengeschichte, sondern die Wahrheit.

Aber vielleicht kann ich das ja trotzdem, vielleicht passiert überhaupt nichts und ich darf hierbleiben, in Lilienthal, wo ich mich inzwischen zu Hause fühle. Kann es nicht sein, dass das Schicksal mir nur einen kleinen Schreck einjagen wollte, darauf hinweisen, wie unverschämt gut es mir geht? Vielleicht kommt Marco bald nach Hause, mit einem Blumenstrauß als Entschuldigung. Vielleicht nimmt er mich in die Arme und sagt, dass er gar nicht weiß, was mit ihm los war und dass ich seine große Liebe bin. Vielleicht ist heute mein Glückstag. Ich kichere leise vor mich hin. *Vielleicht können Schweine plötzlich fliegen, und es regnet Gold vom Himmel.* Nein, es gelingt mir nicht, an das große Happy End zu glauben, nicht heute Morgen.

Wenn ich wenigstens zu Hause bleiben könnte, mich in meinen vier Wänden verkriechen. Aber Marco ist nicht der Einzige, der Termine außer Haus hat. Auch ich habe heute etwas vor, eine Geburtstagsfeier in der Kita, die ich auf keinen Fall verpassen möchte.

In meinem Beruf sollte man alle Kinder gleich behandeln, das versteht sich eigentlich von selbst. Ich muss allerdings zugeben, dass es mich vom ersten Tag an zu den Außenseitern zog, zu den Kindern, die nicht so gut bei den anderen ankommen, die Schwierigkeiten haben, geliebt zu werden, so wie Pascal, der aus Angst und Unsicherheit zu aggressivem Verhalten und Selbstverletzungen neigt. Wenn ich da bin, hält er sich ständig in meiner Nähe auf, wahrscheinlich, weil er spürt, wie gern ich ihn mag, und das schenkt ihm Sicherheit.

Heute ist Pascals dritter Geburtstag, der letzte, den er bei uns in der Gruppe feiern wird. Nach den Sommerferien muss er in den Kindergarten, und nicht nur seine Eltern sehen dieser Veränderung mit Sorge entgegen. Auch ich fürchte, dass er dort nicht zurechtkommen wird.

Heute darf Pascal zum letzten Mal auf dem goldenen Stuhl sitzen, der den Geburtstagskindern vorbehalten ist, und die Krone tragen, die ich aus Pappe ausgeschnitten und mit bunten Brokatstoffen beklebt habe. Er wird die Kerzen auf seinem Kuchen auspusten und danach die Kuchenstücke verteilen.

Seine Eltern haben mir eine sehr nette Karte geschrieben und gefragt, ob ich meinen Urlaub für einen Nachmittag unterbrechen könnte, um an der Feier teilzunehmen. *Sie sind doch so wichtig für ihn!* Ich habe versprochen, da zu sein. Wie hätte ich wissen können, dass mein Foto in Deutschlands auflagenstärkster Zeitung erscheinen und mein bisheriges Leben auf einen Schlag beenden wird.

12 RÜCKBLICK, EIFEL, 2006

Die Kollegen waren unter dem Praxisanbau auf einen Keller gestoßen, in dem sich eine kleine, erstaunlich gut ausgerüstete Krankenstation befand. In einem der drei Räume standen ein gynäkologischer Stuhl und ein Geburtsbett, wie eine weibliche Polizistin, die bereits Mutter war, sofort erkannte. In dem Raum nebenan, der sehr viel freundlicher eingerichtet war als die Zimmer im Wohnhaus, schlief eine junge, blonde Frau, auf keinen Fall älter als zwanzig. Sie schreckte hoch, als die Polizisten hereinpolterten, sank aber gleich wieder in einen komatösen Schlaf. Auf ihrem Nachttisch stand eine Schale mit Tee, die sie nicht mal zur Hälfte ausgetrunken hatte.

Der inzwischen eingetroffene Notarzt nahm an, dass sie unter der Wirkung starker Beruhigungsmittel stand, und ließ sie umgehend ins Krankenhaus transportieren. Außerdem war er nach einer ersten flüchtigen Untersuchung sicher, dass die junge Frau vor Kurzem entbunden hatte. Auch ohne DNA-Vergleich bezweifelte niemand, dass es sich um die Mutter des Neugeborenen handelte, das bei dem Unfall ums Leben gekommen war.

Benedikt überließ das Anwesen den Kriminaltechnikern und machte sich auf den Weg zurück ins Präsidium. Ingo bestand darauf, ihn trotz seiner Verletzung zu begleiten.

»Ich kann jetzt nicht nach Hause fahren. Scheiße, der Kerl ist mit meiner Waffe getürmt. Wer weiß, was er damit vorhat.«

Mittlerweile waren die Eltern der verunglückten Frau aus Mönchengladbach eingetroffen. Ihre Mutter fragte unentwegt nach dem Baby. »Meine Tochter war hochschwanger, wir haben jeden Tag mit der Geburt gerechnet«, schluchzte sie und stützte sich schwer auf den Unterarm ihres Mannes, der selbst so aussah, als könnte er eine Stütze brauchen.

Selten war es Benedikt so schwergefallen, mit Angehörigen über das, was passiert war, zu sprechen. Und die Frau war auch nicht bereit, ihm zu glauben.

»Das hätte meine Tochter nie getan, sie würde uns nicht anlügen! Ein künstlicher Bauch, das ist unmöglich, sie hat mir doch Fotos geschickt.« Ihre Stimme schlug vor Verzweiflung über, und sie fegte mit der Hand die Vase mit den künstlichen Blumen von dem kleinen Tisch in der Teeküche des Kommissariats.

Er hatte diesen Raum gewählt, weil alle Vernehmungszimmer besetzt waren und er hoffte, ein wenig persönliche Atmosphäre würde das Gespräch erleichtern. Ein Irrtum, die Frau hatte gar keine Augen für ihre Umgebung. Dass ihre Tochter etwas Illegales getan und dabei ihre Mutter belogen hatte, war das Letzte, was sie jetzt ertragen konnte. Sie brauchte ein Ventil für ihren Zorn, und die billige Keramikvase musste daran glauben.

Ihr Ehemann war leichter zu überzeugen, fand allerdings, dass die Polizei solche Dinge für sich behalten müsste. »Wem helfen Sie denn damit, meiner Frau einen weiteren Schlag zu versetzen? Ist es nicht schlimm genug, dass wir unsere Tochter verloren haben? Wir wollen das überhaupt nicht wissen, verstehen Sie! Das geht uns nichts an. Wenn es stimmt, war das Anjas Entscheidung. In diesem Land können Frauen über vierzig keine Kinder mehr adoptieren, jedenfalls keine Säuglinge. Wussten Sie das? Da kommt man vielleicht auf solche Ideen, wenn man sich verzweifelt ein Baby wünscht.«

Ja, es mochte Gründe geben, sich eine Leihmutter zu

suchen, doch es verstieß nun einmal gegen das Gesetz. Benedikt sah ein, dass es wenig Sinn machte, jetzt darauf rumzureiten. Die Leute, die völlig schockiert vor ihm saßen, waren keine Straftäter, sondern trauernde Eltern, die sein Mitleid verdienten. Nachdem die Frau sich einigermaßen gefasst hatte, erklärte er ihnen den Weg zum Ausgang. Als sie fort waren, blieb er eine Weile reglos sitzen. Er rief sich das Bild von Roman Bozanski ins Gedächtnis und versuchte, es in Einklang zu bringen mit dem, was er jetzt wusste. Der Mann hatte ihn vor zwei Jahren nach Strich und Faden belogen. Wahrscheinlich hatte er sich hinterher köstlich amüsiert über die beiden gutgläubigen Polizisten. Allein diese Vorstellung reichte aus, damit Benedikt sich schwor, ihn nicht davonkommen zu lassen. Niemals. Er würde diesen Wunderheiler finden, und wenn es Jahre dauern sollte. Mit energischen Schritten ging er rüber in sein Büro, das er mit Ingo teilte.

Ingo saß an seinem Schreibtisch, den Kopf verbunden, und wartete auf seine Frau. Er schaute Benedikt wortlos an. In seinem Blick lag tiefe Verzweiflung. Da saß einer, der einen großen Kampf verloren hatte. Er tat Benedikt leid, aber er bemühte sich redlich, das zu überspielen. Mitleid war sicher das Letzte, das Ingo jetzt ertragen konnte. Ein Polizist, der sich von einem unbewaffneten Mann, der alles andere als ein gewiefter Berufsverbrecher war, übertölpeln und die Dienstwaffe abnehmen ließ, machte keine gute Figur. Da würde etwas hängen bleiben, so ein Geruch von Loser, das wusste er jetzt schon. Um nichts in der Welt hätte er mit Ingo tauschen wollen.

Es klopfte, und Ingos Frau kam herein, an der Hand ihre kleine Tochter, die ein rotes Kleid mit weißen Pünktchen trug und dazu passend rote Sandalen. Sie hieß Leni, fiel Benedikt ein. Er begrüßte Susanne mit einem Nicken und schaute zu, wie sie Ingo um den Hals fiel und schluchzte, weil er so glimpflich davongekommen war, *Gott sei Dank, Liebling*, während ihre Tochter sich mehr für die Stifte auf Ingos Schreibtisch interessierte.

»Ist es schlimm?«, hörte Benedikt und: »Tut es sehr weh?«

Beide Fragen wurden mit einem Kopfschütteln beantwortet.

»Wir gehen«, sagte Susanne entschieden.

Benedikt schaute ihnen hinterher, wie sie langsam Richtung Fahrstuhl liefen, zwischen sich das munter vor sich hin plappernde Kind. Und dann tauchten von irgendwoher die Eltern der Toten auf, offenbar hatten sie den Ausgang trotz seiner Beschreibung nicht gefunden. Beim Anblick von Ingos kleiner Tochter begann die Mutter zu schreien. Ihr Mann reagierte so hilflos, dass eine Beamtin zu Hilfe gerufen werden musste. Benedikt war erleichtert, als er die Bürotür hinter sich schließen konnte. Endlich allein.

Wie immer zu Beginn einer Ermittlung fiel es ihm schwer, ein Ende zu finden und Feierabend zu machen. Erst gegen ein Uhr nachts machte er sich auf den Heimweg, total übermüdet und gleichzeitig hellwach, weil er das Gedankenkarussell in seinem Kopf nicht stoppen konnte, auch nicht, als er im Bett lag und das Licht ausknipste. Da war einfach zu viel auf einmal passiert, und ihn quälte die Befürchtung, im Eifer des Gefechts etwas Wichtiges übersehen zu haben.

Gegen drei siegte schließlich die Müdigkeit, er dämmerte weg, um eine halbe Stunde später von seinem Handy geweckt zu werden.

Die nächste Katastrophe war eingetreten.

Roman Bozanski war in eine der Straßensperren geraten. Zwei Kollegen, einer verheiratet und Vater von drei Kindern, der andere ein blutiger Anfänger, hatten versucht, ihn zu stoppen. »Verdächtiger Wagen nähert sich… O Gott, Sebastian«, lautete der letzte Funkspruch, auf dem man neben der Stimme auch das Knallen von Schüssen hören konnte.

Roman Bozanski hatte beide kaltblütig niedergeschossen. Der Familienvater war auf der Stelle tot, der junge Kollege verstarb auf dem Transport ins Krankenhaus. Die sofort eingeleitete Ringfahndung verlief bislang erfolglos.

Für Benedikt war die kurze Nacht damit beendet. Er duschte zuerst warm und dann eiskalt, bereitete sich einen Kaffee zu, der Tote zum Leben erwecken konnte, und fuhr wieder ins Präsidium. Ingo saß auch schon an seinem Platz, er hatte seine Jacke schief zugeknöpft und vergessen, sich zu kämmen. Sein Gesicht schien so grau und eingefallen wie das eines alten Mannes.

Benedikt drückte ihm wortlos die Hand. Alle hier wussten, dass die beiden Kollegen mit seiner Dienstwaffe getötet worden waren. Hätte er Bozanski nicht entkommen lassen, auch noch mit seiner Pistole, könnten die beiden noch leben. Das musste wirklich ein Scheißgefühl sein.

13 AMY

Die Zeit will nicht vergehen. Ich stehe am Fenster, und mein Blick patrouilliert über die Straße. Es gelingt mir einfach nicht, mich von der Stelle zu bewegen, als wären meine Füße am Boden festgeklebt. Ich starre durch die Scheibe, bis alles vor meinen Augen verschwimmt, weil ich wissen muss, was da draußen passiert. Das ist krank, fast schon zwanghaft, doch nur so habe ich eine kleine Chance, mein Leben zu retten.

Irgendwann mahnt die Uhr über der Küchentür, dass ich losmuss, wenn ich rechtzeitig auf Pascals Geburtstagsfeier sein will.

Allein bei dem Gedanken, auf die Straße zu gehen, ungeschützt und für jeden sichtbar, legt sich ein unsichtbares Band um meinen Hals und schnürt mir die Luft ab. Dennoch werde ich meinen Plan durchziehen. Ich muss. Für Pascal, den ich um nichts in der Welt enttäuschen möchte, und für mich selbst. Meine Arme schlingen sich um meinen Oberkörper, und ich versichere mir, dass ich stark bin und diesen Kampf gewinnen werde. Wie oft habe ich schon geglaubt, dass ich die Wohnung nicht verlassen kann, weil er da draußen lauert. Doch nie, nicht ein einziges Mal habe ich zugelassen, dass meine Angst mich besiegt. Ich habe mich gezwungen, ein halbwegs normales Leben zu führen, wenigstens tagsüber. Und das werde ich auch heute tun.

Ich entscheide mich für eine Jacke mit extragroßer Kapuze, die mein Haar komplett verbergen wird, und nehme meine Sonnenbrille aus der Schublade der kleinen Kommode im Flur. Dann greife ich nach der Umhängetasche, die ich vorhin gepackt habe, hole ein paarmal ganz tief Luft und schließe die Tür auf. Im Treppenhaus ist es kühl und still.

Meine Wohnung liegt in der Roonstraße, in einem von vielen Wohnblöcken, erbaut in den Siebzigern des letzten Jahrtausends. Gelber Klinker, weiß gestrichene Betonplatten vor den Balkonen. Pro Eingang gibt es sechs Wohnungen, jeweils zwei auf einer Etage, nicht sonderlich groß, dafür aber auch nicht teuer. Ich wohne im zweiten Stock rechts, für mich die perfekte Lage. Im Erdgeschoss würde ich mich keine Sekunde sicher fühlen, und selbst im ersten Stockwerk hätte ich Angst, dass jemand über den Balkon eindringen könnte.

Gegenüber wohnt Frau Wulf, eine resolute Rentnerin, die

mich ständig zum Kaffee einladen möchte. Im ersten Stock leben ein Ehepaar in mittleren Jahren, beide berufstätig und selten zu Hause, und eine Krankenschwester, die im Schichtdienst arbeitet. Wenn an ihrer Wohnungstür das Schild mit dem Bett hängt, wissen alle, dass sie Nachtdienst hat und tagsüber schläft. Das Schild bittet um Ruhe, obwohl das gar nicht nötig wäre, hier gibt es keine Kinder, die im Treppenhaus lärmen. Eine Wohnung im Erdgeschoss ist an einen alten Mann vermietet, der zunehmend dement wird und seit Wochen bei seiner Tochter lebt. In der anderen wohnt eine Frau, die man so selten sieht, dass ich sie wahrscheinlich nicht mal auf der Straße erkennen würde.

Einmal mehr wird mir bewusst, wie annähernd normal mein Leben in letzter Zeit verlaufen ist. Seit geraumer Zeit nehme ich jeden Morgen denselben Weg zur Kita, beim Einkaufen achte ich nicht ständig darauf, ob jemand mich beobachtet, ich wechsle nicht mehr jedes Jahr die Telefonnummer, und im Flur steht normalerweise keine gepackte Tasche, mit der ich im Notfall sofort abtauchen könnte. Andere Vorsichtsmaßnahmen habe ich beibehalten. Ich besitze keine E-Mail-Adresse, keinen Festnetzanschluss, stehe nicht im Telefonbuch, und beim Einwohnermeldeamt ist meine Anschrift mit einem Sperrvermerk versehen, den ich alle zwei Jahre verlängern lasse. Kein Führerschein, kein Auto. Kann er mich trotzdem ausfindig machen, jetzt, wo er meinen Namen und meinen Wohnort kennt, und wie lange wird er dafür brauchen?

Kurz entschlossen klingle ich bei Frau Wulf, die mich sofort zu einer Tasse Kaffee einlädt, Bohnenkaffee, sagt sie immer.

»Es dauert nur ein paar Minuten, die Maschine läuft schon.«

»Das ist nett, aber ich muss leider weg«, wehre ich ab, höflich, aber bestimmt. »Ich wollte nur Bescheid sagen, dass wieder bei einer Rentnerin eingebrochen wurde. Wir müssen unbedingt die Haustür geschlossen halten. Und lassen Sie niemanden ins Haus, den Sie nicht kennen.« Eine Lüge, allerdings eine aus der Kategorie unwichtig und nicht zu vergleichen mit all den großen Lügen in meinem Leben.

»Das weiß ich doch alles, Amy. Ich bin doch nicht von gestern«, versichert Frau Wulf und greift nach meiner Hand. »Aber manchmal kommen schlechte Menschen auf ganz anderen Wegen in unser Leben.« Dabei bohrt sich ihr Blick in mein Gesicht.

O Gott, die blauen Flecken, daran habe ich überhaupt nicht mehr gedacht. »Es ist nicht, wie Sie denken«, versichere ich und merke gleich, dass ich viel zu aufgeregt klinge, um überzeugend zu wirken. »Ich bin im Bad gestürzt. Tut ganz schön weh.« Mein verzweifeltes Lächeln findet keinen Widerhall in Frau Wulfs Gesicht. Meine Nachbarin glaubt mir kein Wort, und ich kann es ihr nicht verübeln.

Wie so oft hat sie ihre Brille verlegt, ich helfe ihr rasch bei der Suche, und schließlich finden wir sie unter der zusammengefalteten BILD-Zeitung. Das Foto hat sie natürlich auch gesehen.

»Fesch sieht er ja aus«, sagt sie und seufzt. »Aber die schönen Männer sind manchmal die schlimmsten, das kannst du mir glauben.«

Ihre Finger umschließen meine Hand. »Warte mal kurz.«

Sie trippelt auf ihren bestickten Hausschühchen davon und kehrt wenig später zurück. »Setz dich mal hin. Ich weiß ja, dass du kein Make-up benutzt, aber das muss jetzt mal sein. Augen zu.« Schon tupft sie ganz behutsam Puder auf mein Gesicht. »Nicht perfekt«, sagt sie kritisch. »Aber viel besser als vorher. Du gehst jetzt in die nächste Drogerie und kaufst dir Puder, damit du die Flecken abdecken kannst. Kostet wirklich kein Vermögen, Amy. Und wenn mal was ist, kannst du jederzeit bei mir klingeln, auch mitten in der Nacht.«

»Aber… ich bin wirklich im Bad gestürzt«, flüstere ich und spüre überdeutlich, wie verräterische Röte in meine Wangen steigt, heiß und unangenehm.

»Es geht mich nichts an, was hinter deiner Tür passiert, meine Kleine. Du sollst nur wissen, dass du immer zu mir kommen kannst.«

Auf der Treppe überlegte ich für eine Sekunde, einfach wieder umzukehren und in meiner sicheren Wohnung zu verschwinden, doch ich bleibe stark. Wenn ich es jetzt nicht raus auf die Straße schaffe, finde ich vielleicht nie mehr den Mut dazu, und ich habe nicht vor, mich für den Rest meines Lebens hinter der Wohnungstür zu verbarrikadieren. Außerdem wartet Pascal.

Eine Weile verharre ich hinter der verglasten Eingangstür und beobachte das Treiben auf der Straße. Ich entdecke niemanden, den ich hier nicht schon mal gesehen hätte. Irgendwann öffne ich die Tür und trete hinaus ins helle Sonnenlicht. Entschlossen ziehe ich die Kapuze über den Kopf, verstecke meine Augen hinter den blau getönten Gläsern der Sonnenbrille und mache mich auf den Weg zu meiner Arbeitsstelle, die direkt neben dem Schulzentrum liegt. Eigentlich muss ich nur die Straße bis zum Ende laufen, dann fünfhundert Meter an der Hauptstraße entlang, wo die Straßenbahnschienen eingelassen sind, die Lilienthal der Länge nach in zwei Hälften teilen, bei der Fußgängerampel die Seite wechseln und in die kleine Stichstraße einbiegen, an der die Kindertagesstätte Villa Kunterbunt liegt. Heute allerdings nehme ich eine andere Strecke, auch wenn das ein Umweg ist. Und, ja, warum soll ich es nicht zugeben, ich bin stolz auf mich.

14 BENEDIKT KRAMER

Benedikt ist gestern früh ins Bett gegangen und seit fünf Uhr wieder auf den Beinen. Nach einem schnellen Frühstück, das mangels Brot aus Zwieback und einem großen Becher Kaffee bestand, hat er seinen Koffer mit sauberer Wäsche gefüllt und eine Nachricht für seine Putzfrau auf dem Küchentisch deponiert, damit sie ihn nicht als vermisst meldet.

Heute Morgen ist die Müdigkeit wie weggeblasen, er vibriert förmlich vor Tatendrang, ein Gefühl, das er schon lange nicht mehr so intensiv gespürt hat. Sein Parkplatz ist wieder frei, und hinter seinem Scheibenwischer steckt eine Nachricht. *Wenn Sie nicht bis neun Uhr meinen Parkplatz räumen, rufe ich den Abschlepdienst.* Vor lauter Zorn hat seine Nachbarin bei Abschleppdienst ein *p* vergessen.

Lachend hievt er das Gepäck in den Kofferraum, dann setzt er rückwärts auf die Straße. Gar zu gern wüsste er, ob die Tochter seinen Parkplatz wieder belegt, wenn sie mitbekommt, dass er wieder fort ist. Vielleicht wird er seine Putzfrau fragen, die hier häufiger vorbeikommt, weil ihre Mutter in derselben Straße wohnt.

Die Fahrt verläuft reibungslos bis auf einen kleinen Stau kurz vor Osnabrück. Benedikt findet einen Sender, der seine Musik spielt, und als die Stones kommen, trommelt er den Takt auf dem Lenkrad mit.

In Lilienthal widersteht er der Versuchung, gleich als Erstes zum Einwohnermeldeamt zu fahren, um nach Amy Maiwalds Adresse zu fragen. Zuerst braucht er eine Unterkunft. Allzu groß ist die Auswahl nicht, was ihm durchaus entgegenkommt, weil er sich nicht ewig mit der Suche aufhalten will. Er entscheidet sich für ein Mittelklassehotel und bittet um ein Zimmer mit Fenstern zum Hof. Mit den Jahren ist er lärmempfindlich geworden, und er braucht seinen Nachtschlaf.

Das Zimmer hat man in den üblich gefälligen Hotelfarben eingerichtet, die niemandem wehtun, Hellgelb, Hellblau, Hellbraun. Die Matratze macht einen soliden Eindruck, und das Bad wirkt sauber, allerdings ist es ziemlich eng, wie die meisten Einzelzimmer dieser Preiskategorie.

Benedikt packt seinen Koffer aus, sortiert die Kleidung in den Schrank, dann holt er den mitgebrachten DIN-A3-Malblock raus, reißt das oberste Blatt ab und fixiert es mit doppelseitigen Klebepads an der Innentür des Schrankes. Er befestigt eine Kopie des Zeitungsfotos auf dem Papier und schreibt mit großen Blockbuchstaben Amy Maiwald darauf. Dann geht er drei Schritte zurück und betrachtet sein Werk. Nicht so übersichtlich wie die Whiteboards im Präsidium, aber besser als nichts und hoffentlich eine Hilfe, um seine Gedanken zu sortieren.

Als Nächstes zwingt er sich, im Restaurant nebenan, das mit gutbürgerlicher deutscher Küche wirbt, eine Kartoffelsuppe zu essen.

Dann setzt er sich wieder in den Wagen, startet den Motor und gibt die Adresse des Rathauses in den Navi ein. Weit muss er nicht fahren.

Der Gebäudekomplex aus roten Klinkersteinen könnte genauso gut eine große Schule beherbergen. Durch eine

Doppelglastür mit braunem Kunststoffrahmen geht es zum Meldeamt.

Das Gesicht der zuständigen Sachbearbeiterin wird dominiert von einer scharfkantigen Hornbrille und einem schmalen Mund, der nicht so wirkt, als könnte er auch lächeln. Ihr dunkles Haar ist streng nach hinten gekämmt, und sie trägt einen asphaltgrauen Rollkragenpullover mit weißen Sprenkeln. Er trägt sein Anliegen vor, vorerst, ohne die Hintergründe zu nennen, und erntet ein spöttisches Lächeln.

»Tut mir leid, nur weil Sie die Frau auf einem Zeitungsbild erkannt haben wollen, darf ich Ihnen die Adresse nicht nennen.«

Seufzend zieht er seinen Dienstausweis hervor. »Ich ermittle in einer Sache, über die ich vorläufig nicht reden darf.«

Seine Hoffnung, sie damit zu beeindrucken, zerplatzt wie eine Seifenblase. Sie spitzt die Lippen und gibt ein komisches Geräusch von sich. »Nur die Tatsache, dass Sie bei der Polizei arbeiten, reicht mir nicht. Vielleicht sind Sie ja aus rein privaten Gründen hier. Ich brauche eine richterliche Verfügung. Die Adresse ist nämlich mit einem Sperrvermerk versehen.«

»Und das wissen Sie, ohne nachzuschauen?«, blafft Benedikt sie an. »Sie müssen ja über ein phänomenales Gedächtnis verfügen. Wenn ich das richtig gelesen habe, leben hier knapp 19000 Menschen. Beeindruckend, was Sie sich alles merken können.«

»Sie sind nicht der Erste, der sich nach ihr erkundigt.«

Scheiße. »Wer hat nach ihr gefragt?«, will er sofort wissen. »Ein älterer Mann? Weißhaarig?«

»Ich glaube nicht, dass ich Ihnen das sagen sollte. Aber nein, es war kein älterer Mann.«

»Sondern?«

»Sie kommen aus Nordrhein-Westfalen. Dürfen Sie hier überhaupt ermitteln? Das kann ich mir nicht vorstellen. Ich werde mich aber erkundigen. Und vorher erfahren Sie kein Wort von mir.«

Da ist wohl nichts zu machen. Dieser Behördendrache wird den Pfad der Dienstvorschriften nicht verlassen.

15 MARCO

Marco weiß selbst nicht, was das soll, warum er in dem kleinen Café hockt, einen Cappuccino nach dem anderen bestellt und mit versteinerter Miene auf die andere Straßenseite starrt, auf die Tür mit dem schmalen Glasausschnitt, hinter der er elf Monate mit Janine zusammengelebt hat.

Bevor er nach Afghanistan geflogen ist, hat er schon mal hier gesessen und die Tür nicht aus den Augen gelassen, bis ein grauer Mercedes hielt, ein Mann ausstieg, mit zwei vollen Plastiktüten Richtung Wohnungstür marschierte und mit seinem Schlüssel aufsperrte. Tom. Nicht sonderlich groß, aber breitschultrig und auffallend gut austrainiert. Seine Jeans saßen perfekt, genau wie der Pulli mit den hochgeschoppten Ärmeln, der sogar aus der Ferne teuer wirkte.

Inzwischen steht sein Name auf dem Klingelschild, dort, wo zuvor Marcos Name stand. Er sollte sich endlich eingestehen, dass da nichts mehr zu machen ist. Und doch verfolgt ihn die abstruse Vorstellung, einfach an der Tür zu klingeln und zu sagen: *Hey, ich bin zurück. Lässt du mich rein? Der Idiot passt doch gar nicht zu dir!*

Wenn er sich ein bisschen Mühe gibt, kann er vor sich sehen, wie sie in seine Arme sinkt, erleichtert und überglücklich, wie sie sich gleich darauf auf dem Bett wälzen, verrückt vor Lust. Na ja, eigentlich sieht er nur Janine vor sich, so, wie er sie unzählige Male gesehen hat, nackt und völlig verschwitzt, und ihm wird ein weiteres Mal klar, wie sehr er das vermisst.

Ihr roter Kleinwagen parkt an der Straße, sie muss also zu Hause sein. Tom dagegen nicht, sein Mercedes mit den Leichtmetallfelgen ist nirgends zu entdecken. Und falls er inzwischen einen anderen Wagen fährt und doch zu Hause ist, hat er eben Pech gehabt. Schließlich ist Janine nicht sein Eigentum, genauso wenig, wie sie vor acht Monaten Marco gehörte, auch wenn er davon überzeugt war.

Jetzt oder nie. Marco hebt die Hand und winkt die Bedienung heran. Er wird bezahlen, auf die andere Straßenseite gehen und bei Janine klingeln. Er muss einfach wissen, ob da noch was ist zwischen ihnen. Verdammt, da muss noch etwas sein, ein letzter Funke, den er nur zu entzünden braucht, damit das Feuer wieder auflodert.

Die Bedienung ist neu, zum Glück, sonst wüsste sie, dass Marco bis vor acht Monaten gegenüber gewohnt hat, und würde sich vielleicht über sein Verhalten wundern. Rechnen scheint nicht ihre Stärke zu sein, sie verzählt sich mit dem Wechselgeld, und als er sie darauf aufmerksam macht, wird sie völlig konfus und will ihm fünf Euro zu viel rausgeben. Kurz denkt er darüber nach, ihre Verwirrtheit auszunutzen, aber dann rechnet er ihr vor, dass er nur zwei Euro bekommt. Sie nickt mit hochrotem Kopf und bedankt sich überschwänglich.

In diesem Moment öffnet sich gegenüber die Tür. Janine steckt den Kopf heraus und schaut zuerst nach rechts und dann nach links. Sie trägt ihren grün-weiß gestreiften Morgenrock, den er nur zu gut kennt. Tausend Dinge fallen ihm ein, Kleinigkeiten nur, die er an ihr geliebt hat, immer noch lieben würde, wenn sie es nur zuließe. Die Art, wie sie lacht und dabei ihre Zungenspitze sehen lässt, nur ganz kurz, aber es reicht aus, damit er ihren Mund nicht aus den Augen lässt, um diesen winzigen Moment nicht zu verpassen, der den dringenden Wunsch in ihm weckt, sie sofort und auf der Stelle zu küssen. Oder die Art, wie sie aussieht, nachdem sie sich geliebt haben, ein bisschen zerzaust und so zufrieden wie eine Katze, die gerade einen Sahnetopf ausgeschleckt hat. Ihren Gang, das aufreizende Hin-und-Her-Wiegen ihrer Hüften, das Männer dazu bringt, ihr hinterherzupfeifen, obwohl Marco neben ihr läuft und ihre Hand hält.

Jetzt kommt drüben im Flur ein Mann in Sicht. Dunkelhaarig wie Tom, aber größer. Er trägt einen dieser Zottelbärte, die gerade in sind und die Marco nicht ausstehen kann, weil sie ihn an die Talibankämpfer erinnern. Janine dreht sich zu ihm um und will ihm einen Kuss auf die Wange geben, doch damit ist er nicht zufrieden. Er schiebt seine Hand in ihren Morgenrock, und die beiden versinken in einem innigen Kuss. Irgendwann stößt sie ihn zurück und schüttelt in gespielter Strenge den Kopf. Er grinst und hebt beschwichtigend die Hände. Wahrscheinlich will er ausdrücken, dass er nicht widerstehen konnte. Der Mann ist viel jünger, als Marco zunächst gedacht hat, ein schlaksiger Typ, ein Läufer und kein Kämpfer, vielleicht ein Student. Er verschwindet zu Fuß, und Janine schaut ihm hinterher, bis er in die nächste Querstraße einbiegt. Den zufriedenen Ausdruck auf ihrem Gesicht kennt Marco nur zu gut. Die beiden haben gerade gevögelt.

Sie betrügt Tom mit einem namenlosen jungen Mann,

und so vertraut, wie die beiden gewirkt haben, nicht zum ersten Mal. Marco hat sie auch betrogen. Vielleicht war Tom nicht mal der Erste. Zwölf Monate lang war er überzeugt, dass sie nur ihm gehörte. Doch jetzt dämmert ihm, dass eine Frau wie Janine durch viele Hände geht. Verdammt, nach dieser Frau hat er sich die ganze Zeit verzehrt.

Kurz stellt er sich vor, ihren Stecher zu verfolgen und ihm wortlos die Faust in die krause Wolle zu rammen, dorthin, wo das Kinn sich befindet, aber wozu? Er hat nicht ihm Hörner aufgesetzt, sondern Tom. Eigentlich hätte er dafür einen Orden verdient.

Marco beschließt, nach Hause zu fahren und sich um seine Ehe zu kümmern. Das hätte er längst tun sollen. Vielleicht wären ein paar Blümchen angebracht, als Entschuldigung für das, was heute Nacht passiert ist, und dafür, dass er Amy in Gedanken ständig betrügt. Rosen am besten.

Jetzt regt sich drüben etwas. Tom kommt nach Hause. Bevor er die Tür aufschließen kann, öffnet Janine bereits. Sie hat sich inzwischen angezogen und fliegt ihm in die Arme. So hat sie Marco auch manchmal empfangen. Und meist sind sie direkt im Bett gelandet. Vielleicht macht es sie an, dass sie ihn gerade erst betrogen hat und er nichts davon ahnt.

16 AMY

Die Kinder empfangen mich mit offenen Armen, vor allem Pascal. Er besteht darauf, dass mein Stuhl neben dem Geburtstagsthron aufgestellt wird, und ich muss ein besonders großes Stück von seiner Torte essen. Zum Glück gibt es nicht viel zu kauen, nur weichen Biskuit und

Joghurtsahne, die nach Vanille schmeckt. Das schaffe ich, ohne mein Gesicht zu verziehen.

Seine Mutter flüstert mir zu, dass er gestern wieder mal völlig ausgerastet ist und dabei ein Mädchen mit einem Bauklotz getroffen hat. »Es ist wirklich nicht zu begreifen, aber in Ihrer Gegenwart verwandelt er sich in das liebste Kind der Welt.«

Was soll ich dazu sagen? Pascal wird spüren, wie sehr ich ihn mag. Dieser kleine Junge mit rotblonden Haaren und Sommersprossen auf der Stupsnase scheint der einzige Mensch auf der Welt zu sein, der von mir geliebt werden möchte.

Tapfer ignoriere ich die Blicke der Kolleginnen, die an meinem Gesicht hängen bleiben. Wahrscheinlich müsste ich wieder Puder auf die Hämatome tupfen. Doch ich habe Frau Wulfs Rat nicht befolgt, mir Make-up zu besorgen. Solange keiner mich anspricht, werde ich nichts zu den Flecken sagen. Wie erhofft, siegt die Höflichkeit.

Als der neue Praktikant wissen will, warum ich hier bin, *du hast doch Urlaub, und dein Mann ist gerade erst zurückgekommen*, erkläre ich mit erstaunlich unbeteiligter Stimme, dass Marco tagsüber kaum zu Hause ist. »Die müssen ständig irgendwohin, lauter Tests und Untersuchungen. Außerdem ist heute ja ein ganz besonderer Tag.« Lächelnd drehe ich mich zu Pascal um und rücke die Geburtstagskrone zurecht, bevor sie ein weiteres Mal in seine Stirn rutschen kann.

Pascals Mutter bedankt sich überschwänglich, dass ich meinen Urlaub für die Geburtstagsfeier unterbrochen habe. Auch sie sieht demonstrativ über die blauen Flecken in meinem Gesicht hinweg, und ich danke ihr im Stillen dafür.

Aus einer Stunde werden zwei, und schließlich bleibe ich, bis alle Kinder abgeholt werden. Auf dem Heimweg, ich wähle erneut eine andere Strecke, fällt mir jeder Schritt schwer, und das hat nichts mit meiner Angst zu tun. Ich merke nur gerade sehr deutlich, dass mich nichts nach Hause zieht. Die Vorstellung, den Rest des Tages mit Marco zu verbringen und zu spüren, dass er an jedem anderen Ort der Welt lieber wäre als bei mir, ist schrecklich. Ich hätte mich nie verlieben und schon gar nicht heiraten dürfen. Wie konnte ich nur glauben, ich könnte mit Marco zusammenleben, ihn ganz nah an mich heranlassen und gleichzeitig meine Geheimnisse bewahren.

Ich bin eine Lügnerin, ein schlechter Mensch. Alles an mir ist falsch, sogar mein Name. Ich bin eine Mörderin. Das einzige Glück, das mir zusteht, ist die Arbeit in der Kita. Dort kann ich etwas von meiner Schuld abtragen. Kinder leben im Hier und Jetzt. Sie stellen keine Fragen, die ich mit immer neuen Lügen beantworten muss.

17

IRENE MORISSE

Vor zehn Jahren hat Irene Morisse auf den Rat ihres Schwagers den alten Schafstall zur Ferienwohnung umbauen lassen. Ganz rustikal, das mögen die Leute, hat er gemeint, und obwohl sie ihn nicht so gut leiden kann und nur wenig auf seine Meinung gibt, hat er in diesem Punkt recht behalten. Der Schafstall ist fast das ganze Jahr ausgebucht, die Leute fühlen sich wohl, und im Gästebuch steht nur Nettes.

Wenn ihr Leben nur in anderer Hinsicht genauso erfolgreich verlaufen würde. Ihre Pläne, den Hof ihrer Eltern in ein blühendes Kunstzentrum zu verwandeln, sind gescheitert. Sie bestreitet ihren Lebensunterhalt damit, in Heimarbeit Texte für eine große Agentur zu tippen und zweimal die Woche bei einem Zahnarzt zu putzen. Außerdem hilft sie manchmal im Büro ihres Schwagers aus, schwarz natürlich. Den Gästen erzählt sie gern, dass sie nicht arbeiten muss, weil ihre Eltern genug Geld hinterlassen haben. Lächerlich eigentlich, doch sie kann nicht anders.

Ein neuer Gast ist eingetroffen, ein alleinstehender Mann, der sich ein paar Tage hier erholen will. Gerade hat er den Anmeldebogen ausgefüllt, jetzt trägt er seinen Koffer in die Ferienwohnung, und sein Gesichtsausdruck, freundlich, aber reserviert, fordert sie auf, ihn allein zu lassen.

Sein Telefon klingelt.

»Wir sehen uns sicher später«, sagt er nicht mehr ganz so freundlich, bevor er mit Nachdruck die Tür schließt.

»Und?«, hört sie ihn sagen, als sie das Ohr an die Tür legt, ohne schlechtes Gewissen. Keiner kann sie hier sehen. Außerdem ist das immer noch ihre Ferienwohnung, und sie wüsste gern, warum einer, der so vornehm tut, so ein klappriges Auto fährt und seine Schuhe bei Deichmann kauft. Sie hat dieselben nämlich gerade in der Werbung gesehen. 10,99 Euro. Hoffentlich kann der Mann überhaupt die Miete bezahlen. Irene beruhigt sich damit, dass einer, der einen Doktortitel führt, bestimmt kein Betrüger ist. Vielleicht lebt er in Scheidung, und die Gattin nimmt ihn aus wie eine Weihnachtsgans. So was hört man ja immer wieder.

»Ich brauch die Adresse«, sagt er jetzt, es klingt ungehalten, und dann: »So läuft das nicht. Wir treffen uns. Was hast du denn gedacht?«

Klingt geheimnisvoll. Der ganze Mann wirkt irgendwie geheimnisvoll, und solche Menschen trifft man nicht so häufig. Außerdem sieht er gut aus und weiß sich zu benehmen, wenn man davon absieht, dass er ihr gerade die Tür vor der Nase zugeschlagen hat – ihre eigene Tür wohlgemerkt. Morgen ist Mittwoch, sie wird zu Hause sein und kann gleich nach dem Frühstück einen Kuchen backen, am besten Butterkuchen, der gelingt immer. Am frühen Nachmittag wird sie im Garten arbeiten, in der Nähe der Ferienwohnung, und sobald er auftaucht, wird sie ihn zu Kaffee und Kuchen einladen auf ihrer schönen Terrasse.

18 RÜCKBLICK, EIFEL, 2006

Amaryllis lag seit Tagen in der Klinik. Daran, wie sie hergekommen war, konnte sie sich nicht erinnern. In den ersten Tagen hatte sie fast immer geschlafen, aber jetzt ging es ihr besser. Alle hier waren sehr nett, vor allem Valerie, die ein Mädchen war, genau wie Amaryllis, und trotzdem schon eine Krankenschwester. Kein Fremder durfte ihr Zimmer betreten, nur der Arzt und die Krankenschwestern. Amaryllis hätte gern gewusst, was zu Hause passiert war und warum man sie hergebracht hatte, aber darüber wollte niemand mit ihr reden.

»Tut mir leid, das ist Sache der Polizei«, hieß es die ganze Zeit.

Alles hier war fremd und komisch und ganz anders als zu Hause. Vor allem störte sie der Geruch, anfangs war ihr sogar schlecht davon geworden, doch mittlerweile hatte sie sich daran gewöhnt. Am schlimmsten fand sie das Nachthemd, das die Schwester ihr gegeben hatte. Es war hinten offen, und sie schämte sich schrecklich darin. Bozanski hätte ihr nie erlaubt, sich so vor anderen Menschen zu zeigen, schon gar nicht vor Männern, obwohl Nacktsein an sich nichts Schlimmes war, aber nur innerhalb der Gemeinschaft.

Ihre letzte klare Erinnerung war, dass Bozanski ihr Tee ans Bett gebracht hatte. »Trink das aus, Amaryllis, das ist wichtig für dich.«

Aber sie war so schrecklich müde gewesen und eingeschlafen, bevor sie die Schale geleert hatte. Das Baby auf die Welt zu bringen, war anstrengend gewesen und sehr schmerzhaft. Wenn sie nur daran dachte, krampfte sich ihr Bauch wieder zusammen.

Ihre Schwestern hatten sie darauf vorbereitet. »Erschreck dich nicht. Es tut sehr weh. Du musst immer daran denken, dass es bald vorüber ist, dann lässt es sich aushalten. Aber schrei nicht so laut und sag auch nicht, dass du nicht mehr kannst, dann werden sie wütend.«

Sie, damit waren Bozanski und Anna gemeint. Anna kannte sich damit aus, Babys auf die Welt zu bringen, sie half jedes Mal. Amaryllis hätte gern gewusst, wo ihr Baby sich jetzt befand. Doch diese Frage war verboten. Die Babys gehörten ihnen nicht, sie durften sie nicht mal richtig anschauen. Sie hatten eine Aufgabe zu erfüllen, eine große Aufgabe. Sie waren der Kelch, in dem die göttlichen Wesen Gestalt annahmen.

Es klopfte, und drei Männer kamen herein, der Arzt und zwei andere, die sie nicht kannte.

»Heute geht es dir ja schon viel besser.« Immer, wenn der Doktor etwas sagte, das ihm unangenehm war, veränderte sich sein Lächeln, es wurde leer und bedeutungslos, so wie jetzt. »Das hier sind Hauptkommissar Kramer und Oberkommissar Wenzel. Sie möchten mit dir reden. Soll ich hierbleiben? Oder eine von den Schwestern rufen?«

Rasch schüttelte sie den Kopf. Sie hatte sich vorgenommen, so lange nichts über ihr Zuhause zu erzählen, bis sie wusste, warum sie hier war und weshalb Bozanski nicht kam, um sie abzuholen. Das fiel ihr nicht leicht, vor allem, wenn sie die Menschen mochte, die ihr Fragen stellten, so wie den netten Doktor. Deshalb wollte sie allein mit den Polizisten bleiben. Denen würde sie bestimmt nichts verraten.

»Gut. Dann gehe ich jetzt.« Der Arzt zögerte, bevor er den Raum verließ. Auf einmal war sie nicht mehr überzeugt, das Richtige entschieden zu haben. Gern hätte sie jemanden um Rat gefragt, Bozanski, ihre Mutter oder eine ihrer Schwestern, aber sie war auf sich allein gestellt und musste das befolgen, was Bozanski ihr für so einen Fall mit auf den Weg gegeben hatte. Schweigen, sie musste eisern schweigen, um die Gemeinschaft zu beschützen.

Der Polizist mit den schwarzen Haaren nahm sich einen der beiden Stühle und trug ihn vor das Bett, um sich zu setzen. Der andere stellte sich neben das Kopfende und schloss seine Finger um die Metallstange, an der bis heute Morgen noch eine Flasche mit einer durchsichtigen Flüssigkeit gehangen hatte, die durch einen Schlauch in ihren Arm gelaufen war. An der Schläfe des Polizisten fiel ihr ein Verband auf, nichts Großes, nur ein weißes Stück Mull, vielleicht fünf mal fünf Zentimeter groß, das ringsum mit Pflaster befestigt war.

Der Schwarzhaarige, der Kramer hieß, das konnte sie sich gut merken, übernahm das Wort. »Zuerst möchte ich dich fragen, ob du mir deinen Namen verraten möchtest.« Er hatte freundliche Augen, doch es wäre ihr lieber gewesen, wenn er sie nicht so anstarren würde.

»Amaryllis«, hauchte sie und hoffte, dass Bozanski nicht schimpfen würde. Aber ihr Name konnte doch kein Geheimnis sein, oder?

»Haben die anderen Frauen auf dem Hof auch so schöne Blumennamen?«

Wenn er das nicht wusste, hatte er nicht mit ihnen gesprochen. Bestimmt hatte Bozanski die Polizisten vom Hof geschickt, bevor sie mit den anderen reden konnten. Aber warum war sie hier, als Einzige? Warum hatte Bozanski, der nie wollte, dass sie den Hof verließen, das erlaubt?

»Bin ich sehr krank?«

»Du warst sehr krank. In dem Tee auf deinem Nachttisch befand sich ein starkes Beruhigungsmittel. Wenn du den Rest aus der Schale getrunken hättest, würdest du nicht mehr leben. Wer hat dir den Tee hingestellt, Amaryllis?«

Er sprach ihren Namen merkwürdig aus, so hart, als gehöre er nicht zu der wunderschönen roten Blume, der sie den Namen verdankte. Bozanski hatte ihr den Tee gebracht. Aber er würde sie nicht vergiften. Sie hatte doch nichts falsch gemacht. Sie hatte gut auf das Baby in ihrem Bauch aufgepasst und, als es so weit war, das Kleine mit aller Kraft aus sich rausgepresst. Sie hatte auch nicht geschrien oder getobt, als Anna es fortbrachte, nur leise geweint, weil sie ihr Baby so gern im Arm gehalten hätte, wenigstens ein Mal.

Bozanskis Worte fielen ihr ein. Sie musste vorsichtig ein. Die Polizei sagte nicht die Wahrheit. Niemand außerhalb der Gemeinschaft sagte die Wahrheit. Darum durfte sie keinem hier vertrauen. Sie presste die Lippen aufeinander und zuckte mit den Schultern, weil der Polizist nicht aufhörte, sie anzustarren.

»Ich war in eurem Haus.« Der Kommissar schob die Zunge unter seine Oberlippe und ließ sie dort hin und her wandern, als wollte er seine Zähne blank reiben. Dann sagte er leise, dass er ihr etwas sehr Trauriges mitteilen müsste. Und dann behauptete er, dass sie auf dem Hof acht tote

Frauen gefunden hätten und dass Bozanski mit seinem Auto davongefahren wäre. Wahrscheinlich hätte er den Frauen Beruhigungsmittel gegeben und sie danach mit einem Messer getötet. »Wenn wir nicht rechtzeitig aufgetaucht wären, hättest du wohl dasselbe Schicksal erlitten.«

»Nein«, flüsterte sie. »Nein. Das ist nicht wahr.« Und dann musste sie so heftig weinen, dass der Arzt kam und ihr etwas zu trinken gab, von dem sie schlafen konnte.

19 BENEDIKT KRAMER

Dank dieser bebrillten Xanthippe aus dem Meldeamt hat Benedikt keine Ahnung, wo er Amy suchen soll. Amy. Er hat sich bereits an den Namen gewöhnt. Er passt zu ihr, weil er so sanft klingt, fast ein bisschen durchsichtig, so, wie sie selbst in seiner Erinnerung aussieht.

Er hat ein nettes Café entdeckt, in dem es selbst gebackenen Kuchen gibt, der an kleinen runden Tischen im Garten serviert wird, zusammen mit Kaffee, der von Hand aufgebrüht wird, wie ein großes Schild neben der Eingangstür verspricht. *Wie früher bei Oma.*

Hier brennt die Sonne nicht so heiß wie auf Kreta, dennoch sucht er sich einen Platz im Schatten. Irgendwie muss es doch möglich sein, an Amys Adresse zu gelangen. Schließlich ist er Polizist.

Kurz entschlossen greift er zum Handy – und zögert. Nein, er wird jetzt nicht im Präsidium anrufen. Als Dienststellenleiter kann er nicht einfach Mitarbeiter auffordern, halb legale Ermittlungen für ihn anzustellen. Wenn er selbst an seinem Schreibtisch säße … aber er befindet sich fast vierhundert Kilometer nördlich in einem Gartencafé. Und er braucht, verdammt noch mal, die Adresse.

Bloß keine unüberlegten Schnellschüsse. Natürlich könnte er Anita fragen, die ihn immer noch mit ihren Mails nervt. Angeblich hat sie seinen ersten Arbeitstag nach dem Urlaub rot in ihrem Kalender angekreuzt. Er nippt an seinem Kaffee, der wirklich besonders gut schmeckt, und beobachtet einen alten Mann, der einen hysterischen Jack Russell ausführt. Der Hund hängt mit seinem gesamten Körpergewicht in der Leine und zieht nach vorn. Sein asthmatisches Keuchen ist bis hierher zu hören. Sein Besitzer schlurft ohne erkennbare Gefühlsregung hinterher. Was für ein seltsames Paar, der phlegmatische Rentner und sein hyperaktiver Köter.

Plötzlich muss er an Ingo denken und dass sie für manche Leute auch ein merkwürdiges Paar abgegeben haben, der große dunkle Benedikt und der schmächtige blonde Ingo, der ihm kaum bis zur Schulter reichte. Obwohl er der Größere war, nahm Benedikt in dieser Konstellation die Rolle des hektischen Terriers ein, der voranpreschte, während Ingo ihm bedächtig folgte. Einer plötzlichen Eingebung folgend, ruft er Ingo an, nicht im Präsidium, da müsste er sich verbinden lassen, weil er die Durchwahl nicht kennt, sondern auf seiner Privatnummer, die zum Glück immer noch in seinem Handy gespeichert ist. Mit knappen Worten schildert er sein Anliegen.

Ingo hat das Foto in der BILD ebenfalls gesehen. »Sieht ihr verdammt ähnlich, stimmt. Ich wollte dich auch schon anrufen, aber mir wurde gesagt, dass du zurzeit die Sonne auf Kreta genießt.«

»Bin seit gestern wieder im Land. Allerdings habe ich

noch eine Woche Urlaub. Nachdem ich den Zeitungsartikel gelesen habe, bin ich kurzerhand hoch nach Lilienthal gefahren. Und jetzt sitze ich hier und kann nichts machen.« Er berichtet von seinem unerquicklichen Besuch auf dem Meldeamt. Dann räuspert er sich, weil es ihm schwerfällt, Ingo um diesen Gefallen zu bitten. »Amy Maiwald, wohnhaft in Lilienthal. Mehr hab ich leider nicht. Könntest du mir ihre Adresse besorgen, ohne dass jemand es mitkriegt?«

Ingo zögert keine Sekunde. »Geht klar. Bin schon auf dem Heimweg, aber morgen kümmere ich mich darum. Dass die noch mal auftaucht, hätte ich nie erwartet. Halt mich unbedingt auf dem Laufenden. Ist zwar nicht gerade ein Fall, an den ich gern zurückdenke, aber es wäre schon gut, wenn wir da noch mal was reißen könnten.«

Natürlich spielt er darauf an, dass Roman Bozanski ihn seinerzeit übertölpeln und entwaffnen konnte und später mit dieser Waffe zwei Kollegen getötet hat. Niemand sprach es laut aus, aber viele Kollegen warfen Ingo heimlich vor, mitschuldig am Tod der beiden Polizisten zu sein, und natürlich blieb ihm das nicht verborgen. Er fiel wegen psychischer Probleme ein halbes Jahr aus und ließ sich nach seiner Rückkehr in den Dienst in ein anderes Dezernat versetzen.

Sie laufen sich manchmal über den Weg, reden ein paar Worte, nichts Wichtiges, weil ihre Fälle sich nicht berühren. Gemeinsam sind sie zwölf Jahre älter geworden, zwei gestandene Polizisten, die schon an ihre Pensionierung denken, doch in diesem Augenblick flammt die alte Vertrautheit ganz unerwartet wieder auf.

»Dann bis morgen. Ich danke dir.«

In den letzten Jahren hat Benedikt sich häufig gefragt, was passiert wäre, wenn er damals nicht so sturköpfig darauf bestanden hätte, in das Haus einzudringen. Die Frauen waren ohnehin schon tot, da gab es nichts mehr zu retten. Bozanski wäre ihnen entkommen, ohne Waffe allerdings. Dafür wären die beiden Polizisten noch am Leben, und Ingo hätte nicht den Respekt einiger Kollegen verloren.

20 FRIEDHELM SCHWARZ

»Bitte nicht«, flüstert Friedhelm, obwohl er weiß, dass er sowieso nichts gegen Viola ausrichten kann. Seine Frau entscheidet, was passiert, nicht er.

»Ich muss das tun. Ich kann nicht anders. Und du musst mich fahren. Zuerst zur Bank, weil ich Geld brauche, und dann zur Bushaltestelle. Ich nehme den Bus nach Düren.«

Gestern musste er auf dem Friedhof arbeiten, und da hat er die Zeitung im Mülleimer entdeckt. Sie sah noch ganz neu aus, deshalb hat er sie eingesteckt und mit nach Hause genommen. *Viola liest so gern Zeitung, die wird sich freuen*, hat er sich gedacht.

Für Friedhelm bedeutet Lesen nur Quälerei, er schafft es einfach nicht, aus den Buchstaben ein Wort zu bilden, deshalb hat er überhaupt nicht richtig hingeguckt und nicht bemerkt, dass die Frau auf dem Titelbild genauso aussieht wie Viola. Das wird er sich nie verzeihen. Hätte er die Zeitung zurück in den Mülleimer gestopft, wäre alles gut.

Aber jetzt ist nichts mehr gut, gar nichts. Beim Anblick des Fotos hat Viola aufgeschrien, und seither redet sie von nichts anderem mehr als davon, dorthin zu fahren, wo die Fremde wohnt. Und sie will ihm nicht mal verraten, wer die Frau ist. »Das erzähle ich, wenn ich wieder zu Hause bin.«

Sie ist wie im Fieber. Mitten in der Nacht hat sie im Haus rumort. Sie hat geputzt, als würden sie großen Besuch erwarten, und gleich, nachdem er heute aufgestanden ist, hat sie die Betten neu bezogen. Die Laken flattern jetzt draußen auf der Leine.

Vorhin hat er es nicht mehr ausgehalten und gesagt, dass er sie begleiten will, aber sie hat nur gelacht. »Auf keinen Fall, das muss ich allein erledigen. Außerdem muss einer bei Harras bleiben und die Tiere versorgen.«

Harras ist auch ein Tier, hat er gedacht. Aber für Viola ist der schwarze Schäferhundmischling wie ein Kind, das Kind, das in ihrem Bauch einfach nicht wachsen will. Sie liebt den Hund heiß und innig, manchmal ist er direkt eifersüchtig.

Ihre Finger zupfen zärtlich an seinem Ohrläppchen. »Hab keine Angst, ich komme zurück, das weißt du doch.«

Weiß er das wirklich? Wird sie tatsächlich zurückkehren auf diesen abgelegenen Hof, wo es nur sie beide gibt? Oder wird das Leben da draußen ihr so gut gefallen, dass sie bleibt? Eine kluge Frau wie Viola findet sich überall zurecht, ganz anders als er selbst. Er kann nur hier draußen leben und eigentlich auch nur mit Viola an seiner Seite.

Wenn er nicht so ein Schwächling wäre, würde er ihr die Reise verbieten. Aber wie soll er das anstellen? Er ist nun einmal ein Jammerlappen, das hat schon seine Mutter gewusst. Und Viola weiß es auch, sie spricht es nur niemals aus.

»Nun guck nicht so«, sagt sie und streicht mit der Hand ganz sanft über seine Wange. »Du machst mich ganz traurig.«

»Dann bleib zu Hause.«

»Das kann ich nicht. Da ist ein Loch in meinem Herz, ein großes schwarzes Loch, das mir jeden Tag Schmerzen bereitet, und jetzt kann ich es endlich schließen.«

Was für ein Loch?, möchte er fragen. *Was redest du da?* Doch er bringt keinen Ton heraus, weil er schon ahnt, dass die Antwort ihn nicht glücklich machen würde.

Heute Morgen ist Viola ihm fremd, sie trägt ein wunderschönes Kleid, selbst genäht aus einem schwarzen Stoff, den sie im Schrank seiner Mutter gefunden hat. *Guck mal*, hat sie damals gerufen, *der ist schön*. Und dann hat sie sich mit größter Selbstverständlichkeit an die Nähmaschine gesetzt, die nach dem Tod seiner Mutter verwaist im Schlafzimmer herumstand. Gefreut hat er sich damals, dass Viola so etwas kann, und jetzt wäre er froh, wenn es anders wäre. Wenn sie nichts Gescheites zum Anziehen hätte und deshalb hierbleiben müsste. Vielleicht gelingt es ihm ja, sie abzulenken, sodass sie die Zeit vergisst.

Als könnte sie seine Gedanken lesen, wirft Viola einen Blick auf die goldene Armbanduhr, die ebenfalls von seiner Mutter stammt.

»Es wird Zeit für mich, Friedhelm. Denk daran, die Bettwäsche von der Leine zu nehmen. Leg sie einfach auf den Stuhl im Schlafzimmer. Bügeln kann ich, wenn ich zurück bin. Der Hund kriegt morgens und abends sein Futter, immer einen Becher voll. Und vergiss nicht das Wasser, sonst kann er krank werden. Du musst auch den Draht über dem Hühnergehege flicken. Der Habicht hat schon wieder zwei Küken geholt. Und denk daran, jeden Morgen die Tomaten zu gießen. Ach ja, die Katze hab ich seit Tagen nicht gesehen, wahrscheinlich sind die Jungen da. Stell ihr bitte eine Schale mit Milch hin, zur Hälfte verdünnt mit Wasser. Auf dem Herd steht ein Topf mit Hühnersuppe, und ich hab heute Morgen noch ein Brot gebacken, das reicht ein paar Tage. Wenn du das Brot aufgegessen hast, bin ich wieder da. Und jetzt müssen wir los.«

Ein letztes Mal streicht sie Harras über den dicken Kopf. Er jault leise, weil er spürt, dass er gleich allein bleiben muss. Harras ist nicht gern allein, genau wie Friedhelm.

Dann sagt sie streng: »Sitz«, und greift nach der dunkelbraunen Ledertasche. Friedhelm besitzt weder Führerschein noch Auto, nur das alte Moped, und wenn er Viola damit runter ins Dorf fährt, bleibt kein Platz für großes Gepäck. Aber die kleine Tasche bedeutet ja auch, dass sie nicht lange fortbleiben kann.

21 MARCO

Er hat keine Blumen für Amy gekauft. Als Marco vor dem Laden stand, wusste er nicht, was er nehmen sollte, mag sie Rosen oder lieber bunte Sommerblumen, und warum sollte er ihr überhaupt Blumen schenken? Würde er damit nicht ihr Misstrauen wecken?

Jetzt streichen sie umeinander herum wie zwei Katzen um einen Teller mit heißem Grießbrei.

Amy räumt das Geschirr in die Spülmaschine. Auf seinen Wunsch hin haben sie was beim Griechen bestellt, für ihn einen Grillteller, für sie nur eine Vorspeise. Die ganze Zeit vermeidet er, Amy anzuschauen, der Anblick ihrer blauen Flecken ist ihm unangenehm.

Sein Vorsatz, etwas am Zustand seiner Ehe zu ändern, weicht bereits auf. Es macht keinen Sinn. Wäre er nicht so ein gottverdammter Feigling, würde er Amy jetzt sagen, dass es keinen Zweck hat. Er kann seine Gefühle für sie nicht mehr zum Leben erwecken. Entweder sind sie in der Wüste von Afghanistan verdorrt, oder sie waren nie wirklich vorhanden, eine Fata Morgana, die ihn über seinen Liebeskummer hinweggeholfen hat. Das hier ist nur noch eine Farce. In jedem Fall wird er weiterhin auf der Couch schlafen. Die Ausrede, dass er fürchtet, sie erneut im Schlaf zu verletzen, kommt ihm gerade recht.

Er will einfach nicht mehr neben ihr liegen, spüren, dass sie wach ist und darauf wartet, dass er sich ihr nähert. Nicht, dass sie ihm zuwider ist oder er sich nicht mehr vorstellen kann, mit ihr zu schlafen. Es wäre nur verdammt unfair, Amy Hoffnungen zu machen, dass alles noch gut werden könnte. Im Grunde trägt er den Entschluss, sich zu trennen, seit Monaten mit sich herum, wenn er ganz ehrlich ist, schon seit dem Abflug Richtung Kundus. Nie hätte er gedacht, dass er zu feige ist, mit ihr zu reden. Ein Mann sollte wirklich niemals aus Wut auf eine andere heiraten.

Es klingelt. Amy verkrampft sich am ganzen Körper und schaut ängstlich Richtung Tür. Was ist bloß los mit ihr, so schreckhaft hat er sie nicht in Erinnerung, allerdings auch nicht so still und niedergeschlagen.

»Ich mach schon auf«, sagt er beruhigend. Im Vorbeigehen berührt er mit den Lippen ihre Wange.

Vor der Tür steht Olaf, er grinst und hält in jeder Hand einen Sechserträger Bier. »Stör ich?«

Im Gegenteil, du kommst wie gerufen. »Nee, komm rein. Für Verpflegung hast du auch gesorgt, wie ich sehe.« Marco dreht den Kopf und ruft über seine Schulter: »Besuch! Olaf, ihr kennt euch ja vom Flughafen.« Und dann dirigiert er seinen Kameraden, der nicht ahnen kann, dass er Marco den Abend rettet, in die Wohnstube. Dabei fragt er sich, was Olaf wohl von der Wohnung hält, die eigentlich Amy gehört und in der Marco sich nach wie vor wie ein Gast fühlt.

Amy ist ziemlich schlicht eingerichtet, fast schon lieblos – Naturholzmöbel, weiße Wände, eine blassblaue Couch, genauso farblos wie sie selbst. Der einzige Schmuck sind die Bilder an den Wänden, die allesamt Veilchen oder Amaryllis zeigen. Aus irgendeinem Grund sind diese Bilder ihr heilig. Manchmal steht sie davor, tief in Gedanken versunken, und lächelt, aber nur ganz leicht, als würde sie gerade an etwas Wunderschönes denken.

Olaf nimmt einen der beiden Sessel in Beschlag, reißt die Pappe des ersten Sechserträgers auf und öffnet ein Bier. »Setzt deine Frau sich zu uns?«

»Ja. Ich denke schon.«

Er braucht ein paar Minuten, um Amy zu überreden, und als sie schließlich neben ihm auf der Couch Platz nimmt, wirkt sie sehr gehemmt. Sie sitzt kerzengerade, klemmt die Hände zwischen den Oberschenkeln ein und schaut nach unten auf ihren Schoß. Das Bier, das Olaf ihr anbietet, lehnt sie ab. Bevor es peinlich wird, holt Marco ein Glas Weißwein aus der Küche. So, wie er sie kennt, wird sie nur daran nippen. Viel reden wird sie auch nicht, das weiß er jetzt schon, und er fragt sich, wie lange es wohl dauert, bis sie ins Bett geht und er aufatmen kann.

Er folgt Olafs Blick, der an ihrem Gesicht hängen bleibt, und erklärt möglichst lässig, dass Amy gestern Morgen im Bad gestolpert ist. »Sieht aus, als hätten wir uns geprügelt, ich weiß.«

Nach kurzer Zeit wird klar, dass es für Marco und Olaf nur ein Thema gibt, ihre Zeit in Afghanistan. Sie lästern über dieselben Kameraden, über die sie abends in ihrem Wohncontainer gelästert haben, über die Verpflegung und die Ausrüstung, sie versichern sich, wie froh sie sind, wieder in der Zivilisation gelandet zu sein, und wie herrlich es ist, stundenlang warm zu duschen. Zur Bestätigung lassen sie ihre

Bierflaschen gegeneinanderknallen. »Prost, Alter, wir haben es geschafft.« Kein Wort über die Angst, die toten Kameraden oder Marcos Albträume, hier feiern sich zwei Kriegshelden.

Für Amy muss der Abend sterbenslangweilig sein, sie kann nichts zum Gespräch beitragen, nur zuhören. Den Wein rührt sie auch nicht an. Schließlich gähnt sie demonstrativ, natürlich hinter vorgehaltener Hand, und erklärt, müde zu sein und ins Bett zu wollen.

»Nein, bleib doch!«, ruft Olaf eine Spur zu laut. Er hat schon reichlich Bier intus, und seine Aussprache ist ein wenig verwaschen. »Wir hören jetzt auf mit Afghanistan. Geht mir ja selbst schon auf den Keks, immer dasselbe Thema. Ehrlich gesagt, interessiere ich mich sehr für deine Geschichte, Amy. Marco hat erzählt, dass du in Südafrika geboren bist. Wo denn genau? Ich kenne mich da ein bisschen aus, mein Onkel lebt in Kapstadt, und ich war schon mehrfach dort.«

Ist es Einbildung, dass sie sich erschrocken auf die Unterlippe beißt? Bestimmt. Er selbst hat ja auch schon genug getrunken, um Gespenster zu sehen.

»Oh«, sagt sie jetzt und rückt ein kleines Stück näher an Marco heran. »Unsere Farm lag im Westen, Namaqualand heißt die Region.«

Olaf nickt begeistert. »Die blühende Wüste, da ist es wirklich wunderschön. Namaqualand ist groß. Wo genau lag die Farm?«, bohrt er nach, und Marco versteht nicht, was daran so wichtig sein soll. Schließlich war Amy ein Kind und kann sich kaum an diese Zeit erinnern. Vermutlich ist Olafs Beharrlichkeit dem Alkohol geschuldet, doch er fühlt sich davon genervt und sie vermutlich noch viel mehr.

»Ich weiß nur, dass es dort auch Berge gab und wie wunderschön es aussah, wenn alles in Blüte stand. Ein Meer aus orangefarbenen Blüten. Nicht nur«, schränkt sie dann ein. »Manche waren auch gelb oder violett. Manchmal hatte man Glück und konnte ein Erdmännchen sehen. Mehr weiß ich nicht mehr. Vergiss nicht, dass ich noch ein Kind war.«

»Aber so klein doch auch nicht. Kannst du dich an gar nichts mehr erinnern?« Olaf stützt die Hände auf seine kräftigen Oberschenkel und lacht ungläubig.

»An mein Zimmer und an meine Eltern«, sagt sie zögernd. »Wir hatten viele Hunde. Unsere Farm hieß White Soul. Das war's.«

»Mensch, Amy, das kann nicht sein! So was vergisst man doch nicht!«

Die Art, wie Olaf sie jetzt anschaut, als hätte er sie soeben als Lügnerin entlarvt, stört Marco. Schnell sagt er: »Wolltest du nicht ins Bett? Geh ruhig, wir machen uns noch ein Bier auf.«

»Ja«, sagt sie dankbar, »ich bin wirklich sehr müde.«

Sie schauen ihr nach, bis sie das Zimmer verlassen hat.

»Ganz schön schüchtern, die Kleine.« Olaf öffnet sich das vorletzte Bier, die letzte Flasche drückt er Marco in die Hand. »Auf uns, Alter, wir haben überlebt!«

Nachdem die Sechserträger geleert sind, gehen sie zu *Johnny Walker* über, den Marco gestern vom Einkaufen mitgebracht hat.

Irgendwann steht Olaf auf und betrachtet die Kunstdrucke über der Anrichte. »Ist deine Frau immer so schweigsam?«

»Nein.« Marco hat keine Lust, mit Olaf über Amy zu reden, über seine Ehe, die keine ist. In Afghanistan, nachts, wenn sie vor Hitze oder Angst nicht schlafen konnten, war das anders, da gab es keine Geheimnisse. Olaf weiß sogar über Janine Bescheid. Leider. Hätte er bloß die Klappe gehalten.

Kann er sich überhaupt darauf verlassen, dass Olaf sein Wissen für sich behält? Am besten passt er auf, dass die beiden nie allein miteinander sind. Oder er lässt den Kontakt zu Olaf einfach einschlafen. Hier in Deutschland scheinen sie Welten zu trennen. Er käme jedenfalls nicht auf die Idee, abends mit zwei Sechserträgern bei Olaf aufzukreuzen und seine nicht vorhandene Partnerin mit blöden Fragen in Verlegenheit zu bringen.

»Was macht dein Sohn? Hast du ihn schon besucht?«

Dieses Thema meidet Olaf gern. Auch jetzt zuckt er nur mit den Schultern und murmelt etwas Unverständliches. Also nein. Viel weiß Marco nicht über Olafs Sohn, nur dass sich irgendwann rausgestellt hat, dass Olaf nicht sein leiblicher Vater ist. *Damit bin ich einfach nicht klargekommen.* Inzwischen ist der Junge vierzehn oder fünfzehn.

»Setz dich, Alter, ich geb noch 'ne Runde aus.« Auffordernd deutet Marco mit der Whiskyflasche auf den leeren Sessel. Olaf lässt sich so heftig in den Sessel fallen, dass er ein paar Zentimeter nach hinten rutscht. Sie lachen albern, als hätte er etwas Großartiges vollbracht.

Dann fragt Olaf nach Janine, und ohne dass Marco es will, sprudelt die Wahrheit aus ihm heraus.

»Du verbringst deine Zeit damit, deine Ex zu belauern?« Olaf will sich ausschütten vor Lachen. »Pass bloß auf, dass dein Blümchen-rühr-mich-nicht-an das nicht rauskriegt.«

Um kurz nach Mitternacht fragt Olaf mit schwerer Zunge, ob er hier übernachten kann. »Darf nich mehr fahren... iss ja wohl logo. Und wenn ich den Wagen steh'n lass, muss ich morgen wiederkommen. Brauch nur 'ne Wolldecke. Geht das klar?«

Sechs Monate lang haben sie einen Wohncontainer geteilt. Es gibt nicht viel, das sie nicht voneinander wissen. Olafs Art zu schnarchen würde er unter Hunderten erkennen. Er weiß, dass Olaf an ständig wiederkehrendem Fußpilz leidet und gern schmutzige Witze erzählt, über die er selbst am lautesten lacht. Wie könnte er ihn jetzt vor die Tür setzen. »Null Problem. Ich hol dir eine Decke.«

Als er ins Schlafzimmer kommt, stellt Amy sich schlafend, allerdings nichts sonderlich geschickt. Vorsichtig nimmt er seine Bettdecke und bringt sie Olaf. Dann kommt er zurück und zieht sich im Dunkeln aus, erleichtert, nicht reden zu müssen.

»Was ist los?«, fragt Amy und bricht damit die angenehme Stille.

»Olaf kann nicht mehr fahren. Ich hab gesagt, dass er auf der Couch pennen kann.« Jetzt muss er sich schon entschuldigen, weil er im Bett seiner Frau schlafen möchte.

Da er nicht fragen will, ob es hier irgendwo noch eine Wolldecke gibt, beschließt er, ganz darauf zu verzichten. Auf gar keinen Fall wird er zu ihr unter ihre Decke kriechen. Stattdessen legt er sich auf den Rücken und verschränkt die Arme hinter dem Kopf, sorgsam darauf bedacht, sie nicht zu berühren.

Beinahe ist er schon weggeduselt, als sie leise sagt: »Hab ich irgendwas falsch gemacht?«

»Was? Nein.«

»Warum behandelst du mich dann so, als wäre ich nicht mehr deine Frau?«

»Also, wenn du das meinst...« Er spricht das Wort Sex lieber nicht aus. »Das ist normal, hab ich gehört. Man muss erst richtig ankommen, heißt es. Tut mir leid, wenn ich dich enttäusche, Amy.«

Sie beginnt zu weinen, ganz leise, damit er nichts davon mitkriegt, aber er merkt es trotzdem. Eine Weile versucht er, ihre Tränen zu ignorieren, aber lange hält er es nicht aus. »Ich weiß auch nicht«, murmelt er, und irgendwie trifft das ziemlich genau seine Gefühle. Er weiß nicht, wie es weitergehen soll, ob es überhaupt weitergehen kann mit ihnen. Und er fühlt sich ziemlich mies, weil er sie so unglücklich gemacht hat.

Wie von selbst beugt er sich zu ihr rüber, seine Lippen streifen ihre Schulter und wandern weiter zu ihrem weichen Hals. Sie dreht sich um, flüstert seinen Namen, und es klingt so verdammt hoffnungsvoll, dass er sie einfach nicht enttäuschen kann. Und dann ertrinkt er in ihrem seidenweichen Haar, das nach Honig duftet, in ihren Armen, die ihn sehnsüchtig erwarten, in ihrem leisen Seufzen. Ihre Lippen finden sich zu einem langen, zärtlichen Kuss. Er schiebt ihr Nachthemd nach oben, um ihre Brüste zu berühren, die genau in seine Hand passen, und sie hilft ihm dabei, sein Shirt über den Kopf zu ziehen. Er knipst das Licht an, weil er sie anschauen möchte, und ihr Anblick macht ihn fassungslos. Wie konnte er vergessen, wie wunderschön sie ist, eine zarte Elfe und doch eine erwachsene Frau.

Sie wispert: »Ich liebe dich«, als er in sie eindringt, und es fühlt sich richtig an, absolut richtig, sie ist doch seine Ehefrau. Und es fühlt sich genauso richtig an, hinterher ganz nah beieinander einzuschlafen, ihren Rücken an seinen Bauch gepresst, seine Hand locker auf ihrer Hüfte und seine Nase vergraben in ihrem Haar.

22 AMY

Ich bin überglücklich. Marco liegt auf dem Bauch, das Gesicht in seiner Ellenbeuge verborgen. Ganz behutsam hauche ich einen Kuss auf seine Wange, die sich stoppelig anfühlt. Sofort hebt er den Kopf, grinst, streckt den linken Arm aus und zieht mich an seinen Körper. Mit einer halben Drehung rollt er sich über mich, seine Zunge fährt über meine Lippen, bevor sie in meinen Mund gleitet. Ich kann seine wachsende Erektion an meinem Bauch spüren.

»So lass ich mich gern wecken«, brummt er, während sein Knie sich zwischen meine Beine schiebt.

»Olaf kann uns hören«, flüstere ich.

»Na und, der alte Sack ist doch nur neidisch. Komm, der kann uns nicht hören...« Er küsst mich und murmelt irgendwas, das ich nicht verstehe, und dann: »Lass dich fallen...«

Es ist verrückt, mit Marco zu schlafen und gleichzeitig darauf zu achten, keinen Laut von sich zu geben, obwohl ich merke, dass er genau das von mir will, ich soll die Beherrschung verlieren.

»Mach die Augen zu«, raunt er, während er alles versucht, um meine Erregung ins Unerträgliche zu steigern. Er streichelt meine Haut, küsst, zupft mit den Lippen und hält plötzlich inne, bis ich ihn anbettle, weiterzumachen. Als ich es nicht mehr aushalte und seinen Namen herausschreie, lacht er triumphierend und schenkt mir endlich die Erlösung, bevor er selbst kommt. Danach schläft er einfach wieder ein, erschöpft und hoffentlich so glücklich, wie ich mich gerade fühle. Ich bin hellwach, im wahren Sinn des Wortes trunken vor Glück, wie beschwipst, und weiß, dass ich nicht mehr weiterschlafen kann.

Vorsichtig winde ich mich aus dem Bett. Ich halte schon die Türklinke in der Hand, als Olaf mir wieder einfällt. Ganz bestimmt möchte ich mich Marcos Freund nicht nackt präsentieren. Rasch ziehe ich meinen Bademantel über, verknote den Gürtel und husche auf Zehenspitzen über den Flur ins Bad, wo ich sofort die Tür abschließe. Nach dem Duschen schleiche ich mich zurück ins Schlafzimmer. Marco schläft immer noch und Olaf auch, jedenfalls habe ich lautes Schnarchen hinter der Wohnzimmertür vernommen.

Vielleicht schläft er weiter, bis Marco aufsteht und sich um ihn kümmert. Am liebsten möchte ich ihm gar nicht mehr begegnen. Diese bohrenden Fragen gestern Abend nach Südafrika, fast so, als wollte er beweisen, dass ich das Land in Wahrheit überhaupt nicht kenne.

Anstatt mich anzuziehen, bleibe ich vor dem Bett stehen und betrachte den nackten Mann, der dort liegt, seinen Hinterkopf, den Rücken, die kräftigen Muskelstränge, die sich unter seiner Haut abzeichnen, den Hintern, die Beine, sogar seine Füße finde ich attraktiv.

Zum ersten Mal seit einer Ewigkeit muss ich an Richard denken, mit dem ich während meiner Ausbildung zusammen war. Ein Außenseiter wie ich, mit schwarzen Haaren, die sich nicht bändigen ließen, und einer Brille, deren Gläser aussahen wie Flaschenböden. Seine Augen dahinter blinzelten immer erstaunt in die Welt. Richard lebte noch bei seiner Mutter, die ich nie kennenlernen durfte, vielleicht wusste sie nicht mal von mir. Wir trafen uns immer in meiner winzigen Wohnung. Richard war etwas kleiner als ich und am ganzen Körper dunkel behaart. Wenn wir miteinander schliefen, empfand ich nichts, manchmal war es sogar unangenehm. Eigentlich war ich nur dazu bereit, weil mir klar war, dass zu einer Beziehung auch Sex gehört. Vielleicht hat er meinen leisen Unwillen gespürt, denn vom ersten Tag an war er überzeugt, dass ich ihn betrügen würde. Deshalb hat er manchmal meine Wohnung beobachtet, stundenlang und natürlich ohne Ergebnis. Ich hatte keinen anderen. Schon der eine war mir manchmal zu viel. Andererseits muss ich zugeben, dass seine Wachen vor meiner Tür mir eine gewisse Sicherheit schenkten. Wenn er dort gestanden und auf meine Fenster gestarrt hätte, wäre es Richard mit Sicherheit aufgefallen.

In unserem ersten Praktikum, das er in einer Einrichtung für Behinderte machte, stellte sich heraus, dass es ihn ekelte, fremde Körper zu berühren. Er brach die Ausbildung ab und begann ein Volontariat bei der Zeitung. Unsere merkwürdige Beziehung verebbte im Sand, und ich war nicht mal richtig traurig. Nie, nicht eine einzige Stunde habe ich das für ihn empfunden, was ich für Marco fühle, dieses warme, unglaublich intensive Gefühl von Liebe.

Seit Tagen bin ich überzeugt, dass ich ihm nichts mehr bedeute, und dann kommt so eine Nacht. Eigentlich hätte Olaf für seine Dienste als Liebesgott ein opulentes Frühstück verdient. Kriegt er aber nicht, weil ich allein sein möchte mit meinem Ehemann.

Rasch kleide ich mich an. Mein Haar fasse ich wie immer am Hinterkopf zu einem Pferdeschwanz zusammen, entscheide mich aber wieder anders und ziehe das Gummiband heraus. Marco sieht mich am liebsten mit offenen Haaren, und ich möchte ihm gefallen.

Das Schnarchen im Wohnzimmer hat sich nicht verändert. So leise wie möglich gehe ich in die Küche und ziehe die Tür ins Schloss. Ein kurzer Blick aus dem Fenster, aber was sollte mir heute Morgen passieren, mit zwei starken Männern in der Wohnung, dann fülle ich die Kaffeemaschine auf und drücke auf den Startknopf, bevor ich eine Scheibe Brot in den Toaster stecke. Wenn ich allein bin, frühstücke ich meist im Stehen, gleich neben der Kaffeemaschine, heute werde ich natürlich den Tisch decken, aber erst wenn Olaf weg ist.

Hinter meinem Rücken öffnet sich die Tür. »Guten Morgen, schöne Frau.«

Olaf, nicht Marco. Mit einem gezwungenen Lächeln drehe ich mich um. »Guten Morgen.«

Olaf wirkt ziemlich kleinlaut. »Hab ich mich danebenbenommen?«

»Ich weiß nicht, ich bin doch vor euch ins Bett gegangen.«

»Ach ja, ich erinnere mich dunkel. Hast du einen Kaffee für mich?«

Am liebsten würde ich einfach ablehnen. Aber Olaf ist nicht blind. Natürlich hat er längst gesehen, dass die Kanne so gut wie voll ist.

Ich bemühe mich um einen munteren Ton. »Natürlich. Becher hängen links neben dir unter dem Regal.«

»Danke.«

»Willst du auch einen Toast?«

»Gern.« Seine Blicke kleben an mir, als ich Teller, ein Messer, Butter und Marmelade auf den Tisch stelle, ein unangenehmes Gefühl, das mich verunsichert. »Mehr kann ich dir leider nicht bieten, wir waren nicht auf Besuch eingestellt.«

»Alles in Ordnung, Amy. Ich bin nicht anspruchsvoll. Nett habt ihr es hier. Oder besser du, es ist ja deine Wohnung.« Eine Weile betrachtet er seinen Kaffeebecher, dann stellt er ihn auf den Tisch und sucht meinen Blick. »Du, ich hab das gestern einfach so stehen lassen. Aber jetzt sind wir ja allein. Bist du wirklich im Bad gestolpert?«

Ganz automatisch legt sich meine rechte Hand auf die Wange mit den blauen Flecken. »Natürlich, was denn sonst?«

»Ja«, sagt er dumpf. »Was denn sonst? Ihr beide seid mir echt ein Rätsel. Einfach heiraten, ohne sich zu kennen, wow, das hätte ich im Leben nicht gewagt.« Er grinst schief, als wäre er verlegen. »Hast du dich wirklich nie gefragt, ob... geht mich ja nichts an. Aber...«

»Aber was?«

»Na ja, ich weiß auch nicht. Ist doch Scheiße, was er da mit dir abzieht. Marco, mein ich.«

Ich ahne, dass Olaf gleich etwas sagen wird, das ich nicht hören möchte. Am liebsten würde ich mir die Ohren zuhalten. Aber ich halte mir keineswegs die Ohren zu, sondern frage: »Was meinst du?«

»Die Sache mit Janine natürlich.«

»Wer ist Janine?«

»Du hast keine Ahnung, stimmt's? Ich glaub, ich halt besser den Mund. Sonst bin ich noch schuld, wenn hier alles in die Brüche geht.«

Warum macht er so komische Anspielungen? Weshalb sollte hier alles in die Brüche gehen? »Wer ist Janine?«

Zuerst sagt er: »Scheiße.« Aber dann redet er auch schon los, als hätte er die ganze Zeit darauf gewartet. »Na gut, auf deine Verantwortung. Janine heißt deine Vorgängerin. Weil sie keine Beziehung mit einem Soldaten führen wollte, der monatelang weg ist, hat sie Marco kurz vor dem Abflug nach Afghanistan abserviert. Das war nicht mal eine Woche, bevor ihr euch kennengelernt habt. Logisch, dass Marco die Sache noch gar nicht richtig verdaut hatte, als er dich kennengelernt hat. Gleich ein Heiratsantrag... hast du dich nicht gewundert? Und jetzt rate mal, warum so eine fette Anzeige in der Zeitung stand, wen er damit verletzen wollte. Und frag mich lieber nicht, von wem er drüben ständig geredet hat, vor allem nachts, wenn er nicht schlafen konnte.« Auf einmal klingt er gar nicht mehr verlegen, er überschlägt sich förmlich vor Eifer, und ich begreife, dass er die ganze Zeit vorhatte, von Janine zu erzählen.

Gestern Abend sah es so aus, als wollte er mich als Betrügerin entlarven, heute hat er es auf Marco abgesehen. Vielleicht stimmt kein Wort davon. Vielleicht ist Olaf ein pathologischer Lügner. Und doch beantwortet seine Geschichte viele Fragen, zum Beispiel die, weshalb Marco eine unscheinbare Frau wie mich geheiratet hat. Eine andere hätte sicher nicht so überstürzt in die Ehe eingewilligt. Hat mein Mann sich heute Nacht vorgestellt, dass er Janine in den Armen hält? Der Gedanke lässt mich frieren.

In genau diesem Moment spaziert Marco herein. Er trägt Boxershorts und sonst nichts, gähnt herzhaft und stellt sich neben mich. Sein linker Arm legt sich ganz selbstverständlich um meine Hüfte. Auf einmal bin ich sicher, dass Olaf uns ansehen kann, was gerade im Schlafzimmer passiert ist, und das Blut schießt in meine Wangen.

»Na, nicht genug Schlaf gekriegt, Alter?« Dabei schaut Olaf mich unverhohlen an.

Ich merke, wie Marco sich versteift. Die Stimmung ist plötzlich sehr angespannt, die Männer fixieren sich, und es kommt mir vor wie ein Machtkampf. Und gleichzeitig spüre ich Marcos Unsicherheit. Er fragt sich wahrscheinlich, was Olaf gerade erzählt hat.

Es ist Olaf, der den Kampf verliert und zuerst den Blick senkt. »Ich will auch nicht länger stören. Ihr habt euch so lange nicht gesehen. Mir ist zu Hause die Decke auf den Kopf gefallen. Plötzlich hat man gar nichts mehr zu tun, immer nur rumsitzen. War nett bei euch …«

Erst später fallen mir die Worte wieder ein. *Plötzlich hat man gar nichts mehr zu tun, immer nur rumsitzen.* Musste er denn nicht zur Kaserne oder zum Arzt, so wie Marco?

23 RÜCKBLICK, EIFEL, 2006

Sie hatten sich bemüht, der Kleinen die schrecklichen Dinge, die sich auf dem Hof *Weiße Sonne* abgespielt hatten, so schonend wie möglich beizubringen. Vergeblich. Nachdem sie eine Art Weinkrampf erlitt, setzte der Doktor sie kurzerhand vor die Tür.

Benedikt nahm es ihm nicht übel, jeder musste seinen Job erledigen, sie ihren und er seinen. Leider war er durch den Rauswurf nicht mehr dazu gekommen, die wichtigsten Fragen zu stellen. Wie viele Frauen hatten auf dem Hof gelebt und wie lauteten ihre Namen? Und jetzt musste er warten, bis die Kleine wieder so weit hergestellt war, dass er sie erneut befragen konnte.

Vorerst weigerte der Stationsarzt sich, sie wieder in Amaryllis' Zimmer zu lassen. »Haben Sie doch ein bisschen Mitleid mit der jungen Frau. Wenn es ihr besser geht, können Sie die Arme noch lange genug quälen.« Er schaffte es, dass Benedikt sich mies fühlte, wenigstens für einen Moment.

Während der Rückfahrt sprachen sie kein Wort. Jeder hing seinen eigenen Gedanken nach, und die waren ziemlich düster. In einem Comic hätte der Zeichner ihnen wohl schwarze Wolken über die Köpfe gezeichnet.

Wieder im Präsidium, ließ Benedikt sich auf seinen Schreibtischstuhl fallen und fuhr den PC hoch, Ingo machte dasselbe an seinem Arbeitsplatz. Eine Weile hörte man nichts als das Klicken ihrer Tastaturen.

Roman Bozanski war nach wie vor verschwunden, wahrscheinlich mit zwei Frauen, deren Namen sie nicht kannten.

In mühevoller Kleinarbeit hatten die Forensiker herausgefunden, welche tote Frau in welchem Bett geschlafen hatte. Anna war laut DNA-Spuren die Einzige, die das Doppelbett mit ihm geteilt hatte. In dieser Beziehung schien er nicht gelogen zu haben.

Eines der Betten in dem Dreierzimmer ließ sich Amaryllis zuordnen. Die beiden anderen Betten blieben am Ende übrig. Was war mit den beiden Frauen passiert, die dort geschlafen hatten? Laut DNA handelte es sich um Schwestern von Amaryllis. Ihre gemeinsame Mutter lebte ebenfalls im Haus und gehörte zu den Toten. Die Rechtsmediziner schätzten ihr Alter auf Mitte bis Ende vierzig, das ließ hoffen, dass die beiden vermissten Töchter schon erwachsen waren, so wie Amaryllis, doch sicher konnten sie nicht sein. Vielleicht handelte es sich auch um zwei Teenager. Darüber wollte Benedikt lieber nicht nachdenken. Er beschloss, bei seinem nächsten Besuch im Krankenhaus zu fragen, ob Amaryllis die schönen Bilder gezeichnet hatte.

Zu aller Erstaunen fanden sich im gesamten Haus keinerlei Papiere, die auf die Identität der Bewohnerinnen hinwiesen. Als hätten sie freiwillig beschlossen, alles hinter sich zu lassen und nur noch Mitglied der Gemeinschaft *Weiße Sonne* zu sein. Keine von ihnen war hier polizeilich gemeldet, keine schien einer bezahlten Arbeit nachgegangen zu sein, weder Amaryllis noch ihre Schwestern hatten die Schule besucht. Sowohl der Geländewagen als auch der weiße Ford in der Remise waren auf Bozanskis Namen angemeldet.

Auffällig fand Benedikt, wie sehr die Frauen einander

ähnelten. Alle waren blass und sehr schlank, sie hatten hellblondes Haar, lang und in der Mitte gescheitelt, bei einigen war es auch schon grau. Als hätte Bozanski ganz gezielt diesen Frauentyp um sich versammelt.

Inzwischen wussten sie, dass eine der toten Frauen, die mit Abstand jüngste, schwanger gewesen war, etwa im fünften Monat. Die Rechtsmedizinerin schätzte ihr Alter auf Mitte zwanzig, und ihrem Bericht zufolge hatte die junge Frau schon mindestens ein Kind geboren. Ihre Mutter zählte auch zu der Gemeinschaft und war ebenfalls tot.

Und noch mehr hatten die Rechtsmediziner ans Tageslicht gebracht. Der tote Säugling aus dem Unfallwagen war genetisch nicht mit dem Ehepaar aus Bonn verwandt. Vielmehr handelte es sich – und das fand Benedikt wirklich schauderhaft – um das Kind von Roman Bozanski und der Kleinen im Krankenhaus, Amaryllis. Auch bei dem Embryo der toten jungen Frau war er der biologische Vater.

Gab es wirklich Leute, die Wert auf einen kleinen Bozanski legten, und was waren das für Leute?

Weder in den Praxisräumen noch in der Wohnung waren sie auf Patientenunterlagen gestoßen. Offensichtlich hatte der Wunderheiler die vierundzwanzig Stunden nach dem Unfall gut genutzt und alles vernichtet. Im Kamin fanden sie Überreste von verbranntem Papier, auch von Personalausweisen, doch die wenigen noch lesbaren Schnipsel enthielten lediglich einzelne Buchstaben, manchmal auch Silben, aber keine kompletten Namen, und sie konnten nichts damit anfangen.

Roman Bozanski unterhielt ein einziges Konto bei der Sparkasse im Ort, wo niemals große Geldsummen eingezahlt wurden. Dem Finanzamt gegenüber hatte er stets behauptet, kein Geld für seine Leistungen zu nehmen, nur freiwillige

Spenden, die nicht der Steuerpflicht unterlagen, eine durchaus übliche Praxis bei sogenannten Heilern.

Nach außen gab er sich arm wie eine Kirchenmaus, zweimal musste er die Gemeindeabgaben stunden lassen, weil er sich nicht in der Lage sah, die paar Hunderter zu zahlen. Das passte natürlich nicht zu seinem dicken Geländewagen, aber das Finanzamt hatte seine Angaben nicht weiter überprüft. Leider. Wenn Bozanski allerdings Bargeld für die Babys bekommen hatte, und davon ging jeder aus, stellte sich die Frage, wo das Geld war.

»Der hat alles unter seiner Matratze gehortet und mitgenommen«, schlug Benedikt vor, den brennend interessierte, wie viel Geld Bozanski für ein Baby verlangt hatte. Der einzige Hinweis darauf war, dass das Mönchengladbacher Ehepaar vor wenigen Monaten eine Ferienwohnung im Wert von 150000 Euro verkauft hatte, das Geld aber verschwunden schien. Den Verdacht, dass die 150000 Euro bei Roman Bozanski gelandet waren, fand er ziemlich einleuchtend. »Elf Frauen«, sagte er laut, während er den Taschenrechner auf seinem Handy aktivierte. »Vier davon im gebärfähigen Alter, wenn wir davon ausgehen, dass die beiden verschwundenen Frauen keine Kinder sind. Wenn jede von ihnen einmal im Jahr schwanger wird, macht das 600000 Euro. Steuerfrei. Im Jahr!«

Ingo löste den Blick von seinem Monitor. »Unvorstellbar. Aber wer weiß. Andererseits stell dir bitte mal 600000 Euro oder das Doppelte oder Dreifache in Form von Bargeld vor. Das ergibt einen Riesenberg. Im Ort war Bozanski nicht gerade als Millionär bekannt. Niemand kann sich erinnern, dass er mit großen Scheinen bezahlt hat.« Er stieß sich mit den Füßen ab und rollte auf dem Schreibtischstuhl zurück. »Die ganze Geschichte ist mir ein Rätsel.«

»Ein Rätsel, das ich zu lösen gedenke«, murmelte Benedikt und erhob sich mit leisem Ächzen, weil sein Rücken ihm zu verstehen gab, dass er schon wieder viel zu lange vor dem PC hockte. Nach ein paar Dehnübungen ließ das Ziepen im Bereich der Lendenwirbel nach. Er wollte sich gerade einen Kaffee holen, als das Telefon auf seinem Schreibtisch klingelte. Der Beamte, der an der Pforte saß, war dran, und er hatte etwas Vielversprechendes zu verkünden.

24 IRENE MORISSE

Irene Morisse hat beschlossen, direkt zur Kripo in Osterholz-Scharmbeck zu fahren. Allerdings verläuft das Gespräch nicht so, wie sie es sich vorher ausgemalt hat.

Die Hauptkommissarin, die Beate Elbreder heißt und etwa in Irenes Alter sein dürfte, also um die sechzig, wirkt gelangweilt. Auf ihrem Schreibtisch steht eine Plastikdose mit Salmiakpastillen, dann und wann verschwindet eine davon in ihrem Mund. Irene beschließt, die Frau nicht zu mögen, vielleicht wegen der Salmiakpastillen oder weil sie eine rote Bluse zu einem rosa gemusterten Rock trägt. Irenes ungeliebte Großmutter hegte noch im hohen Alter eine Vorliebe für geschmacklos bunte Kleidung, und sie verschenkte ständig Salmiakpastillen, obwohl sie genau wusste, dass die Enkel und später Urenkel sich viel mehr über Schokolade gefreut hätten.

»Ihr Mieter, ein Herr Heimbach...«

»Dr. Heimbach«, verbessert Irene.

Die Kommissarin wirft ihr einen spöttischen Blick zu. »Ist

das wichtig für Sie? Nun gut, meinetwegen. Also Dr. Heimbach. Der Mann hat gestern am späten Nachmittag eingecheckt, gegen Abend ist er mit seinem Wagen weggefahren und nicht mehr zurückgekommen.«

Irene nickt. »Genau.« Soll sie jetzt von dem belauschten Telefonat erzählen? Besser nicht, die Kommissarin hält sie jetzt schon für völlig überspannt.

»Hat der Mann einen kranken Eindruck auf Sie gemacht?«

»Nein, überhaupt nicht. Eher im Gegenteil. Er wirkte sehr vital.«

»Wie alt?«

»Da steht es doch«, sagt Irene ungehalten und tippt auf den Anmeldebogen, den sie mitgebracht hat. Außer dem Namen und der Anschrift muss dort auch das Geburtsdatum eingetragen werden.

Die Kommissarin kann erstaunlich schnell rechnen. »Demnach ist er siebenundfünfzig. Das ist ein Alter, in dem Männer schon mal Herzprobleme kriegen können, bis hin zum plötzlichen Herztod. Ich weiß aber nichts von einem Unfall oder einem Mann, der hilflos aufgefunden wurde. Kann es nicht sein, dass Ihr Mieter Bekannte in der Gegend hat? Vielleicht fand gestern Abend ein Besuch statt, er hat zu viel getrunken und konnte nicht mehr fahren. Ich denke, wir warten erst mal ab, Frau Morisse. Sie können mir ja schon mal Kennzeichen und den Wagentyp nennen, falls er wirklich nicht mehr auftaucht.«

»Ein weißes Auto, ziemlich klapprig. Auf das Nummernschild hab ich nicht geachtet.«

Eine weitere Salmiakpastille wird mit spitzen Fingern aus der Dose geangelt und zwischen die ungeschminkten Lippen geschoben. »Die Automarke wissen Sie auch nicht?«

»Nein.«

»Na dann...« Hauptkommissarin Beate Elbreder schiebt ihren Stuhl zurück, dabei entsteht ein unangenehm scharrendes Geräusch, und erhebt sich. »Ich werde einen Kollegen bitten, die Krankenhäuser abzutelefonieren und zu fragen, ob irgendwo ein weißer Wagen älteren Baujahrs mit Mannheimer Kennzeichen aufgefallen ist. Mehr kann ich zurzeit nicht für Sie tun. Falls Ihr Mieter wieder auftaucht, rufen Sie mich bitte unverzüglich an.«

»Ich hab kein gutes Gefühl«, murmelt Irene.

Die Kommissarin kann sie damit allerdings nicht beeindrucken.

25 BENEDIKT KRAMER

Benedikt hätte nicht sagen können, wie er sich die Begegnung mit Amy vorgestellt hat. Auf keinen Fall war er darauf vorbereitet, was ihr Anblick in ihm auslöst, diese Welle von Zuneigung, die ihn für einen Moment sprachlos macht. Sie ist immer noch viel zu dünn, genau wie damals, und er wünschte, er hätte daran gedacht, etwas Süßes für sie mitzubringen.

»Mensch, Mädchen, was hat dein Foto auf der Titelseite der BILD verloren? Bist du von allen guten Geistern verlassen?« Als stünde es ihm noch zu, sie zu duzen. Und ein Mädchen ist sie auch nicht mehr. Es ist ihm einfach so rausgerutscht, doch sie scheint sich nicht daran zu stören.

»Ich wollte das nicht, ehrlich. Ich hab nicht mal gemerkt, dass wir fotografiert wurden.«

»Und jetzt? Weiß dein Mann Bescheid? Kann ich reinkommen?«

Zögernd macht sie den Weg frei. »Marco ist nicht zu Hause. Aber er kommt bald zurück, und ich möchte nicht, dass er Sie sieht.«

»Er weiß also nichts«, schlussfolgert Benedikt, und sie nickt.

»Ja. Und so soll es auch bleiben.«

Was ist das denn für eine Ehe, denkt er, als ihm die blauen Flecken in ihrem Gesicht auffallen. Spontan hebt er die Hand und berührt ihre Wange. »Sag mal…«

»Nein. Mein Mann schlägt mich nicht.« Ihre Stimme klingt so, als wäre sie gerade erst zwölf, eine Mischung aus Trotz und Verzweiflung.

Überzeugen kann sie ihn damit allerdings nicht. Solche Male hat er schon zigmal gesehen. Dieser Mistkerl hat Amy geschlagen.

»Wirklich nicht«, flüstert sie, als hätte sie seine Gedanken gelesen.

»Gut. Lassen wir das. Ich möchte wissen, ob du irgendwas von Roman Bozanski gehört hast.«

Wenn sie eben schon blass aussah, sieht sie jetzt aus, als würde kein Tropfen Blut durch ihre Adern fließen. Ihre Haut hat plötzlich die Farbe von entrahmter Milch, und sie wirkt, als könnte sie sich nicht mehr lange auf den Beinen halten.

»Nein. Ich…« Ihre Stimme erstirbt.

»Amy«, sagt er, so sanft wie möglich. »Nach all den Jahren… findest du nicht, dass es an der Zeit ist zu erzählen, was damals passiert ist?«

Sie macht einen Schritt zurück und schlingt die Arme um ihren Oberkörper. »Nein. Das möchte ich nicht. Auf keinen Fall. Wem sollte das heute noch helfen?«

»Dir selbst vielleicht? Du trägst ein Wissen mit dir herum, das dir anscheinend große Angst macht, immer noch.«

Zuerst deutet sie ein Kopfschütteln an, dann bricht sie in lautes Schluchzen aus. Diesmal weicht sie seiner Hand aus, bevor er sie berühren kann. »Ich möchte, dass Sie jetzt gehen«, bringt sie schließlich mühsam hervor.

An diesem Punkt haben sie schon so oft gestanden, damals, und er weiß, dass sie nichts mehr sagen wird. »Vielleicht musst du dich erst mal beruhigen. Ich komme morgen noch mal wieder. Wir müssen wirklich reden.«

Keine Antwort, nur verzweifeltes Schluchzen, als hätten seine Worte eine schreckliche Erinnerung freigesetzt. Aber was für eine Erinnerung kann das sein, und warum macht sie den Mund nicht auf?

»Amy«, versucht er es wider besseres Wissen noch mal. »Du kannst mir alles erzählen.«

»Nein!«, schreit sie auf. »Gehen Sie, bitte. Ich werde nichts sagen, nicht heute, nicht morgen, nie!«

Ihm bleibt nichts anderes übrig, als sich zu verabschieden. Aber vorher nötigt er ihr noch seine Karte auf. Die private Handynummer kreist er mit einem Stift ein.

»Du kannst immer anrufen, auch mitten in der Nacht. Ich wohne hier in einem Hotel und bin schnell da.«

Im Treppenhaus hockt er sich auf die Stufen, vergräbt den Kopf in seinen Händen und fragt sich, was damals bloß passiert sein mag, dass sie auch zwölf Jahre später noch so beharrlich schweigt. Am liebsten würde er zurückgehen und so lange gegen die Tür hämmern, bis sie öffnet. Und dann würde er sagen, dass sie ein paar Sachen zusammenpacken und mit ihm kommen soll, bevor ihr Mann erneut zuschlägt. Andererseits ist ihm klar, dass sie ihn niemals begleiten würde. Eine Frau wie Amy ist das geborene Opfer, das seinen Peiniger noch verteidigt und beschützt. Kann es sein, dass sie auch Bozanski schützt?

Die Haustür wird aufgeschlossen, er hört Schritte, und dann taucht ein Mann in seinem Blickfeld auf. Marco Maiwald, Benedikt erkennt ihn sofort, auch wenn er keine Uniform trägt wie auf dem Titelbild. Er zwingt sich, nicht aufzuspringen und dem Kerl alle Knochen zu brechen, aber er kann nicht verhindern, dass seine Hände sich zu Fäusten ballen, die zu gern den Weg in das Gesicht des Soldaten suchen würden.

»Brauchen Sie Hilfe?«

»Nein, es geht schon, ein kleiner Schwächeanfall. Vielen Dank.« Er steht auf und stapft die Treppe runter, Maiwalds Blick im Rücken.

Als er in seinem Wagen sitzt, ruft Benedikt sofort bei Ingo an.

»Pass auf, ich hab mit ihr geredet. Sie ist es. Und sie ist genauso schweigsam wie damals. Kannst du versuchen, mehr über sie und ihren Mann rauszukriegen? Amy und Marco Maiwald«, wiederholt er unnötigerweise.

»Ich kümmere mich und ruf dich an, sobald ich was rausgefunden habe.«

Während des Telefonats hat Benedikt kurzfristig überlegt, ob er Ingo bitten sollte, herzukommen, um ihn zu unterstützen. Was kann ein Polizist, der gerade sechzig geworden ist und hier keinerlei Befugnisse hat, allein ausrichten? Andererseits ist nichts Gravierendes passiert. Er hat mit ihr gesprochen, und sie will nicht mit ihm reden. Genau wie damals.

26 AMY

Ich stehe am Fenster, wische die Tränen ab und schaue runter auf die Straße. Wo bleibt der Polizist? Er müsste doch längst das Haus verlassen haben.

Die Wohnungstür wird aufgeschlossen. Marco. Und ich sehe total verheult aus. Wie soll ich das erklären, ohne die Wahrheit zu sagen?

»Hey, bin zurück.«

Ich höre, dass er näher kommt, dann legen sich seine Hände auf meine Hüften. »Willst du deinen Ehemann nicht begrüßen?« Er dreht mich zu sich herum und stutzt. »Was ist los? Hast du geweint?«

Ich weiche seinem Blick aus. »Nein. Wie kommst du darauf?«

»Was soll das, Amy? Ich sehe doch, dass du geweint hast.«

»Unsinn.« Mein Lachen schrillt metallisch in meinen Ohren. Total unecht. »Ich hab doch nicht geweint.«

Sein Gesichtsausdruck verändert sich, aus Liebe wird Misstrauen. »Hattest du Besuch? Da saß gerade so ein komischer Typ im Treppenhaus. Als ich gefragt habe, ob er Hilfe braucht, ist er aufgestanden und abgehauen. Wer war das?«

Der Polizist hat also im Treppenhaus gewartet. Worauf? »Hier war niemand.« Ich merke sofort, dass es mir nicht gelingt, Marco zu überzeugen. Kein Wunder, es fällt mir schwer, ihm so offen ins Gesicht zu lügen. Aber wie könnte ich den Besuch des Polizisten erklären und gleichzeitig alle anderen Geheimnisse für mich behalten? Das ist nicht möglich. Mir bleibt nur das Schweigen.

Mit zusammengezogenen Brauen schaut Marco mich an. Er glaubt mir kein Wort. »Erzähl mir keine Märchen. Du kennst den Mann«, sagt er schließlich. »Er ist der Grund, warum du dich so über das Foto in der BILD-Zeitung aufgeregt hast. Du hattest was mit ihm, während ich in Afghanistan war. Und jetzt weiß er, dass du verheiratet bist. Deshalb hat er so verstört auf den Stufen gehockt. Stimmt's? So ein alter Sack, ich fasse es nicht!«

Eine gute Geschichte, die alles erklären würde, doch sie hat nicht das Geringste mit der Wahrheit zu tun, und ich ertrage nicht, dass Marco so etwas von mir denkt. Ich greife nach seiner Hand und umklammere sie. »Nein. Ich hatte keinen Besuch, und ich habe keine Ahnung, wer da im Treppenhaus sitzt und warum.«

»Ich weiß nicht, ob ich dir das glauben kann.« Er reißt sich mit einem Ruck los und geht ins Wohnzimmer. Gleich darauf erklingt Musik. Marco war unterwegs, um einen Lautsprecher zu kaufen, den er mit seinem Smartphone verbinden kann. Es stört ihn, dass es bei mir keine richtige Musikanlage gibt.

Er spielt verschiedene Songs an und bricht sie wieder ab, bis schließlich aggressive Gitarrenriffs erklingen, dazu eine heisere Männerstimme, die Worte kann ich nicht verstehen. Mein Englisch ist ohnehin mies, eigentlich kenne ich nur die Grundvokabeln.

Auch ohne den Text ist mir klar, dass die Musik seine Stimmung widerspiegelt, er ist wütend auf mich. Verrückterweise aus einem völlig unsinnigen Grund. Ich könnte Marco nie betrügen, ich liebe ihn. Wäre ich nicht so ein jämmerlicher Feigling, würde ich ihn jetzt darauf ansprechen.

Nein, berichtige ich mich sofort. Ich bin kein Feigling. Wenn ich feige wäre, würde ich jetzt nicht hier stehen. Wenn ich feige wäre, hätte ich mich umgebracht, schon vor Jahren. Es mag sein, dass es nicht zur Heldin reicht, doch feige bin ich nicht. Nachdem ich mir in Gedanken Mut zugesprochen habe, folge ich Marco ins Wohnzimmer und setze mich neben ihn auf die Couch.

»Ich habe keinen anderen. Warum sollte ich? Du bist der Mann, den ich will, der Einzige für mich.« Dann kommen mir die Tränen, weil ich so verzweifelt bin, gefangen in einem klebrigen Netz aus Lügen, aus dem ich mich nicht befreien kann, ohne Marco zu verlieren.

Ein paar Minuten vergehen, dann nimmt er meine Hand und führt sie an seinen Mund. »Scheiße, Amy, ich weiß nicht mehr, was ich glauben soll. Manchmal denke ich, dass wir verrückt waren, so überstürzt zu heiraten. Schwöre mir, dass du den Mann nicht kennst.«

Bevor ich einen falschen Schwur leisten kann, klingelt es an der Tür. *Mach nicht auf!*, möchte ich rufen, weil ich fürchte, dass der Polizist dort steht und alles verrät. Doch Marco ist schon aufgestanden.

27 RÜCKBLICK, EIFEL, 2006

Frau Liebrisch, Doktor Liebrisch, wie sie betonte, war Mathematikerin, also ein Mensch, der nur an das glaubte, was sich beweisen ließ.

»Bis ich Roman Bozanski kennengelernt habe.« Allein die Art, wie sie den Namen des Heilers betonte, sprach Bände.

Sie saßen sich in dem Vernehmungszimmer gegenüber. Benedikt schätzte die Frau auf Ende fünfzig. Sie war klein, sehr dünn und wirkte ein wenig ausgetrocknet, sodass er ihr ganz automatisch ein Glas Wasser anbot, das sie allerdings ablehnte. Graues, kurz geschnittenes Haar, viel zu rot geschminkte Lippen und ein wollweißes Kostüm, das teuer aussah und neu, genau wie die Pumps in derselben Farbe. Sie hatte sich zurechtgemacht für den Besuch bei der Polizei. Und sie hatte sich etwas vorgenommen.

»Roman ist ein ganz besonderer Mensch, einer der wenigen, die in der Lage sind, reine, klare Energie auszustrahlen. Ich befand mich in einer tiefen Lebenskrise, beruflich wie privat, und er hat es geschafft, all meine Probleme aufzulösen, nur mit seiner Energie. Stellen Sie sich eine elektrostatische Störung vor, die Ihr Monitorbild flackern lässt, alles ist verzerrt. Und dann sorgt jemand dafür, dass die Störung verschwindet, Sie sehen wieder klar. So ähnlich fühlt man sich nach einer Heilsitzung bei Roman. Er legt seine Hand auf, wir versinken gemeinsam in einer tiefen Meditation, und die Knoten lösen sich wie von selbst.« Sie lächelte versonnen, bis sie Benedikts skeptischen Blick bemerkte. »Natürlich nicht wörtlich. Mir ist schon klar, dass es keine Knoten in meinem Inneren gibt, aber so ein Bild kann sehr hilfreich sein.« Die roten Lippen verschlossen sich zu einer scharfen Linie, sie mochte es nicht, wenn man an ihren Worten zweifelte. »Ich habe nicht damit gerechnet, dass Sie das verstehen«, sagte sie spitz. »Aber darum geht es ja auch nicht. Ich bin gekommen, um Ihnen zu versichern, dass ein Mensch wie Roman Bozanski niemals töten könnte. Dazu wäre er gar nicht in der Lage. Das, was Sie da über die Presse verbreiten, ist Rufmord der übelsten Sorte. Dem Mann bleibt doch gar nichts anderes übrig, als sich zu verstecken, bis Sie den richtigen Täter gefasst haben.«

»Haben Sie jemals eine schwangere Frau im Wartezimmer gesehen?«, kürzte Benedikt ab, weil er das, was Frau Dr. Liebrisch da von sich gab, in den letzten Tagen schon mehrfach gehört hatte, meist von Frauen in mittleren Jahren, deren Gesichter sich verklärten, sobald sie über *Roman* sprachen.

»Nein. Daran kann ich mich nicht erinnern.«

Das Ziel dieses Besuches war es nicht, die Arbeit der Polizei zu unterstützen, die Dame wollte etwas für den von ihr angebeteten Roman Bozanski tun, und Benedikt fragte sich nicht zum ersten Mal, ob den Heiler und seine Patientinnen mehr verband als das Berufliche und wo er seine Hände wohl hingelegt hatte bei den meditativen Sitzungen.

»Ich wette, der hat nicht nur sämtliche Damen seiner sogenannten Gemeinschaft gevögelt, sondern auch noch einige der Patientinnen flachgelegt. Die waren ja mehr als willig«, brummte er, nachdem er Ingo von dem Gespräch mit Frau Dr. Liebrisch erzählt hatte.

Ingo seufzte schwer. »Möglich.«

»Wie ist es möglich, dass niemand etwas über diesen verfluchten Bozanski wissen will? Jedenfalls nichts Negatives«, verbesserte er sich sofort. »Und warum meldet sich keines der Paare, die ein Baby bei ihm gekauft haben?«

»Leihelternschaft ist illegal. Sie werden befürchten, dass man ihnen die Kinder fortnimmt. Wenn keiner von beiden biologisch mit dem Kind verwandt ist und keine offizielle Adoptionsurkunde vorliegt, haben sie keinerlei Rechte auf das Kind.«

Beim besten Willen konnte Benedikt nicht nachvollziehen, dass Menschen so viel kriminelle Energie entwickelten, nur um ein Kind aufzuziehen, das nicht einmal ihr eigenes war. In seinem ganzen Leben hatte er noch nie den Wunsch verspürt, sich fortzupflanzen, und mit seinen mittlerweile achtundvierzig Lebensjahren würde sich daran auch nichts mehr ändern. Nichts lag ihm so fern wie die Vorstellung, sein gesamtes Leben um das Wohlbefinden eines Kindes zu organisieren.

Bei der Frau aus Mönchengladbach hatte der Rechtsmediziner starke Verwachsungen beider Eileiter sowie eine Fehlstellung der Gebärmutter festgestellt. Sie hätte niemals auf natürlichem Weg schwanger werden können. Ihr Mann lag immer noch im Koma, wenn er überleben sollte, dann mit schwersten Hirnschäden. Ihn würden sie kaum befragen können.

Mittlerweile hatten sie herausgefunden, dass Roman Bozanski als Schuljunge nach Deutschland gekommen war, als Kind von jugoslawischen Gastarbeitern. Ein außergewöhnlich kluger Kopf, der das Abitur mit Bestnoten bestanden und anschließend Lehramt studiert hatte. Er heiratete eine Studentin, sie bekamen zwei Töchter. Zehn Jahre später reichte seine Frau die Scheidung ein und zog mit den Kindern nach Österreich, um möglichst viel Abstand zwischen Bozanski und seine Kinder zu bringen. Sie wollte nicht, dass er sie mit seinen *kranken Ideen* verdarb. Sie beschrieb ihn als manipulativen Soziopathen, der sich für ein gottähnliches Wesen hielt. Bozanski hieß wörtlich übersetzt der Göttliche, das wäre ihm zu Kopf gestiegen.

Bis zur Scheidung hatten die Bozanskis in der Nähe von Hamburg gewohnt. An seiner Schule hatte er sich nicht gerade großer Beliebtheit erfreut. Vor allem seine extreme Gläubigkeit, gepaart mit einem völlig antiquierten Frauenbild, war seinen ehemaligen Kollegen in Erinnerung geblieben. Es lagen sogar Beschwerden von Eltern vor. Die beiden Kinder besuchten die Regelschule, durften aber weder mit ihren Mitschülern spielen noch zu Hause Besuch bekommen. Sie galten als auffallend schüchtern, und man wurde sich im Kollegium nicht einig darüber, ob es angebracht wäre, das Jugendamt einzuschalten. Alle waren erleichtert, als Frau Bozanski sich trennte und mit den beiden Mädchen ins Ausland umsiedelte.

Eine damalige Kollegin erinnerte sich, dass Bozanski behauptet hatte, von besonderem Blut zu sein. Seine Großmutter wäre mit weißblondem Haar und schneeweißer Haut auf die Welt gekommen, wahrscheinlich litt sie an einer leichten Form von Albinismus. Sie galt als Heilerin, die im ehemaligen Jugoslawien von vielen verehrt wurde.

»Verdammte Scheiße, wir haben nichts, nur ein völlig eingeschüchtertes Mädchen, das den Mund nicht aufkriegt. Wer weiß, wie oft er das schon durchgezogen hat, wie viele seiner Nachkommen irgendwo aufwachsen, ohne dass die Eltern die Wahrheit ahnen. Der Mann ist doch völlig wahnsinnig. Krank. Gestört. Ist so was nicht erblich? Ist es sein Ziel, die Gesellschaft mit einer Armee von weißhäutigen Irren zu überschwemmen?«

Fassungslos schaute Ingo ihn an. Ja, vielleicht war seine Vorstellung übertrieben, Benedikt hatte keine Ahnung, ob sich diese Art von psychischer Störung zwangsläufig vererbte, doch er wusste gerade nicht, wohin mit seinem Zorn. Da durfte man unter Kollegen wohl mal etwas sagen, das nicht der Political Correctness entsprach, vor allem, wenn man so frustriert war, weil nichts voranging.

Dieser Fall entwickelte sich zu einer Festung, in der sich keine einzige Tür öffnen ließ. Voller Zorn hämmerte Benedikt seine Faust auf den Schreibtisch. Die Stifte in seiner Ablage hüpften, und das Monitorbild wackelte für einen Moment.

28 AMY

Marco spricht mit einem Mann, zum Glück nicht mit Benedikt. Ich bin sicher, dass ich die Stimme noch nie gehört habe.

Jetzt führt er den Mann herein. »Das ist meine Frau. Amy, ich möchte dir Thomas Gärtner vorstellen. Er ist Journalist und will über uns schreiben. Ich bin noch gar nicht dazu gekommen, dir davon zu erzählen.«

Als hätte er nur auf dieses Stichwort gewartet, macht der Mann einen entschlossenen Schritt nach vorn. Er ist einen halben Kopf größer als Marco und dunkelhaarig, an den Schläfen färbt sich sein Haar allerdings schon grau. Sein sandfarbenes Jackett sitzt perfekt, genau wie seine Jeans. Ein weißes Shirt macht deutlich, dass er es eher lässig mag, und die Brille mit dem eigenwillig geformten dunkelroten Gestell lässt erahnen, dass sein Äußeres ihm wichtig ist. Warum auch immer, ich bin mir sicher, dass vor mir ein Mensch steht, der mit sich selbst im Reinen ist und den so leicht nichts aus dem Gleichgewicht bringen kann, nicht mal der Anblick einer Frau, die aussieht, als hätte sie vor Kurzem Prügel bezogen. Sein Alter schätze ich auf Mitte fünfzig, ein Mann also, der mitten im Leben angekommen ist und die Aura von Erfolg ausstrahlt. Sympathisch.

»Genau. Ich arbeite an einer Dokumentation über deutsche Soldaten, die im Ausland gekämpft haben. Ein Thema, das in der Gesellschaft viel zu wenig Aufmerksamkeit findet. Der Mann auf der Straße will nichts davon hören, dass wir faktisch an einem Krieg teilnehmen. Meiner Ansicht nach dürfen wir das aber nicht totschweigen. Immerhin riskieren deutsche Soldaten bei diesen Einsätzen ihr Leben, einige kommen sogar um.«

Marco gefällt Gärtners kleine Rede, er nickt die ganze Zeit, als wolle er jedes Wort unterstreichen.

»Neben den Soldaten möchte ich in meinem Buch auch ihre Familien zu Wort kommen lassen, vor allem die Ehefrauen. Wie halten sie das aus? Wo bleibt man mit der Angst, wenn der Partner in einem fernen Land seinen Dienst verrichtet, mitten im Krieg?« Seine dunkle Stimme passt zu seinem Äußeren, und alles, was er sagt, klingt so, als wäre es ihm wichtig. Er scheint wirklich für die Thematik zu brennen.

»Ich habe Herrn Gärtner schon darauf vorbereitet, dass du sein Anliegen ablehnen wirst.« Und dann sagt Marco in Richtung des Journalisten: »Meine Frau hatte gestern einen kleinen Fahrradunfall, dumme Geschichte. Zum Glück ist nicht viel passiert.«

Ein Blick in das Gesicht des Journalisten verrät mir, dass er Marco die Geschichte nicht abnimmt, zumal ich garantiert immer noch verheult aussehe. Dennoch bleibt er freundlich und schenkt mir ein Lächeln, ganz ohne Mitleid. »Hören Sie mich doch erst einmal an, Frau Maiwald, ablehnen können Sie immer noch.«

»Nein«, sage ich unwillig. »Das ist nichts für mich. Es wäre mir sehr unangenehm, wenn jemand mich erkennt.«

Der Journalist hebt die Augenbrauen und wirft mir einen langen, fragenden Blick zu. Auf einmal wirkt sein Lächeln gezwungen. »Da kann ich Sie wirklich beruhigen. Wie in solchen Fällen üblich, werde ich keine Realnamen verwenden.«

»Aber Fotos, oder?«

»Eher nicht. Es soll schließlich kein Bildband werden, das wäre der Thematik nicht angemessen. Und selbstredend werde ich kein Foto ohne schriftliche Einverständniserklärung veröffentlichen. Sonst könnte man mich nämlich verklagen. Da ist die Gesetzeslage ganz eindeutig.«

»Ich weiß nicht…«

»Vielleicht denken Sie einfach noch mal darüber nach, es hat ja keine Eile. Ich fände es sehr schade, auf Ihre Mitarbeit zu verzichten. Sie waren doch gerade erst zwei Wochen verheiratet, als Ihr Mann nach Afghanistan geflogen ist. War das nicht schrecklich? So ein Abschied, praktisch mitten in den Flitterwochen?« Bevor ich etwas erwidern kann, hebt er die Hand. »Lassen Sie sich Zeit mit Ihrer Entscheidung, Frau Maiwald. Wir verwenden einen falschen Namen und einen anderen Wohnort. Niemand wird Sie erkennen, versprochen. Vielleicht können wir einen Termin vereinbaren, damit ich Ihnen mein Projekt vorstelle. Bislang habe ich drei Zusagen, ein Soldat, der allein lebt, weil seine Frau sich nach dem dritten Auslandseinsatz getrennt hat, eine Familie mit zwei großen Söhnen, die genau wie die Mutter voll und ganz hinter ihrem Vater stehen, und ein Paar, bei dem das erste Kind während seines Einsatzes in Mali geboren wurde. Mein Ziel ist es, die Problematik von allen Seiten zu beleuchten. Unter anderem werden auch Soldaten zu Wort kommen, die körperlich oder psychisch beeinträchtigt heimgekehrt sind.« Für einen Moment ruht sein Blick auf Marco, der das in seiner Begeisterung allerdings nicht mitbekommt. »Hier ist meine Karte, Sie können mich jederzeit anrufen und einen Termin ausmachen.«

»In Ordnung«, antwortet Marco an meiner Stelle. »Aber machen Sie sich keine Hoffnung. Amy redet nicht gern über Persönliches.«

Ehrlich gesagt, widerstrebt es mir, dass er über mich spricht, als wäre ich nicht anwesend. »Vielleicht mache ich ja eine Ausnahme«, sage ich deshalb und wundere mich ein wenig über mich selbst. »Wenn niemand mich erkennen kann…«

Thomas Gärtner zwinkert mir zu, als hätte er nichts anderes erwartet, dann grinst er spitzbübisch, was ihn erheblich jünger aussehen lässt. »Ich würde mich freuen, Frau Maiwald, wirklich.«

Gleich darauf verabschiedet er sich, und wir sind wieder allein.

»Du bist mir ein Rätsel, Amy. Erst machst du so ein Theater wegen der BILD-Zeitung, und jetzt willst du sogar ein Interview geben.«

»Noch habe ich gar nicht zugesagt. Ich werde mir anhören, was Herr Gärtner von mir wissen will. Aber falls ich zustimme, werde ich alle Fragen wahrheitsgemäß beantworten. Ich sage immer die Wahrheit.« Ich versuche, nicht daran zu denken, wie schräg es ist, wenn eine chronische Lügnerin beteuert, immer die Wahrheit zu sagen. »Das ist schließlich der Sinn seiner Arbeit. Er hat versprochen, dass alles anonym bleibt. Oder glaubst du ihm nicht?«

»Doch«, versichert mein Ehemann schnell. »Natürlich. Der Mann ist seriös, das habe ich überprüft. Seine Bücher werden hoch gelobt.«

»Und was ist mit dir? Wirst du ihm von deinen Albträumen erzählen? Er hat doch gesagt...«

»Ich weiß selbst, was er gesagt hat. Dass er Soldaten interviewen will, die psychisch krank nach Hause gekommen sind. Schlechte Träume interessieren ihn nicht. Der sucht nach Psychosen, Angstzuständen, Panikattacken. Und davon kann bei mir ja wohl nicht die Rede sein.« Entschlossen schiebt er den Unterkiefer nach vorn. Bloß keine Schwäche zeigen.

»Für mich ist es nicht normal, wenn jemand im Schlaf derartig um sich schlägt.«

»Übertreib nicht. Ich hab mich doch tausendmal entschuldigt!«

»Das sollte kein Vorwurf sein.«

An diesem Abend gehen wir früh ins Bett. Wir schlafen miteinander, wild und irgendwie verzweifelt, als müssten wir beweisen, dass wir einander noch etwas bedeuten, doch wir reden dabei kein Wort, und hinterher wendet Marco mir den Rücken zu.

29 RÜCKBLICK, EIFEL, 2006

Das Telefon riss Benedikt aus seinen Gedanken. Er hörte ein paar Minuten zu, dann sagte er leise: »Danke«, obwohl es nichts zu danken gab für das, was die Klinik ihm mitzuteilen hatte. Mit feuchten Augen legte er auf.

Eine Weile blieb er ganz still sitzen, die Hände auf dem Schoß gefaltet, als wollte er beten, was er gewiss nicht vorhatte. Stattdessen ließ er zu, dass eine einsame Träne über seine Wange rollte. Soeben hatte er eine der schlimmsten Nachrichten bekommen, die er während seiner Dienstzeit entgegennehmen musste. Erst als er sicher war, dass seine Stimme so klingen würde wie immer, sprach er Ingo an.

»Das war die Klinik. Amaryllis ist vom Balkon gesprungen.«

»Tot?«, fragte Ingo fassungslos.

Eine Antwort erübrigte sich, sie wussten beide, dass die Station, auf der Amaryllis' Zimmer lag, sich im fünften Stock des Klinikums befand. Einen Sturz aus dieser Höhe konnte niemand überleben, schon gar nicht so ein zartes, zerbrechliches Wesen.

Verflucht, warum hatten sie die Kleine nicht unter Beobachtung gestellt? Warum hatten die Ärzte nicht erkannt, dass sie selbstmordgefährdet war? Oder wenigstens die Krankenschwestern, die hatten doch ständig mit ihr zu tun.

»Wir fahren hin«, entschied Benedikt, obwohl der Gedanke ihm die Luft abschnürte.

Es sah nicht so aus, als ob Ingo Wert darauf legte, ihn zu begleiten, aber das war nur verständlich. Sie hatten versagt, beide. Vielleicht hatten sie die Kleine zu früh mit dem Tod der anderen Frauen konfrontiert.

Während der Fahrt fiel kein Wort, was hätten sie auch sagen sollen?

Amaryllis' Leichnam hatte man gnädigerweise mit einem Laken bedeckt, das allerdings an mehreren Stellen durchtränkt war von ihrem Blut.

»Ich hoffe, das mit dem Tuch ist in Ordnung.« Der Stationsarzt sah aus, als würde er jeden Moment in Tränen ausbrechen, was Benedikt ihm nicht verdenken konnte.

Benedikt nickte. Er ging in die Knie und hob einen Zipfel des Lakens an. Weit aufgerissene Augen, ein schiefer Mund, ein Gesicht war noch vorhanden, allerdings seltsam in die Breite gezogen und völlig fremd. Er konnte Amaryllis nur an den weißblonden Haaren erkennen. Durch den Aufprall aus dieser Höhe war der hintere Teil des Schädels völlig zerstört, Hirnmasse klebte auf dem Boden, und das, was von ihrem Kopf übrig war, erinnerte ihn vage an einen Fußball ohne Luft.

Entsetzlich! Er musste die Augen schließen, um nicht die Fassung zu verlieren. Ganz behutsam legte er das weiße Laken über den Kopf, bevor er seitlich darunterschaute. Der Körper lag seltsam verdreht, wahrscheinlich gab es keinen einzigen intakten Knochen mehr. Ohne zu wissen, warum, griff er nach der rechten Hand, die fest zusammengeballt war, und bog behutsam die Finger auseinander. Möglicherweise musste er so handeln, weil der Anblick der verkrampften Hände für ihn ein Sinnbild war für das, was Amaryllis im Moment des Springens empfunden hatte: Angst. Wenigstens nach dem Tod wollte er ihr die Angst nehmen. Er war überrascht, ein Stück Papier zu finden, einen zusammengeknüllten Zettel.

Wer die Gemeinschaft verrät, muss sterben. Bozanski.

Wortlos drückte er Ingo den Zettel in die Hand. »Glaubst du, er war hier?«

Ingo war so blass, als stünde er kurz vor einer Ohnmacht. Er atmete schwer und schloss die Augen. »Sieht so aus«, brachte er schließlich hervor. »Lass uns hochgehen und fragen, wer sie besucht hat.«

Auf der Station empfing sie eine völlig aufgelöste Stationsschwester. »Heute früh hat sie noch so gut gegessen«, schluchzte sie immer wieder, und eine zweite, sehr viel jüngere Schwester, die neben ihr stand und ihr ein Papiertuch zum Trocknen der Tränen reichte, nickte bestätigend.

»Ich verstehe, dass Sie geschockt sind, wir sind es auch«, versicherte Benedikt. »Wir müssen unbedingt wissen, ob Amaryllis Besuch hatte.«

»Nein. Oder?« Fragend schaute die Stationsschwester ihre Kollegin an, die, ohne zu zögern, ebenfalls verneinte. »Sie und Ihr Kollege sind die einzigen uns bekannten Besucher. Sie haben ja gesagt, dass wir anrufen sollen, wenn jemand zu Amaryllis will. Aber da war keiner. Unten an der Pforte wissen die Leute auch Bescheid, dass sie weder die Station noch die Zimmernummer weitergeben dürfen. Was glauben Sie, wie viele Journalisten schon nach ihr gefragt haben.«

»Aber irgendjemand muss hier gewesen sein«, sagte Benedikt. Wie sonst war der Brief in Amaryllis' Hände gelangt?

»Na ja…« Die Stationsschwester seufzte. »Es kam schon mal vor, dass hier jemand von der Presse aufgetaucht ist. Wir haben jedes Mal den Wachdienst gerufen. Und Amaryllis wusste, dass sie nur auf den Klingelknopf drücken muss, wenn sie belästigt wird.«

Also gab es doch Mittel und Wege, das Mädchen innerhalb des Klinikums ausfindig zu machen. Und er brauchte jetzt die Wahrheit, egal, wie unangenehm oder peinlich sie für das Pflegepersonal auch sein mochte.

»Hören Sie, Amaryllis hielt einen Brief in der Hand, eine Drohung, die man als Aufforderung werten könnte, sich das Leben zu nehmen.«

»Was?« Die Krankenschwestern wechselten einen erschrockenen Blick, dann versicherten beide gleichzeitig, dass es keinem Fremden gelungen war, sich Zugang zu Amaryllis' Zimmer zu verschaffen. »Das hätte sie uns erzählt, ganz bestimmt. Einer unserer Lernschwestern ist es gelungen, ein ziemlich gutes Verhältnis zu der Kleinen aufzubauen.«

»Kann es sein, dass sie diesen Zettel schon mitgebracht hat«, schlug Ingo vor. »Wir haben sie schließlich nicht gefilzt.«

Benedikt dachte kurz darüber nach, dann schüttelte er den Kopf. »Glaub ich nicht. Als sie eingeliefert wurde, lag sie mehr oder weniger im Koma. Die Sanitäter haben sie dort aus dem Bett gehoben und auf die Trage gelegt. Sie war gar nicht in der Lage, etwas mitzunehmen. Und die Hände werden sie ihr bei der Erstversorgung ja wohl geöffnet haben.« Er wandte sich an die Stationsschwester. »Wo sind die Sachen, die sie bei der Einlieferung getragen hat?«

»Sie hatte nur ein Nachthemd an, sonst nichts. Das haben wir ausgezogen und in eine Plastiktüte gelegt. Die dürfte sich in ihrem Zimmer befinden, im Schrank. Bei uns trug sie ein Klinik-OP-Hemd. Ich kann mich nicht erinnern, dass sie nach ihren Sachen gefragt hat. Du?«

Ihre Kollegin verneinte.

»Gut«, sagte Benedikt entschieden. »Wenn Sie bitte dafür sorgen würden, dass die Lernschwester herkommt. Vielleicht kann sie uns weiterhelfen.«

Schwester Valerie, auszubildende Gesundheits- und Krankenpflegerin im ersten Lehrjahr, wusste bereits von der Tragödie. Eingewickelt in eine Strickjacke saß sie Benedikt gegenüber, ein schmales, dunkelhaariges Mädchen mit unreiner Haut und großen fragenden Augen, die jetzt in Tränen schwammen. Schluchzend erklärte sie, dass Amaryllis weder von einem Brief noch von einem Besucher gesprochen hatte.

»Worüber habt ihr denn so geredet?«

»Ach...« Valerie wischte mit dem Handrücken über ihre Augen. »Über nichts Bestimmtes. Sie war sehr still. Immer darauf bedacht, nichts über ihre Familie preiszugeben, über das, was da passiert ist. Sie tat mir leid, so ganz allein. Und dann die Sache mit dem Baby. Echt, was soll man da groß sagen? Manchmal hab ich ihr von mir erzählt, ich komme von einem Bauernhof. Über Hühner haben wir geredet, blöd, ich weiß, aber das war unser Thema.«

»Glauben Sie, dass Amaryllis Angst hatte?«

»Na ja, das sag ich nicht gern. Aber sie hatte Angst vor Ihnen. *Kommt die Polizei heute wieder?*, hat sie mich jeden Tag gefragt. *Sie* haben ihr Angst gemacht.«

Danke, genau das wollte Benedikt hören.

»Wenn Ihnen noch irgendwas einfällt, rufen Sie mich bitte an.« Er schob seine Karte über den Tisch. »Jede Kleinigkeit könnte uns weiterbringen. Wir gehen nämlich davon aus, dass Amaryllis Besuch hatte. Und dieser Besuch hat ihr einen Brief gegeben, der sie dazu gebracht hat, aus dem Fenster zu springen. Und jetzt möchten wir noch mal das Zimmer sehen.«

Kaum dass er die Tür geöffnet hatte, fiel sein Blick auf ein Buch. Es lag auf dem Nachttisch. »Wo kommt das her?«

»Oh, das habe ich ihr mitgebracht, von zu Hause«, sagte Valerie sofort. »Schon vor ein paar Tagen. Ich hab sie gefragt, ob sie gern liest. Sie hat mit den Schultern gezuckt und gemeint, zum Lesen hätte sie zu Hause keine Zeit gehabt. Aber sie konnte lesen. Also hab ich ihr etwas Harmloses gesucht, eine Geschichte über einen Straßenhund, aus der Sicht des Hundes geschrieben.« Verlegen schaute sie in Richtung des Fensters. »Ich wusste nicht so recht, was für ein Buch ich ihr mitbringen soll. Nichts über Liebe, nichts über eine glückliche Familie, nichts über Kinder, hab ich mir gedacht.«

»Das haben Sie gut überlegt«, lobte Benedikt. Dann nahm er den Roman über das Schicksal einer Promenadenmischung namens Polly in die Hand und suchte nach einem Lesezeichen als Beweis, dass Amaryllis wirklich in dem Buch gelesen hatte. Er fand nichts.

Genau wie die Stationsschwester gesagt hatte, lag das Nachthemd, das sie bei ihrer Einlieferung getragen hatte, in einer zugeknoteten weißen Plastiktüte. Sämtliche Toilettenartikel im Bad einschließlich der Handtücher stammten aus der Klinik. Die Papiertaschentücher auf dem Nachttisch hatte ihr die Stationsschwester hingelegt. »Sie hat so oft geweint, und die Papierhandtücher sind sehr rau. Das Mädchen hatte doch so eine zarte Haut.«

Den kleinen, optimistisch gelben Blumenstrauß auf ihrem Nachttisch hatte eine andere Schwester gekauft, damit es hier nicht so trostlos aussah. Die Putzfrau hatte Schokoladenkekse mitgebracht, die Verpackung lag ungeöffnet im Nachtschrank.

»Sie hat natürlich vorher gefragt«, sagte die Stationsschwester sofort. »Die Kleine tat ihr so leid. Sie tat uns allen leid… und jetzt das. Ich glaube nicht, dass ich so schnell darüber hinwegkomme. Wissen Sie…« Sie schniefte und wischte sich mit dem Handrücken über die Augen. »Manchmal hab ich überlegt, dass einer von uns sie mit nach Hause nehmen müsste. Vielleicht hätte sie das gerettet.«

Benedikt, den selbst das Gefühl quälte, nicht genug getan zu haben, nickte. Jeder hier war gern bereit gewesen, ein bisschen mehr zu geben, als es die Dienstvorschrift verlangte, und doch hatte es nicht gereicht, um Amaryllis den Mut zu verleihen, weiterzuleben.

»Ist der Stationsflur eigentlich kameraüberwacht?«

»Nein. Soweit ich weiß, gibt es nur eine Kamera im Eingangsbereich. Aber darüber müssten Sie sich mit dem Pförtner unterhalten.«

»Machen wir«, erklärte Ingo, und Benedikt fand, dass seine Stimme ziemlich kratzig klang.

Eine empfindsame Seele wie Ingo nahm sich Amaryllis' Tod natürlich noch viel mehr zu Herzen als er selbst. Doch auch Benedikt fragte sich die ganze Zeit, wie es ihm gelingen sollte, sich frei von Schuld am Tod der Kleinen zu sprechen.

Er wandte sich an die Stationsschwester. »Das Zimmer bleibt verschlossen. Niemand darf da rein. Das ist wichtig. Wir fordern jetzt ein Team der Spurensicherung an. Vielleicht findet sich ja doch was.«

»Was denn?«, fragte sie, und es klang ehrlich interessiert, doch Benedikt gab keine Antwort.

Er hoffte auf Spuren von Roman Bozanski, als wäre der Brief nicht Beweis genug, dass er sich Zugang in das Krankenzimmer verschafft hatte. »Wir gehen jetzt runter in die Pforte. Falls Ihnen noch etwas einfällt, Ihnen oder Ihren Kolleginnen, rufen Sie mich bitte an.«

Sie mussten eine Weile warten, bis der Pförtner Zeit für sie erübrigen konnte. Das Telefon schien pausenlos zu klingeln. Der Eingangsbereich war tatsächlich videoüberwacht. Tagsüber allerdings, gab der Pförtner zu, konnte man die Klinik auch durch einen der Nebeneingänge betreten. »Dort hängen keine Kameras. Tut mir leid. Aber so einen Fall hatten wir noch nie.« Und dann machte er noch eine überflüssige Bemerkung darüber, dass es Sache der Polizei gewesen wäre, die *arme Kleine* zu bewachen. Ja, so schlau war Benedikt im Nachhinein auch. Doch es wäre ihm im Leben nicht in den Sinn gekommen, dass Bozanski so dreist war, hier hereinzuspazieren und Amaryllis einen Brief zu überreichen, der sie zum Suizid aufforderte.

»Wir brauchen die Bänder«, erklärte er dem Pförtner.

»Seh ich ein. Kann aber dauern.« Seine Hand griff schon wieder nach dem Telefon. »Allgemeinkrankenhaus Düren…«

»Du glaubst doch nicht ernsthaft, dass Bozanski es wagen würde, hier aufzutauchen. Der würde doch sofort auffallen«, flüsterte Ingo.

»Wenn er bei Amaryllis gewesen wäre, hätte er keinen Brief gebraucht. Nee, ich glaube nicht, dass er hier persönlich erschienen ist. Ich denke da eher an die beiden verschwundenen Schwestern von Amaryllis. Überleg doch mal, eine junge Frau in einem Krankenhaus, wo die Besucher ein und aus gehen. Da käme doch keiner auf böse Gedanken.«

Ingo nickte. Auf der Rückfahrt begann er plötzlich, haltlos zu schluchzen. »Das ist alles mein Schuld«, wimmerte er. »Erst die beiden Kollegen und jetzt diese arme junge Frau.

Wie konnte ich mich nur von diesem Bozanski übertölpeln lassen?«

Mehr als ein lauwarmes *Mach dich nicht verrückt* konnte Benedikt nicht über die Lippen bringen, obwohl er spürte, dass Ingo auf etwas anderes hoffte. Insgeheim hatte er schon oft gedacht, dass er an Ingos Stelle Bozanski überwältigt hätte. Dann gäbe es drei Tote weniger, und Bozanski befände sich dort, wo er hingehörte – hinter Gittern.

Vier Stunden später stand fest, dass auf den Bändern der Überwachungskamera des Klinikums weder Bozanski noch eine junge Frau mit auffällig hellblonden Haaren zu sehen waren. Niemand auf der Station konnte sich an einen geheimnisvollen Besucher erinnern, weder weiblich noch männlich.

Die Spuren, die die Kriminaltechniker genommen hatten, mussten noch ausgewertet werden. Aber Benedikt glaubte nicht mehr daran, dass Bozanski oder eine der vermissten Frauen im Raum gewesen war.

Und doch war Amaryllis tot, und sie hatte das Wissen darüber, was auf dem Hof *Weiße Sonne* passiert war, mit ins Grab genommen.

Am nächsten Morgen teilte der Präsidiumsleiter dem Team mit, dass Oberkommissar Ingo Wenzel sich krankgemeldet hätte, für länger. »Ich fürchte, diese Sache hat ihn ziemlich aus der Bahn geworfen. Wir können nur hoffen, dass die Seelenklempner ihn wieder auf die richtige Spur bringen.«

Noch ein Opfer, dachte Benedikt, und er musste sich zwingen, ruhig zu bleiben und nicht aufzuspringen und gegen das Whiteboard zu treten, an dem Bozanskis Foto befestigt war. Es war nicht aktuell – sie hatten kein aktuelles Bild auftreiben können –, aber dennoch zeigte das Bild etwas, das Benedikt unglaublich wütend machte. Aus dem Blick des angeblichen Heilers sprach eine unsägliche Arroganz, fast, als befände er sich hier im Raum und würde sich über die verzweifelten Versuche der Polizei, ihn zu finden, köstlich amüsieren. Bozanski hielt sich für unbesiegbar, und momentan war zu befürchten, dass er recht behielt.

Selten in seinem Leben hatte Benedikt sich so machtlos gefühlt.

30 BENEDIKT KRAMER

Um halb acht steht Benedikt am Frühstücksbüfett und freut sich über die Brötchenauswahl, die eine Entscheidung schwer macht, als sein Handy klingelt.

Ingo. »Ich hab ein bisschen was rausgekriegt. Das Wichtigste zuerst. Sie ist Heilerziehungspflegerin und arbeitet in einer Kindertagesstätte, die *Villa Kunterbunt* heißt.« Er lacht trocken. »Sehr einfallsreich. Egal.«

»Moment.« Benedikt eilt zurück an seinen Tisch, um die Adresse auf eine Serviette zu kritzeln. »Weiter?«

»Sie sind knapp sieben Monate verheiratet, und er ist gerade von seinem Auslandsaufenthalt zurückgekehrt, aber das stand ja auch in der BILD. Beide total unbeschriebene Blätter. Er fährt gern einen heißen Reifen. Vier Punkte in Flensburg wegen Geschwindigkeitsüberschreitung. Ist allerdings schon fünf bzw. drei Jahre her. Letztes Jahr ein Unfall mit Totalschaden, kein Alkohol, kein zweiter Wagen beteiligt, keine Ahnung, was da passiert ist. Seit Montag hat er ein BMW-Sportcoupé angemeldet. Rot. Einen X4, falls dir das was sagt. Neuwagen.«

Als überzeugter Toyotafahrer muss Benedikt an dieser

Stelle passen. Mit den Modellreihen des bayrischen Autobauers kennt er sich nicht aus. Er notiert das Kennzeichen unter der Adresse des Kindergartens und beschließt, den Wagen später zu googeln, damit er ihn auf der Straße erkennt. Die Wahl des Autos sagt etwas über den Besitzer aus, davon ist er überzeugt, erst recht, wenn es sich um einen Neuwagen handelt, bei dem alle Details dem Wunsch des Käufers entsprechen. Rot und Coupé, das reicht ihm eigentlich schon, um Marco Maiwald in die richtige Schublade einzusortieren.

»Für beide die erste Ehe«, fährt Ingo fort. »Davor hat er in Zeven gewohnt. Bis einen Monat vor der Hochzeit war er unter derselben Adresse wie eine Janine Mansholt gemeldet, danach bei seiner Schwester. Scheint, als hätte er warm gewechselt.«

»Und wo ist er stationiert?«

»Im Fallschirmjägerregiment Seedorf, von Zeven aus ein Katzensprung. Von Lilienthal braucht man vierzig Minuten mit dem Auto. Die Bundeswehr gibt ohne Wisch vom Staatsanwalt natürlich nichts über ihre Leute raus. Ich hab aber seine Handynummer. Moment…« Er diktiert die Zahlenfolge. »Das war's.«

»Okay, damit lässt sich was anfangen. Danke.«

»Hältst du mich auf dem Laufenden?«

»Mach ich. Kann sein, dass ich noch mal deine Unterstützung brauche.«

»Jederzeit.«

Nach einem ausgiebigen Frühstück fährt er wieder zu Amys Wohnung, bleibt diesmal aber zwanzig Meter entfernt stehen. Der rote BMW mit dem Kennzeichen, das er auf der Serviette notiert hat, parkt drei Wagen vor ihm. Ein schnittiges Teil, wahrscheinlich macht es Spaß, damit über die

Autobahn zu heizen. Aus dem Alter ist Benedikt längst raus, aber früher hätte so eine Karre ihn begeistert, das muss er zugeben. Marco Maiwald ist also zu Hause. Damit erübrigt sich der Plan, noch mal bei Amy zu klingeln. Dennoch hat er nicht vor, wegzufahren. Früher oder später wird Roman Bozanski hier auftauchen. Er wird kommen. Benedikt ist nicht bereit, diese Hoffnung aufzugeben.

Nach einer Viertelstunde hält ein maigrüner Kastenwagen mit dem Werbeaufdruck eines Floristikgeschäftes mangels Parkplatz in der zweiten Reihe. Ein junger Mann steigt aus, öffnet den Laderaum und holt einen Strauß weißer Rosen hervor. Im Laufschritt eilt er zu Amys Eingang und klingelt. Noch bevor Benedikt entschieden hat, ob er ihm folgen soll oder nicht, öffnet sich die Tür, und der Mann verschwindet im Treppenhaus. Keine drei Minuten später kehrt er zurück, springt in den Wagen und fährt mit quietschenden Reifen davon. Benedikt hat die Zeit genutzt, um sich das Kennzeichen und den Namen der Firma aufzuschreiben. Ein kurzer Besuch im Netz verrät ihm, dass der Blumenladen wirklich existiert.

Jemand schickt Amy Rosen, wahrscheinlich ihr Ehemann. Vielleicht eine Entschuldigung für die blauen Flecken. Wie er sie einschätzt, freut sie sich sogar darüber, anstatt ihm den Strauß um die Ohren zu hauen. Gut möglich, dass sie sich gerade in die Arme sinken. Benedikt beschließt, sich für ein paar Minuten die Beine zu vertreten. Als er den Wagen abschließt, verlässt eine alte Frau in einem leuchtend lila Mantel das Haus. Sie steuert direkt auf Benedikt zu.

»Kann ich Ihnen helfen, junger Mann?«

Junger Mann, das könnte er als Kompliment nehmen, immerhin ist er seit Neuestem sechzig. Ein Blick in ihr Gesicht macht allerdings deutlich, dass ihre Worte keineswegs freundlich gemeint sind. Sie sollen lediglich aussagen, dass sie sich ihm überlegen fühlt. Er versteht nicht, warum sie ihn so kampfeslustig anschaut, beschließt aber, es hinzunehmen. Auf gar keinen Fall wäre es klug, sich mit Amys Nachbarin anzulegen, vielleicht braucht er noch mal ihre Hilfe.

»Ja. Ich suche das Ehepaar Maiwald, die wohnen doch hier, oder?«

Zuerst sieht es aus, als würde sie gar nicht antworten, aber dann besinnt sie sich anders und fragt unfreundlich: »Und wer sind Sie?«

Meine Güte, was soll er jetzt sagen? Der Alten steht das Misstrauen ins Gesicht geschrieben. »Es geht um den Mann, er ist ja Soldat... mein Sohn war mit ihm zusammen in Afghanistan. Er ist... nun ja...« Dem Himmel sei Dank, da ist sie ja, die Geschichte, die die Frau zum Reden bringen wird. »...gefallen«, würgt er schließlich hervor. »Ich dachte, dass Marco mir etwas mehr darüber erzählen kann.«

Mitleid scheint nicht ihre starke Seite zu sein. »Der?« Sie gibt ein verächtliches Schnaufen von sich. »Über den kann ich nichts sagen. Das hier ist ja *ihre* Wohnung. Amy, eine nette junge Frau, ein bisschen still, vielleicht, aber höflich.«

»Ich hab schon geklingelt, aber da macht keiner auf.«

»Dann schlafen die wohl noch. Sein Wagen steht jedenfalls da drüben.« Sie hebt die linke Hand mit dem Gehstock, als wollte sie damit ein Loch in die Frontscheibe des X4 stechen. »Ich geh jetzt zum Friedhof. Und Sie sollten nach Hause fahren. Sie lungern doch schon ewig dort rum, und gestern waren Sie auch schon hier. Das kann ich nämlich von meiner Küche aus sehen. Ich wollte schon die Polizei anrufen. Auf Wiedersehen«, sagt sie überdeutlich und lässt ihn einfach stehen.

Grinsend setzt er sich wieder in seinen Toyota. Diese

Frau wird, falls es darauf ankommen sollte, eine gute Zeugin abgeben.

31 AMY

Wir liegen noch im Bett, als es an der Tür klingelt. Ich kann nicht verhindern, dass mein Herz sich überschlägt. Was, wenn der Polizist wieder vor der Tür steht? Wenn er seinen Dienstausweis zeigt und erzählt, woher er mich kennt? Wenn all meine Lügen auffliegen?

Marco schlüpft in seine Jeans. »Ich geh schon.«

Ich will gerade nach meinem Bademantel greifen, als die Schlafzimmertür mit einem lauten Knall auffliegt.

»Hier, die hat ja wohl dein Verehrer geschickt!« Und dann segelt ein Strauß weißer Rosen durchs Zimmer und landet auf dem Bett. »Für die schönste aller Rosen. B.«, liest mein Ehemann mit verzerrter Stimme vor. »Aber nein, ihr kennt euch überhaupt nicht!«

Er hat mich gefunden. Bozanski. *Meine weiße Rose*, hat er mich oft genannt. Ich hasse weiße Rosen. Für mich sind sie gleichbedeutend mit dem Tod. Es ist vorbei. Er weiß tatsächlich, wo ich wohne.

»Und ich habe dir geglaubt…«

Den Rest höre ich nicht mehr, weil alles auf einen Schlag schwarz wird.

»Amy, Amy, sag doch was, Amy!«

Die Worte kommen von weit her. Als ich mich überwinden kann, die Augen aufzuschlagen, finde ich mich auf dem Boden vor der Kommode wieder. Marco kniet neben mir und wirkt ziemlich aufgeregt. »Du bist einfach umgefallen. Hast du so was häufiger? Soll ich einen Arzt holen, einen Krankenwagen?«

»Nein. Mir ist schlecht geworden. Bestimmt bin ich unterzuckert.« Noch eine Lüge. Aber soll ich alles gestehen, erzählen, was die weißen Rosen bedeuten, dass meine schlimmsten Befürchtungen wahr geworden sind, dass der Teufel in Menschengestalt mich ausfindig gemacht hat? Dann müsste ich auch zugeben, dass mein ganzes Leben eine Legende ist, eine Lüge. Das wird er mir nie verzeihen.

»Komm, leg dich wieder hin. Du bist schneeweiß im Gesicht.« Marco hilft mir vorsichtig hoch. Weil ich mich nicht auf den Beinen halten kann, nimmt er mich kurzerhand auf den Arm und lässt mich behutsam auf das Bett gleiten. Dann zieht er die Decke über meinen Körper, und mir wird bewusst, dass ich immer noch nackt bin und mein Ehemann mich offenbar nicht anschauen mag.

»Brauchst du wirklich keinen Arzt?«

»Nein. Ein Glas Wasser, vielleicht.«

»In Ordnung. Und du bleibst hier schön liegen und rührst dich nicht von der Stelle.«

Das habe ich ganz bestimmt nicht vor. Ich bleibe hier. In meinem Kopf rasseln bereits die Ketten, die Zugbrücke wird hochgezogen. Von jetzt an ist die Wohnung meine Festung. Aber das wird mir nicht helfen, wenn der Feind bereits vor der Tür steht. »Hast du die Tür abgeschlossen und die Kette vorgelegt?«

Irritiert runzelt Marco die Stirn. »Mach ich doch immer.«

»Guck lieber noch mal nach. Bitte.«

»Amy. Was ist mit diesen Blumen? Wer ist B., und warum macht er dir solche Angst? Verkauf mich nicht für blöd. Du bist nicht unterzuckert. Du bist vor Schreck umgefallen. Also erzähl.« Auffordernd schaut er mich an.

»Es gibt nichts zu erzählen«, beharre ich trotzig. »Du wolltest mir ein Glas Wasser bringen.«

»Pass mal auf. Die Blumen haben dir einen Heidenschreck eingejagt, und ich wüsste gern, was das zu bedeuten hat. Dieser Mann gestern im Flur, fürchtest du dich vor ihm?«

»Ich weiß ja nicht mal, wer das war. Mir ist einfach nur schlecht geworden…« Ich schäme mich für meine Lügen. Aber wie könnte ich Marco die Wahrheit gestehen, ohne meiner Ehe den Todesstoß zu versetzen?

»Hör auf! Verarschen kann ich mich allein. Meine Schwester hat vollkommen recht. Diese Ehe war eine Schnapsidee, und wir sollten sie beenden, am besten sofort. Falls Post für mich kommt, ruf mich an, ich wohne vorläufig bei Marina.«

Zornig reißt er die Schranktür auf, stopft seine Sachen in den Seesack und stiefelt aus dem Zimmer. Minuten später rumort er im Badezimmer. Ich kann hören, wie er den Stecker seines Rasierapparats aus der Steckdose reißt. Wie betäubt bleibe ich liegen, auf dem Rücken, die Hände vor dem Bauch verkreuzt. Meine Lider werden schwer und fallen zu. Herrgott, ich kann jetzt doch nicht einfach einschlafen. Mein Mann ist gerade dabei, mich zu verlassen.

Die Schlafzimmertür klappt erneut, und Marco steht vor dem Bett. »Eins möchte ich vorher noch klären. Ich will nicht, dass du mit Thomas Gärtner redest. Der Mann interessiert sich für mich, für meinen Beruf, wie ich mit der Belastung zurechtkomme. Und ich glaube nicht, dass du viel dazu sagen kannst.«

»Er hat aber…«, werfe ich ein, werde aber sofort unterbrochen.

»Er hat gesagt, dass er mit Soldatenfrauen reden will, mit echten Soldatenfrauen, Amy. Nicht mit einer, die ihren Mann gar nicht wirklich kennt. Was weißt du denn über mich, über mein Leben, meinen Alltag als Berufssoldat? Sorry, aber du kannst nichts beitragen zu diesem Projekt, und ich erwarte von dir, dass du ihn anrufst und sagst, dass du es dir anders überlegt hast. Jetzt. Bevor ich zu Marina fahre.« Auffordernd hält er mir sein Handy hin.

Bis gerade eben war ich gar nicht sicher, ob ich überhaupt zu einem Interview bereit bin, aber so lasse ich mich nicht behandeln. »Ich glaube nicht, dass du mir etwas verbieten kannst.«

»Das glaube ich aber schon!« Jetzt wird er laut, und ich setze mich unwillkürlich auf.

»Was willst du tun? Mich zusammenschlagen?«

Seine rechte Hand schießt nach oben, als hätte er genau das vor, doch dann fällt sie kraftlos herunter und er wendet sich kopfschüttelnd ab. »Himmel, was ist bloß los mir dir? Warum sagst du so etwas? Ich will dir nichts tun, ich bitte dich lediglich, nicht mit Thomas Gärtner zu reden, weil ich fürchte, dass du aus lauter Enttäuschung Sachen sagst, die nicht stimmen.«

»Das ist ganz allein meine Entscheidung. Aber wenn wir schon über Ehrlichkeit reden: Wer ist Janine?«

Marco ist kein guter Schauspieler. Brennende Röte schießt in seine Wangen, sein Mund klappt auf und wieder zu, ohne dass er einen Ton herausbringt. Das letzte Fünkchen Hoffnung, dass Olaf sich nur wichtigmachen wollte, stirbt einen schnellen Tod. Es stimmt.

»Wir waren mal zusammen«, sagt er mit gepresster Stimme. »Bevor ich dich kennengelernt habe.«

»Und wie viel Zeit lag dazwischen? Eine Woche? Ist das wahr? Nur eine einzige läppische Woche, sieben Tage?«

Er kann mir nicht in die Augen sehen, starrt stattdessen

auf den Boden vor seinen Füßen. »Wer hat dir von Janine erzählt? Olaf?«

»Warum hast du mich geheiratet, obwohl du eine andere liebst?«

»Liebe«, sagt er rau. »Eine Frau wie Janine kann man nicht lieben, auch wenn ich das mal geglaubt habe.« Und dann hebt er doch noch den Blick. »Gegenfrage: Warum hast du mich geheiratet, Amy, so schnell und ohne mich zu kennen? Hängt es mit diesem Mann im Treppenhaus zusammen?«

Um Zeit zu gewinnen, zeichne ich mit den Fingerspitzen eine Schlangenlinie auf die Bettdecke. Es hilft nichts, ich weiß nicht, was ich sagen soll. »Ich dachte…«, fange ich an, breche aber wieder ab. Nein, Marco braucht nicht zu erfahren, was mir an diesem sonnigen Wintertag durch den Kopf ging, als er mir die große Frage gestellt hat. Dass ich an das große Happy End glauben wollte, mit aller Kraft und natürlich vergeblich. All das hier hätte ich mir ersparen können, uns beiden ersparen können. Ein Mensch wie ich verdient kein Glück. Das hätte ich wissen müssen.

»Keine Antwort«, knurrt er und wirft hilflos die Hände in die Höhe. »Was hab ich denn erwartet?« Er wirft mir einen letzten Blick zu, den ich nicht zu deuten vermag, bevor er sich umdreht. Dann knallt die Wohnungstür, laut und endgültig, es klingt beinahe wie ein Schuss. Vorbei, es ist wirklich vorbei.

Wie in Trance setze ich meine Füße auf den Boden. In der Wohnung herrscht hoher Seegang. Ich muss mich an den Wänden entlangtasten, bis ich die Eingangstür erreiche. Dort drehe ich den Schlüssel zweimal im Schloss und lege die Sicherheitskette und den zusätzlichen Riegel vor. Dann flüchte ich mich wieder in mein Bett.

Eben wollten mir noch die Augen zufallen, jetzt bin ich hellwach. Und stelle fest, dass ich mich hier drinnen nicht sicher fühle, sondern eingesperrt. Und schrecklich allein. Nach zehn Minuten klingelt es. Wieder dieser Polizist. Er bittet mich durch die Gegensprechanlage, ihn raufzulassen. Ich denke nicht daran.

32 RÜCKBLICK, EIFEL, 2006

Es gab wieder Hoffnung. Waldarbeiter hatten eine völlig entkräftete junge Frau unter einem Hochsitz entdeckt. *Sie ist komisch angezogen*, hatte der Anrufer am Telefon gesagt, und auf gezielte Nachfrage stellte sich heraus, dass er damit ein Gewand aus naturfarbigem Leinen meinte, mit aufgedruckten weißen Sonnen, die man vor lauter Dreck kaum noch erkennen konnte. »Weißblondes Haar, so eine sucht ihr doch«, rief er triumphierend, bevor er sich nach einer Belohnung erkundigte.

Die junge Frau war nicht ansprechbar, und ein Notarztwagen befand sich bereits auf dem Weg. Ein Hubschrauber wäre schneller gewesen, konnte aber mitten im Wald nicht landen. Jetzt hieß es warten und hoffen, dass sie überlebte. Niemand wusste, wie lange sie sich schon da draußen befand, bei Wind und Wetter und ohne Nahrung.

Benedikt veranlasste, dass man sie nicht in die Klinik brachte, in der Amaryllis freiwillig in den Tod gesprungen war. Solange sie nicht klären konnten, wie Bozanskis Brief in ihr Zimmer gelangen konnte, betrachtete er das Krankenhaus Düren nicht mehr als sicheren Ort. Bozanski, den er als gefährlichen Irren einschätzte, besaß die Gabe, Menschen nach seinem Gutdünken zu manipulieren. Wer wusste schon, ob nicht eine von seinen treu ergebenen Anhängerinnen im Klinikum Düren beschäftigt war, bereit, alles für ihn zu tun.

Dieses Mal würde Benedikt von vornherein auf Nummer sicher gehen. Das Zimmer im Krankenhaus Eschweiler sollte rund um die Uhr bewacht werden, nicht von einem Berufsanfänger, der sich so ungeschickt im Dienst anstellte, dass man froh war, ihn hier für ein paar Tage loszuwerden, sondern von zwei erfahrenen Beamten, die wussten, was zu tun war, wenn es gefährlich wurde. Und er verlangte ein Zimmer für das Mädchen, in dem es keine Möglichkeit gab, in die Tiefe zu springen. Außerdem verhängte er mit Rückendeckung der Staatsanwaltschaft eine vorläufige Pressesperre.

Zwei Stunden später stand er an ihrem Krankenbett, allein. Er wollte niemanden dabeihaben, um sie nicht unnötig einzuschüchtern. Die Worte der Schwesternschülerin hatte er nicht vergessen. Diese junge Frau sollte sich nicht vor ihm fürchten.

Daran, dass sie Amaryllis' Schwester war, konnte niemand zweifeln, die beiden sahen sich unglaublich ähnlich. Dasselbe weißblonde Haar, dasselbe schmale Gesicht, der gleiche sanfte Schwung der Oberlippe. Die Stationsärztin erklärte ihm, dass sie die junge Frau in ein künstliches Koma versetzt hätten.

»Sie ist stark dehydriert, unterkühlt und völlig entkräftet.« Sie seufzte und wischte mit der Hand über ihren Kittel. Ihre Hände waren rau und gerötet, vermutlich vom ständigen Waschen. »Es wird eine Weile dauern, bis sie sich von allem erholt hat, und so lange werden wir einer Vernehmung nicht zustimmen. Sie bringen ja nur schreckliche Nachrichten für die Kleine mit, wie soll sie das in ihrem Zustand verarbeiten? Nein. Vorläufig können Sie nicht mit ihr reden. Wir möchten die Genesung auf keinen Fall gefährden.« Über den Rand ihrer roten Brille blinzelte sie ihn an. Sie war kleiner als Benedikt und um einiges jünger, Ende zwanzig, vielleicht. Aber sie war bereit, für ihre Patientin zu kämpfen.

»In Ordnung«, sagte er und bemühte sich, demütig zu klingen. »Das sehe ich ein. Können Sie mir ungefähr sagen, wie alt die junge Dame ist? Über zwanzig oder darunter?«

»Um solch eine Aussage zu treffen, müsste ich ein Röntgenbild der linken Hand anfertigen lassen und für die Auswertung einen erfahrenen Radiologen hinzuziehen. Der wird sich allerdings auch nicht auf ein Lebensjahr festlegen. Da überschätzen Sie unsere Möglichkeiten. Warum ist das zu diesem Zeitpunkt so wichtig? Warten Sie doch ab, bis Sie die junge Frau selbst fragen können.«

Prinzipiell spielte es tatsächlich keine Rolle, ob sie achtzehn war oder achtundzwanzig. Vorrangig ging es ihm wohl darum, überhaupt etwas zu wissen, einen kleinen Fortschritt verzeichnen zu können, nach dieser langen Liste von Fehlschlägen. Doch die Ärztin hatte recht, er musste sich in Geduld üben. Und vor allem musste er dafür sorgen, dass der Kleinen nichts passierte. »Haben Sie meine Anweisungen befolgt? Kein Zimmer, von dem aus sie sich runterstürzen kann?«

»Dazu wird sie vorläufig nicht in der Lage sein. Hier auf der Intensivstation wird sie rund um die Uhr betreut. Wie Sie sehen, liegt unser Dienstzimmer direkt nebenan, nur getrennt durch eine Glasscheibe. Wir haben sie ständig im Blick. Außerdem ist sie an diverse Überwachungsgeräte angeschlossen, die sofort Alarm geben, wenn ihr Zustand sich ändert. Solange Ihre Beamten vor der Tür ihre Aufgabe erfüllen, kann ihr nichts passieren. Später werden wir sie in ein Zimmer im Erdgeschoss verlegen.«

33 BENEDIKT KRAMER

Nachdem der Soldat mit Sack und Pack zu seinem Auto gestiefelt ist, hat Benedikt fünf Minuten gewartet und dann ein weiteres Mal versucht, mit Amy zu reden. Wie befürchtet, ist sie nicht bereit, die Tür zu öffnen. »Gehen Sie weg«, tönt es verzerrt aus der Gegensprechanlage.

Bozanski würde sie auch nicht über die Schwelle lassen, jedenfalls hofft er das, und er versucht, sich einzureden, dass sie dort oben einigermaßen sicher ist, bewacht von einer misstrauischen Nachbarin, die sich nicht scheuen würde, die Polizei zu benachrichtigen, wenn ihr etwas komisch vorkommt. Ihr gewalttätiger Ehemann hat gerade wutentbrannt die Wohnung verlassen. Vielleicht war sie einmal in ihrem Leben wirklich mutig und hat ihn vor die Tür gesetzt. Hoffentlich.

Zum ersten Mal denkt er ans Aufgeben. Er könnte die ganze Geschichte auf sich beruhen lassen, sein Zimmer bezahlen und nach Hause fahren. Aber das bringt er nicht über sich. Stattdessen macht er sich auf den Weg zur zuständigen Kriminalpolizei in Osterholz-Scharmbeck.

Die Fahrt verläuft angenehm, gleich hinter Lilienthal wird es ländlich und sehr grün, und für ein paar Minuten gelingt es ihm, sich zu entspannen. Dann allerdings ärgert er sich über die heftigen Bodenwellen und fragt sich, warum die Niedersachsen ihre Kreisstraßen nicht besser in Ordnung halten.

In Osterholz-Scharmbeck ist das Polizeipräsidium genauso groß und seelenlos wie seine Dienststelle, man könnte sich beinahe zu Hause fühlen. Er bringt sein Anliegen vor und verdankt es vermutlich seiner Dienstmarke, dass er direkt ins zuständige Kommissariat geführt wird.

Hauptkommissarin Beate Elbreder dürfte Anfang sechzig sein, also in seinem Alter. Ihre Haare sind steingrau und durchzogen von weißen Strähnen, und sie ist selbstbewusst genug, um sie nicht zu färben. Die Erwähnung seines Dienstranges, immerhin ist er Kriminalrat und Dienststellenleiter und nicht irgendwer, beeindruckt sie nicht im Geringsten. Während er redet, verzieht sie unwillig den Mund, dann lässt sie den Stift, den sie die ganze Zeit zwischen den Fingern gedreht hat, über ihren Schreibtisch kullern.

»Und Sie sind vollkommen sicher, dass es sich bei Amy Maiwald in Wahrheit um diese… wie war doch gleich der Name?«

»Keine Ahnung. Sie hat sich standhaft geweigert, ihren Namen zu nennen. Gelebt hat sie auf dem Hof *Weiße Sonne*. Zusammen mit einem Roman Bozanski, der acht Frauen getötet, eine in den Selbstmord getrieben und auf seiner Flucht noch zwei Streifenpolizisten erschossen hat. Wir nehmen an, dass es Amy Maiwald damals gelungen ist, zu fliehen, zusammen mit ihrer Schwester. Von der nach wie vor jede Spur fehlt.«

Sie nickt und schreibt etwas auf ihren Block. »Ich kann mich dunkel an die Geschichte erinnern. Sie sind also sicher, dass es sich um besagte Frau handelt.«

»Ja. Ich habe kurz mit ihr gesprochen.«

»Und was hat sie gesagt?«

Ärgerlich schüttelt er den Kopf. »Nichts. Sie ist vollkommen verängstigt, was ich gut verstehen kann. Roman Bozanski ist immer noch verschwunden und wird mit einem internationalen Haftbefehl gesucht.«

»Glauben Sie ernsthaft, dass er sich in Deutschland aufhält?«

»Woher soll ich das wissen? Es ist möglich, und das sollte ausreichen, um entsprechende Vorkehrungen zu treffen. Frau Maiwald muss geschützt werden.«

Sie wirft sich auf ihrem Stuhl zurück und lacht dröhnend. »Wie stellen Sie sich das vor? Soll ich ein Team abstellen, das die Wohnung rund um die Uhr observiert? Ich weiß nicht, wie es auf Ihrer Dienststelle aussieht, bei uns herrscht Personalmangel. Und jetzt ist Haupturlaubszeit, Herr Kollege, Sommerferien.« Sie kratzt sich ausgiebig hinter dem Ohr. »Sie ist verheiratet, sagten Sie gerade, also nicht allein. Ein Soldat, der im Krieg war…«

»Sieht so aus, als hätte ihr Mann sie heute früh verlassen. Jedenfalls ist er mit schwerem Marschgepäck verschwunden. Scheint übrigens ein übler Typ zu ein, Stichwort häusliche Gewalt. Sie hatte entsprechende Spuren im Gesicht, als ich mit ihr reden wollte.«

»Das hört sich ja an, als ob Sie ständig die Wohnung observieren.«

Ganz unerwartet lässt sie ihre Handflächen auf den Schreibtisch krachen, und Benedikt ärgert sich über sich selbst, weil er zusammenzuckt. Ihr diabolisches Grinsen zeigt, dass sie sich über seine Reaktion freut. Wahrscheinlich probiert sie diesen Trick häufiger aus, und er hat die Prüfung nicht bestanden.

»Sollte tatsächlich eine Bedrohungslage für die junge

Frau bestehen, werde ich alles Nötige veranlassen, um sie zu schützen. Zunächst einmal werde ich dafür sorgen, dass dort vermehrt Streife gefahren wird. Dann werde ich mich schlaumachen über das, was vor zwölf Jahren in der Eifel passiert ist. Und Sie halten sich bitte raus.« Energisch greift sie nach einer durchsichtigen Plastikbox, die Salmiakpastillen enthält. Der Deckel klemmt, doch sie gewinnt den Kampf und lässt eine der braunen Süßholzpastillen zwischen ihren Zähnen verschwinden. Es gelingt ihm gerade noch, ihr seine Karte auf den Schreibtisch zu legen, bevor sie ihn hinauskomplimentiert.

Er soll also die Füße stillhalten und ausharren, ob die Kripo Osterholz tätig wird oder nicht. Aber darauf kann diese Elbreder lange warten.

34 IRENE MORISSE

Dr. Heimbach ist nicht zurückgekommen. Egal, was die Polizei auch sagen mag, Irene ist sicher, dass sie ihn nie wiedersehen wird. Manchmal weiß man Dinge eben, auch wenn man das nicht rational erklären kann.

Deshalb quält sie auch kein schlechtes Gewissen, als sie mit ihrem eigenen Schlüssel die Tür zum ehemaligen Schafstall öffnet. Ihr erster Weg führt sie in die winzige Küche. Dr. Heimbach hat sich am Tag seiner Ankunft einen Kaffee gekocht. Das erkennt sie daran, dass eine Filtertüte im Müll liegt. Außerdem wurde die Glaskanne der Kaffeemaschine nur ausgespült. Ist es wirklich zu viel verlangt, dass die Gäste das benutzte Geschirr ordentlich abwaschen? Auf dem

Couchtisch im Wohnraum steht eine angebrochene Flasche Rotwein, daneben ein Glas mit einem Rest. Er hatte also vor, zurückzukommen und weiterzutrinken, und die aufgeschlagene Fernsehzeitung neben dem Glas kann nur bedeuten, dass er noch einen Film schauen wollte, am Dienstagabend, und heute ist Donnerstag.

Kopfschüttelnd lässt Irene sich auf die Couch fallen. Gegenüber steht der Ohrensessel, der aus ihrer eigenen Wohnung stammt. Sie hat ihn geliebt, bis die Katze sich mal darauf erbrochen hat. Natürlich hat sie den Stoff geschrubbt, bis die Flecken kaum noch zu sehen waren, aber sie mochte trotzdem nicht mehr in dem Sessel sitzen. Hier macht er sich ganz gut, und die Gäste wissen ja nichts von den Hinterlassenschaften der Katze.

Irgendwann steht sie auf und geht rüber in das kleine Schlafzimmer. Das Bett wurde nicht benutzt, das erkennt sie auf den ersten Blick. Niemand kann die Bettdecke so akkurat falten wie sie, schon gar nicht ein Mann. Der Kleiderschrank ist leer. Daneben steht ein Koffer mit Zahlenschloss. Wie ärgerlich. Vorsichtig hebt sie ihn an, er ist schwer, also hat Dr. Heimbach seine Sachen zurückgelassen. Am liebsten würde sie jetzt Werkzeug holen und das Schloss knacken.

Wenn die Polizei allerdings endlich mal einsieht, dass hier etwas Seltsames vor sich geht, und früher oder später muss das ja passieren, wird es keinen guten Eindruck machen, wenn die Vermieterin den Koffer des vermissten Gastes gewaltsam geöffnet hat. Schade. Wirklich schade.

Schon als Kind war Irene so neugierig, dass ihre Mutter häufig mit ihr geschimpft hat. Sie kann es direkt hören: *Irene, du sollst deine Nase nicht immer in Sachen stecken, die dich nichts angehen.*

In diesem Moment reißt ein Geräusch sie aus den Gedanken. Ein Auto. Der Motor wird abgestellt, dann klappt eine Autotür. Um Himmels willen, der Mann wird doch nicht ausgerechnet jetzt zurückkommen und sie hier vor seinem Koffer ertappen? Angespannt hält sie den Atem an. Da, das sind eindeutig Schritte auf dem Kiesweg, der zum Schafstall führt. Und die Wohnung hat nur einen Ausgang. Ganz kurz zieht sie in Erwägung, sich im Kleiderschrank zu verstecken oder unter dem Bett, aber da wird die Tür bereits aufgerissen.

35 MARCO

Einmal Niederlande und zurück, Venlo, da hat er mal mit Janine einen großen Freizeitpark besucht. Normalerweise braucht man für die Strecke hin und wieder zurück siebeneinhalb Stunden, aber nur, wenn man einigermaßen gut durchkommt, Marco hat sechs Stunden und fünfzehn Minuten reine Fahrzeit gebraucht, und er kann froh sein, dass nirgends eine Blitzanlage aufgebaut war. Jetzt weiß er, dass er den X4 mit Leichtigkeit auf zweihundertdreißig Stundenkilometer kriegt und auch, dass das Fahren mit Höchstgeschwindigkeit ihn von allen Problemen ablenkt. In Venlo hat er angehalten, um sich mit Kaffee zu pushen, nun steht er vor dem Haus seiner Schwester und drückt auf den Klingelknopf.

»Was ist jetzt denn los?«

Marina ist ganz offensichtlich nicht auf Besuch eingestellt. Sie trägt eine völlig verschossene Jogginghose und auf dem Kopf einen Handtuchturban. Aus dem Wohnzimmer wabert bedeutungsschwerer Gesang in den Flur, eine ihrer

Lieblingssängerinnen beschwört die ewige Liebe, genau das, was er jetzt nicht hören will. »Wie du siehst, bin ich beschäftigt.« Sie tippt mit der Hand gegen das Handtuch auf ihrem Kopf. »Aber gut, komm rein, ich seh schon, du brauchst ein bisschen Seelencoaching. Und ein Bett«, fügt sie mit einem Blick auf seinen Seesack an.

»Wir haben beschlossen, eine Beziehungspause einzulegen«, sagt er und merkt selbst, wie gestelzt das klingt. »Läuft gerade nicht optimal.«

Sie gibt ein zischendes Geräusch von sich, ein missglücktes Lachen. »Bei euch lief es noch nie optimal. Wann denn auch? Den Großteil eurer Ehe hast du in Afghanistan verbracht. Ich hab dir von Anfang an gesagt, dass diese Heirat eine Schnapsidee ist. Die Kleine braucht jemanden, hinter dem sie sich verstecken kann, und das bist bestimmt nicht du.«

»Und warum nicht?«, fährt er auf. Schließlich ist er Berufssoldat mit Kampferfahrung.

»Weil du genug mit dir selbst zu tun hast. Weil du immer noch Janine nachtrauerst. Weil du dich ständig bei mir ausheulst, anstatt mit deiner Frau zu reden. Weil du fünfunddreißig Jahre alt bist, im Krieg warst und dich trotzdem wie ein kleiner Junge aufführst.«

Wortlos geht Marco zum Kühlschrank, greift nach der Flasche Ouzo, die dort immer parat steht, und holt zwei Schnapsgläser.

Marina rümpft die Nase. »So ein Abend soll das werden?«

»Genau.« Er schenkt die Gläser voll und drückt ihr eins in die Hand. »Auf uns, darauf, dass du die einzige Frau bist, die mich versteht.«

»Cheerio, Miss Sophie!« Sie klickt mit ihrem Glas kurz gegen seins, bevor sie es auf ex austrinkt. »Erzähl.«

Während die Flasche zusehends leerer wird, berichtet

Marco von dem Streit. Und dann, obwohl es ihn einiges an Überwindung kostet, auch von seinem heimlichen Besuch im Café gegenüber seiner alten Wohnung.

»Hoffentlich hat sie dich nicht gesehen«, seufzt Marina. »Das würde ihr nur schmeicheln. Ich hab dir von Anfang an gesagt, dass Janine süchtig ist nach Bestätigung. Die braucht das für ihr Ego.«

»So, wie sie aussieht? Das hat sie doch gar nicht nötig!«

»Scheinbar doch. Sei froh, dass du sie los bist, die wird sich nie ändern.«

Müde zuckt er mit den Schultern. »Oder sie betrügt Tom, weil sie unglücklich ist mit ihm. Vielleicht wartet sie darauf, dass ich zurückkomme.« Nachdenklich dreht er das Glas zwischen Daumen und Zeigefinger. »Kann doch sein …«

Ihre Antwort besteht aus einem spöttischen Lachen. »Ganz bestimmt nicht. Sie hat dich am Ende eurer Beziehung mit Tom betrogen, schon vergessen? Und ihn betrügt sie auch, dabei sind sie erst sieben Monate ein Paar. Gieß mir noch was ein.« Auffordernd hält sie ihm das leere Glas hin. »Ich konnte sie von Anfang an nicht leiden. Vorgeführt hat sie dich wie ein Schoßhündchen. *Guckt mal, Leute, was ich mir für einen süßen Typen geangelt habe.*«

»Süß? Du spinnst wohl.«

»Was denn sonst? Sexy? Dafür musst du erst mal erwachsen werden, kleiner Bruder. Wenn du mich fragst, ist Janine eine Trophäensammlerin, und du warst ein hübscher neuer Pokal in ihrer Sammlung, mehr nicht. Jetzt hat sie Tom, und bald wird ein anderer seinen Platz einnehmen.«

»Blödsinn. Da war viel mehr zwischen uns, auch wenn du das nicht wahrhaben willst.« Marco weiß gar nicht, wen er so glühend verteidigt, Janine, sich selbst oder seine Ehre, doch er will auf keinen Fall als willenloser Trottel dastehen, nicht mal vor seiner Schwester. »Du kennst Janine überhaupt nicht.«

»Kann sein. Und ich werde dafür sorgen, dass es dabei bleibt. Und jetzt muss ich endlich meine Haare föhnen. Bis gleich.«

Während Marina sich im Bad mit ihrer Frisur beschäftigt, inspiziert Marco den Inhalt ihres Kühlschranks. Einzig ein großes Stück Käse lacht ihn an, und er schneidet sich eine ordentliche Scheibe davon ab. Weil ihn das Jammern der Katzen stört, schiebt er sie mit dem Fuß in den Flur und schließt die Tür. Und weil Marina immer noch nicht zurück ist, schenkt er sich einen weiteren Ouzo ein.

»Hey, allein trinken ist verboten!«, ruft Marina in diesem Moment. »Und Katzen aussperren auch! Und jetzt lass uns über Amy reden. Du glaubst, dass sie dich betrogen hat?«

»Was denn sonst«, knurrt er böse. »Für die schönste aller Rosen! Deutlicher geht's ja wohl nicht.«

»Vielleicht ist es ein Verehrer, vor dem sie sich fürchtet. Ein Stalker. Warum sollte sie sonst in Ohnmacht fallen?« Nachdenklich zupft sie an ihren Haarspitzen. »Irgendwas stimmt nicht mit Amy.«

»Wie meinst du das?«

Sie zuckt mit den Schultern. »Keine Ahnung. Gibst du noch 'ne Runde aus?« Während er eine neue Flasche holt, redet sie weiter. »Überleg doch mal. Ist es wirklich vorstellbar, dass Amy keine lebenden Verwandten hat, niemanden, der ihr nahesteht, auch keine Freunde? Ich nehm ihr diese Afrikageschichte nicht ab, tut mir leid. Sie ist gerade mal dreiunddreißig und lebt wie eine Großmutter, total zurückgezogen. Wert auf ihr Äußeres legt sie auch nicht, fast als wollte sie sich mit Absicht hässlich machen. Sei ehrlich, das ist nicht normal.«

»Aber warum sollte sie so etwas erfinden? Geboren in Südafrika auf einer Gästefarm, nach einem Flugzeugabsturz der Eltern als Waise zurückgekehrt nach Deutschland und in verschiedenen Heimen aufgewachsen.«

Mit gerunzelter Stirn beäugt Marina das Glas, dann trinkt sie es aus. »Und was ist das Wichtigste an ihrer Geschichte?«

»Keine Ahnung.«

»Gott, Marco. Denk doch mal nach. Ganz einfach, du kannst sie nicht überprüfen, es sei denn, du fliegst nach Afrika. Aber selbst dann … das Unglück ist mehr als zwanzig Jahre her. Wenn du niemanden findest, der sich erinnert, bist du genauso schlau wie vorher.« Sie lacht unfroh. »Ein nettes, stilles Ding wie Amy, ist es wirklich vorstellbar, dass man keine Pflegeeltern für sie gefunden hat? Ich kann das nicht glauben.«

»Du willst andeuten, dass sie sich alles ausgedacht hat, warum auch immer?« Marco grinst sie an. »Falsch. Ich kenne ihre Papiere, sie ist in Südafrika geboren, den genauen Ort hab ich mir nicht gemerkt, aber er steht in ihrer Geburtsurkunde, und ihre Eltern waren Deutsche. Das ist sicher. Die Farm hieß White Soul und liegt in einer Gegend, die als blühende Wüste bekannt ist, soll wunderschön dort sein.«

»Lass uns Google fragen«, schlägt Marina vor. »Ich hol mein Tablet.«

Auch nach einer Stunde intensiver Suche werden sie nicht fündig, was durchaus daran liegen kann, dass ein Land wie Südafrika vor zwanzig Jahren noch nicht flächendeckend an das Internet angeschlossen war. Andererseits sind Abstürze von kleinen Privatmaschinen in einem Land, in dem das Straßennetz schlecht ausgebaut ist und viele den Luftweg wählen, nicht gerade selten. Amys Geschichte kann also stimmen.

»Glaub mir, sie ist in Afrika geboren«, sagt Marco stur.

»Kann sein. Ich denke trotzdem, dass sie sich versteckt. Vielleicht vor irgendwelchen Kriminellen oder ihrem Zuhälter.« Sie knufft Marco unsanft in die Seite. »Sah er aus wie ein Zuhälter?« Inzwischen fällt es Marina schwer, sich deutlich zu artikulieren, gleichzeitig schwinden offenbar alle Hemmungen. Dass sie Amy heimlich für eine Hure hält, hätte er im Leben nicht erwartet. Und es macht ihn sauer.

»Du glaubst, ich hab eine Nutte geheiratet? Nee, ganz bestimmt nicht, darauf kann ich dir Brief und Siegel geben.«

»War sie etwa noch Jungfrau? Mit dreiunddreißig?«, kichert Marina.

»Natürlich nicht. Aber ziemlich...« Unerfahren, will er sagen, überlegt es sich aber im letzten Moment anders. Das geht seine Schwester nun wirklich nichts an.

»Sorry, kleiner Bruder, aber du kannst mich nicht überzeugen. Amy ist nicht das unbeschriebene Blatt, das sie vorgibt zu sein. Die Rosen waren eine Warnung, die nur Eingeweihte verstehen.«

»Ich hau mich aufs Ohr. Ist das Bett im Gästezimmer bezogen?«

»Nee, bin doch kein Hotel.« Mit einem tiefen Seufzer schraubt Marina die Ouzoflasche zu. »Laken und Bezüge liegen im Schrank. Betten beziehen hast du beim Bund ja wohl gelernt. Gute Nacht, kleiner Bruder.«

Der Abend ist zu Ende, okay. Jetzt weiß er, dass Marina keine seiner Frauen leiden kann. Vielleicht ist sie eifersüchtig, weil sie ihren Bruder für sich allein haben will. Oder sie gönnt ihm nicht, in einer Beziehung zu leben, weil sie selbst das nicht hingekriegt hat. Oder er hat einen merkwürdigen Frauengeschmack. Bevor er sich für eine der drei Möglichkeiten entscheiden kann, übermannt ihn der Schlaf.

36 FRIEDHELM SCHWARZ

Jetzt ist Viola schon zwei Tage fort. Friedhelm kann an nichts anderes denken. Nicht mal auf dem Friedhof ist er zur Ruhe gekommen, dabei ist er sonst so gern dort.

Zwei Gräber mussten sie ausheben, zwei an einem Tag, das kommt selten vor. Wenn das bloß kein schlechtes Zeichen ist. Viola lacht immer, wenn er solche Dinge sagt, aber jetzt ist sie nicht da, und er wird die bösen Gedanken nicht mehr los.

»Friedhelm, du guckst ja so finster«, hat der Pfarrer gesagt, aber er hat keine Antwort gegeben.

Violas Reise geht keinen was an. Sonst werden sie noch behaupten, dass sie ihn verlassen hat, und über ihn lachen.

Warum meldet sie sich nicht? Er wollte, dass sie das Handy mitnimmt, aber sie hat gemeint, er würde es nötiger brauchen. »Sonst hab ich keine Ruhe. In der Stadt gibt es überall Telefone und Menschen, die einem helfen können. Aber du bist hier oben ganz allein. Stell dir vor, du wirst plötzlich krank.«

Zuerst hörte sich das logisch an, aber jetzt zweifelt er an ihren Worten. Vielleicht will sie nicht, dass er sie erreichen kann. Vielleicht kommt sie nie mehr zurück.

Nachdenklich schaut er auf das Brot, das schon ein bisschen trocken wird, weil er gestern Abend vergessen hat, den Laib in ein Tuch einzuschlagen. Der Haushalt ist ja ihre Sache, er kennt sich gar nicht richtig aus in der Küche.

Die Katze hat er auch vergessen. Mit schlechtem Gewissen öffnet er den Kühlschrank und holt die Milch heraus. Aber welche Schale soll er nehmen? Eine aus dem Küchenschrank? Nein, das wäre bestimmt falsch. Im Schrank steht das Geschirr für die Menschen. Er muss rausgehen und etwas anderes suchen, einen Untersetzer für Violas Blumentöpfe, vielleicht. Viel geht da nicht rein, aber so viel Durst wird die Katze auch nicht haben. Früher haben die Katzen gar keine Milch bekommen. Die mussten selbst für sich sorgen.

Draußen hört er die Hühner, sie sind total aufgeregt. Oje, das Loch im Gehege! Als er nachschaut, sind die letzten Küken auch noch verschwunden, und eine Henne blutet am Kopf. Der Habicht war wieder da. Viola wird schimpfen, wenn sie zurückkommt.

Aber wie soll er das alles allein bewältigen, auf dem Friedhof arbeiten, den Garten und die Tiere versorgen, die Suppe aufwärmen? Am liebsten würde er sich mitten auf den Hof setzen und seinen Tränen freien Lauf lassen.

Harras, der neben dem Hühnerstall liegt und sich sonnt, springt hoch und kommt angelaufen. Er reibt seinen Kopf an Friedhelms Oberschenkel, ein Zeichen, dass er gestreichelt werden möchte. Sonst macht er das immer bei Viola. Friedhelm geht in die Knie und schlingt seine Arme um den warmen Hundekörper. »Was machen wir, wenn sie uns verlassen hat?«

Der Hund wedelt mit dem Schwanz. Und dann, als Friedhelm anfängt zu heulen, er kann nicht anders, und hier ist ja niemand, der ihn sehen kann, fällt Harras mit leisem Winseln ein. Es klingt schauerlich.

Irgendwann rappelt Friedhelm sich mühsam hoch. Die Tomaten sind ihm eingefallen. Er geht mit schweren Schritten zur Scheune, tunkt die Kanne in die Regentonne und trägt sie zur Südwand, wo die Pflanzen stehen. Er läuft zwischen Regentonne und Tomaten hin und her, bis die Pflanzen im Wasser schwimmen, dann wischt er sich den Schweiß von der Stirn. Wenigstens Violas geliebte Tomaten sind gerettet.

Gestern Abend hat Friedhelm gesehen, dass die Pistole weg ist, die seinem Vater gehört hat. Ein uraltes Ding, aber es funktioniert noch. Viola bewahrt sie in der Schublade vom Küchentisch auf. Es macht ihr Spaß, damit zu schießen. Einmal hat sie den Fuchs erlegt, der immer um den Hühnerstall gestrichen ist, und einmal einen Habicht. Jetzt ist sie weggefahren und hat die Pistole mitgenommen, und er fragt sich, auf wen sie damit zielen will. Sofort denkt er an die Frau aus der Zeitung.

Nachdenklich geht er ins Haus und öffnet die Tür von ihrem Nachttisch. Hier bewahrt sie die Bilder auf, die er nicht sehen soll. Wahrscheinlich kann sie sich gar nicht vorstellen, dass er heimlich diese Tür öffnet, aber das hat er schon häufiger gemacht, wenn er wusste, dass sie draußen beschäftigt ist.

Viola ist eine echte Künstlerin, nur mit einem Bleistift malt sie Bilder, die die Wirklichkeit darstellen. Friedhelm begreift gar nicht, wie das geht. In der Küche hängen Zeichnungen von Harras und den Hühnern, die beinahe so aussehen wie Schwarz-Weiß-Fotos. Ihn selbst hat sie auch gezeichnet, immer wieder, und er findet sich auf den Bildern viel schöner als in Wirklichkeit. Blumen malt sie auch gern, vor allem Rosen und eine andere Blume, deren Namen er immer vergisst, irgendwas mit A. Alle Wände im Haus sind mit ihren Bildern verziert, für Friedhelm sieht das wunderschön aus.

In ihrem Nachtschrank liegen zwei Bilder, die sie ihm noch nie gezeigt hat. Darauf sieht man drei blonde Mädchen, Kinder, die miteinander spielen. Sie sehen sich so ähnlich, dass man sie verwechseln könnte. Viola hat noch nie über die drei Mädchen gesprochen. Er glaubt, dass eine davon Viola selbst ist und die beiden anderen ihre Schwestern, aber er hat nicht gewagt, sie danach zu fragen. Dann hätte er ja zugeben müssen, dass er manchmal in ihren Sachen schnüffelt, und so etwas gehört sich nicht.

Aber jetzt war eine Frau in der Zeitung, die aussieht, als wäre sie ihre Schwester. Viola ist fortgefahren und kommt bestimmt nicht wieder. Wenn sie für das, was sie vorhat, eine Pistole braucht, ist es böse. Menschen, die auf andere Menschen schießen, kommen ins Gefängnis. Er hätte sie nicht zum Bahnhof bringen dürfen. Warum ist er bloß so schwach? Und was hat die Schwester getan, dass Viola sie erschießen will?

37 AMY

Von jetzt an bin ich also wieder allein. Der Traum war kurz, aber wunderschön. Glück ist etwas für Menschen, die Glück verdient haben, und nicht für mich.

Gestern konnte ich zuerst nicht einschlafen, und dann habe ich von Marco geträumt. Ein Traum, den ich am liebsten wieder vergessen würde. Ich bin darin nach Hause gekommen und habe Marco mit einer anderen Frau im Bett überrascht. Eine schwarzhaarige Schönheit mit Puppenaugen, endlos langen Beinen, dabei weiß ich nicht mal, wie diese Janine aussieht. Wahrscheinlich war sie im Traum schwarzhaarig, weil ich mir schon immer dunkles Haar gewünscht habe. Meine Lehrerin in der Grundschule hatte schwarze Haare, sie liebte Kleider in Sommerfarben, und wenn sie lachte, bildeten sich Grübchen auf ihren Wangen. Noch viele Jahre später war es einer meiner sehnlichsten Wünsche, wie meine Lehrerin auszusehen, so bunt und fröhlich.

Während der Ausbildung habe ich es sogar mal mit dunkler Haarfarbe probiert, aber das Ergebnis fiel enttäuschend aus. Der Kontrast zwischen meiner blassen Haut, meinen hellblauen Augen und den lackschwarzen Haaren wirkte grotesk, als hätte ich eine billige Perücke aufgesetzt. Jeder, der mich so sah, riet mir, das Haar wieder zu entfärben. Da mir bei jedem Blick in den Spiegel der Schreck in die Glieder fuhr, bezahlte ich schließlich ein kleines Vermögen, um wieder zu erblonden. Mein feines Haar brauchte lange, bis es sich von diesen Strapazen erholt hatte.

Obwohl ich gerade erst aufgestanden bin, quält mich bleierne Müdigkeit. Ich schleppe mich durch die Wohnung, als wäre ich über Nacht um hundert Jahre gealtert. Ich zwinge mich, ein trockenes Brötchen runterzuwürgen, inzwischen verspüre ich keine Schmerzen mehr beim Kauen, und statt Kaffee, der mich nur an Marco erinnern würde, gieße ich Pfefferminztee auf, der nach Kranksein schmeckt. Ich fühle mich ja auch krank, krank vor Angst und Enttäuschung.

Irgendwann fällt mein Blick auf die Rosen, die ich gestern noch in den Mülleimer gestopft habe. Die angewelkten Blüten lugen hämisch unter dem Deckel hervor, der sich nicht mehr schließen lässt, als wollten sie mir zurufen: *Selbst schuld!* Ich sollte den Müll runter zum Container bringen, bevor die Blumen anfangen zu stinken. Aber dafür müsste ich meine sichere Wohnung verlassen. Vielleicht später.

Bozanski hat mich also ausfindig gemacht. Mir ist klar, dass er gekommen ist, um mich zu töten. Ein Mensch wie Bozanski erträgt keine Auflehnung und schon gar keine

Zurückweisung. Er wird mir nie verzeihen. Eigentlich will ich das auch gar nicht.

Es ist schon merkwürdig, wie ruhig mich dieses Wissen lässt, ich müsste doch schreien, weinen, klagen, darum beten, verschont zu werden. Stattdessen nippe ich an meinem Pfefferminztee und starre auf den Kalender an der gegenüberliegenden Wand. Heute ist der 13. Juni, Freitag, der Dreizehnte, vielleicht mein letzter Lebenstag. Immerhin waren mir ein paar schöne Jahre vergönnt, ich habe einen Beruf gefunden, der mich erfüllt, die Liebe ist in mein Leben getreten, ich war sogar verheiratet, wenn auch nicht lange. Wie wird es enden? Soll ich mich hier oben verstecken, bis mein Kühlschrank leer ist und ich verhungere? Warten auf meine Hinrichtung?

Nein. Ich werde mich nicht länger verstecken. Wenn es mein Schicksal sein soll, von einem bösartigen Verrückten erschossen zu werden, dann werde ich mich fügen.

Es mag albern sein, doch bevor ich die Wohnung verlasse, räume ich noch auf. Ich spüle das Geschirr und stelle es zurück in den Schrank, dann falte ich die Bettdecke ordentlich zusammen und wische das Waschbecken im Bad aus. Niemand soll behaupten können, dass Amy Maiwald unordentlich war.

Eine Weile denke ich darüber nach, einen Abschiedsbrief an Marco zu schreiben, ihm meine ganzen Lügen zu offenbaren und zu beteuern, dass ich ihn dennoch geliebt habe, immer noch liebe. Ich hole Schreibzeug und setze mich an den Küchentisch. Doch dann entscheide ich mich dagegen. Marco war nicht ehrlich zu mir, weshalb sollte ich es anders halten. Wir waren zwei Fremde, die sich zufällig begegnet sind und etwas gesucht haben, das sie einander nicht geben konnten.

Ich räume die Schreibsachen wieder weg und gehe ins Schlafzimmer. Heute ist der richtige Tag für das gelbe Kleid, das ich für das Wiedersehen auf dem Flughafen gekauft, dann aber doch nicht angezogen habe. Mithilfe einer Nagelschere entferne ich das Preisschild, dann ziehe ich das Kleid an. Die Verkäuferin hat nicht gelogen, es sieht wirklich so aus, als würde ich darin leuchten.

Das ist gut, in den vielleicht letzten Stunden meines Lebens möchte ich hübsch aussehen. Ich bürste mein Haar und lasse es offen über die Schultern fallen. So, wie ich jetzt aussehe, würde ich Marco gefallen, das weiß ich. Aber wenn er mich so sieht, bin ich bereits tot.

Mir gefällt die Vorstellung, dass er bei meinem Anblick zusammenbricht und bedauert, mich verlassen zu haben. Das ist wieder typisch für mich. Ich stelle mir die schönsten Sachen vor, aber nichts davon passiert.

38 BEATE ELBREDER

Hauptkommissarin Beate Elbreder weiß seit Langem, dass sie hinter ihrem Rücken im Präsidium *die Eiserne Lady* genannt wird, und sie kann sehr gut damit leben. Sie ist nun einmal nicht bereit, ihre Emotionen mit anderen Leuten zu teilen. Nie hat man sie weinen sehen, nicht mal beim Anblick eines toten Kindes, und nie lässt sie durchblicken, dass sie an sich oder ihren Ermittlungen zweifelt.

Auch jetzt schaut sie mit unbewegter Miene auf die tote Frau, und keiner würde glauben, wie schlecht sie sich in Wahrheit fühlt.

Achtundvierzig Stunden sind vergangen, seit Irene Morisse in ihrem Büro gesessen hat, um den Mieter ihrer Ferienwohnung als vermisst zu melden. Beate war genervt, schließlich beinhaltet das Anmieten einer Ferienwohnung keine Anwesenheitspflicht. Dennoch hat sie dafür gesorgt, dass Kollegen die Kliniken abtelefoniert und sich nach einem Dr. Roman Heimbach oder einem Mann ohne Papiere, der vom Alter her passen könnte, erkundigt haben. Erfolglos. Wenig später ist dieser komische Polizist aus Düren aufgetaucht, und sie hat sich mit dem Hof *Weiße Sonne* befasst und keinen weiteren Gedanken an Irene Morisses Problem verschwendet.

Und jetzt hat man die Frau erschossen, regelrecht abgeknallt. In besagter Ferienwohnung. Verdammt! Zwischen dem vermissten Mieter und dem Tötungsdelikt muss ein Zusammenhang bestehen. Sie instruiert eine junge Kommissarin, alles über Dr. Roman Heimbach aus Mannheim zu recherchieren, dann starrt sie düster auf die Tote.

Neben ihr steht Kommissar David Steinbeck, der seit drei Jahren in ihrer Abteilung arbeitet. Ein unkomplizierter junger Mann, der klaglos all ihre Launen erträgt. Jetzt hält er brav den Mund. Er kennt sie lange genug, um zu sehen, dass sie nicht gestört werden will.

Irene Morisse liegt im Schlafzimmer der urigen Ferienwohnung, die von außen wie ein alter Schafstall aussieht. Jemand hat sie aus nächster Nähe erschossen.

»Vier Kugeln«, seufzt der Rechtsmediziner. »Die Projektile werden gerade eingetütet.«

Beate wundert sich, dass der Täter so oft abgedrückt hat. Wenn man aus so kurzer Entfernung schießt, sollte eigentlich der erste Schuss tödlich sein, spätestens aber der zweite. Hat der Täter die Frau aus persönlichen Gründen gehasst, oder empfindet er Lust beim Töten? Bestand eine nähere Beziehung zwischen Opfer und Täter? Falls ja, wäre sie froh darüber, weil es ihr Gewissen entlasten würde. Aber Beate weiß jetzt schon, dass es nicht so sein wird.

In der Ferienwohnung gibt es nichts, das auf einen Mieter hinweist. Keine Kleidung, kein Koffer, kein schmutziges Geschirr. Bei ihrem Besuch im Präsidium hat Frau Morisse aber erzählt, dass seine Sachen sich noch in der Wohnung befänden. Der Mieter muss also inzwischen hier gewesen sein, um sein Gepäck abzuholen. Und bei der Gelegenheit hat er die arme Frau erschossen.

»Steinbeck, wer hat die Leiche gefunden?« Fragend schaut sie ihren jungen Kollegen an.

»Eine Freundin der Toten. Sie waren zum Frühstück verabredet. Weil Frau Morisse nicht geöffnet hat, hat die Frau überall gesucht und zuletzt einen Blick durch das Fenster der Ferienwohnung geworfen.«

»Gut. Ich brauche alles über Irene Morisse. Entweder hatte sie das Pech, einen Schwerverbrecher zu beherbergen, den sie versehentlich bei etwas überrascht hat, das nicht für ihre Augen bestimmt war, oder sie hat sich diesen Dr. Heimbach nur ausgedacht, um Aufmerksamkeit zu bekommen. Dann wäre ihr Tod allerdings ein höchst seltsamer Zufall. Nein«, beschließt Beate. »Das ist Blödsinn, vergessen Sie es wieder. Wenn die Frau auf dem Präsidium die Wahrheit gesagt hat, und davon gehe ich aus, muss der Mieter wieder aufgetaucht sein. Sie sprach davon, dass er sein Gepäck zurückgelassen hat, und jetzt ist alles verschwunden.« Mit einer ruckhaften Bewegung wendet sie sich dem Rechtsmediziner zu. »Wie lange ist sie tot?«

Er lacht. »Liebe Frau Elbreder, Sie wissen doch, dass ich mich nie vorzeitig festlegen lasse. Aber nicht länger als vierundzwanzig Stunden, eher weniger. Fragen Sie mich noch mal nach der Obduktion.«

39 RÜCKBLICK, EIFEL, 2006

Zwei Wochen waren vergangen. Von Roman Bozanski fehlte nach wie vor jede Spur. Die meisten im Präsidium glaubten, dass er sich nach Kroatien abgesetzt hatte, in seine alte Heimat, aber darauf wollte Benedikt sich lieber nicht verlassen. Die junge Frau aus dem Wald stand immer noch unter strenger Polizeibewachung.

Die Ärzte hatten grünes Licht für eine erste Vernehmung gegeben, endlich. Man bat ihn, ganz behutsam vorzugehen. Nach Amaryllis' tragischem Selbstmord hatte er nichts anderes vor. Diesmal würde er sehr viel vorsichtiger sein. Sie sollte sich nicht vor der Polizei fürchten. Er stellte sich als Benedikt vor, sagte, er wäre Polizist, nannte aber keinen Dienstrang und auch nicht den Grund für seine Anwesenheit. Dennoch riss sie erschrocken die Augen auf.

»Weißt du, warum du hier bist?«

Kopfschütteln.

»Jemand hat dich im Wald gefunden, unter einem Hochsitz für Jäger. Du warst bewusstlos, und es ging dir sehr schlecht.«

Aufmerksam schaute sie ihn an, sie wollte wissen, wie es weiterging, wagte aber scheinbar nicht zu fragen.

»Erinnerst du dich noch, warum du allein im Wald warst?«

Erneut schüttelte sie den Kopf, ganz langsam, doch an der Art, wie sie jetzt die Lippen zusammenpresste, so fest, dass die Haut ganz weiß wurde, glaubte er zu erkennen, dass sie es sehr wohl wusste.

»Ich nehme an, du bist weggelaufen. Stimmt's?«

»Wann darf ich nach Hause?« Ihre Stimme klang heiser, eine Nachwirkung der künstlichen Beatmung, aber das würde sich legen. »Das dauert noch«, murmelte Benedikt und vermied es, sie anzuschauen.

Auf seinen Wunsch war eine Psychologin anwesend, die jetzt ihre Hand auf seine Schulter legte als Zeichen, dass sie das Gespräch übernehmen würde. »Hallo«, sagte sie freundlich. »Mein Name ist Carina Pavel. Ich arbeitete hier als Ärztin. Und jetzt habe ich eine sehr schwere Aufgabe zu erfüllen.« Sie seufzte und machte einen halben Schritt Richtung Bett. »Ich muss dir leider mitteilen, dass die Frauen, die mit dir auf dem Hof *Weiße Sonne* gelebt haben, tot sind. Roman Bozanski und eine deiner Schwestern sind verschwunden.«

Anders als Amaryllis weinte die junge Frau lautlos, sie bewegte sich keinen Millimeter, lag einfach nur auf dem Rücken, die Arme seitlich an den Körper gepresst, den Blick zur Zimmerdecke gerichtet, und ließ die Tränen über ihre Wangen laufen.

Die Psychologin brach die Vernehmung ab, und Benedikt war nicht böse darüber. Er hätte nicht gewusst, was er als Nächstes sagen sollte. Mitleid war ein schlechtes Fundament für eine Vernehmung, und die Kleine tat ihm unendlich leid.

40 BEATE ELBREDER

Beate hat einen kaltblütigen Mord aufzuklären und sollte keinen Gedanken mehr an diesen Kollegen aus Düren verschwenden. Kriminalrat Benedikt Kramer. Dennoch blättert sie noch mal durch den Kurzbericht, der auf ihrem Schreibtisch liegt, ohne zu wissen, warum. Dann schüttelt sie fassungslos den Kopf.

Roman Bozanski aus Heimbach in der Eifel ist flüchtig. Und jetzt hat sich ein Dr. Roman Heimbach in der Nähe von Lilienthal eingemietet. Genau einen Tag, nachdem das Foto dieser Frau in der BILD erschienen ist. Ein Zufall? Bestimmt nicht. Da macht sich einer lustig über die Polizei, einer, der kein alberner Witzbold ist, sondern ein skrupelloser Gewalttäter.

Es klopft. Die junge Kommissarin, die sie auf Dr. Heimbach angesetzt hat, tritt ein. Wie alle jungen Beamten, vor allem die weiblichen, fürchtet sie sich ein wenig vor der Eisernen Lady. Sie muss sich mehrfach räuspern und den Kloß herunterschlucken, der offenbar in ihrem Hals festsitzt, bevor sie sprechen kann.

»Ich, also ... es gibt keinen Dr. Roman Heimbach unter der Adresse, die auf dem Anmeldezettel steht, auch sonst nirgends in Mannheim und Umgebung.« Sie atmet hörbar aus. »Nicht mal die Adresse existiert.«

»Gut«, sagt Beate. »Das hab ich nicht anders erwartet. Der Name ist ein Fake.« Sie freut sich über das dumme Gesicht der jungen Kollegin. »Zu schade, dass die Tote sich sein Autokennzeichen nicht gemerkt hat oder wenigstens das Wagenfabrikat. Ein weißer Kleinwagen, schon älter, auf solche vagen Beschreibungen kann man sich in der Regel nicht verlassen. Ärgerlich.«

Nachdenklich kaut sie auf ihrer Unterlippe. »Rufen Sie die Kriminaltechnik an. Die Fingerabdrücke haben Vorrang. Möglicherweise heißt der Gesuchte Roman Bozanski. Über den dürfte alles im System sein. Na los, träumen können Sie nach Feierabend.«

Mit hochrotem Kopf eilt die junge Kommissarin aus dem Raum. Dabei hätte sie eigentlich ein Lob verdient, denn sie hat schnell und gut gearbeitet. Ach was, beschließt Beate. Niemand erwartet ein Lob von der Eisernen Lady.

Das Telefon reißt sie aus ihren Gedanken.

»Elbreder… wie bitte? Sagen Sie das noch mal!«

Zwei Minuten später beendet sie das Gespräch. Unfassbar.

41 MARCO

Nachdem er seinen Brummschädel mit Kaffee und Aspirin beruhigt hat, setzt Marco sich in seinen Wagen. Während er selbst nur schwer in den Tag findet, steht Marina seit acht Uhr morgens schon wieder in ihrem Salon. Die Frau hat eine eiserne Konstitution, das muss er neidvoll anerkennen. Eine Weile redet er sich ein, planlos durch die Gegend zu fahren, aber dann steht sein Wagen plötzlich in einer kleinen Seitenstraße, und er befindet sich wieder auf dem Weg zu seinem ehemaligen Stammcafé in Zeven. Das hat nichts zu bedeuten, beschließt er trotzig. Die Brötchen sind gut, der Cappuccino noch besser, warum sollte er nicht hier frühstücken?

Dieses Mal kennt er die Bedienung, die an seinen Tisch kommt, um die Bestellung aufzunehmen. Scheiße. Das musste ja irgendwann passieren. Der Ex, der das Ende der Beziehung nicht akzeptieren kann, eine lächerliche Gestalt, die Mitleid verdient.

»Hey, Marco, dich hab ich ja ewig nicht gesehen. Allein hier?« Fragend hebt sie die Augenbrauen. »Hab in der Zeitung dein Foto gesehen. Du bist also verheiratet. Das ging ja schnell.«

Schau an, das weiß sie also auch. Mühsam unterdrückt er den Impuls, aufzuspringen und aus dem Laden zu rennen, um nicht noch lächerlicher zu wirken, und knurrt unfreundlich: »Gibt's hier noch Frühstück?«

Sie kapiert sofort, dass er nicht vorhat, seine Lebensgeschichte vor ihr auszubreiten. Mit einem verlegenen Kichern zückt sie ihren Block. »Was kann ich dir bringen?«

»Ein kleines Frühstück. Statt Kaffee bitte Cappuccino.«

»Alles klar.«

Während er wartet, versucht er, standhaft zu bleiben und keinen Blick Richtung Fenster zu werfen, allein schon, weil er spürt, dass die Bedienung ihn ganz genau beobachtet. Vergeblich, er kann nicht anders, er muss Janines Fenster anstarren. Gerade werden dort die Gardinen aufgezogen. Die beiden haben also bis um halb elf im Bett gelegen. Als Nächstes werden sie frühstücken. Hoffentlich haben sie genug zu essen im Haus, er möchte sich lieber nicht vorstellen, dass sie hier aufkreuzen. Warum um alles in der Welt sitzt er hier überhaupt und stiert wie ein liebeskranker Teenager auf das Haus, in dem seine Ex mit seinem Nachfolger wohnt?

Die Bedienung bringt das Frühstück. Umständlich drapiert sie den Brötchenkorb und den kleinen Teller mit Wurst und Käse auf dem Tisch, dabei lässt sie sich über das Wetter aus. Was man so sagt, wenn es nichts zu sagen gibt.

Marco schweigt eisern. Obwohl er sich vorgenommen hat, die Wohnung gegenüber zu ignorieren, würde er die junge Frau am liebsten wegscheuchen, weil sie ihm im Weg steht und er nichts sehen kann. Gleichzeitig ist ihm bewusst, wie peinlich das alles ist. Allein die Vorstellung, wie Janine hier das Kürbiskernbrot holt, das sie immer so gern gegessen haben, und die Bedienung ihr kichernd zuflüstert, dass Marco hier regelmäßig sitzt und sehnsüchtige Blicke auf die andere Straßenseite wirft. Das muss einfach ein Ende haben.

Wütend schlingt er ein Brötchen runter, das zweite lässt er liegen. Er wird jetzt zahlen und nie mehr herkommen. In diesem Moment öffnet sich gegenüber die Tür. Tom blinzelt ins Sonnenlicht. Er setzt eine Sonnenbrille auf, dreht sich um und gestikuliert, wahrscheinlich steht Janine hinter ihm, dann verlässt er das Haus und rollt einen Koffer hinter sich her. Er verreist. Allein. Jetzt erscheint Janine in der Tür und winkt ihm hinterher.

Wie in Trance geht Marco zum Tresen und bittet um die Rechnung. Draußen fährt Tom am Fenster vorbei, viel zu schnell, aber gut, wer sich so eine Schleuder leistet, drückt gern aufs Gaspedal. Auch Marco kann sich nicht von solch spätpubertärem Verhalten freisprechen.

Auf einmal ist es ihm egal, was die Bedienung oder sonst ein Mensch auf der Welt über ihn denkt. Mit großen Schritten überquert er die Straße und klingelt an Janines Haustür. Jetzt bloß nicht nachdenken.

»Du?« Janine lacht ungläubig. Dann zieht sie die Augenbrauen hoch, hakt einen Zeigefinger in die Knopfleiste seines Shirts und zieht ihn über die Schwelle in die Wohnung, die ihm immer noch vertraut ist, viel vertrauter als die, in der er mit Amy lebt. Die Wände im Flur hat er selbst gestrichen, hellgrün, zehn Monate ist das jetzt her, und es war viel arbeitsintensiver, als er sich das vorgestellt hatte, weil die Wände mit Feinputz geglättet werden mussten. Das Ergebnis fiel ziemlich gut aus, nur dass er nichts mehr davon hat. Jetzt darf Tom sich über den Flur freuen, den sein Vorgänger kurz vor seinem Auszug renoviert hat. An der Wand hängen Fotos von ihrem Korsikaurlaub, die Bilder, auf denen Marco zu sehen war, fehlen allerdings.

»Hab mir schon gedacht, dass du irgendwann hier auftauchst«, sagt sie mit diesem rauen Unterton in der Stimme, der ihn schon immer verrückt gemacht hat.

Janine. Sie steht ganz nah vor ihm, ihre Hand liegt auf seinem Brustkorb, und ihr Atem streicht über sein Gesicht. »Ich muss zugeben, dass du mir manchmal fehlst. War doch echt 'ne geile Zeit mit uns.«

Keiner von ihnen spricht über Tom oder darüber, dass Marco jetzt verheiratet ist. Sie tun einfach so, als hätten die letzten Monate nicht stattgefunden. Ihre Lippen finden sich zu einem hungrigen Kuss, sie zerrt sein Hemd nach oben, er umfasst ihren Hintern, der in hautengen Leggins steckt. Zielstrebig ziehen ihre Finger den Reißverschluss seiner Jeans nach unten, während er mit beiden Händen in ihre Leggins greift. Während sie sich gegenseitig aus den Kleidern schälen, ohne dabei die Lippen voneinander zu lösen, bewegen sie sich Richtung Schlafzimmer, wo sie auf das Bett sinken, in dem sie jetzt mit Tom schläft. Die letzten Kleidungsstücke segeln zu Boden, seine Hände gleiten über ihren Bauch nach unten. Sie ist so erregt, dass er sich über sie rollt und wortlos in sie eindringt. Ein paar heftige Stöße, dann kommt er bereits.

»Hey. Das war's schon? Das hatte ich aber ganz anders in Erinnerung«, beschwert sie sich kichernd.

»Was erwartest du nach so langer Zeit? Ich stand mächtig unter Druck. Gib mir zehn Minuten …«

Ihr Kopf dreht sich in Richtung Wecker. »Tut mir leid. In einer halben Stunde hab ich einen Termin bei meiner Kosmetikerin.« Mit einer geschmeidigen Bewegung verlässt sie das Bett. »Vorher muss ich noch unter die Dusche. Wär nett, wenn du dich ein bisschen beeilst.«

Allein am Klang ihrer Stimme erkennt er, dass da nichts mehr zu machen ist. Wortlos zieht er sich an.

Janine wirkt zufrieden, aber nicht so, als wäre ihre Liebe neu entflammt. Er will gar nicht darüber nachdenken, was jetzt in ihrem Kopf vorgeht. Nichts wie raus hier.

Sie verabschiedet ihn mit den Worten: »Grüß deine Frau von mir.«

Okay, er hat verstanden. Janine wollte demonstrieren, dass sie immer noch seine Nummer eins ist, er aber nicht mehr ihre. Ein mieses Gefühl. Schmutzig fühlt er sich, benutzt und anschließend weggeworfen, dabei sind es gewöhnlich doch die Frauen, die sich nach so einer schnellen Nummer schlecht fühlen.

Als er auf der Straße steht, trifft sein Blick den der Bedienung aus dem Café, die vor der Tür steht und eine Zigarette raucht.

42 BEATE ELBREDER

Mitten in Lilienthal wurde eine Frau auf offener Straße erschossen. Der Täter ist flüchtig. Und die Adresse kommt Beate bekannt vor. Sie braucht gar nicht in ihren Unterlagen nachzuschauen. Der Kollege aus Düren hat gesagt, dass dort eine junge Frau lebt, die seiner Ansicht nach in großer Gefahr schwebt. Sie hielt seine Angst für übertrieben. Verdammt noch mal, was ist mit ihrem berühmten kriminalistischen Instinkt passiert? Ist sie zu alt geworden für ihren Job?

Der Name der Frau ist bereits bekannt, Amy Maiwald, eine Nachbarin hat sie identifiziert, eine alte Frau, die unter Schock steht. Der Notarzt musste sie vorsorglich ins Krankenhaus einweisen. Gesehen hat sie nichts, nur drei Schüsse gehört, quietschende Reifen, und als sie sich getraut hat, aus dem Fenster zu schauen, lag dort ihre Nachbarin.

Niemand hat etwas beobachtet. Als hätte sich die ganze Welt gegen Beate verschworen. Wie steht sie denn jetzt da? Erst hat sie Frau Morisse nicht ernst genommen, dann diesen Kollegen aus der Eifel. Herrgott noch mal, vor lauter Aufregung hat sie sogar seinen Namen vergessen. Irgendwas mit B., Benedikt, richtig, aber das ist ja nur sein Vorname.

Vor Ort gibt es nicht viel zu sehen, eine große Blutlache und jede Menge Schaulustige. Die Kollegen haben alle Hände voll zu tun, sie vom Tatort fernzuhalten. In Gedanken zieht Beate eine Maschinenpistole und mäht die Horde der Gaffer nieder. In der Realität blafft sie eine junge Mutter an, ob sie wirklich der Meinung ist, dass der Tatort eines Gewaltverbrechens die richtige Umgebung für ein Kleinkind ist. Immerhin wird die Frau rot, dennoch rührt sie sich nicht von der Stelle.

Die einzige halbwegs gute Nachricht lautet, dass das Opfer nicht tot ist, noch nicht, wie der Notarzt vor der Abfahrt gesagt hat. Aktuell befindet sich Frau Maiwald auf dem Weg ins Klinikum Bremen-Mitte. Mit dem Rettungshubschrauber.

Laut einer jungen Beamtin hat der Notarzt den Daumen nach unten gesenkt. »Sieht wohl schlecht aus. Sie wurde im Gesicht und im Bauch getroffen, eine Kugel ging auch daneben. Wir haben die Projektile schon eingesammelt. Der Täter hat aus einem Auto geschossen.«

»Hoffentlich hat sich jemand das Kennzeichen gemerkt«, seufzt Beate.

»Wir müssen den Ehemann informieren, Marco Maiwald. Ich nehme an, dass Sie geprüft haben, ob er zu Hause ist.«

»Na ja, er wäre doch längst runtergekommen, oder?«, versucht die junge Kollegin, sich aus der Affäre zu ziehen. Sie lacht sogar albern. Offenbar hat sie noch nie was von der Eisernen Lady gehört.

»Also nicht«, faucht Beate. »Holen Sie das nach, aber sofort.«

Marco Maiwald ist nicht zu Hause. Sie lässt sich seine Telefonnummer geben, erkundigt sich nach seinem Aufenthaltsort und kündigt ihren Besuch an, ohne das näher zu begründen. Dass seine Frau in Lebensgefahr schwebt, wird sie ihm von Angesicht zu Angesicht mitteilen.

Bevor sie in ihren Dienstwagen steigen kann, springt David Steinbeck aus einem der Nachbareingänge und winkt aufgeregt, während er mit großen Sprüngen auf sie zurennt.

»Man hat einen weißen Kleinwagen gesehen«, keucht er. »Kennzeichen MA, den Rest hat die Frau sich nicht gemerkt. Vielleicht eine Drei am Ende, sicher ist sie aber nicht.«

Normalerweise würde Beate sich jetzt über die unvollständige Zeugenaussage auslassen, aber heute fehlt ihr dafür die Energie. »MA«, sagt sie tonlos. »Mannheim. Verdammt, das war der Mann, der sich bei Frau Morisse eingemietet hat. Möglicherweise haben wir es mit einem Doppelmörder zu tun, und sollte es sich dabei wirklich um diesen Bozanski handeln, sogar einen Mehrfachmörder.«

»Zweifeln Sie etwa daran?«, fragt David Steinbeck erstaunt.

»Wir werden sehen.« Sie wird den Teufel tun und seine Frage beantworten. Zweimal hat sie danebengelegen, dieses Mal wird sie den Mund halten, bis es echte Beweise gibt, gerichtsverwertbare Beweise.

43 MARCO

Die Kommissarin führt sich auf wie ein Feldwebel. Emotionslos setzt sie ihn davon in Kenntnis, dass Amy auf offener Straße angeschossen wurde.

»Sie schwebt in Lebensgefahr.«

Amy ist schwer verletzt. Sie wird sterben. Amy. Wird. Sterben. Marco kann nichts anderes mehr denken. Dass die Polizistin unentwegt auf ihn einredet, ist ihm egal, er gibt keine Antwort, weil er längst nicht mehr zuhört. Ständig sieht er vor sich, wie Amy, getroffen von zwei Schüssen, zusammenbricht. Direkt vor ihrer Haustür. Und er war nicht da. Schlimmer noch, er hat vermutlich zur selben Zeit Janine gevögelt.

»Ich weiß genau, wer das war«, bricht es aus ihm heraus.

Sofort hat er die ganze Aufmerksamkeit der Polizistin. »Wie kommen Sie darauf, den Täter zu kennen?« Es klingt erstaunt.

»Er hat vor unserer Wohnung rumgelungert. Amy hat behauptet, ihn nicht zu kennen. Blödsinn! Sie war halb wahnsinnig vor Angst, nachdem er sie besucht hat. Blumen hat er ihr am nächsten Tag geschickt, weiße Rosen. Da ist sie vor Schreck in Ohnmacht gefallen.« Er greift sich an die Stirn. »Sein Name fängt mit B an, das stand jedenfalls auf der Karte. Für die schönste aller Rosen oder so ähnlich. B.«

»Die schönste aller Rosen«, wiederholt die Polizistin nachdenklich. »Und jetzt hat er dafür gesorgt, dass ihre Schönheit zerstört ist.« Sie holt tief Luft, als müsste sie Anlauf nehmen für ihre nächsten Worte, und er ahnt, dass gleich etwas Schreckliches kommt. »Machen Sie sich auf einen furchtbaren Anblick gefasst, Herr Maiwald. Eine Kugel hat Ihre Frau im Gesicht getroffen. Sie können sich vorstellen …«

Ja, er kann sich vorstellen, welche Verwüstung eine Kugel in einem menschlichen Gesicht anstellen kann, nicht in irgendeinem Gesicht, verbessert er sich in Gedanken, in Amys Gesicht. Vielleicht wird sie nie mehr lächeln, nie mehr strahlen, ihn nie mehr mit Blicken anhimmeln, seinen Namen flüstern. Vielleicht wird sie sogar sterben. *Es sieht nicht gut aus. Die Ärzte tun, was sie können, aber es ist sehr ernst.*

Marina hat immer gesagt, dass Jungs nicht weinen dürfen, aber jetzt kann er nicht anders, er heult Rotz und Wasser, und es ist ihm scheißegal, was die Kommissarin von weinenden Männern hält.

Wenn Amy stirbt, ist das ganz allein seine Schuld. Wie konnte er sie nur alleinlassen, obwohl er wusste, dass etwas nicht stimmt. Wie ist er überhaupt darauf gekommen, dass sie ihn betrogen hat mit einem Mann, der ihr Vater sein könnte und vor dem sie sich so offensichtlich fürchtet. Warum hat er nicht nachgedacht, bevor er seine Sachen gepackt hat? Die Antwort liegt auf der Hand. Er hat nach einem Anlass gesucht zu gehen, ohne sich dabei mies fühlen zu müssen.

»Ihre Frau liegt im Klinikum Bremen-Mitte. In Ihrem Zustand dürfen Sie auf gar keinen Fall fahren. Ich bringe Sie hin.«

Während der Fahrt sagt Marco kein Wort. Er sitzt wie versteinert auf dem Beifahrersitz, die Hände zu Fäusten geballt und die Augen geschlossen. Er versucht, sich vorzustellen, was ihn erwartet. Eine Frau ohne Gesicht. Seine Frau. Vielleicht ist ihr Hirn dauerhaft geschädigt. Nein, so etwas will er nicht denken. Amy muss wieder gesund werden. Aber es sieht schlecht aus, hat die Kommissarin gesagt.

Am Geräusch der Reifen erkennt er, dass der Wagen über einen gepflasterten Parkplatz rollt. Dann spürt er eine Hand auf seinem Oberarm.

»Wir sind da. Brauchen Sie noch einen Moment für sich?«

»Wozu? Ich will meine Frau sehen, so schnell wie möglich.« *Bevor sie stirbt.*

Es kommt ihm vor, als würde er durch eine Filmkulisse laufen, Menschen, die alle den gleichen Gesichtsausdruck haben, lange Gänge, eine Fahrt mit einem Hightech-Aufzug und wieder ein Gang, Schritte, die von den Wänden widerhallen, eine Hand auf seinem Rücken, die ihn unerwartet sanft leitet. Sie stoppen vor der Tür mit der Aufschrift *Intensivstation. Bitte klingeln.* Die Polizistin drückt auf den Knopf, eine grün vermummte Schwester erscheint, sie zieht ihren Mundschutz herunter, damit man ihr freundliches Lächeln sehen kann. Sie müssen sich die Hände desinfizieren. Der strenge Alkoholgeruch sticht in seiner Nase. Auf dem Weg in die Wartezone kommt es ihm vor, als würde er sich einen Weg durch knietiefe Watte bahnen.

Die Schwester, die ihnen gefolgt ist, erklärt, dass Amy sich noch im OP befindet. Sie sollen sich hinsetzen und warten. Aber Marco kann jetzt nicht still sitzen. Er tigert den Gang rauf und runter, schaut durch Glasscheiben auf Patienten, die reglos in ihren Betten liegen, abgedeckt mit hellblauen Decken, überall Schläuche und Elektroden, und er fragt sich flüchtig, wie jemand durch dieses Wirrwarr durchsteigen kann. Nur leises Piepen und neonfarbige Zickzacklinien auf Monitoren beweisen, dass die Menschen unter den blauen Laken noch leben.

Die Polizistin ist jetzt auch aufgestanden. »Herr Maiwald, es wäre sehr wichtig, dass Sie den Mann beschreiben. So schnell wie möglich. Ein Phantombild wäre gut.«

Ungläubig reißt er die Augen auf. »Denken Sie wirklich, dass ich mich jetzt auf so einen Scheiß konzentrieren kann? Meine Frau stirbt vielleicht, mehr passt gerade nicht da oben rein.« Mit den Fingerknöcheln hämmert er gegen seine Schläfen. »Der Speicher ist voll, egal, wie Sie das finden.« Dann reißt er sich zusammen und sagt gepresst: »Vielen Dank, dass Sie mich hergefahren haben, das war sehr nett. Aber jetzt wäre ich lieber allein.«

»Wie Sie meinen. Ich wünsche Ihnen und Ihrer Frau alles Gute. Dennoch werde ich mich zeitnah wegen der Erstellung eines Phantombildes bei Ihnen melden. Es liegt ja in Ihrem Interesse, dass wir den Täter fassen.« Dann ist sie weg.

Marco schaut nicht auf die Uhr, er redet mit niemandem, er marschiert nur auf und ab. Den Kaffee, den ein Pfleger ihm anbietet, lehnt er ab, genau wie den Vorschlag, runter in die Cafeteria zu gehen.

Und dann, als er das Gefühl hat, gegen die Wände treten oder sich schreiend auf dem Boden wälzen zu müssen, öffnet sich die Stationstür, und ein gestresst wirkender Arzt zieht sich eine OP-Haube von seinem dünnen Haar, bevor er im Dienstzimmer verschwindet, das er eine Minute später wieder verlässt, um direkt auf Marco zuzusteuern.

»Sie sind Herr Maiwald?«

»Ja. Wie geht es meiner Frau?«

»Nun, viel kann ich noch nicht sagen, die Kugel, die in den Kopf eingedrungen ist, hat zum Glück eine günstige Bahn gewählt, sie ist etwa mittig in die linke Wange eingetreten und hat dort die angrenzenden Gesichtsknochen, einschließlich der Zähne, zertrümmert. Das Hirn ist aber unbeschadet. Das ist ein großes Glück. Es werden einige plastische Operationen notwendig sein, um das Gesicht wiederherzustellen. Wahrscheinlich wird sie nicht mehr so aussehen wie vorher, aber da kann man heutzutage schon einiges machen. Die Kugel im Bauchraum hat da bedeutend mehr angerichtet. Wir mussten die Milz und ein Teilstück vom Darm entfernen und einen künstlichen Ausgang schaffen. Ob er später zurückverlegt werden kann, lässt sich noch nicht beurteilen. Ihre Frau hat viel Blut verloren, aber zurzeit ist sie stabil. Mehr kann ich nicht sagen. Da kommt sie gerade.«

Amys untere Gesichtshälfte ist hinter Verbänden verschwunden, und der Teil des Gesichts, der oben aus dem Verband herausschaut, ist stark angeschwollen und dunkel verfärbt. Ihr wunderschönes Haar ist durchzogen von rostrot verklebten Strähnen, getrocknetes Blut. In ihrem Hals steckt ein Schlauch, durch den eine Maschine fauchend Atemluft pumpt. Sein Blick fällt auf ihre rechte Hand, den Ehering hat man abgenommen.

Er beißt sich auf die Lippen, um nicht aufzuschluchzen, und folgt der Schwester in das Zimmer. Während sie mit dem Arzt in die Krankenakte schaut, beugt er sich über seine Frau und flüstert ihren Namen.

»Amy, ich bin hier. Kannst du das spüren? Ich bleib hier, keine Angst.«

Er streichelt ihre Finger, die eiskalt sind und nicht reagieren, und lässt seine Hand ihren Arm hochwandern bis zu ihrem Hals und von dort runter zu ihrem Schlüsselbein. Dann stutzt er und zieht die Decke ein paar Zentimeter nach unten.

Eigentlich müssten jetzt Geigen erklingen, wie in einem Film, oder Glocken läuten.

»Das ist nicht meine Frau. Hören Sie? Das ist nicht meine Frau«, wiederholt er, falls irgendwer es nicht mitbekommen hat. Sein Finger zeigt auf einen Blutschwamm unter dem rechten Schlüsselbein, der entfernt an ein Herz erinnert, ein Herz mit abgerundeten Ecken, ungefähr so groß wie seine Hand. »So was hat Amy nicht.« Zum zweiten Mal an diesem Tag kommen ihm die Tränen, diesmal vor Erleichterung.

Amy wurde gar nicht angeschossen, dort liegt eine Fremde. Die deutsche Polizei scheint nur aus Idioten und Dilettanten zu bestehen.

»Sind Sie ganz sicher?« Der Arzt blinzelt irritiert.

»Natürlich. Ich weiß doch, ob meine Frau so ein rotes Mal auf dem Körper hat oder nicht. Das hier ist nicht meine Frau.«

44 BEATE ELBREDER

Beate will gerade zum Hörer greifen und in der Klinik anrufen, um sich nach Amys Gesundheitszustand zu erkundigen, als die Tür zu ihrem Büro auffliegt und ein aufgebrachter Marco Maiwald hereinstampft, gefolgt von einer Kollegin, deren Gestik deutlich macht, dass sie ihn nicht aufhalten konnte, obwohl sie es versucht hat.

»Die Frau in der Klinik ist nicht Amy!«, brüllt er ihr entgegen, und sie weiß nicht, ob er wütend ist oder unglaublich erleichtert.

»Was?«

»Ich sagte, die Frau, die vor unserer Wohnung niedergeschossen wurde, ist nicht Amy. Und, ja, ich bin tausendprozentig sicher. Die Frau in der Klinik hat einen herzförmigen Blutschwamm auf dem Oberkörper, etwa so groß wie meine Hand.«

Es kommt selten vor, dass es Beate die Sprache verschlägt, aber jetzt ist so ein Moment. Am liebsten würde sie den aufgebrachten Ehemann rausschmeißen, um in Ruhe nachzudenken, aber das geht natürlich nicht.

»Gut. Die Frau in der Klinik heißt also nicht Amy Maiwald. Für Sie ist das natürlich wunderbar. Aber wer ist die Verletzte? Kommt sie Ihnen irgendwie bekannt vor, haben Sie sie schon mal gesehen?«

»Abgesehen davon, dass ihre Haare genauso blond sind wie die meiner Frau, ist sie mir völlig fremd. Ob darüber hinaus Ähnlichkeiten bestehen, kann ich nicht sagen. Ihr Gesicht ist ja durch die Verletzung völlig entstellt. Ich weiß aber, dass Amy keine Schwester hat. Sie hat überhaupt keine Verwandten. Ihre Eltern sind bei einem Flugzeugabsturz ums Leben gekommen, in Südafrika. Dort ist Amy auch geboren.«

Er ist total überzeugt, die Wahrheit zu sagen, und Beate weiß noch nicht, ob es klug ist, ihn zu berichtigen, zu erzählen, dass die Lebensgeschichte seiner Frau nur eine Legende ist, erdacht im Bundeskriminalamt, im Rahmen des Zeugenschutzprogramms. Vielleicht wartet sie noch ein wenig damit, bis sie ihn besser einschätzen kann.

Jetzt präsentiert er sich als liebender Ehemann, aber der Polizist aus Düren hat von häuslicher Gewalt gesprochen und davon, dass der Soldat nicht mehr bei seiner Frau wohnt.

»Wie lange sind Sie verheiratet?«

»Knapp sieben Monate. Sechs davon war ich in Afghanistan stationiert. Ich bin gerade erst zurückgekommen.«

»Und wie funktioniert das mit Ihnen und Ihrer Frau? Wir haben Sie ja nicht zu Hause angetroffen, sondern bei Ihrer Schwester. Es heißt, Sie wären gestern nach einer Auseinandersetzung ausgezogen.«

»Wer sagt das?«, fährt er auf, beruhigt sich aber gleich wieder. »Ja, es stimmt, warum soll ich nicht die Wahrheit erzählen? Wir hatten Streit, ich war eifersüchtig, weil jemand ihr Blumen geschickt hat, Rosen auch noch, mit einem ziemlich eindeutigen Spruch. Und im Treppenhaus saß ein fremder Mann, den sie nicht kennen wollte. Ich hab ihr nicht geglaubt, weil sie völlig neben sich stand.« Er hebt den Kopf und wirft Beate einen trotzigen Blick zu. »Sie müssen wissen, dass unser Foto vor ein paar Tagen in der BILD war, sogar auf der Titelseite. Amy ist richtig ausgerastet, und ich hab nicht kapiert, warum. Ich denke, sie hatte Angst, dass dieser Mann sie findet. Aber warum?« Jetzt schaut er sie an wie ein kleiner Junge, der die große Welt nicht versteht.

Gegen solche Blicke ist Beate immun, sie hasst Leute, die die Polizei auf ihre Seite bringen wollen, indem sie sich hilflos präsentieren. Vor allem bei Männern kann sie das nicht ausstehen.

»Sie hatten also Streit. Kam es dabei zu Tätlichkeiten?«, fragt sie ungerührt.

»Natürlich nicht!«, empört er sich.

»Mir liegt eine Information vor, dass Sie Ihre Frau geschlagen haben, ins Gesicht.« *Ziemlich unprofessionell, Kleiner*, denkt sie und lässt ihn nicht aus den Augen. *Ein guter Schläger hinterlässt nur dort Spuren, wo keiner sie sieht.*

Wie erwartet, bringt ihre Einlassung ihn ins Schlingern. Während er überlegt, was er jetzt sagen soll, zieht er die

Unterlippe zwischen die Zähne und lässt sie wieder nach vorn rutschen. »Nein, so war das nicht«, sagt er dann entschlossen. »Ich schlafe schlecht und sehr unruhig. Albträume. Das passiert vielen, die in Kriegsgebieten stationiert waren. Manchmal schlage ich im Schlaf um mich. Dabei habe ich Amy getroffen, mit dem Ellenbogen im Gesicht. Es war schrecklich, und ich habe mich tausendmal entschuldigt. Seither schlafe ich auf der Couch, auch wenn Amy das nicht gefällt.«

Betont langsam öffnet Beate die Dose mit den Salmiakpastillen und bedient sich. Eine Weile lässt sie Marco Maiwald zappeln, dann sagt sie: »Leider ist Ihre Frau nicht anwesend. Wer weiß, ob sie dasselbe aussagen würde. Überhaupt wüsste ich gern, wo Ihre Frau sich aufhält. In der Wohnung scheint sie nicht zu sein, und in der Kita wurde uns mitgeteilt, dass sie Urlaub hat.«

»Stimmt.« Mit der rechten Hand streicht er über seine kurzen Haarstoppeln. »Amy hat frei. Ist sie wirklich nicht zu Hause?«

»Das sagte ich doch gerade. Glauben Sie, mir ist nach Witzen zumute? Aber vielleicht können Sie als ihr Ehemann mir ja verraten, wo sie sich aufhalten könnte.«

Angeblich hat er keine Ahnung. Seine Frau hat keine Freunde, jedenfalls keine, von denen er weiß.

»Gut. Kommen wir zurück zu dem Mann auf der Treppe. Ich möchte mit Ihrer Hilfe ein Phantombild erstellen lassen.«

»Natürlich.« Er wirkt plötzlich so enthusiastisch, dass Beate misstrauisch wird. Am Ende stimmt die Geschichte gar nicht, und er lässt gleich ein Bild von einem Mann zeichnen, der nicht existiert.

Als sie eine Stunde später das Phantombild in den Händen hält, schnappt sie nach Luft. Verdammt, das ist doch dieser Kriminalrat aus Düren. Benedikt Kramer.

»Was stand noch mal auf der Begleitkarte?«, fragt sie Marco Maiwald.

»Für die schönste aller Rosen. B.«

B wie Benedikt. Damit hat sie ja nun im ganzen Leben nicht gerechnet. Kann es etwa sein, dass der Kollege aus Nordrhein-Westfalen die berufliche Distanz zu der jungen Dame verloren hat? Ist er deshalb so aufgeregt? Geht es ihm gar nicht um diesen Bozanski, sondern um die junge Frau? Durch das Zeitungsfoto ist er auf sie aufmerksam geworden und sofort angereist. Sie bittet Marco Maiwald, sich unbedingt zu melden, falls er von seiner Frau hört, und ruft nach David Steinbeck, damit er den Soldaten rausbringt.

»Anschließend kommen Sie wieder in mein Büro. Und bevor Sie auf die Idee kommen, unterwegs einen Kaffee zu trinken – es ist eilig!«

David braucht genau vier Minuten.

»Zwei Dinge. Einer von euch grast alle Blumenläden ab. Jemand hat Amy Maiwald weiße Rosen geschickt. Ich brauche den Namen und die Beschreibung des Mannes. Und dann möchte ich, dass Sie diesen Bullen aus Düren herbringen, und zwar sofort, wenn ich bitten darf.«

David Steinbeck ist ihren Kasernenhofton gewöhnt, er nickt und macht sich auf den Weg, bevor sie ihn anraunzen kann, worauf er wartet.

Aus dem kann mal was werden, davon ist sie überzeugt.

45 RÜCKBLICK, EIFEL, 2006

Mittlerweile hatte man die junge Frau von der Intensivstation in ein Einzelzimmer auf der Inneren verlegt, das streng bewacht wurde. Körperlich war sie wieder gesund, ihre psychischen Wunden würden vielleicht nie heilen, und die Klinik drängte auf Entlassung.

Sie schwieg beharrlich über alles, was vor ihrem Krankenhausaufenthalt passiert war, nicht mal ihren Namen wollte sie preisgeben. Der Tod der Frauen vom Hof *Weiße Sonne* ging ihr nahe, sie weinte jedes Mal, wenn er darüber sprach, aber sie war nicht bereit, die Toten anhand der Fotos zu identifizieren.

Er hatte an ihr Ehrgefühl appelliert. »Es wäre doch schön, wenn wir ihre Namen auf die Grabsteine schreiben könnten.« Doch es hatte nichts genutzt, sie verweigerte sich. Die Fragen nach ihrer verschwundenen Schwester blieben ebenfalls unbeantwortet. Manchmal zuckte sie mit den Achseln, als gäbe es nichts zu sagen, dann wieder presste sie nur die Lippen aufeinander. An anderen Tagen schluchzte sie die ganze Zeit vor sich hin.

Es fanden keine offiziellen Vernehmungen mehr statt, weil sie nicht bereit war, zu reden, und niemand es wagte, sie unter Druck zu setzen. Jeder hatte Angst, dass sie sich ebenfalls in den Freitod flüchten könnte.

Vor einiger Zeit hatte ein Bankangestellter aus Düsseldorf angerufen. Er war über den Namen Bozanski gestolpert. Obwohl sein Chef nicht einverstanden war und auf das Bankgeheimnis pochte, gab der junge Mann sein Wissen an die Polizei weiter, und nach einem langen Behördenkrieg hatte der Staatsanwalt schließlich dafür gesorgt, dass sie Einsicht in das Konto nehmen durften, auf das Bozanski seit sechs Jahren regelmäßig große Summen einzahlte. Mehr als eine Million insgesamt, immer in bar, meist 150000 Euro auf einmal, einmal waren es auch 160000 und einmal sogar 180000. Das Geld für die Kinder. Der Preis hing offenbar von der Zahlungsfähigkeit der späteren Eltern ab. Wenn sie die Einzahlungen zusammenzählten, hatte er sieben Babys verkauft, das letzte laut Einzahlungsdatum fünf Monate vor der Katastrophe. Seit seinem Verschwinden hatte er nichts abgehoben, vermutlich, um keine Spuren zu hinterlassen. Inzwischen war das Konto beschlagnahmt.

Sie gingen davon aus, dass der Heiler trotzdem nicht mittellos war. Das Ehepaar aus Bonn dürfte beim Abholen des kleinen Jungen in bar bezahlt haben, 150000 Euro für Baby Nummer acht.

Benedikt hatte sich angewöhnt, jeden Tag die namenlose junge Frau zu besuchen, in der Regel nach Feierabend. Dann saßen sie in ihrem Zimmer oder, wenn das Wetter es zuließ, draußen auf einer Bank und schwiegen einträchtig. Es war nicht unangenehm, für keinen von beiden, doch es brachte ihn nicht weiter. Und doch glaubte er fest daran, dass sie irgendwann reden würde, wenn sie endlich Vertrauen zu ihm gefasst hatte. Erzwingen ließ sich das nicht, er musste sich in Geduld fassen.

Die Schwestern mochten sie, weil sie zurückhaltend und höflich war und wohl auch, weil eine Aura von stiller Trauer sie umgab. Demnächst sollte eine Spezialistin für Missbrauchsopfer eingeschaltet werden, aber die Frau war sehr beschäftigt und würde erst in zwei Wochen mit ihrer Arbeit beginnen können.

An diesem Abend hatte Benedikt ein Stück Käsesahnetorte vom Bäcker dabei. Sie mochte Süßes, wenigstens das hatte er herausgefunden, und es war ihm ein Vergnügen, sie mit Kuchen und Süßigkeiten zu verwöhnen. Ehe er ihr Zimmer betreten konnte, fing die Stationsschwester ihn ab.

»Schauen Sie mal, was heute gekommen ist, mit der normalen Post.«

Sie hielt ihm eine Postkarte entgegen, auf der Vorderseite blühte eine leuchtend rote Amaryllis. Sie war an Frau Bozanski adressiert, Station und Zimmernummer stimmten.

Wer die Gemeinschaft verrät, muss sterben. Bozanski.

Bozanski wusste genau, wo die junge Frau sich befand, und er wusste scheinbar auch, dass zurzeit keine Möglichkeit bestand, unbemerkt ihr Zimmer zu betreten. Die erste Frage, die Benedikt sich stellte, war, ob sie tatsächlich Bozanskis Frau war, wenn auch ohne staatlichen Segen. Diese Möglichkeit bestand, das durfte er nicht außer Acht lassen. Was, wenn ihr eisernes Schweigen dazu diente, ihren Mann zu schützen? Die zweite Frage lautete, ob die Karte überhaupt für das Mädchen bestimmt war oder ob Bozanski die Polizei nur wissen lassen wollte, dass er nicht aufgeben würde, bis sie tot war. Mit dieser Version konnte er sehr viel besser leben.

»Ich hoffe, die Kleine hat den Wisch nicht zu Gesicht bekommen.«

»Natürlich nicht, was denken Sie denn von uns?«

»Danke.« Er bat um einen Umschlag, in dem er die Karte verschwinden ließ, bevor er sie einsteckte. Vermutlich war sie bereits durch so viele Hände gewandert, dass sie keine verwertbaren Spuren finden würden, und die Marke war selbstklebend, das hatte er sofort gesehen.

Eine halbe Stunde später saß er an ihrem Bett und schaute zu, wie sie sich den Kuchen schmecken ließ. Dann verabschiedete er sich mit dem Versprechen, morgen wiederzukommen, mit Schokoladentorte, und fuhr direkt zurück ins Präsidium. Als Erstes brachte er die Postkarte in die Kriminaltechnik, dann informierte er seinen Vorgesetzten.

War Bozanski aus Kroatien zurückgekehrt, oder war er nie in seine alte Heimat gereist? Sie wussten es nicht, scheinbar wussten sie überhaupt nichts über diesen Mann, der Katz und Maus mit ihnen spielte, und wenn sie ehrlich waren, wussten sie genauso wenig über das Mädchen im Krankenhaus. Sie konnte durchaus seine Komplizin sein, die ihn bei dem Mord an den anderen Frauen unterstützt hatte. Vielleicht gab es einen gemeinsamen Fluchtplan, der nicht aufgegangen war, und jetzt wartete sie sehnsüchtig darauf, dass er sie befreite.

Als Benedikt am nächsten Tag zum Dienst erschien, rief sein Chef ihn in sein Büro. »Das BKA hat sich eingeschaltet. Sie haben die Kleine vor einer Stunde abgeholt. Sie kriegt eine neue Identität. Keiner von uns erfährt, wo sie künftig lebt und wie der neue Name lautet. Das alles dient nur ihrer Sicherheit. Ist doch merkwürdig, dass ihr Aufenthaltsort bis zu diesem Bozanski durchgesickert ist.«

»Verflucht merkwürdig«, knurrte Benedikt, der sich alle möglichen Szenarien vorstellen konnte. Jemand aus dem Präsidium, der selbst den Heiler aufsuchte, oder jemand, der wusste, dass er jeden Abend in das Klinikum Eschweiler fuhr, weil er ihn heimlich beschattete. Bozanski selbst, ihre vermisste Schwester oder ein neugieriger Journalist. Daran, dass Roman Bozanski tatsächlich hellsehen konnte und so ihren Aufenthaltsort gefunden hatte, wollte er aus Prinzip nicht glauben.

Egal, die junge Frau befand sich von nun an unter den Fittichen des Bundeskriminalamtes, und er konnte nur hoffen, dass die Bundesbehörde nicht versagte.

46 BENEDIKT KRAMER

Benedikt hat gerade beschlossen, einen Abstecher in das berühmte Künstlerdorf Worpswede zu machen, das von Lilienthal aus praktisch um die Ecke liegt, als sein Handy klingelt und er gebeten wird, sich bei der Kripo Osterholz einzufinden.

Ein Grund wurde nicht genannt, und während der Fahrt grübelt er, was diese Frau Elbreder wohl von ihm wollen könnte. Darauf, dass man Bozanski gefasst hat, wagt er gar nicht erst zu hoffen.

Hauptkommissarin Beate Elbreder trägt heute eine Jeans, oder besser eine weite Hose aus jeansähnlichem Stoff, die sie dicker aussehen lässt, als sie ist, und darüber einen quer gestreiften Pullover. Ständig schiebt sie die Ärmelbündchen hoch, die so ausgeleiert sind, dass sie sofort wieder nach unten rutschen.

Am liebsten würde er sagen: *Lassen Sie Ihren Pullover in Ruhe, Sie machen mich ganz nervös*. Aber Benedikt ist hier nicht der stellvertretende Präsidiumsleiter, sondern irgendwer, im Grunde nur ein Zeuge, der sich ungefragt in die Arbeit der örtlichen Polizei eingemischt hat. Ein lästiger Störenfried, den er selbst an ihrer Stelle gar nicht bis zu seinem Schreibtisch vorlassen würde. Zum ersten Mal kommt ihm die Idee, dass er nett sein sollte zu dieser seltsamen Frau, die ihn jetzt schweigend fixiert.

»Hier bin ich«, eröffnet er das Gespräch. »Ihr Wunsch war mir Befehl.«

Auf solche Floskeln scheint sie nicht zu stehen, sie verzieht keine Miene. »Gut. Vielleicht können Sie mir ja als Erstes erklären, warum Sie Amy Maiwald gestern Rosen geschickt haben, fünfundzwanzig weiße Rosen und eine

Karte, auf der steht: ›Für die schönste aller Rosen. B.‹ Benedikt, oder?«

»Moment mal. Ich habe Amy keine Rosen geschickt. Wie käme ich dazu?«

»Das sollten Sie mir vielleicht erklären, Herr Kramer. Im Bericht des BKA, der die junge Dame vor zwölf Jahren im Rahmen des Zeugenschutzprogramms mit einer neuen Vita versehen hat, wird angedeutet, dass Sie als Ermittler gewisse Grenzen überschritten haben könnten.«

Scheiße. Das musste ja so kommen. Gequält schließt Benedikt die Augen. Er sieht sich wieder in Möllerings Büro sitzen. *Hör mal, Benedikt, da grassieren Gerüchte im Präsidium. Über dich und die Kleine aus dem Wald. Vonseiten der Schwestern heißt es hinter vorgehaltener Hand, du würdest ihr den Hof machen. Bist du von allen guten Geistern verlassen? Wenn das die Runde macht, bist du erledigt und ich gleich mit, weil es heißen wird, dass ich dich decke. Darf ich dich daran erinnern, wer sich stark dafür gemacht hat, dass du die Leitung im Ersten kriegst? Ich! Wenn du das jetzt vergeigst, wegen deiner Schwäche für junge Frauen, steh ich da wie der letzte Trottel!*

Benedikts Beteuerungen, dass da nichts war, dass er das Mädchen nur aus einem einzigen Grund besuchte, um ihr Vertrauen zu gewinnen und sie irgendwann zum Reden zu bewegen, wurden mit einer ärgerlichen Handbewegung vom Tisch gefegt. Damals wie heute war ihm durchaus bewusst, dass er mehr für die Kleine empfand, als er sollte. Doch er hat sich nichts zuschulden kommen lassen und nie die Grenze des Erlaubten überschritten, egal, was die Elbreder zwischen den Zeilen lesen will. Er hat sich nichts vorzuwerfen.

Dies hier ist kein offizielles Verhör, nur eine Befragung, nichts wird protokolliert oder aufgezeichnet. Dennoch wird er auf der Hut sein und keine Angriffsfläche bieten, in die Frau Elbreder sich verbeißen kann. Betont entspannt lehnt er sich auf dem Stuhl zurück.

»Das, was Sie da andeuten, ist mir natürlich bekannt«, sagt er gedehnt und verzieht dabei unwillig das Gesicht, so als hätte sie ihm gerade einen toten Maulwurf unter die Nase gehalten. »Tatsächlich habe ich Amy Maiwald, damals hatte sie offiziell keinen Namen, beinahe täglich nach Dienstschluss besucht. Ich habe ihr Kuchen mitgebracht oder Schokolade, weil es das Einzige zu sein schien, mit dem man ihr eine Freude bereiten konnte. Bis zum Schluss, also bis der Brief von Bozanski eintraf und man auf höherer Ebene beschloss, sie in das Zeugenschutzprogramm aufzunehmen, habe ich noch gehofft, ihr Vertrauen gewinnen zu können. *Ewig kann sie doch nicht schweigen*, hab ich geglaubt. Offenbar ein Irrtum. Selbst heute, zwölf Jahre später, ist sie nicht bereit zu reden.«

Frau Elbreder schnaubt verächtlich, sie hat wohl gehofft, dass er sich vor ihr in den Staub wirft und gesteht. »Klingt nachvollziehbar, muss aber nicht stimmen. Weshalb Sie nach all der Zeit mit wehenden Fahnen herbeieilen, nur weil Sie das Bild dieser Frau in der Zeitung entdeckt haben, will sich mir nicht erschließen.«

»Das ist ganz einfach zu erklären. Ich gehe davon aus, dass Roman Bozanski das Foto ebenfalls gesehen hat und früher oder später hier auftauchen wird. Der Fall ist nicht abgeschlossen, und es wäre mir ein innerer Reichsparteitag, ihn vor meiner Pensionierung noch als erledigt abheften zu dürfen. Es geht ja nicht nur um die toten Frauen und die beiden Kollegen, die er auf seiner Flucht praktisch hingerichtet hat. Der Kollege, der damals mit mir vor Ort war und von Bozanski überwältigt wurde, bekam anschließend psychische Probleme. Er ist nie mehr so richtig der Alte geworden.«

»Deshalb observieren Sie also die Wohnung von Frau Maiwald. Sie warten auf diesen Bozanski. Okay, das leuchtet mir ein, auch wenn ich es ein bisschen albern finde. Aber warum schicken Sie ihr Rosen?«

»Ich hab ihr, verdammt noch mal, keine Rosen geschickt!«, brüllt er und schiebt eine kleinlaute Entschuldigung hinterher.

Sie lächelt kalt. »Laut dem Blumenladen *Vergissmeinnicht* in der Kirchstraße hat ein Benedikt Kramer gestern um acht Uhr morgens die Blumen geordert und bar bezahlt. Fünfundzwanzig weiße Rosen. Die passende Karte hatte er schon dabei.«

»Dass gestern ein großer Blumenstrauß geliefert wurde, stimmt. Ich habe es von meinem Wagen aus gesehen. Kurze Zeit später ist der Ehemann mit Sack und Pack zu seinem Wagen gestürmt. Vielleicht war er sauer, dass jemand seiner Frau Blumen schickt. Aber der Strauß war ganz bestimmt nicht von mir. Oder wollen Sie jetzt behaupten, dass die Leute in dem Blumenladen mich identifizieren können?«

An ihrem Blick erkennt er sofort, dass er die Schwachstelle gefunden hat. »Nicht?«, fragt er spöttisch. »Kein Wunder. Um acht Uhr habe ich im Hotel am Frühstücksbüfett gestanden. Dafür gibt es genug Zeugen.«

»Wird geprüft«, blafft sie, bevor sie nach der Dose mit den Salmiakpastillen greift.

»Unbedingt.« Er verschränkt die Arme vor der Brust. »Andererseits interessiert es mich natürlich brennend, weshalb es neuerdings strafbar ist, einer Frau Rosen zu schicken. Mit anderen Worten: Warum haben Sie mich herzitiert?«

Er sieht sofort, dass sie die Frage nicht beantworten

möchte. Da gibt es etwas, das sie lieber für sich behalten würde.

»Gegenfrage: Wo waren Sie heute Mittag gegen halb zwölf?«

»Nicht dort, wo Sie es offenbar vermuten, also vor Amy Maiwalds Haus. Da war ich zuletzt heute früh gegen neun. Ich habe gesehen, dass der Wagen von Marco Maiwald nicht an der Straße stand, genau wie gestern Abend um elf, als ich dort vorbeigefahren bin und oben Licht brannte. Mir war klar, dass Amy mir nicht die Tür öffnen wird, also bin ich nach Zeven gefahren, wo Marco Maiwald vor seiner Ehe mit einer Janine Mansholt zusammengelebt hat. Dort hab ich seinen BMW entdeckt. Ich habe eine Weile gewartet, dann kam er aus seiner ehemaligen Wohnung. Beweisen kann ich es nicht, aber ich sag mal, die beiden waren zusammen in der Kiste. Wüsste nicht, warum er sonst noch damit beschäftigt war, seinen Gürtel zu schließen.«

»Er hat was mit seiner Ex?«

»Sieht so aus. Von dort aus ist er einkaufen gefahren und dann zu seiner Schwester. An dieser Stelle habe ich beschlossen, mir ein Mittagessen zu gönnen. Hier ist der Kassenbeleg. Um 13:26 Uhr habe ich bezahlt. In Zeven. Der Laden taugt aber nicht viel, da sollten Sie besser nicht hingehen. Eigentlich wollte ich danach noch mal mein Glück bei Amy versuchen, aber dann hab ich beschlossen, eine Pause einzulegen und nach Worpswede zu fahren, um mal auf andere Gedanken zu kommen. Ja, und genau in diesem Augenblick hat Ihr Kollege mich angerufen.« Er grinst, weil er sehen kann, dass ihr die Felle davonschwimmen. »So, jetzt wissen Sie alles. Ich wiederhole meine Frage: Warum bin ich hier?«

Sie verzieht den Mund, stützt einen Ellenbogen auf ihren Schreibtisch und legt das Kinn auf ihre Hand. »Heute gegen zwölf Uhr wurde in Lilienthal eine junge Frau mit auffallend hellem Haar auf offener Straße angeschossen. Sie schwebt in Lebensgefahr. Der Täter ist flüchtig.«

Genauso gut hätte sie ein Messer in seinen Bauch rammen können. »Amy?«, fragt er atemlos und verflucht sich, weil er seinen Posten vor ihrer Haustür so leichtfertig aufgegeben hat.

»Das haben wir zunächst angenommen, weil eine Nachbarin sie identifiziert hat. Wir haben Marco Maiwald informiert, ich habe ihn bei seiner Schwester abgeholt und nach Bremen in die Klinik gefahren. Er war völlig fertig, und das war nicht gespielt. Und wenn das, was Sie da gerade sagen, stimmt, kann er nicht der Täter gewesen sein.«

»Und wie... wie geht es Amy?«

Sie lacht gehässig. »Keine Ahnung, Herr Kramer. Die verletzte Frau ist nämlich gar nicht Amy Maiwald, obwohl sie direkt vor ihrer Haustür niedergeschossen wurde. Jedenfalls sagt das ihr Ehemann, und der sollte es eigentlich wissen. Die Verletzte hat einen auffälligen Blutschwamm am Oberkörper, im Gegensatz zu seiner Frau.«

»Eine Frau, die Amy ähnlich sieht. Dieselbe Haarfarbe, sagen Sie. Vor Amys Tür. Ihre Schwester!«, ruft er aufgeregt. »Damals ist zusammen mit Amy höchstwahrscheinlich auch ihre Schwester verschwunden. Es gab DNA-Spuren von den beiden in einem der Schlafzimmer, aber die Schwester ist nie aufgetaucht. Ich hab mich damals gefragt, ob sie gemeinsam mit Bozanski geflüchtet ist. Wir haben keinen Beweis für diese Theorie gefunden, aber auch nichts, das dagegen sprach. Jetzt allerdings...« Nachdenklich massiert er sein Kinn. »Weshalb hätte Bozanski sie nach all den Jahren töten sollen, wenn sie damals gemeinsam mit ihm geflohen ist? Falls es sich bei der Frau überhaupt um Amys

Schwester handelt. Möglicherweise hat die angeschossene Frau einfach nur die falsche Haarfarbe und wurde deshalb das Opfer einer tragischen Verwechslung. Nehmen Sie eine DNA-Probe, und lassen Sie sie mit den Proben vergleichen, die wir damals gefunden haben. Weiß der Ehemann irgendwas?«

Ihre Hand beschreibt einen müden Halbkreis. »Der hat überhaupt keine Ahnung. Sie hat ihm nicht mal erzählt, dass ihr Name und ihre Vita nur eine Legende sind. Komische Ehe.«

»Was will man erwarten, wenn zwei Leute sich nur ein paar Wochen kennen und er anschließend für sechs Monate ins Ausland geht?«

Endlich ein Punkt, in dem sie derselben Meinung sind. »Was hat sie sich nur davon versprochen? Versteh ich nicht. Sie vielleicht?«

Nein, denkt er, *das verstehst du wirklich nicht*. Frau Elbreder hat mit Liebe und Romantik wahrscheinlich so viel zu tun wie ein Bär mit Tangotanzen. Also muss er ihr wohl ein wenig Nachhilfe erteilen.

»Normalität, nehme ich an. Glück, Liebe. Kein Mensch weiß, wie es auf dem Hof *Weiße Sonne* zuging, aber glücklich waren die Frauen bestimmt nicht.« Er könnte jetzt sagen, dass Amy ihm damals unendlich leidgetan hat und sich bis heute nichts daran geändert hat. Dass sie ihn immer noch an ein kleines Mädchen erinnert, das draußen vor der Tür steht, ausgesperrt vom Leben. »Wo ist Amy Maiwald jetzt?«

»Keine Ahnung. Es sind immer noch Leute vor dem Haus postiert. Bisher ist sie nicht aufgetaucht. Und wenn man klingelt, öffnet keiner.«

»Durchsuchungsbeschluss?«

»Ist beantragt.«

»Wir sollten nicht warten, sondern uns direkt auf den Weg machen und den Beschluss später nachreichen.«

»Wir?«, fragt sie spöttisch.

»Wir. Genau. Sie und ich und wen Sie sonst noch dabeihaben wollen. Ich möchte mir lieber nicht ausmalen, dass Amy sich in der Wohnung befinden könnte, schwer verletzt oder …«

»Nein. Das möchte ich auch nicht«, sagt sie unwirsch. »Zwei Opfer an einem Tag reichen mir.« Und dann erzählt sie von einer toten Frau und ihrem verschwundenen Mieter. »Dr. Roman Heimbach.«

Er kann nicht anders als herzhaft lachen, auch wenn es der Situation nicht angemessen scheint. »Roman Bozanski aus Heimbach. Dieser Mann hat Sinn für Humor. Bozanski fühlt sich dem Rest der Welt haushoch überlegen. Er spielt mit uns. Dr. Roman Heimbach, der Name ist eine Botschaft, genau wie die Blumen, die er auf meinen Namen bestellt hat. Oder zweifeln Sie noch daran, dass er es war?«

Sie zuckt mit den Achseln. »Dann weiß er, dass Sie vor Ort sind.«

»Ja, vermutlich. Ich hab ja oft genug in meinem Wagen mit Dürener Kennzeichen vor Amys Haus gestanden. Wir sollen wissen, dass Bozanski vor Ort ist und alles im Griff hat. Ich wette, die Kugeln sind mit der Dienstwaffe abgefeuert worden, die er damals meinem Kollegen entwendet hat. Natürlich hätte er sich längst eine andere Waffe besorgen können, aber das will er gar nicht. Er möchte demonstrieren, dass wir uns die Zähne an ihm ausbeißen werden. Der Mann ist ein krankes Arschloch. Aber wenn Sie ihm begegnen, würden Sie das nicht glauben. Roman Bozanski ist ein gut aussehender, charismatischer Mann. Bei Frauen hat er einen Stein im Brett.«

»Bei mir bestimmt nicht«, wirft Frau Elbreder ein, und Benedikt ist geneigt, ihr zu glauben.

»Hat die tote Vermieterin der Ferienwohnung ihren abgängigen Gast näher beschrieben?«

»Leider nicht wirklich. Aber das, was sie über Dr. Heimbach von sich gegeben hat, könnte zu Ihrem Bozanski passen.«

»Die Kugeln sind auf dem Weg zum LKA, auch die von heute Morgen?«

»Selbstverständlich. Und jetzt lassen Sie mich mit der Staatsanwaltschaft telefonieren.« Sie reißt die Bürotür auf und brüllt: »Steinbeck? Der Kollege hier möchte gehen. Bringen Sie ihn bitte runter zum Ausgang.«

Die Frau ist unmöglich, horcht ihn aus und schickt ihn dann wie ein ungezogenes Schulkind nach Hause. Benedikt weiß wirklich nicht, ob er sie hassen oder bewundern soll.

47

MARCO

Kaum dass Marco wieder im Wagen sitzt, versucht er, Amy anzurufen. Weil ihr Handy ausgeschaltet ist, probiert er es in der *Villa Kunterbunt*. »Marco Maiwald hier. Ich suche meine Frau… Ja, ich weiß, dass Amy Urlaub hat. Haben Sie trotzdem etwas von ihr gehört?«

»Nein«, sagt die Frau am anderen Ende, und er kann deutlich hören, dass sie am liebsten auflegen würde.

»Wenn meine Frau sich doch noch meldet, würden Sie ihr bitte sagen, dass sie mich anrufen soll? Sie scheint spurlos verschwunden zu sein, und ich mache mir große Sorgen.«

»Ich werde das notieren.«

Die Frau beendet das Gespräch einfach. Aber ihre Unhöflichkeit ist gerade nicht sein größtes Problem. Vielmehr möchte er wissen, weshalb jemand vor Amys Haustür auf eine Frau schießt, die ihr ähnlich sieht, und warum Amy praktisch zeitgleich verschwunden ist. Was hat das zu bedeuten? Um das zu verstehen, müsste er entweder mit dieser komischen Kripotante reden, was er ganz bestimmt nicht tun wird, oder selbst versuchen, etwas über Amys Vergangenheit rauszufinden. Am besten fährt er in die Wohnung und dreht dort alles auf links.

Aber nicht allein.

Schon knallt er die Tür ins Schloss, klemmt dabei beinahe eine der Katzen ein und spurtet zu seinem Wagen. Marinas Salon liegt nur drei Querstraßen entfernt, er könnte zu Fuß gehen, aber sie werden den BMW gleich brauchen.

Sämtliche Köpfe fliegen herum, als er die Salontür aufreißt, fehlt nur noch, dass eine der Kundinnen ruft: »Hilfe, ein Mann!«

Marina, die ihre Haare heute zu albernen Mädchenzöpfen geflochten trägt, flüstert der Frau, der sie gerade einen neuen Haarschnitt verpasst, etwas ins Ohr, dann führt sie Marco in das Hinterzimmer, wo es durchdringend nach Chemikalien riecht, weil hier die Haarfarben und andere geheimnisvolle Flüssigkeiten angerührt werden.

»Was ist los?«

Mit knappen Worten erzählt er, was passiert ist.

Ganz die große vernünftige Schwester versucht Marina als Erstes, die Geschichte zu relativieren. »Das muss doch gar nichts mit Amy zu tun haben. Hast du versucht, sie anzurufen?«

»Natürlich. Pausenlos. Ihr Handy ist ausgeschaltet.« Marco setzt sich an den Tisch, auf dem ein Aschenbecher und zwei benutzte Kaffeetassen stehen, und springt im nächsten Moment wieder auf. »Verflucht, ich mach mir Sorgen. Deshalb fahre ich jetzt rüber in die Wohnung. Und du kommst mit. Wenn da irgendwas Schlimmes passiert ist, bist du mein Zeuge, dass ich nichts damit zu tun habe.«

»Was soll ich?« Mit einem spöttischen Grinsen tippt Marina sich gegen die Schläfe. »Ich kann hier nicht einfach weg. Willst du mal meinen Terminkalender sehen?«

»Das ist kein Spaß, Marina!«, fährt er sie an. »Es kann sein, dass jemand meine Frau ermorden will! Da interessieren mich die Haare deiner Kundinnen herzlich wenig!«

»Pst, spinnst du, so rumzubrüllen? Komm mit.« Sie stöckelt quer durch den Salon zu dem Tresen, auf dem neben der Kasse das dicke, schwarz eingebundene Buch mit den Terminen liegt, schlägt es auf, seufzt und zieht die Stirn in Falten. »Yvonne, komm mal bitte her. Ich hab einen privaten Notfall. Meinst du, ihr schafft das ohne mich?«

Yvonne ist genauso künstlich erblondet wie ihre Chefin, bei ihr liegt allerdings ein bläulicher Schimmer über dem Haar. Ihre schwarze Dreiviertelleggins sitzt so eng, dass Marco befürchtet, sie könnte jeden Moment über dem Hintern aufplatzen. Sie wirft Marco einen langen bedeutungsschweren Blick zu, dann beugt sie sich über das Buch. Ein künstlicher Fingernagel zeichnet eine Kurve auf das Papier, während sie irgendwelche Namen vor sich hin murmelt. »Wird knapp, aber geht schon.« Ihr Blick streift erneut Marco, und er würde am liebsten den Kopf schütteln. Yvonne ist überhaupt nicht sein Typ. Ihr Haar sieht aus, als würde man daran kleben bleiben, wenn man ihr zu nahe kommt.

»Dann los«, seufzt Marina und schnappt sich im Vorbeigehen ein grünes Tuch, das sie mit Schwung über die Schulter wirft. Während der Fahrt meckert sie zuerst über seinen Fahrstil, dann fragt sie ihn über die verletzte Frau aus. »Hast du sie wirklich noch nie gesehen?«

»Hörst du mir nicht zu? Nein, ich kenne sie nicht, aber ihr Haar ist genauso hell wie das von Amy. Sie könnten Schwestern sein.«

»Ich sag doch, dass Amy was zu verbergen hat. Ehrlich gesagt, versteh ich nicht, wozu du mich brauchst.«

Soll er das entsetzliche Bild beschreiben, das er nicht mehr loswird? Amy in der Badewanne, mit aufgeschnittenen Pulsadern, das Badewasser rot von ihrem Blut. Das würde sie nie tun, will er sich beruhigen, vergeblich. Woher soll er wissen, wie Amy reagiert, wenn sie total verzweifelt ist, so gut kennt er sie doch gar nicht. Wütend knallt er den sechsten Gang rein. Sieht so aus, als hätte er Angst, Angst, ohne seine große Schwester die Wohnung zu betreten. Marco, der große Kriegsheld, macht sich beinahe in die Hose, wenn es ernst wird. »Du kannst notfalls bezeugen, dass ich nichts verändert habe.«

»Das ist doch Quatsch. Ich bin deine Schwester, und wenn es sein muss, würde ich für dich lügen. So was wissen die doch bei der Polizei, die sind ja nicht blöd. Außerdem war ich bis gerade eben im Salon und hab keine Ahnung, wie du den Tag verbracht hast. Vielleicht warst du heute Morgen schon in der Wohnung und hast Amy erwürgt. Ein Verbrechen aus Leidenschaft, obwohl Leidenschaft und deine blasse Gattin einander praktisch ausschließen.«

Mehr reden sie nicht. Ihre ständigen Sticheleien gegen Amy machen ihn wütend, doch er kann sich nicht vorstellen, allein die Wohnung zu betreten, also hält er den Mund. Noch nie ist ihm die Strecke so weit vorgekommen, noch nie ist ihm aufgefallen, wie lang die Ampelphasen sind, noch nie waren an einem Wochentag so viele Sonntagsfahrer unterwegs, die den Verkehr aufhalten. Am liebsten würde er den Opa vor ihm, der mit fünfundvierzig Stundenkilometern durch den Ort schleicht und vor jeder Querstraße abbremst, obwohl er Vorfahrt hat, von der Fahrbahn schubsen. Endlich hat Opa sein Ziel erreicht, eine Arztpraxis, und wenn Marco jetzt Zeit hätte, würde er zuschauen, wie der Alte versucht, eine der engen Parklücken zu treffen. Doch er hat keine Zeit und ist froh, endlich Gas geben zu können, zumal gerade das Ortsausgangsschild auftaucht.

Selbst Marina murmelt: »Na, endlich macht der Tattergreis die Straße frei.«

Direkt vor Amys Wohnung, komisch, dass er sie noch immer nicht als seine Wohnung betrachtet, parken zwei Streifenwagen. Dort kann er nicht halten. Er gibt Gas und biegt in die nächste Querstraße ein. An so einem Tag sind Parkplätze natürlich rar gesät, aber Marco hat Glück, weil direkt vor ihm jemand wegfährt.

Schon als er aussteigt und den Wagen abschließt, fällt es ihm schwer, normal zu atmen. Die beklemmende Angst, die in den letzten Wochen in Afghanistan sein ständiger Begleiter war, nachdem die Taliban einen Zug überfallen und die Kameraden regelrecht abgeschlachtet haben, ist plötzlich wieder da. Er möchte sich ducken, weglaufen, ist aber gleichzeitig wie gelähmt und kann sich nicht von der Stelle rühren. Ein unsichtbarer Panzer legt sich um seinen Brustkorb, und nur mit allergrößter Anstrengung gelingt es ihm, nach Luft zu schnappen und einen Fuß vor den anderen zu setzen. Wenn er nur eine Waffe hätte, eine schusssichere Weste, wenigstens einen Helm. Er fühlt sich nackt und schutzlos, völlig ausgeliefert.

»Komm, wir gehen durch die Hintertür.« Unsanft zieht

er Marina durch eine Lücke in der Hecke, die zu der seelenlosen Rasenfläche hinter den Blöcken führt. Seine Hände zittern, als er den Schlüsselbund aus der Hosentasche zieht.

»Was ist los mit dir?«, fragt Marina irritiert und fasst nach seinem Arm. »Du siehst gar nicht gut aus! Sollen wir lieber wieder fahren? Lass die Polizei doch gucken, was in der Wohnung los ist.«

Mühsam presst er ein »Nein« hervor. Er muss da jetzt rein und die Tür hinter sich schließen, bevor er endgültig zusammenbricht. Wände und geschlossene Türen bedeuten Sicherheit.

»Lass mich das machen.« Marina pflückt den Schlüssel aus seiner kalten, zitternden Hand, um aufzusperren. Am liebsten würde er sie beiseitestoßen, um als Erster in Sicherheit zu sein, doch irgendwie gelingt es ihm, sich zu beherrschen und ihr den Vortritt zu lassen. Er befindet sich in Deutschland, in Lilienthal, einem kleinen Kaff in der Nähe von Bremen, hier verstecken sich keine Untergrundkämpfer, die ihm nach dem Leben trachten.

Im Treppenhaus ist niemand zu sehen, dennoch gibt er Marina ein Handzeichen, dass sie leise sein soll. So geräuschlos wie möglich tappen sie die Stufen hoch bis zu Amys Wohnung.

Inzwischen hat Marco sich so weit beruhigt, dass er, ohne zu zittern, die Tür aufsperren kann. »Nach dir«, flüstert er gepresst.

Als die Tür ins Schloss rastet, atmet er auf. Der Druck auf seinen Ohren lässt nach, und er kann wieder frei atmen. »Schon gut, mach dir keine Gedanken, ich hab manchmal solche Anwandlungen. Das, was ich drüben erlebt hab, geht halt nicht spurlos an einem vorüber.« Er lächelt schief.

»Warst du deshalb beim Arzt?«

»Ist nicht nötig, das gibt sich von selbst. Ich will so schnell wie möglich wieder ins Ausland, und wenn der Doc erfährt, dass ich manchmal leichte Panik schiebe, kann ich das vergessen. Außerdem ist das hier eine Ausnahmesituation. Amy ist verschwunden, und vor der Tür wurde eine Frau angeschossen, wahrscheinlich nur, weil sie aus der Ferne so ausgesehen hat wie Amy. Natürlich zerrt das an meinen Nerven.«

Marina sieht nicht so aus, als hätten seine Worte sie überzeugt, aber sie widerspricht auch nicht. »Und, was suchen wir jetzt?«

»Wir suchen meine Ehefrau. – Amy? Amy, bist du hier?«

Nichts rührt sich. Und doch kann er nicht anders, als den Namen immer und immer wieder zu rufen.

Eine Weile beobachtet Marina sein Tun, dann schüttelt sie den Kopf. »Sie ist nicht hier. Und jetzt? Fahren wir wieder? Du könntest mich als Wiedergutmachung für den ganzen Stress zum Mittagessen einladen. Dir würde ein bisschen Ablenkung auch nicht schaden, mein Lieber.«

»Gleich. Ich will mich erst umschauen.« Suchend schweift sein Blick durch den kleinen Flur. Die graue Strickjacke, die sie immer anzieht, hängt an der Garderobe. Ihr Fahrradschlüssel liegt in der Porzellanschale auf der Kommode unter dem Spiegel. Sie ist also ohne Fahrrad unterwegs, aber das wird er noch im Keller überprüfen.

Es fühlt sich merkwürdig an, durch die Wohnung zu laufen, alle Schubladen und Schränke zu öffnen und nach Dingen zu forschen, die ihm etwas über seine Frau verraten, das er noch nicht weiß.

»Ganz schön spartanisch eingerichtet«, bemerkt Marina, die immer zwei Schritte hinter ihm geht. »Ich weiß gar nicht, wie man sich hier wohlfühlen kann. Bist du sicher, dass sie nicht direkt aus der Psychiatrie kommt? Die Wohnung wirkt auf mich übertrieben ordentlich, unpersönlich, geradezu steril. Bis auf die Blumenbilder. Nur Veilchen und Amaryllis. Irgendwie seltsam, oder? Fast zwanghaft.«

Marco ist dankbar, dass seine Schwester ihn begleitet. Deshalb hält er jetzt den Mund, obwohl Marinas Bemerkung ihn ärgert. Aber vielleicht stört er sich auch nur daran, weil er nicht widersprechen kann. Hier sieht es verdammt kahl und aufgeräumt aus, beinahe wie in einer Gefängniszelle. Liegt es daran, dass sie in einem Heim groß geworden ist und keine Geborgenheit kennt?

»Mir war gar nicht klar, dass du noch nie in der Wohnung warst. Warum hast du Amy nicht mal besucht, während ich weg war? Immerhin ist sie deine Schwägerin, und ihr wart beide allein.«

»Soll das ein Vorwurf sein?«, schnaubt sie. »Falls du es noch nicht bemerkt haben solltest: Deine Frau legt keinen Wert auf meine Gesellschaft. Außerdem weißt du, wie ich über diese Ehe denke, die offenbar ja schon wieder vorbei ist.«

»Das werden wir ja sehen.«

Im Schlafzimmer öffnet er den Kleiderschrank. Nicht, dass er die Garderobe seine Frau auswendig kennt, aber auf den ersten Blick scheint nichts zu fehlen. Sogar die albernen Plüsch-Winterstiefel, in denen er sie kennengelernt hat, stehen dort. Als er eine weitere Tür öffnet, bleibt ihm für einen Moment die Luft weg. Röhrenjeans, farbige Shirts, Sneaker in Rot und Apfelgrün. Nichts davon hat er je an ihr gesehen, und als er ein gestreiftes Shirt aus dem Schrank nimmt, hängt noch das Preisschild daran. Was hat das jetzt wieder zu bedeuten?

Sein nächster Weg führt ihn ins Wohnzimmer, wo ein

kleiner Sekretär neben der Balkontür steht. Mit schlechtem Gewissen klappt er ihn auf. Ihr Familienstammbuch liegt gleich zuoberst. Er blättert die richtige Seite auf und hält seiner Schwester Amys Abstammungsurkunde hin.

»Hier steht es, geboren am 11. Mai 1985 in Springbok, Südafrika.«

»Tatsächlich.« Mehr hat Marina dazu nicht zu sagen.

In einem blauen Papierhefter stößt er auf Amys Abschlusszeugnis einer Realschule in Lübeck und die Unterlagen über ihre Ausbildung zur Heilerziehungspflegerin, die sie ebenfalls in Lübeck absolviert und mit Bestnote abgeschlossen hat. Unter der Mappe liegt ein schmaler Bildband über Südafrika, das Lesezeichen steckt dort, wo der Autor über seine Reise durch den Namaqua-Nationalpark berichtet. Auf den Fotos sieht man endlose Blütenteppiche, vorwiegend in Orange, aber auch in Gelb und Violett und dahinter eine grüngraue Hügelkette, so, wie Amy es beschrieben hat. *Wenn man Glück hat, begegnet man sogar einem Erdmännchen,* steht unter einem der Fotos.

Dreht er langsam durch, oder ist es merkwürdig, dass seine Frau genau die Dinge beschrieben hat, die in dem Buch vorkommen, sonst aber nichts, als fußten die Schilderungen ihrer Kindheit auf dieser Reisereportage und nicht auf tatsächlichen Bildern in ihrem Kopf. Nachdenklich schlägt er das Buch wieder zu und legt es zurück.

In einem weiteren Ordner hat Amy ihren Schriftwechsel mit dem Träger der *Villa Kunterbunt* und den Mietvertrag für diese Wohnung abgeheftet. Sie lebt seit sieben Jahren in Lilienthal. Über ihre Zeit im Kinderheim kann er nichts finden, und er fragt sich, ob das von Bedeutung sein könnte. Vielleicht war die Zeit so schrecklich, dass sie sich von den Erinnerungen befreien musste.

Marina hat inzwischen auf der Couch Platz genommen. Sie blättert in einer großen Mappe, die Kinderbilder enthält, bunt und noch ziemlich ungelenk, sicher aus Amys Kita.

»Die stand hinter der Couch«, sagt sie, als sie seinen Blick bemerkt, und es klingt so, als wollte sie sich für ihre Neugierde entschuldigen.

Achselzuckend wendet er sich ab. Sie sind hergekommen mit dem Ziel, mehr über Amy herauszufinden. In dem Sekretär entdeckt Marco eine Schatulle aus blassrotem Wildleder, in der Amy Briefe aufbewahrt. Nicht seine Briefe aus Afghanistan, wie er es im ersten Moment angenommen hat, sondern Schreiben von Eltern, deren Kinder die *Villa Kunterbunt* besucht haben. Aus allen spricht tiefe Dankbarkeit für das, was Amy ihren Kindern gegeben hat.

Stumm stellt er die Schatulle vor Marina auf den Tisch. Sie versteht sofort, dass sie die Briefe lesen soll, und greift nach dem obersten. Minutenlang raschelt nur Papier, dann sagt sie leise: »Ich muss feststellen, dass ich deine Frau überhaupt nicht kenne.« Behutsam faltet sie das nächste Schreiben auseinander und liest. Ihre Lippen formen lautlos die Worte, die dort stehen. Irgendwann hebt sie den Kopf und schaut ihn vorwurfsvoll an. »Warum musstest du ausgerechnet Amy aussuchen, um dich an Janine zu rächen?«

Als gäbe es eine Antwort auf diese Frage.

Marina legt die Briefe wieder in die rote Schachtel und schließt nachdrücklich den Deckel. »Hier, stell sie wieder weg. Wenn es dir recht ist, möchte ich jetzt fahren. Es fühlt sich schäbig an, in Amys Sachen zu schnüffeln. Wonach suchen wir denn überhaupt?«

»Moment, ich schau noch im Schlafzimmer nach, dann sind wir fertig.«

»Ich warte hier.«

In Amys Nachtschrank entdeckt er seine Briefe aus Afghanistan. Dem Papier ist anzusehen, wie oft sie darin gelesen hat, wahrscheinlich auf der Suche nach den Liebesbeteuerungen, die nicht darin stehen. Ein Foto liegt daneben, Marina hat es geschossen, direkt nach der standesamtlichen Trauung. Amys Kleid war ganz schlicht, aber trotzdem etwas Besonderes und mit Abstand das schönste Kleidungsstück, in dem er sie je gesehen hat. Und sie lächelt so selig, wie sie seit seiner Rückkehr kein einziges Mal mehr gelächelt hat.

Es tut weh, sich das einzugestehen. Er hat sie unglücklich gemacht. Mit einem leisen Seufzer setzt er sich auf die Bettkante und lässt den Blick durch den Raum streifen. Ein Kleiderschrank, ein Bett, ein Meter vierzig breit und gerade groß genug für zwei, ein Nachtschrank und vor dem Fenster ein Schreibtisch mit einem betagten PC, einem Flachbildmonitor und einem Farbdrucker. Unter dem Schreibtisch stehen mehrere bunt beklebte Ordner. Marco weiß, dass sie Bastelanleitungen für Kleinkinder enthalten.

Er fragt sich, ob Amy ihren Computer zwischenzeitlich mit einem Passwort gesichert hat, wahrscheinlich nicht.

»Wollten wir nicht fahren?« Ohne dass er es bemerkt hat, ist Marina hereingekommen.

»Gleich.«

Der Computer fährt hoch, es dauert ziemlich lange, weil Amy kein WLAN hat. Kein Passwort, Glück gehabt. Ihr Bildschirmschoner ist das Hochzeitsfoto, und gleich meldet sich wieder sein Gewissen.

Er klickt den Browserverlauf an. Am häufigsten ist sie auf Pinterest unterwegs. Als er die Seite anklickt, weiß er auch, warum. Die Seite zeigt das an, was die User am häufigsten suchen, bei Amy sind es Bastelarbeiten mit Kindern.

»Man kann auch ihre Suchbegriffe sichtbar machen«, sagt Marina, und er knurrt: »Das weiß ich selbst.«

Zuletzt hat Amy nach *Heimbach 2006* gesucht. In diesem Moment klingelt es an der Wohnungstür.

»Amy!«, ruft er laut, obwohl das völlig unsinnig ist, weil Amy ihren Schlüssel benutzen würde.

48 FRIEDHELM SCHWARZ

Seit Violas Abreise ist auf dem Hof die Zeit stehen geblieben. Vier Tage ist sie schon fort, und Friedhelm hat kein Wort von ihr gehört. Zuerst hat er ständig von dem Brot gegessen, morgens, mittags und abends, weil sie gesagt hat, wenn das Brot aus ist, kommt sie zurück. Aber dann wurde ihm klar, wie kindisch er sich verhält.

Jetzt ist nur noch ein kleiner Kanten übrig. Er muss ins Dorf fahren und Brot kaufen, wenn er nicht verhungern will. Die Hühnersuppe hat er Harras gegeben und den Rest weggekippt, gleich am ersten Tag, weil er keine Lust hatte, die Suppe aufzuwärmen.

Wenn man was findet, heißt das noch lange nicht, dass man es behalten darf, hat seine Mutter mal gesagt. Ein kleiner Junge war er damals, und er hielt voller Stolz ein glänzendes Fünfmarkstück in der Hand, das vor dem Laden im Dreck gelegen hat. Er wollte sich Eis davon kaufen und für seine Mutter Pralinen, doch sie zwang ihn, das Geld im Laden abzugeben. Wenn er nur daran denkt, kratzt es wieder in seinem Hals, wie damals, als er sicher war, seiner Mutter nie verzeihen zu können.

Viola hat er auch gefunden, im Wald, als er unterwegs war, um Feuerholz zu sammeln. Sie lag einfach da, und zuerst hat er geglaubt, dass sie tot wäre. Aber dann hat er ihren Herzschlag gespürt. Er hat sich neben sie auf den Boden gehockt, ihren Kopf auf seinen Schoß gebettet und so lange mir ihr geredet, bis sie die Augen aufschlug. Dann hat er ihr Wasser aus seiner Flasche zu trinken gegeben.

Sein Moped stand am Waldweg, zusammen mit dem kleinen Anhänger, in dem er immer das Holz transportiert. An diesem Tag diente der Hänger als Kutsche für die kranke Frau, die ihn anflehte, sie nicht zum Arzt zu bringen, sondern zu verstecken.

Sie war so erschöpft, dass sie tagelang nur geschlafen hat. Als es ihr besser ging, saß sie gern in der Sonne hinter dem Haus, aber bei jedem Geräusch ist sie ins Haus gehuscht, um sich unter die Treppe zu kauern, und wenn er arbeiten musste, hat sie sich eingeschlossen.

Im Dorf haben sie erzählt, was sich in der alten Revierförsterei zugetragen hat. Lauter tote Frauen, alles voller Blut. Eine Überlebende gab es, die man im Wald gefunden und ins Krankenhaus gebracht hat. Dort ist sie später aus dem Fenster gesprungen. Vielleicht war sie so ein Mädchen wie Viola, hat er damals gedacht und sich geschworen, dass niemand von Viola erfahren sollte. Dieses Mal wollte er das, was er gefunden hatte, für sich behalten.

Später hat sie gesagt, dass sie weggelaufen wäre, aus Angst vor einem sehr bösen Mann, der sie auf gar keinen Fall finden durfte. Danach haben sie nie wieder darüber gesprochen. Alles war gut. Bis er die Zeitung mitgebracht hat mit dem Bild einer Frau, die so aussah wie Viola. Ihre Schwester, anders kann es doch nicht sein. Eins von den drei blonden Mädchen, deren Zeichnungen sie im Nachttisch versteckt. Und jetzt ist sie weg – mit der alten Pistole seines Vaters.

Friedhelm hat nie gefragt, was der Mann auf dem Hof mit den Mädchen gemacht hat. Wenn Viola gewollt hätte, dass er es weiß, hätte sie es freiwillig erzählt.

Weil sie immer so ängstlich war, hat er eines Tages einen Hund mitgebracht, einen Schäferhund, der sie beschützen sollte. Vor zwei Jahren war der Hund so alt, dass er nicht mehr aufstehen konnte. Friedhelm musste sein Jagdgewehr aus dem Schuppen holen und ihn erlösen. Viola hat bitterlich geweint und ihn angefleht, einen neuen Hund zu holen. Seither haben sie Harras.

Mit Viola ist das Leben schön. Sie sagt ihm immer, was er als Nächstes machen soll, wie früher seine Mutter, aber sie sagt es freundlich, und sie lächelt immer so lieb. Ohne Viola kommt jeder Tag ihm vor wie eine Schublade voller Krimskrams, lauter unerledigte Dinge, Friedhelm schaut hinein und weiß nicht, wo er anfangen soll. Er überlegt und überlegt, und am Ende macht er die Schublade wieder zu.

Das Hühnergehege hat er geflickt, weil die Hühner ihm leidtun, aber die Laken hängen immer noch auf der Leine. Morgens, wenn er sich an seinen Auftrag erinnert, sind sie nass vom Tau, und abends hat er sie wieder vergessen, genau wie die Katze, die auch ohne Milch zurechtkommen wird. Nur den Hund vergisst er nicht, Harras bekommt jeden Morgen und jeden Abend einen Becher von dem Trockenfutter, manchmal sogar ein bisschen mehr, weil er ohne Viola so traurig aussieht. Auch jetzt schleicht er mit eingeklemmter Rute hinter Friedhelm her.

»Ich fahr gleich runter ins Dorf«, sagt Friedhelm viel zu laut, aber die ungewohnte Ruhe im Haus schlägt ihm aufs Gemüt. Vielleicht sollte er sich angewöhnen, laut zu singen, so, wie Viola es immer macht, aber ohne Viola fallen ihm keine Lieder ein.

Seufzend schlurft er ins Bad, um sich zu rasieren. Waschen sollte er sich wohl auch und saubere Sachen anziehen.

Eine halbe Stunde später lässt er das Moped an und rollt langsam auf die kleine Straße, die runter ins Dorf führt. Als die Frau im Laden ihn fragt, wo Viola ist, sagt er, dass es ihr nicht gut geht.

»Sommergrippe, was?« Wenn die Frau lacht wie jetzt, muss er immer an ein Pferd denken. Aber sie ist nett, und er mag sie ziemlich gern.

Friedhelm kauft Brot, ein Stück Käse und eine ganze Mettwurst, dann fährt er weiter zur Raiffeisengenossenschaft und holt Futter für die Hühner und den Hund, obwohl der Sack mit dem Hundefutter noch halb voll ist. Vielleicht liegt es daran, dass Harras der Einzige ist, dem er was Gutes tun kann. Auf dem Rückweg fällt ihm ein, dass er Margarine vergessen hat. Aber deswegen wird er nicht umkehren. Brot kann man auch ohne Margarine essen.

Der Hof empfängt ihn mit feindlicher Stille. Daran wird er sich gewöhnen müssen.

49 BEATE ELBREDER

Damit, dass sie den Ehemann in der Wohnung antreffen, hat Beate nicht gerechnet. Die beiden Beamten vor der Tür wird sie sich gleich mal vorknöpfen. Ihre strikte Order lautete, niemanden hereinzulassen, und das schließt auch den Ehemann ein.

Die Frau an seiner Seite stellt er als seine Schwester vor.

»Darf ich erfahren, was Sie hier machen? Sie sagten doch, dass Sie ausgezogen sind.« Ihr Tonfall lässt keinen Zweifel, dass sie nicht einverstanden ist mit seiner Anwesenheit.

»Vorübergehend. Aber unter diesen Umständen sieht die Welt natürlich anders aus. Glauben Sie, es ist mir egal, dass meine Frau verschwunden ist?« Er will sich nicht in die Offensive drängen lassen.

»Ich halte hier einen Durchsuchungsbeschluss in der Hand. Und ich möchte nicht, dass irgendetwas verschwindet, bevor ich es gesehen habe. Wir fangen an.« Sie nickt den uniformierten Kollegen zu.

Marco Maiwald wechselt einen kurzen Blick mit seiner Schwester, die mit den Schultern zuckt. »Und was suchen Sie, wenn ich fragen darf?«

»Dürfen Sie nicht, Herr Maiwald. Ich habe allerdings eine Information für Sie. Der Mann auf dem Phantombild, das nach Ihren Angaben erstellt wurde, ist Polizist. Und er hat Ihrer Frau keine Blumen geschickt, das steht definitiv fest. Das, was Sie sich da zusammengereimt haben, entspricht nicht der Wahrheit. Sagt Ihnen der Name Bozanski etwas? Roman Bozanski? Hat Ihre Frau jemals von diesem Mann gesprochen?«

»Nein. Hat er die Rosen geschickt? Steht das B für Bozanski?«

»Das wissen wir noch nicht, aber es scheint sehr wahrscheinlich.« Sie atmet tief ein und fixiert ihn, bis er den Blick senkt. »Und Sie haben wirklich keine Ahnung, wo Ihre Frau sich aufhalten könnte?«

»Wäre ich dann hier? Nein. Ich suche selbst nach einem Anhaltspunkt, wo ich mit der Suche beginnen könnte.«

»Und? Sind Sie schon fündig geworden?« Im Stillen ärgert sie sich über den Spott in ihrer Stimme, sie sollte sich zusammenreißen und den Zeugen nicht immer vor den Kopf stoßen. Aber Leute, die sich als Ermittler berufen fühlen, rauben ihr nun einmal den letzten Nerv.

Sie hat es geschafft, dass der Soldat sauer ist. »Sie tun ja so, als ob ich hier nichts verloren habe. Amy ist meine Frau. Wir haben uns gestritten, stimmt, aber das muss keineswegs das Ende unserer Ehe bedeuten. Ich bin hier polizeilich gemeldet und habe alles Recht der Welt, mich in der Wohnung aufzuhalten. Und genau dasselbe Recht habe ich, mir Sorgen um meine Frau zu machen. Das Einzige, das ich gerade entdeckt habe, ist, dass Amy im Internet nach *Heimbach 2006* gesucht hat, aber da sind Sie gekommen. Keine Ahnung, was das bedeutet.«

Es macht keinen Sinn, die Vorgeschichte seiner Frau weiter geheim zu halten. »Also gut. Heimbach ist eine Kleinstadt in der Eifel«, seufzt Beate. »Dort ist 2006 ein Verbrechen geschehen. Mehrere Frauen, die in einer Art Glaubensgemeinschaft, oder wie man so was nennt, mit einem Wunderheiler zusammengelebt haben, wurden von ihrem Oberguru getötet. Eine ziemlich blutige Angelegenheit. Der Name des Mannes lautet Roman Bozanski, er ist bis heute flüchtig. Amy hat auch in dieser Gemeinschaft gelebt, und sie ist dem Massaker entkommen, wie und warum auch immer. Wahrscheinlich zusammen mit ihrer Schwester.«

»Amy hat eine Schwester?«

»Ja. Möglicherweise handelt es sich um die Frau, die vor Ihrer Haustür niedergeschossen wurde, aber das müssen wir noch klären. Es kann sehr gut sein, dass Roman Bozanski die Schüsse abgegeben hat. Ob er wusste, wer sie ist, oder ob er sie für Ihre Frau gehalten hat… keine Ahnung. Den Rest über diese Gemeinschaft, die sich *Weiße Sonne* genannt hat, finden Sie sicher irgendwo im Netz, ich will das jetzt nicht weiter ausführen. In jedem Fall besteht Anlass zu der Vermutung, dass dieser Bozanski hinter Amy her ist. Vielleicht befindet sie sich auch schon in seiner Gewalt. Wenn Ihnen also irgendwas einfällt, wo wir mit der Suche ansetzen können…« Auffordernd schaut sie ihn.

Diesmal hält er ihrem Blick stand. »Ich wünschte, ich könnte helfen. Aber ich habe keine Ahnung, wohin Amy sich flüchten könnte.«

»Sie heißt auch nicht wirklich Amy, den Namen und ihre Lebensgeschichte verdankt Ihre Frau dem Bundeskriminalamt, die eine Legende für sie gestrickt haben, damit Bozanski sie nicht findet.«

»Deshalb war sie so aufgebracht über das Foto in der BILD. Aber das wusste ich doch nicht, kein Wort hat sie mir erzählt.«

»Natürlich nicht. Das hat man ihr so eingebläut.«

»Und jetzt?«

»Jetzt suchen wir Ihre Frau. Und natürlich diesen Bozanski. Sollte Ihnen doch noch was einfallen, rufen Sie mich unverzüglich an. Der Kollege aus der Eifel, der damals in dem Fall ermittelt hat, befürchtet, dass Ihre Frau sich in Lebensgefahr befindet.«

So käsig, wie Marco Maiwald plötzlich aussieht, ist es ihr gelungen, ihn zu überzeugen.

50 AMY

Eine ganze Weile bin ich einfach nur spazieren gegangen, dann habe ich beschlossen, ein Eis zu essen. Anders als sonst habe ich nicht einen Platz in der letzten Ecke gewählt, wo niemand mich sehen kann, sondern mich für einen der Tische auf der kleinen Terrasse entschieden. Ich habe etwas bestellt, das *Kalter Engel* heißt und aus Vanilleeis, Orangensaft und Sekt besteht. Sehr lecker. Mir fällt auf, dass ein Mann, der auch allein an einem Tisch sitzt, mich anlächelt, nicht aufdringlich, sondern nett. Ich beschließe, mich über sein Interesse an meiner Person zu freuen, und erwidere das Lächeln.

So also hätte das Leben auch verlaufen können, wenn meine Mutter nicht beschlossen hätte, mit ihren drei Töchtern auf den Hof *Weiße Sonne* zu ziehen. Zu dem Teufel persönlich.

Ich werde aus meinen Gedanken gerissen, als kurz hintereinander zwei Polizeiwagen mit Blaulicht und Martinshorn und ein Notarztwagen an der Eisdiele vorbeirasen.

»Ein Unfall«, sagt irgendwer, und das Paar am Nebentisch nickt.

Blaulicht und das Jaulen des Martinshorns bedeuten immer, dass etwas Schlimmes passiert ist, ich glaube, das spürt jeder, und diese Gewissheit lässt keinen kalt. Unwillkürlich greife ich nach meiner Strickjacke. Plötzlich finde ich es hier draußen unangenehm kühl. Ringsum verstummen die Gespräche, und es dauert ein paar Minuten, bis sie zögernd wieder einsetzen, sehr viel leiser als vorher.

Ein Junge auf einem Fahrrad hält mit quietschenden Bremsen. Er lässt das Rad fallen und stürmt ins Innere der Eisdiele. Ich sehe durch die Scheibe, dass er wild gestikulierend auf die Bedienung einredet, die immer wieder den Kopf schüttelt, bevor sie mit dem Jungen herauskommt, laut »schrecklich« sagt und »heb das Rad auf, bevor einer stolpert«.

Aber der Kleine steigt bereits wieder auf, offenbar hat er es eilig, weil er seine Neuigkeit noch anderswo verkünden will.

Die Bedienung schaut ihm kopfschüttelnd hinterher. Jetzt erst fällt mir auf, dass beide wilde Locken haben, sicher Mutter und Sohn.

»Da hat jemand aus einem fahrenden Auto heraus eine junge Frau erschossen, in der Roonstraße«, sagt die Bedienung jetzt. »Nummer 24, sagt mein Sohn. Die ganze Straße ist gesperrt.«

Der Sommertag ist vorbei, der ganze Sommer ist vorüber. Roonstraße 24 – das ist meine eigene Adresse.

Nach dem ersten Schock rufe ich die Bedienung und bezahle. Danach verlasse ich fluchtartig das Eiscafé. Am liebsten würde ich rennen, aber das wäre zu auffällig. Ich zwinge mich, ganz ruhig Richtung Hauptstraße zu schlendern, als hätte ich alle Zeit der Welt. Ich beglückwünsche mich zu meiner Voraussicht, in meiner Tasche trage ich alles Notwendige bei mir, ich brauche nicht zurück in meine Wohnung. Fünf Minuten muss ich an der Haltestelle warten, bis die Straßenbahn kommt. Fünf Minuten, in denen ich auf den Boden starre und versuche, gelangweilt zu wirken. Dann steige ich ein und fahre Richtung Bremen. Ich wähle einen Platz im ersten Waggon, am Gang und in Fahrtrichtung. Wenn Bozanski ebenfalls die Straßenbahn benutzt und hinter mir sitzt, wird er mich an meinen Haaren erkennen. Aber wie soll ich sie bedecken? Mir kommt der alberne Gedanke, die Tasche über meinen Kopf zu stülpen, und ich kann sogar über meine verrückte Idee kichern.

Dass Bozanski tatsächlich in Lilienthal ist, habe ich begriffen, als er diese Blumen geschickt hat. Und jetzt stellt sich heraus, dass meine schlimmsten Befürchtungen sich bewahrheitet haben. Er lauert irgendwo mit einer Waffe und will mich töten. Aber warum musste die andere Frau sterben? Ich schließe die Augen und denke nach. Langsam, ganz langsam schält sich aus dem Gedankenwirrwarr in meinem Kopf eine Erklärung für die Geschehnisse heraus. Die Kugel war für mich bestimmt. Eine Verwechslung, vielleicht war das Opfer blond wie ich. Darf ich hoffen, dass Bozanski seinen Fehler noch nicht bemerkt hat? Dann wäre ich für den Moment sicher und hätte Zeit, unterzutauchen und zu überlegen, wie mein Leben weitergehen soll.

Von der Idee, mich mutig meinem Schicksal zu stellen, ist nichts mehr übrig geblieben. Während die Räder unter mir über die Schienen rumpeln, wird mir klar, dass ich weiterleben will, unbedingt.

In Bremen steige ich am Hauptbahnhof aus, suche mir eine andere Straßenbahnlinie, egal, welche, und setze mich wieder in den ersten Waggon. Die Fahrt geht nach Gröpelingen, da war ich noch nie, vielleicht ist das ein gutes Omen. Zwei Haltestellen vor der Endstation steige ich aus. Ich suche mir einen EC-Automaten der Sparkasse und versorge mich mit ausreichend Bargeld. Dann schlendere ich betont langsam die Straße entlang, bis mein Blick auf die Filiale eines Textildiscounters fällt. So einen Laden habe ich gesucht. Ich verschwinde darin, um mich neu einzukleiden.

Als ich wieder auf den Bürgersteig trete, trage ich billige weiße Sportschuhe und einen Jogginganzug in einem schrecklichen Brombeerton, der mir zwei Nummern zu groß ist, sodass ich fürchte, die Hose könnte jeden Moment über meine Hüften rutschen. Alle paar Meter bleibe ich stehen und ziehe sie mit einem energischen Ruck nach oben. Dabei betrachte ich mich in den Schaufenstern und finde, dass niemand mich erkennen kann. Mein Haar ist unter einer Baseballkappe verschwunden, meine Augen hinter einer rosa getönten Sonnenbrille. Unterwäsche und Ersatzklamotten, genauso geschmacklos wie der Jogginganzug, stecken in einer grau karierten Reisetasche, die ich ebenfalls gekauft habe. Mein nächster Weg führt mich in einen Drogeriemarkt, wo ich mich mit Toilettenartikeln eindecke. Eine Frau, die ohne Gepäck in ein Hotel eincheckt, ist verdächtig, und ich will nicht auffallen.

Jetzt brauche ich nur noch einen Ort, an dem ich mich verstecken kann, um nachzudenken, wie es weitergehen soll. Unterwegs nehme ich die SIM-Karte aus meinem Handy und lasse sie in einen Gully fallen, das Handy landet in einem Papierkorb. Ich benötige kein Telefon mehr, weil es niemanden gibt, mit dem ich reden will. Vor allem aber fürchte ich, dass man mich über das Handy orten könnte.

Eine Weile wandere ich ziellos durch die Straßen, bis ich den idealen Zufluchtsort entdecke. Schon von außen sieht das rosa gestrichene Gebäude mit den verblichenen braunen Kunststofffenstern und der altmodischen Leuchtreklame *Stadt Belgrad* ziemlich schäbig aus, und als ich beherzt die Tür aufstoße, stelle ich fest, dass es von innen auch nicht mehr hermacht. Nikotinvergilbte Wände, abgetretene Teppichböden, an den Wänden eingerahmte Postkarten von bekannten Sehenswürdigkeiten. Da will einer kundtun, dass er rumgekommen ist in der Welt.

Der Mann, den das Klingeln der Tür herbeigerufen hat, riecht unangenehm nach Zigarettenrauch. Er trägt ein weißes Hemd, die obersten Knöpfe stehen auf und lassen seine dunkle Brustbehaarung sehen. Sein welliges Haar ist streng nach hinten frisiert und glänzt unnatürlich. Wenn er lacht, blitzt ein Goldzahn auf. »Sie sehen aus, als wären Sie Ihrem Mann davongelaufen«, begrüßt er mich unverblümt.

Ich nicke beschämt, als hätte er mich ertappt. »Ich brauche mal ein paar Tage Zeit zum Nachdenken.«

»Nachdenken ist immer gut. Man muss wissen, was man will«, bekomme ich zu hören. »In meinem Haus können Sie sich in Ruhe sortieren. Sie sind nicht die Erste.«

Ich zahle für zwei Tage im Voraus.

Als er mir den Zimmerschlüssel reicht, deutet er eine Verbeugung an. »Der Aufzug ist hinter der Zwischentür. Dritter Stock, die Zimmernummern stehen an den Türen. Frühstück ab acht, der Frühstücksraum liegt hier drüben.« Mit der rechten Hand deutet er auf eine Glastür mit aufgeklebten Goldbuchstaben, und dabei fällt mir auf, dass seine Fingernägel vorn spitz zulaufen.

Der Inhaber mag nett sein, aber das Hotel ist kein Ort, an dem ich mich zu Hause fühlen könnte. Dafür bin ich sicher, dass einer wie Bozanski hier niemals absteigen würde. Das gibt mir ein gutes Gefühl.

Das Zimmer ist komisch geschnitten, sehr schmal, aber dafür lang, und es liegt zur Straße raus, wo reger Verkehr herrscht. Als Erstes ziehe ich die Vorhänge zu, obwohl es noch lange nicht dunkel ist. Ich bin überzeugt davon, dass niemand mir gefolgt ist, dennoch kann ich mich nicht entspannen. Vielleicht hat es damit zu tun, dass ich hungrig bin. Ich öffne die Tasche und hole eine Flasche Mineralwasser und eine Packung Kekse raus, die ich in dem Drogeriemarkt gekauft habe, meine letzte Mahlzeit für diesen Tag. Heute werde ich das Zimmer nicht mehr verlassen. Bevor ich esse, räume ich meine wenigen Sachen in den Schrank und sortiere die Toilettenartikel auf die Ablage im Bad.

Dann erst ziehe ich die Schuhe aus und lasse mich auf das Bett fallen. Wie in jedem Hotel gibt es auch hier einen Fernsehapparat. Vermutlich hat er mehr Geld gekostet als der Rest der Einrichtung. Auf einer laminierten Karte stehen die Programmplätze der gängigen Sender. Ich entscheide mich für *Bremen 3*.

Es ist schon seltsam, auf einem fremden Bett zu liegen und im Fernsehen das eigene Wohnhaus anzuschauen. Eine Reporterin steht auf der Straße, in der Hand ein Mikrofon, während der Wind sich einen Spaß daraus macht, ihre halblangen Haare immer wieder vor ihr Gesicht zu pusten. Schließlich bleibt ihr nichts anderes übrig, als sich anders hinzustellen. Über ihrem Kopf erkenne ich mein Küchenfenster.

»Heute gegen Mittag wurde hier eine junge Frau aus einem fahrenden Auto angeschossen. Nach Mitteilung der Polizei schwebt sie immer noch in Lebensgefahr. Zunächst hat man angenommen, dass es sich um eine Bewohnerin des Hauses handelt. Das hat sich mittlerweile als falsch herausgestellt. Die Identität der verletzten Frau ist noch nicht bekannt. Die Kriminalpolizei Osterholz-Scharmbeck hat für morgen Nachmittag eine Pressekonferenz angekündigt.«

Während die Sendung weitergeht, starre ich immer noch wie hypnotisiert auf den Bildschirm. Ich habe recht. Eine tragische Verwechslung. Die Kugeln waren für mich bestimmt. Wahrscheinlich hat das Opfer das große Pech, so ähnlich auszusehen wie ich. Wenn es den Ärzten nicht gelingt, sie zu retten, muss eine unschuldige Frau, die gar nichts mit meiner Geschichte zu tun hat, an meiner Stelle sterben – Frau Wulf hat eine Großnichte, die auch blond ist.

Bitte, lieber Gott, lass nicht zu, dass eine Unschuldige für mich stirbt. Ohne dass es mir aufgefallen ist, habe ich die Hände gefaltet, wie früher auf dem Hof bei unseren gemeinsamen Gebeten. Ich habe sogar laut gesprochen. Seit damals habe ich nicht mehr gebetet, kein einziges Mal, der Glaube an einen Gott ist mir auf dem Hof *Weiße Sonne* verloren gegangen.

Rasch löse ich die Finger voneinander, greife nach der Fernbedienung und stelle den Apparat aus. Inzwischen fürchte ich, dass es ein Fehler war, mein Handy wegzuwerfen. So eine Ortung darf nur die Polizei durchführen, und sie braucht dafür den Beschluss eines Richters. Bozanski hätte mich auf diesem Weg nicht aufspüren können. Wie gern würde ich jetzt Marcos Stimme hören, wenigstens für einen kurzen Moment. Ich nehme mir vor, gleich morgen ein neues Handy zu kaufen. In Gedanken stelle ich mir unser Telefonat vor und merke, dass ich keine Ahnung habe, was ich sagen soll, falls mein Mann nicht auflegt, sobald er meine Stimme hört. Vermutlich will er nicht von mir gestört werden, weil er gerade Himmel und Hölle in Bewegung setzt, um sich wieder mit dieser Janine zu versöhnen. Bei der Vorstellung, wie die beiden sich verliebt anschauen, legen sich zwei unsichtbare Hände um meinen Hals und drücken mir die Luft ab. Marco hat mich verlassen, wir gehören nicht mehr zusammen, es ist aus. Das Geld für ein Handy kann ich mir sparen. Ich lache leise, die Art von Lachen, bei dem die Tränen nicht weit entfernt sind, und bald schon fühlen meine Wangen sich feucht an. Nie in meinem Leben habe ich mich so einsam gefühlt wie in diesem Augenblick.

Leise schluchzend gehe ich zum Fenster. Mit den Fingerspitzen streiche ich über den Stoff der Vorhänge, er fühlt sich merkwürdig an, wie Plastik, und er riecht nach uraltem Staub. Auf einmal kommt es mir vor, als ob ich hier drinnen ersticken muss. Mit einem Ruck reiße ich die Gardinen beiseite und öffne das Fenster.

Mein Zimmer liegt im dritten Stock. Unten rauscht der Feierabendverkehr vorbei. Es sind kaum Fußgänger unterwegs, und die wenigen, die vorbeihasten, schauen nicht nach oben. Ich bin an einem Ort gestrandet, an dem jeder es eilig hat, weiterzukommen.

51 FRIEDHELM SCHWARZ

Harras ist krank. Seit gestern Abend liegt er reglos in seinem Körbchen und hebt nicht mal den Kopf, wenn Friedhelm mit der Futterschüssel klappert.

»Was ist mit dir?«, murmelt Friedhelm.

Er lässt sich auf die Knie fallen und vergräbt seine Hände in dem Hundefell. Wenn Viola doch hier wäre, ohne sie ist Friedhelm völlig hilflos. Seine Mutter hätte gesagt: *Entweder der kommt wieder auf die Beine, oder ich hol die Flinte aus dem Schlafzimmer.*

Aber das ist falsch. Seit er mit Viola zusammen ist, lebt er nicht mehr nach den Regeln seiner Mutter. Ein guter Mensch wie Viola würde niemals den Hund erschießen, nur weil er krank ist. Sie würde ihn zum Tierarzt bringen. Doch wie soll er das ohne ihre Hilfe anstellen? Jedes Mal, wenn er versucht, seine Arme unter den Hundekörper zu schieben, knurrt Harras. Leise, aber durchaus bedrohlich. Friedhelm hat keine Ahnung, ob der Hund es ernst meint und wirklich zuschnappen würde, wenn er ihn anhebt, und er wagt nicht, das auszuprobieren.

Viola würde sich an seiner Stelle nicht fürchten, aber sie würde der Hund auch nicht anknurren. Die beiden verstehen sich wortlos, und Harras würde sich für Viola in Stücke reißen lassen. Er folgt ihr den ganzen Tag wie ein lautloser Schatten, ein Wächter gegen das Böse.

Plötzlich durchzuckt Friedhelm ein schrecklicher Gedanke. Im Dezember war Viola krank, Husten, Kopfschmerzen, Fieber und Schüttelfrost. Die ganze Zeit lag der Hund reglos vor ihrem Bett, seine Nase war heiß und trocken, und er jaulte, sobald man ihn berührte. An dem Tag, als Viola erklärte, es ginge ihr wieder besser, stand der Hund von seinem Lager auf, als wäre nichts gewesen.

Jetzt liegt er da, als hätte er beschlossen zu sterben. Kann das bedeuten, dass Viola krank ist, schwer krank? Tiere sind schlauer als Menschen, behauptet Viola immer. Sie haben Fähigkeiten, die den Menschen verloren gegangen sind.

»Ist ihr was passiert?«, flüstert er. »Geht es Viola schlecht?«

Harras hebt den Kopf und gibt ein leises Winseln von sich, bevor sein Kopf wieder kraftlos auf die Wolldecke sinkt. Die Angst kriecht Friedhelm den Rücken hinauf. Er weiß nicht, wo Viola ist, aber er ist überzeugt, dass ihr etwas zugestoßen ist und ihr Hund das spürt. Diese Nacht wird er auf dem Boden vor dem Hundekorb verbringen, keine Minute wird er Harras aus den Augen lassen. Der Hund darf nicht sterben.

Wenn er bloß wüsste, wie er Viola finden soll. Die Zeitung mit dem Bild hat sie mitgenommen, und er hat längst vergessen, was unter dem Foto der Frau stand, die Viola so ähnlich sieht. Alles hat er vergessen, für Dinge, die nichts mit seinem Leben auf dem Hof zu tun haben, ist sein Kopf zu klein. Das war schon in der Schule so. Wütend hämmert er mit beiden Fäusten gegen seine Schläfen. Es klingt hohl. *Da ist nichts drin, nur Stroh*, hat seine Mutter immer gesagt, *nur Stroh*. Aber das stimmt nicht, in seinem Kopf ist ganz viel Liebe für Viola. Egal, was sie sich vorgenommen hat, egal, was sie mit der Pistole anstellt, er wird sie immer lieben. Wenn sie ins Gefängnis muss, wird er sie besuchen, sooft er kann. Nur sterben darf sie nicht.

Ächzend stützt er die Hände auf den Boden und erhebt sich. Er holt frisches Wasser für den Hund, und weil der nicht reagiert, flößt er es ihm mit einem Teelöffel in die Schnauze. Das meiste läuft daneben, aber ein wenig schluckt Harras doch. Dann schläft er ein und schnauft leise beim Atmen. Friedhelm hockt sich neben ihn, bereit, den Tod zu verscheuchen.

52 BENEDIKT KRAMER

Benedikt weiß nicht so recht, was er hier noch soll. Amy kann sonst wo sein, und ohne einen Anhaltspunkt wird er sie nicht finden. Er hat ausführlich mit Ingo telefoniert, der ziemlich niedergeschlagen wirkt. Wahrscheinlich dämmert ihm langsam, dass Bozanski ihnen ein weiteres Mal entkommen wird.

Nur um irgendwas zu tun, ist Benedikt doch noch nach Worpswede gefahren. Er hatte das Glück, sich einer Ortsführung anschließen zu können, die auch den Besuch der sogenannten Großen Kunstschau einschloss. Am meisten hat ihn wohl der kurze Aufenthalt auf dem Ortsfriedhof beeindruckt, bei dem es vor allem um den Besuch des Grabes von Paula Modersohn-Becker ging. Die Lebensgeschichte der Malerin, die so jung sterben musste, ließ seine Gedanken gleich wieder bei Amy landen, obwohl sie bis auf das Alter nichts mit der Künstlerin gemein hat. Im Anschluss hat er sich ein Stück Torte gegönnt, die ihm so schwer im Magen lag, dass er sich ausnahmsweise ein Nachmittagsschläfchen in seinem Hotelzimmer gestatten wollte. Davor hat er sich den Wecker gestellt, weil um siebzehn Uhr die Pressekonferenz aus Osterholz-Scharmbeck übertragen werden soll.

Jetzt ist es so weit. Benedikt kann sich das Grinsen nicht verkneifen, als Beate Elbreder ins Bild kommt. Ihre blau-gelb gewürfelte Bluse erinnert ihn an eine Tischdecke, und ihre Haare sehen aus, als hätte sie vergessen, sich zu kämmen, was für ihn durchaus im Bereich des Möglichen liegt. Sollte eine Maskenbildnerin sie darauf hingewiesen haben, dass man an der Frisur noch etwas verbessern müsste, hat die Elbreder ihr wahrscheinlich mit einer Verhaftung gedroht. Die Frau legt wirklich keinerlei Wert auf ihre Erscheinung. Eigentlich müsste man sie dafür bewundern, sie hat nicht viele Geschlechtsgenossinnen, die sich auf diese Weise dem Zeitgeist entziehen, aber er kann Beate Elbreder nicht leiden.

Sie hat eine Menge zu berichten. Die Kugeln, mit denen Irene Morisse getötet wurde, stammen aus derselben Waffe wie die, mit der man die Frau vor Amys Haustür niedergeschossen hat.

»Wir können mit Sicherheit sagen, dass die Waffe vor zwölf Jahren schon mal benutzt wurde, um zwei Polizisten zu töten. Der Tatverdächtige wird seit damals mit einem internationalen Haftbefehl gesucht. Leider können wir kein aktuelles Foto vorlegen, wir wissen aber, dass er unter dem Namen Dr. Roman Heimbach eine Ferienwohnung in Frankenburg gemietet hat und dass er einen älteren weißen

Kleinwagen fährt. Der Gesuchte ist siebenundsechzig Jahre alt, eine gepflegte Erscheinung. Er tritt sehr selbstbewusst auf.« An dieser Stelle gerät sie ins Stocken, weil sie die Blätter, die vor ihr auf dem Tisch liegen, neu sortieren muss. »Jetzt komme ich zu der Frau, die in Lilienthal angeschossen wurde. Ihre Identität ist nicht bekannt, weil sie keine Papiere bei sich führte. Sie ist etwa dreißig Jahre alt, klein und von schmächtiger Statur. Langes, sehr hellblondes Haar. Auffällig ist ein herzförmiger Blutschwamm, etwa handtellergroß, unter ihrem rechten Schlüsselbein. Wer glaubt, die Frau zu kennen…« Am unteren Bildrand wird die Telefonnummer der Kriminalpolizei in Osterholz-Scharmbeck eingeblendet.

Kein Wort über Amy, zum Glück, auch sonst kommt nichts mehr, das Benedikt weiterbringt. Die Bevölkerung wird gewarnt, dass der Gesuchte bewaffnet ist und äußerst gewaltbereit.

Seufzend stellt er den Apparat ab. Er öffnet den Kleiderschrank und schreibt die letzten Infos auf sein provisorisches Whiteboard. Dann betrachtet er den kleinen Stapel mit sauberer Wäsche und wählt einen schwarzen Feinstrickpulli aus, den er sich lässig über die Schultern legt, bevor er den Schrank wieder schließt. Vielleicht sollte er etwas ganz Naheliegendes tun und noch mal mit dem Ehemann reden.

Draußen empfängt ihn strahlender Sonnenschein. Immerhin etwas, das hier in Lilienthal positiv ist, das Wetter.

53 AMY

Nach dem Frühstück bin ich gleich wieder in meinem Zimmer verschwunden und habe ferngesehen, beinahe den ganzen Tag. Gegen Mittag hab ich bei einem Schnellimbiss gegessen, Pommes, eine Currywurst und dazu eine Cola. Wieder zurück im Hotel, vertreibe ich mir die Zeit mit Fernsehen.

Jetzt ist es siebzehn Uhr, und die Pressekonferenz, auf die ich schon den ganzen Tag warte, läuft. Atemlos höre ich zu. *Ein herzförmiger Blutschwamm unter dem rechten Schlüsselbein.* Ohne dass ich es will, schreie ich auf, presse aber sofort die Hand vor den Mund, obwohl ich allein bin. Viola. Zwölf Jahre lang war ich überzeugt, dass Viola tot ist, gestorben durch meine Schuld. Aber wenn das, was die Polizistin im Fernsehen sagt, stimmt, lebt Viola und ich bin keine Mörderin.

Ich kann kaum glauben, dass die Frau, die überhaupt nicht aussieht wie eine Polizistin, mir soeben ein neues Leben geschenkt hat.

Auf einmal scheint nicht Blut, sondern Sprudelwasser durch meine Adern zu fließen, prickelig und verheißungsvoll. Singen möchte ich, tanzen, irgendwen umarmen. Nein, nicht irgendwen, ich möchte Marco umarmen, ihm die ganze Geschichte erzählen, alles. Aber dann fällt mir auf, dass ich mich schon wieder in unrealistische Träume flüchte. Marco hat mich verlassen. Er interessiert sich nicht mehr für mich. Ich könnte den Polizisten mit den freundlichen Augen anrufen, der seit Ewigkeiten darauf wartet, dass ich ihm die Wahrheit erzähle. Benedikt. Er würde verstehen, was diese Nachricht für mich bedeutet. Dass ich befreit bin von einer schweren Schuld.

Doch ich habe mein Handy entsorgt. Ich kann niemandem erzählen, was gerade in mir vorgeht, und das ist auch gut so. Eine Weile laufe ich hin und her, ich breite beide Arme aus, drehe mich um mich selbst und kichere leise vor mich hin. »Viola lebt, und ich bin frei«, sage ich laut und wiederhole die Worte immer wieder, weil ich sie gar nicht oft genug hören kann. Meine Schwester lebt.

Ich tänzle zum Fenster und schaue runter auf den Verkehr, dann wieder betrachte ich mich in dem Spiegel, der von außen am Kleiderschrank angebracht ist. Wie schrecklich ich aussehe in dem Jogginganzug, der mir viel zu groß ist. Entschlossen öffne ich den Schrank und nehme das gelbe Sommerkleid vom Bügel. Ich streife den Jogginganzug ab und fühle mich dabei, als würde ich mich häuten, dann schlüpfe ich in das gelbe Kleid. Die Worte der Verkäuferin fallen mir ein. *Es passt perfekt, und das Gelb lässt Sie so wunderschön strahlen, als wäre das Kleid für Sie gemacht.*

Einmal, aber das ist schon sehr lange her, hat jemand mich auf der Straße angesprochen und gefragt, ob ich interessiert daran wäre, als Model zu arbeiten. Mit meinen Haaren und den hellen Augen würde ich einen ganz besonderen Typ verkörpern, zart und irgendwie nordisch. Eine Frau wie ich würde überall auffallen, und daraus ließe sich ganz bestimmt etwas machen. Gott, wenn ich nur daran denke, voller Entsetzen habe ich den Kopf geschüttelt, wahrscheinlich würde ich das heute immer noch tun. Diese Begegnung gab den Ausschlag dafür, mich hinter langweiligen Kleidern zu verstecken und mein Haar in der Öffentlichkeit immer zusammenzubinden. Ich wollte nicht auffallen, mich nicht mehr hübsch machen, für niemanden.

Bis heute.

Und jetzt? Wie feiert man ein neues Leben, wenn man

allein ist und sich vor einem Mörder verstecken muss? Mein Blick fällt auf den kleinen Kühlschrank mit der Zimmerbar, bestückt mit kleinen Weinflaschen, zwei Piccolos, Dosenbier und Mineralwasser. Aber mit Wasser werde ich bestimmt nicht feiern.

Ehrlich gesagt, trinke ich so gut wie nie Alkohol, ich kann also nicht beurteilen, ob der Wein gut ist oder schlecht, vermutlich untere Mittelklasse wie das ganze Hotel. Aber das ist mir egal. Ich hole mir eine Flasche von jeder Sorte. Mit dem Rotwein fange ich an. Vor dem Spiegel proste ich mir zu. *Auf bessere Zeiten, Amy!*

Der Wein schmeckt süßlich, und es dauert nicht lange, bis er leer ist. Egal, ich schraube einfach die Flasche mit dem Weißwein auf. Der Sekt ist als Nächstes dran, süß, aber süffig. Als ich irgendwann auf das Bett sinke, dreht sich die neue Welt in meinem Kopf und ich schlafe mit einem seligen Lächeln ein. Ich bin so betrunken, dass ich nicht mal traurig bin, weil niemand hier ist, der mich festhält und meine Freude teilt.

54 FRIEDHELM SCHWARZ

Friedhelm flößt dem Hund Wasser mit dem Löffel ein und wischt den Boden sauber, wenn Harras unter sich macht. Es will einfach nicht besser werden. Einmal war er schon drauf und dran, das Gewehr zu holen, weil das Tier ihm so leidtut, aber er kann ihn nicht erlösen, weil er Angst hat, damit Viola zu töten. Verrückt, seine Mutter hätte ihn ausgelacht, und doch ist er überzeugt, dass es eine Verbindung gibt zwischen ihr und ihrem Hund. Nur weil ein Hohlkopf wie Friedhelm manche Dinge nicht erklären kann, müssen sie nicht falsch sein.

Irgendwann hält er es nicht mehr aus neben dem reglosen Tier. Er rennt nach draußen und setzt sich auf sein Moped. Und dann fährt er die Landstraße hoch über den Berg und wieder runter und schließlich quer durch den Wald und von dort auf die Kreisstraße. Egal, wie kraus es in seinem Kopf auch aussehen mag, Friedhelm verirrt sich nie, und er weiß genau, wie er sein Ziel erreichen kann. Warum es ihn ausgerechnet an diesen Ort zieht, versteht er selbst nicht, vielleicht hat Viola ihm diesen Gedanken geschickt.

Die alte Försterei ist immer noch unbewohnt. Es heißt, jemand hätte sie gekauft, wäre aber noch nie hier aufgetaucht. Friedhelm versteht nicht, warum jemand sein gutes Geld für ein Gebäude ausgibt, in dem so etwas Schreckliches passiert ist. Niemand aus der Gegend würde hier wohnen wollen.

Direkt neben der Zuwegung hat jemand ein Schild eingeschlagen. Mühsam entziffert Friedhelm die Buchstaben.

PRIVATGRUNDSTÜCK. ZUFAHRT VERBOTEN.

Ein Schlagbaum, rot-weiß gestreift, versperrt die Einfahrt. Er sieht ziemlich neu aus und ist mit einem Schloss gesichert.

Dahinter sind Gras und Brennnesseln so hoch gewachsen, dass er auch ohne Schlagbaum gar nicht mit dem Moped weiterkäme. Auf den zweiten Blick fällt ihm eine Schneise aus platt gedrückten Gräsern und Stängeln auf. Irgendwer ist hier in letzter Zeit durchgefahren, mit einem Auto, wie es aussieht, aber nicht heute, dafür sind die Spuren nicht frisch genug. Der Besitzer wahrscheinlich, wer sonst könnte die Schranke aufschließen. Oder irgendeiner aus dem Dorf, der sich ein paar Euro verdient, indem er hier im Auftrag des Besitzers dann und wann nach dem Rechten schaut.

Bestimmt kommen ständig Leute her, Neugierige, die den Ort sehen wollen, wo vor vielen Jahren so etwas Schreckliches passiert ist, und darum hat der Besitzer den Schlagbaum anbringen lassen.

Soll er einfach umdrehen, wieder nach Harras schauen? Nein. Er ist doch nicht die ganze Strecke gefahren, um sich von so einem Stück gestreiftem Holz aufhalten zu lassen. Mit grimmiger Entschlossenheit schiebt Friedhelm sein Moped in die Büsche und geht zurück zur Straße, um sich zu vergewissern, dass man sein Fahrzeug von dort nicht sehen kann. Dann klettert er über den Schlagbaum, fühlt sich aber nicht wohl dabei und beschließt, sich vorsichtshalber neben der Zuwegung in die Büsche zu schlagen. Falls jemand beim Haus ist, soll er ihn nicht sehen, schließlich steht auf dem Schild, dass er nicht hier sein darf. Geduckt schleicht er vorwärts, immer parallel zum zugewucherten Weg. Er versucht, keine Geräusche zu verursachen, doch egal, wie er sich auch bemüht, der trockene Waldboden knackt bei jedem Schritt verräterisch unter seinen Füßen. Hoffentlich hört ihn niemand. Im nächsten Augenblick flattert ein Vogel auf, und über ihm zetert ein Häher, als wolle er von seiner hohen Warte aus auf den Störenfried hinweisen, der glaubt, er könne sich unbemerkt dem Haus nähern.

Nach ein paar Minuten, in denen sein Herz immer schneller klopft und er ernsthaft in Erwägung zieht, wieder umzukehren, wird die ehemalige Revierförsterei sichtbar. Die Fenster hat man mit dicken Brettern zugenagelt, und die Türen sind mit stabilen Vorhängeschlössern gesichert. Nach all der Zeit hat der Wald sich das Grundstück zurückerobert. Überall wachsen Büsche und kleine Bäume, sogar unter dem

Dach der Remise, wo ein alter Trecker vor sich hin gammelt. Mehr Fahrzeuge kann Friedhelm nicht ausmachen, dafür bemerkt er eine Gruppe von Dompfaffen auf einem halb umgestürzten Zaun, der früher vermutlich zur Einfriedung des Gemüsegartens diente. Hier ist niemand. Mit einem beherzten Satz tritt er aus dem Gebüsch in das Sonnenlicht. Die Dompfaffen fliegen erschrocken davon.

Vor der Haustür steht ein ähnliches Schild wie an der Straße. Auch hier sind Fremde nicht willkommen. Es sieht nicht so aus, als hätte irgendwer versucht, die alte Försterei wieder herzurichten oder wenigstens den Wildwuchs einzudämmen. Wieder fragt er sich, was der Besitzer mit dem Gebäude vorhaben mag. Komisch ist das alles.

Seit er ein kleiner Junge war, liebt Friedhelm Wald. Wenn sein Vater mal wieder zu viel getrunken hatte, bot der Wald ihm Zuflucht, er umarmte ihn mit seinen grünen Armen und nahm ihn in sich auf. Im Wald fühlte er sich angenommen, hier draußen war er keiner mehr, über den die anderen lachten, weil er nur Stroh im Kopf hatte. Und nicht zuletzt hat der Wald ihm seine Frau geschenkt, Viola.

Nie hat er sich im Wald gefürchtet, aber jetzt kann er überdeutlich spüren, dass dieser Ort ihn nicht willkommen heißt. Hier ist das Böse zu Hause, auch wenn niemand mehr hier wohnt. Dieser Mann hat etwas zurückgelassen. Oder – und der Gedanke lässt Friedhelm nach Luft schnappen – er ist zurückgekehrt, um auch noch die letzte seiner Frauen zu töten. Viola.

Auf einmal weiß er gar nicht mehr, was ihn hergezogen hat. Hastig macht er sich auf den Rückweg, diesmal nimmt er den direkten Weg zur Straße, dort, wo jemand vor Kurzem die Brennnesseln platt gefahren hat.

Er sollte sich besser um den Hund kümmern.

55 BEATE ELBREDER

Sonntags geht Beate Elbreder gewöhnlich in die Kirche. Auch wenn sie sich nach außen gern kalt und unnahbar gibt, als könnte weder das Leid der Opfer noch die abstoßende Skrupellosigkeit einiger Täter sie erschüttern, braucht sie manchmal einen Ort des Trostes.

Auf die Predigt könnte sie verzichten, da hört sie kaum hin. Beate Elbreder hat ein ganz eigenes Verhältnis zu ihrem Gott, das keine Worte braucht, wohl aber die stolze Erhabenheit dieses alten Gemäuers.

Wenn sie sich auf eine der grau gestrichenen Holzbänke setzt und ihren Blick zu den hohen Bleiglasfenstern hebt, die Jesus' Leidensweg darstellen, fühlt sie sich Gott so nah, wie es einer pragmatischen Frau wie ihr möglich ist. Die schlichte Schönheit der Kirche erfüllt sie mit Ehrfurcht, jedes Mal, wenn sie hier sitzt. In früheren Zeiten, als das Leben der Menschen von schwerer Arbeit, Dunkelheit und Armut geprägt war, muss solch ein Ort ihnen wie ein Blick auf das Paradies vorgekommen sein. Damals hat man geglaubt, dass das Leben nach dem Tod besser wäre als das jämmerliche Dasein, das man auf Erden fristen musste, und die Kirche in ihrer Herrlichkeit schien das zu bestätigen. Beate ist nicht sicher, ob es ein Leben nach dem Tod gibt, doch sie kann sich schwer vorstellen, dass da nichts mehr kommen soll, und wenn das, was sie erwartet, Ähnlichkeit hätte mit dem, was sie in dieser Kirche fühlt, wäre sie sehr zufrieden.

Heute muss sie auf ihren Kirchgang verzichten. Amy Maiwald ist nach wie vor verschwunden, und zwei Angler haben um fünf Uhr morgens ein ausgebranntes Autowrack entdeckt. Ein Kleinwagen mit abgeschraubten Kennzeichen, der nicht länger als zwei Tage dort stehen kann, weil die beiden vor zwei Tagen an derselben Stelle geangelt haben.

Die Kriminaltechniker haben den Wagen bereits untersucht. Es handelt sich um einen alten Ford Fiesta, der mal weiß lackiert war. Im Kofferraum sind sie auf Reste eines Koffers gestoßen. Viel war darin nicht mehr zu erkennen, verkohlte Überbleibsel von Kleidungsstücken, deren Farbe sich nur noch erahnen lässt. Ein weißer Fiesta älteren Baujahrs – wahrscheinlich sind sie auf den Wagen von Roman Heimbach alias Roman Bozanski gestoßen. Um das zu beweisen, fehlen ihnen leider DNA-Spuren, die lassen sich an einem ausgebrannten Autowrack wohl nicht mehr finden. Dieser Bozanski ist raffiniert, er hat sogar daran gedacht, die Nummer im Motorblock abzufeilen, allerdings nur oberflächlich.

Wenn wir Glück haben, können wir die Nummer rekonstruieren, meinte der Kollege aus der Forensik. *Der Kerl hatte nicht das richtige Werkzeug dabei.*

»Der Mann ist energetischer Heiler und kein Handwerker«, hat Beate gelacht.

Wenigstens ein Lichtblick in dieser unerfreulichen Angelegenheit.

56 AMY

Es geht mir hundsmiserabel. In meinem Magen rumort es, als würde jemand den Inhalt mit einem Kochlöffel umrühren, und ich muss ständig sauer aufstoßen. Nicht gerade ein vielversprechender Anfang für den ersten Tag meines neuen Lebens, aber daran bin ich selbst schuld.

Gestern Abend habe ich die gesamte Minibar geleert, sogar das Bier, obwohl es überhaupt nicht geschmeckt hat.

Während ich mit geschlossenen Augen im Bett liege, erstelle ich in Gedanken eine Liste. Duschen, das gelbe Kleid anziehen – keine hässlichen Verkleidungen mehr –, frühstücken, den Hotelbesitzer fragen, wie das Zimmertelefon funktioniert, packen, zwei Anrufe erledigen, zahlen und verschwinden, bevor man die Anrufe zurückverfolgen kann. Genau so werde ich es machen.

»Oh, heute sehen Sie ja entzückend aus!« Der Hotelbesitzer zwinkert mir zu und zeigt seinen Goldzahn.

»Danke schön. Sie können die Rechnung fertig machen. Ich ziehe aus.«

»Zurück zu Ihrem Mann? Ja, Sie gehen zurück, das sehe ich Ihnen an. Und Sie freuen sich schon.« Lachend stützt er beide Hände auf den Tresen. »Nicht jeder Streit muss gleich das Ende einer Ehe bedeuten.«

Warum sollte ich sein Strahlen zerstören, soll er doch glauben, was er will. Also nicke ich und öffne die Tür zum Frühstücksraum. Das ältere Ehepaar, das ich gestern Morgen schon gesehen habe, befindet sich im Aufbruch. Sie grüßen freundlich, und ich erwidere den Gruß.

Es braucht einen Moment, bis mein Magen den Kaffee akzeptiert, aber dann scheint es, als hätte sich ein Schalter umgelegt und alle Körpersysteme hochgefahren. Jetzt bin ich wirklich wach. Während ich frühstücke, ein gebuttertes Brötchen, dazu Rührei und eine aufgeschnittene Tomate, überfliege ich noch mal in Gedanken meinen Plan für den heutigen Tag. Am wichtigsten scheint mir, dass ich die Anrufe wirklich erst in letzter Minute tätige. Vorläufig ist es wichtig, sogar überlebenswichtig, dass niemand mich ausfindig machen kann. Erst wenn alles erledigt ist, und ich denke, bis dahin vergehen ein paar Monate, werde ich mich aus der Deckung wagen.

Wieder im Zimmer, werfe ich alle Sachen in die Tasche, auch den hässlichen Jogginganzug, etwas Schöneres einkaufen kann ich später, wenn alles vorüber ist. Ich weiß jetzt, wie ich von dem Telefon aus ein Gespräch führen kann. Also hole ich mein Portemonnaie hervor und lege die Visitenkarte vor mich auf den kleinen Tisch.

Die erste Nummer, die ich wähle, ist die von Marco.

»Hier ist Amy. Ich wollte dir nur sagen, dass mir alles sehr leidtut. Ich hätte ehrlich sein sollen und dir von meiner Vergangenheit erzählen. Aber ich…« Gott, ist das schwer. Ich schlucke und nehme erneut Anlauf. »Ich war einfach so glücklich und hatte Angst, dass du dann nicht mehr mit mir zusammen sein willst. Nun ist trotzdem alles kaputtgegangen. Aber jetzt… ich weiß endlich, was ich tun kann, damit ich mich nicht für den Rest meines Lebens verstecken muss.« Ich ignoriere seine aufgeregte Stimme, die Bitte, sich mit ihm zu treffen, und lege auf. Für den zweiten Anruf brauche ich erheblich länger, und als er beendet ist, habe ich eine Verabredung. Ich greife nach der Tasche und fühle mich wie jemand, der auf eine große Reise geht.

Der Hotelbesitzer verzieht keine Miene, als ich erkläre, den gesamten Inhalt der Minibar bezahlen zu müssen.

»So was muss manchmal sein«, brummt er und rechnet alles zusammen. Meine kleine Privatfeier war ein teures Vergnügen, aber das ist nicht schlimm. In naher Zukunft wird so etwas nicht mehr vorkommen.

Bevor ich auf die Straße trete, suchen meine Augen gewohnheitsmäßig nach Bozanski, auch wenn ich beinahe sicher bin, dass er mich hier nicht finden kann. Die alte Wachsamkeit ist mir bereits wieder in Fleisch und Blut übergegangen. Es wird sicher ewig dauern, sie endgültig abzulegen. Aber ich weiß jetzt, dass dieser Tag kommen wird.

57 MARCO

Sonntags trifft Marina sich mit ihren Freundinnen zum Brunchen. Schon seit vielen Jahren. Ihr Angebot, sie zu begleiten, hat er ausgeschlagen. So eine Runde von kichernden Frauen in Marinas Alter, allesamt unbemannt, könnte er jetzt nicht ertragen.

Seit er gestern Amys Wohnung verlassen hat, hockt er vor dem Computer. *Heimbach 2006*. Damals haben die Zeitungen sich überschlagen mit ihren Mutmaßungen, was auf dem Hof in der Rureifel passiert sein könnte. Am Ende schien nur festzustehen, dass ein durchgeknallter angeblicher Wunderheiler mit mehreren Frauen auf einem abgelegenen Gehöft gelebt und die gemeinsamen Nachkommen an gut betuchte kinderlose Eheleute verhökert hat. Und wie Marco jetzt weiß, gehörte Amy zu seinen Anhängerinnen. Als alles aufflog, hat der Mann die Frauen getötet, abgeschlachtet, heißt es in einem Bericht, und ist geflohen. Die einzige Überlebende hat sich später aus dem Fenster gestürzt. Aber Amy lebt noch, und Marco wüsste gern, warum. Warum hat dieser Typ sie nicht ebenfalls umgebracht? Es gibt Mutmaßungen, dass Frauen entkommen sein könnten, aber keine Beweise.

Kann es sein, dass Amy gemeinsam mit diesem Kerl die Morde begangen und sich dann aus dem Staub gemacht hat? Ist sie eine Mörderin? Es soll ja Frauen geben, die alles tun für den Mann, in den sie sich verliebt haben. Könnte das auf Amy zutreffen?

Darüber braucht er nicht eine Sekunde nachzudenken. Nein. Amy ist kein schlechter Mensch. Die Vorstellung ist völlig absurd, und er schämt sich beinahe für diesen Gedanken. Egal, was damals passiert ist, Amy könnte keiner Fliege was zuleide tun. Die Kinder lieben sie, das stand in allen Elternbriefen, und Kinder haben ein gutes Gefühl für Menschen. Er selbst hat sie doch auch geliebt, oder nicht? In jedem Fall hat er sich zu ihr hingezogen gefühlt, zu ihrer sanften Art, der ätherischen Zerbrechlichkeit, zu den blauen Augen, in denen er absolute Ehrlichkeit zu erkennen glaubte. Bullshit. Sie ist eine Lügnerin. Aber keine Mörderin. Niemals. Und sie ist ihm nicht egal, im Gegenteil, er kann an gar nichts anderes mehr denken, nur daran, dass sie irgendwo allein ist, weil er sie im Stich gelassen hat.

Verdammt, warum geht sie nicht ans Telefon? Dann könnte er sagen, dass sie nach Hause kommen soll. Dass er sie vermisst und dass er sich schäbig fühlt. Diese Geschichte in der Eifel ist ewig her, mit dem Hier und Jetzt hat sie gar nichts zu tun. Sie soll einfach erzählen, und er wird zuhören und sie dabei im Arm halten.

In diesem Moment klingelt sein Telefon. Eine Nummer mit Bremer Vorwahl. Nach kurzem Zögern nimmt er das Gespräch an. Amy. Sie lässt ihn gar nicht zu Wort kommen. Offenbar hat sie ihre kleine Rede genau überlegt und will sich nicht unterbrechen lassen.

»Amy, was hast du vor? Wo bist du? Ich komme sofort! Amy, bitte …« Aufgelegt. Mit fliegenden Fingern tippt Marco auf seinem Handy, bis die Nummer des zuletzt eingegangenen Anrufs erscheint, dann drückt er auf die Wahltaste. Sie nimmt nicht ab. Er drückt auf Wahlwiederholung. Jetzt ist besetzt. Wieder und wieder versucht er, sie zu erreichen, bestimmt fünf Minuten lang ist besetzt, dann ertönt wieder das Freizeichen. Irgendwann muss er einsehen, dass Amy nicht bereit ist, das Gespräch fortzusetzen. Sie will nicht mit ihm reden. Dann muss er sie eben anhand der Nummer ausfindig machen.

Mithilfe von Marinas PC findet er heraus, dass sie aus einem Hotel in Gröpelingen telefoniert hat. Er ruft direkt in der Rezeption an.

»Hotel Belgrad«, brummelt jemand und hängt einen unverständlichen Namen an, der osteuropäisch klingt.

Hastig bringt Benedikt sein Anliegen vor. »Gerade habe ich einen Anruf aus Ihrem Hotel bekommen, eine junge Frau, sie heißt Amy Maiwald. Ist sie noch im Haus?«

Der Mann am Telefon atmet zwar hörbar, sagt aber kein Wort.

»Ach so, ich bin Polizist. Es ist wichtig. Die Frau befindet sich in Lebensgefahr.«

Immer noch Schweigen.

»Es ist wirklich wichtig.«

»Ich gebe keine Auskünfte über meine Gäste, mein Herr, schon gar nicht am Telefon. Das darf ich gar nicht. Wie soll ich wissen, ob Sie wirklich bei der Polizei sind? Tut mir leid.« Klick.

Natürlich hat der Mann recht, trotzdem ist Marco wütend. Mit zusammengekniffenen Augenbrauen tippt er ein paar Eingaben in den PC.

Laut Google Maps wird er zwanzig Minuten mit dem Wagen brauchen. Ohne Frühstück. Aber darauf kann er verzichten. Er wird sofort aufbrechen.

Kurz überlegt er, vorher noch Frau Elbreder anzurufen, verwirft den Gedanken jedoch. Falls Amy noch im Hotel ist, will er der Erste sein, der mit ihr redet. Und so, wie er sie einschätzt, muss er sich beeilen, bevor sie erneut verschwindet.

58 AMY

Thomas Gärtner fährt einen dunklen Geländewagen mit auswärtigem Kennzeichen, der aussieht, als hätte er viel Geld gekostet. Anscheinend verkaufen sich seine Bücher sehr gut. Er steigt nicht aus, sondern lehnt sich über den Beifahrersitz und öffnet die Tür.

»Steigen Sie ein, Frau Maiwald. Sie haben wirklich Glück, dass Sie mich noch erreicht haben. Nachdem ich gestern mehrfach versucht habe, Sie auf Ihrem Handy anzurufen, und Sie nicht rangegangen sind, wollte ich eigentlich meine Zelte hier abbrechen. Sie waren die Letzte auf der Liste meiner Interviewpartner, und ich dachte, dass Sie nicht interessiert sind, genau, wie Ihr Mann es prophezeit hat.«

»Das tut mir leid. Ich habe mein Handy verloren«, lüge ich.

»Was für ein Pech. Hoffentlich sind Sie versichert.« Er nimmt seine Brille ab, verstaut sie in einem silbernen Etui, das er in der Mittelkonsole deponiert, zieht eine Sonnenbrille mit dunkelblauen Gläsern aus seiner Brusttasche und setzt sie auf. Dann schaut er in den Seitenspiegel und nutzt die erste Lücke, um sich in den laufenden Verkehr einzufädeln. Beim Fahren konzentriert er sich auf das Geschehen auf der Straße und schaut kein einziges Mal zu mir rüber. Ehrlich gesagt, kann ich Stille gerade nicht so gut aushalten, deshalb nehme ich den Gesprächsfaden wieder auf. »Nein, ich bin nicht versichert, aber mein Handy war schon älter. Ich hab schon länger über ein neues Modell nachgedacht.« Die zweite Lüge innerhalb von wenigen Minuten, dabei habe ich mir vorgenommen, nur noch die Wahrheit zu sagen. Wäre mein neues Leben ein Buch, hätte ich die erste Seite bereits mit zwei Flecken verdorben. Das muss anders werden.

»Wie geht es Ihrem Mann?«

Dieses Mal bleibe ich bei der Wahrheit. »Keine Ahnung. Wir haben uns getrennt.«

Jetzt schaut er mich doch an. »Oh, das tut mir leid. Hat es mit seinem Job zu tun, mit der monatelangen Trennung?«

»Auch«, sage ich vage.

»Entfremdung der Ehepartner, das habe ich schon zweimal in den letzten Wochen gehört. Einmal haben die Eheleute eine Therapie gemacht und wieder zueinandergefunden. In dem anderen Fall kam es zu einer Scheidung. So etwas ist natürlich sehr traurig.« Sein Blick streift mich ein zweites Mal. »Was halten Sie von einem kleinen Imbiss? Da vorn ist ein Bistro, sieht ganz nett aus.«

Ohne meine Antwort abzuwarten, lässt er den Wagen in eine Parkbucht rollen. Er wechselt wieder die Brille, steigt aus, geht um den Wagen herum und öffnet mir die Tür. Er reicht mir sogar die Hand, damit ich leichter aussteigen kann. Als ich neben ihm stehe, fällt mir auf, wie angenehm er riecht, nach Holz und irgendwas Süßlichem. Mein Kopf reicht ihm nur bis zur Schulter, und ich merke, dass allein seine Anwesenheit ausreicht, um mich sicher zu fühlen. Jetzt bin ich restlos überzeugt, dass er der Richtige ist für meinen Plan.

Drinnen sieht das Bistro, das sich *Pierre* nennt, alles andere als nett aus, eher so, als sollte man besser nichts von dem essen, das hinter der schmierigen Scheibe der Auslage feilgeboten wird. Der Salat auf den Tellern wirkt bereits angewelkt, und der Käse auf den Baguettes wellt sich an den Rändern. Die Bedienung starrt die ganze Zeit auf ihr Handy und tippt mit beiden Daumen gleichzeitig. Ihre Jeans ist mit Herzen und roten Rosen bestickt, und auf ihrem Shirt steht vorn *Wild Child*. Sie schaut kurz auf, sagt aber nichts.

»Was für ein herzlicher Empfang«, murmelt Herr Gärtner. »Vielleicht bestellen wir nur Kaffee.«

Ich nicke, obwohl ich am liebsten gar nichts zu mir nehmen würde. Mir ist übel, und ich weiß nicht, ob es an meiner kleinen Feier am Vorabend, dem üppigen Frühstück oder an meiner Aufregung liegt. Wir suchen uns einen Platz am Fenster.

»Falls es hier möglich ist, etwas zu bestellen, hätten wir gern zwei Becher Kaffee.« Ich staune, wie autoritär Thomas Gärtner klingen kann, ganz anders, als ich ihn kennengelernt habe.

Schuldbewusst legt die Blondine ihr Telefon beiseite. »Sofort. Möchten Sie auch etwas essen?«

»Danke. Nur Kaffee.«

Kurz darauf stehen zwei Becher mit dampfend heißem Kaffee vor uns, und die Bedienung kann sich wieder ihrem Smartphone widmen.

Thomas Gärtner nippt an seinem Kaffee und nickt mir aufmunternd zu. »Kann man trinken.«

Vor mir sitzt ein Mann, den nichts und niemand aus dem Gleichgewicht bringt. Souverän. Weltgewandt. Wie soll ich den Mut aufbringen, ihm von meiner Idee zu erzählen? Und was werde ich tun, wenn er mich einfach auslacht, mir erklärt, dass meine Geschichte viel zu klein und unbedeutend ist für einen Bestsellerautor wie ihn?

»Kennen Sie den Mann da draußen?«, unterbricht er meine Gedanken. »Der starrt die ganze Zeit zu uns rüber.«

Mein Kopf fliegt herum. Auf der anderen Straßenseite steht ein alter Mann mit einer Prinz- Heinrich-Mütze. Er hält einen Hund an der Leine. Nicht Bozanski, stelle ich erleichtert fest. »Meinen Sie den Mann mit dem Dackel? Den hab ich noch nie gesehen.«

»Nein, den anderen. Aber der ist gerade weitergegangen. Vergessen Sie es, manchmal sehe ich Gespenster. Und trinken Sie Ihren Kaffee, bevor er kalt wird. Ich glaube, den kann man nur heiß genießen.«

Er soll mich nicht für unhöflich halten, deshalb trinke ich in kleinen Schlucken von dem viel zu starken Gebräu und achte sehr genau darauf, nicht den Mund zu verziehen und damit zu verraten, dass ich den Kaffee scheußlich finde.

»Nicht, dass Sie mich jetzt für neurotisch halten, Frau Maiwald. Aber in der Vergangenheit hab ich in meinen Büchern das eine oder andere heiße Eisen aufgegriffen. Manchen Leuten hat das nicht gefallen. Es gab anonyme Drohbriefe, die mich zum Glück nur über den Verlag erreichen konnten, weil ich erfolgreich versuche, meine Privatadresse geheim zu halten. Einmal wurde mein Auto völlig zerkratzt, während ich in einem Lokal einen Informanden getroffen habe. Aber keine Sorge«, lacht er unbekümmert. »Ich habe gelernt, damit zu leben. Ich wechsle regelmäßig die Handynummer, bin nie allein im Dunkeln unterwegs und trage für den Notfall ein Messer bei mir. Aber pst.« Mit einem spitzbübischen Grinsen legt er den Zeigefinger vor seinen Mund. »Verraten Sie mich bitte nicht, das Tragen von Messern dieser Art ist in Deutschland nämlich verboten. Ich musste es auch noch nie benutzen. Wahrscheinlich würde ich das im Ernstfall gar nicht fertigbringen. Ich fühle mich damit einfach sicherer.« Er hält inne und schaut mich besorgt an. »Meine Güte, Sie sind ja ganz blass geworden. Zurzeit besteht absolut keine Gefahr. Dieses Buch über Soldaten ist, gemessen an dem, was ich vorher geschrieben habe, total harmlos. Sie müssen sich nicht fürchten. Wahrscheinlich hab ich mir das Interesse des Mannes bloß eingebildet. Er ist auch gar nicht mehr zu sehen.« Jetzt lehnt er sich vor und schaut mich nachdenklich an. »Wenn ich das sagen darf, wirken Sie heute ganz anders auf mich als bei meinem Besuch in Ihrer Wohnung. Nicht so eingeschüchtert. Damals hab ich gedacht… befürchtet… mal ehrlich, hat Ihr Mann Sie geschlagen?«

»Nein!«, rufe ich erschrocken. »Jedenfalls nicht mit Absicht. Er leidet unter heftigen Albträumen und schlägt manchmal im Schlaf um sich. Das hat mit seiner Zeit in Afghanistan zu tun.« Verlegen starre ich auf meine Hände, die den Kaffeebecher umschließen, der zum Glück so gut wie leer ist.

»Alles klar, es war ja nur eine Frage. Darf ich dich Amy nennen? Ich heiße Thomas, das weißt du ja schon. Ich finde, so redet es sich gleich viel leichter. Immerhin wirst du mir ja Dinge erzählen, über die du nicht so gern sprichst, wie mir scheint.« Er lächelt. »Also Thomas und du. Einverstanden?«

»In Ordnung.« Ohne dass ich es will, ergießt sich tiefe Röte über mein Gesicht. Ich bin es einfach nicht gewohnt, unbefangen mit fremden Männern zu reden. Das sollte ich dringend ändern.

»Gut. Dein Mann leidet also durchaus unter seinen Kriegserlebnissen. Er will aber keine Schwäche zeigen und nach außen wie ein harter Kerl wirken, wie ein echter Krieger eben, und darum sollst du nicht darüber reden. Stimmt's, Amy?«, fragt er sanft, fast schon zärtlich.

Vielleicht ist er nur so nett, damit ich mich gut aufgehoben fühle und alles erzähle, auch das, was ich eigentlich für mich behalten möchte. Ein Mann wie Thomas Gärtner, der schon viele erfolgreiche Bücher geschrieben hat, ist sicher geübt darin, Menschen die Scheu vor seinen Fragen zu nehmen und ihnen alle Geheimnisse zu entlocken. Hoffentlich ist er am Ende nicht enttäuscht.

Obwohl ich gerade Kaffee getrunken habe, ist mein Mund plötzlich wie ausgedörrt. Ich befeuchte meine Lippen mit der Zunge und räuspere mich. Dann sage ich entschieden: »Über Marco kann ich in Wirklichkeit nicht viel sagen. Wir kennen uns doch kaum. Diese überstürzte Heirat war im Nachhinein ein Fehler. Er ist auch nicht damit einverstanden, dass ich über uns rede. Marco findet nämlich, dass ich gar keine echte Soldatenfrau bin.« Ich verziehe den Mund. »Stimmt ja auch.«

Er lächelt mich ermunternd an. Offenbar soll ich weiterreden.

»Ich habe Sie... dich«, verbessere ich schnell. »Ich habe dich angerufen, weil ich über mich sprechen möchte. Über meine Geschichte. Für einen Journalisten wie dich ist sie vielleicht von Interesse.«

Daran, wie er jetzt die Brauen hochzieht, erkenne ich, dass die wenigen Worte bereits seine Neugierde geweckt haben. Das erleichtert mir das Weiterreden, leicht fällt es mir trotzdem nicht.

»Amy ist nicht mein richtiger Name. In Wahrheit heiße ich Rose.«

Ich weiß gar nicht, wann ich diesen Namen zuletzt laut ausgesprochen habe, Rose. Mir war auch nicht klar, dass sich im selben Augenblick, als der Name über meine Lippen kommt, eine Tür zu meiner Kindheit öffnet. Ich sehe mich mit Viola und Amaryllis durch einen Garten laufen, in dem bunte Windspiele aus Perlen und Federn in den Büschen hängen. Eine weiße Katze streicht schnurrend um meine nackten Beine, den Schwanz steil nach oben gerichtet. Isis, den Namen hat meine Mutter ausgesucht, und ich fand ihn schrecklich. Wenn es nach mir gegangen wäre, hätten wir die Katze Schneeflöckchen genannt. Aber es ging nicht nach meinen Wünschen, nie.

Ich war die Älteste und für meine Schwestern verantwortlich, obwohl Viola, die nur elf Monate jünger und zwei Zentimeter kleiner war als ich, immer die Anführerin sein wollte.

Außerhalb der Schule blieben wir überwiegend uns selbst überlassen, wir sollten frei aufwachsen, ganz ohne Regeln, *von der Natur lernen, was wichtig ist*, sagte unsere Mutter gern. Was damit gemeint war, erklärte sie uns nicht. Sie wünschte sich wilde Mädchen, richtige Räubertöchter, die sich vor nichts und niemandem fürchteten, und sie konnte sehr böse werden, wenn gejammert wurde oder gar geweint. Deshalb ließ ich mir nicht anmerken, wie unglücklich ich war.

Wir lebten auf dem Dorf. Die Kinder in der Schule lachten uns aus, weil wir komisch angezogen waren und keine Süßigkeiten essen durften. Wir wurden überall ausgeschlossen. Nicht mal die Mutter meiner einzigen Freundin Lena erlaubte, dass ich zu Besuch kam. Als wäre mein Anderssein ansteckend. Nachts träumte ich von einer richtigen Familie, von einem Vater, der mit uns lachte und unsere Fahrräder reparierte, und einer Mutter, die ihre Kinder abends ins Bett brachte und ihnen Geschichten vorlas. Es fiel mir schwer, ein mutiges Mädchen zu sein, aber ich bemühte mich von Herzen, weil ich keinen enttäuschen wollte, schon gar nicht meine wunderschöne Mutter mit den hüftlangen blonden Haaren.

Die Erinnerung überrollt mich mit solcher Macht, dass ich kaum noch Luft bekomme. Mir ist übel, und ich spüre, dass Schweißtropfen auf meiner Stirn stehen. Ich schließe die Augen und krampfe unter dem Tisch meine Hände zusammen, bis die Nägel sich so heftig ins Fleisch bohren, dass es schmerzt. Jetzt bloß nicht in Tränen ausbrechen.

Zwei warme Finger legen sich unter mein Kinn und heben den Kopf ein wenig an. »Geht es dir nicht gut, Amy? Soll ich etwas anderes als Kaffee bestellen? Hast du heute überhaupt schon etwas gegessen?«

Mühsam reiße ich die Augen auf und schüttele den Kopf, der sich auf einmal anfühlt, als würden die Schädelknochen sich mit leisem Knarren übereinanderschieben. »Nein. Ich krieg nichts runter. Vielleicht sollten wir lieber…«

»…an die frische Luft gehen«, beendet er den Satz für mich. »Bevor du mir noch umkippst.« Wie durch einen Nebelschleier nehme ich wahr, dass er um die Rechnung bittet und zahlt. Dann scharrt sein Stuhl über den Boden, er steht hinter mir und fasst nach meinem Oberarm.

»Komm. Dahinten ist ein kleiner Park. Bestimmt finden wir eine Bank, auf der du dich kurz ausruhen kannst. Oder möchtest du zu einem Arzt?« Seine Stimme kommt von weit weg, so, als befände ich mich unter Wasser und er am Ufer. Der Boden scheint zu schwanken, als er mich vorsichtig aus dem Bistro dirigiert.

»Ganz langsam, nicht, dass du stolperst und dich verletzt. Immer einen Fuß vor den anderen, gleich haben wir es geschafft.«

59 MARCO

Es klingelt. Für zwei Sekunden stellt er sich vor, dass Amy dort steht, aber der Anruf kam ja aus Bremen und sie müsste schon fliegen können, um so schnell nach Zeven zu gelangen.

Als er sieht, wer vor der Tür steht, würde er am liebsten

gar nicht öffnen. Andererseits ist er neugierig, was der Besucher will, also schließt er auf.

Es ist der Mann, den er hier im Treppenhaus gesehen hat und der angeblich Polizist sein soll. Er hält seinen Dienstausweis bereits parat, und Marco macht sich einen Spaß daraus, ihn ganz genau zu studieren und zweimal das Gesicht zu vergleichen.

»Nordrhein-Westfalen«, sagt er dann spöttisch. »Darf ich fragen, was Sie hier zu suchen haben? Ich dachte immer, das Land Niedersachsen kann sich eine eigene Polizei leisten.«

»Herr Maiwald, Ihre Frau ist nach wie vor verschwunden. Hat sie sich hier gemeldet?«

Muss er überhaupt darauf antworten? Am besten sagt er erst mal gar nichts, aber damit ist der Bulle nicht zufrieden.

»Ja oder nein?«

»Wie wäre es, wenn ich mal zur Abwechslung die Fragen stelle? Warum nennen Sie meine Frau die ganze Zeit Amy, als wären Sie mit ihr befreundet? Und warum haben Sie so ein unglückliches Gesicht gemacht, nachdem Sie mit meiner Frau geredet haben? Ich spreche von dem Tag, an dem Sie im Treppenhaus gesessen haben. Laut Ihrem Dienstausweis kommen Sie aus Nordrhein-Westfalen. Heimbach, das liegt doch in Nordrhein-Westfalen. Wie ist es möglich, dass Sie Amy persönlich kennen, obwohl sie nach allem, was ich im Netz finden konnte, nach diesen Morden auf dem Hof verschwunden war? Können Sie das erklären?«

»Nein. Es reicht, dass ich damals einer der Ermittler war und Amy aus dieser Zeit kenne. Nicht alles, was damals geschah, ist an die Öffentlichkeit gelangt. Ihre Frau befand sich in großer Gefahr und musste geschützt werden. Und jetzt scheint es so, als befände sie sich erneut in großer Gefahr. Ich wiederhole meine Frage: Hat Amy Sie inzwischen kontaktiert? Wir kriegen das sowieso raus, aber es dauert. Wären Sie also bitte so zuvorkommend, den Dienstweg abzukürzen und diese einfache Frage zu beantworten? Immerhin geht es um Ihre Frau.«

Vielleicht erweist es sich am Ende als Fehler, aber es geht ja wirklich um Amys Leben. »Sie hat mich vor wenigen Minuten angerufen. Aus einem Hotel in Bremen. Ich wollte gerade hinfahren.«

»Was genau hat sie gesagt? Ist sie allein dort?«

»Keine Ahnung, aber ich denke schon, dass sie allein ist. Sie hat gesagt, dass sie jetzt weiß, was sie tun kann, damit sie sich nicht für den Rest ihres Lebens verstecken muss. Dann hat sie aufgelegt.«

»Name und Adresse des Hotels, ich mache mich sofort auf den Weg.«

»Warum Sie und nicht Frau Elbreder von der Kripo Osterholz?« Diese Frage muss einfach sein, und sie ist Kommissar Kramer nicht angenehm.

»Ja, das ginge natürlich auch«, sagt er schließlich hölzern. »Aber das würde jetzt zu viel Zeit in Anspruch nehmen.«

»Sie können hinter mir herfahren. Mehr ist nicht drin. Wenn Amy noch dort ist, will ich zuerst mit ihr reden.«

Wider Erwarten gibt der Polizist sofort nach. »In Ordnung. Ich werde Ihnen folgen. Und versuchen Sie nicht, mich abzuhängen.«

Während Marco seinen BMW entriegelt, steigt der Polizist aus NRW in einen hellgrauen Toyota. Marco ist sich sicher, den Wagen schon mal gesehen zu haben, auf dem Parkstreifen vor dem Haus. Der Typ hat sie also beschattet. Warum? Was, wenn Amy sich gar nicht vor diesem geheimnisvollen Heiler, sondern vor diesem Polizisten versteckt?

60 BENEDIKT KRAMER

Ein Hotel der unteren Mittelklasse. Ein Hotelbesitzer, der aussieht wie ein alternder Opernsänger, ein Ehemann, der ihn nicht aus den Augen lässt. Amy hat sich unter ihrem Namen ein Zimmer genommen. Vor etwa fünfundzwanzig Minuten hat sie ausgecheckt und bar bezahlt.

Nachdem Benedikt seinen Dienstausweis gezückt und seine Fragen gestellt hat, macht der Hotelbesitzer ein betretenes Gesicht. Man kann ihm seine Enttäuschung ansehen. Er hat geglaubt, eine harmlose junge Frau zu beherbergen, und jetzt wird sie von der Polizei gesucht.

»Als sie hier ankam, tat sie mir leid. Sie wirkte so verloren. Und ängstlich, das auch. Komische Klamotten hatte sie an, viel zu groß und in so einem schrecklichen Lila. Dazu eine von diesen Baseballkappen. Eine Verkleidung, hab ich gleich gedacht, und mich gefragt, warum sie so hässlich aussehen will. Da waren Flecken in ihrem Gesicht, als hätte sie vor nicht allzu langer Zeit Prügel bezogen. Ich habe angenommen, dass sie sich vor ihrem Mann verstecken muss.« Bekümmert schüttelt er den Kopf. »Sie hat ihn doch wohl nicht ...« Mit dem Zeigefinger fährt er über seine Kehle.

»Ich habe meine Frau nicht geschlagen«, poltert Marco Maiwald los.

Auf dem Gesicht des Mannes macht sich Verlegenheit breit, hilflos zuckt er die Schultern. »Ich hab sie kaum gesehen, nur zum Frühstück. War eine von den Stillen. Gestern Abend hat sie allerdings die ganze Minibar leer gesoffen, alles durcheinander, sah reichlich blass aus um die Nase beim Frühstück. Ist aber alles ordnungsgemäß bezahlt, außerdem zwei Telefongespräche von ihrem Zimmerapparat.«

Zwei Telefonate. Sie hat also nicht nur mit ihrem Mann gesprochen. »Wissen Sie zufällig, wen sie angerufen hat?«, fragt Benedikt.

»Nein. Ich sagte ja gerade, dass sie vom Zimmer aus telefoniert hat.«

»Lassen sich die Nummern über die Wahlwiederholung nachvollziehen?«

Seufzend hebt der Hotelbesitzer die Hände gen Himmel. »Schön wäre es. Aber unsere Telefonanlage ist uralt und hat nicht so viele technische Möglichkeiten. Sie wird ja kaum noch genutzt, die meisten Leute nutzen heute ein Handy. Sie müssten sich direkt an die Telekom wenden.«

Das wäre der offizielle Weg. Dafür braucht Benedikt allerdings einen Richterbeschluss, und den wird er ohne offizielle Ermittlungen nicht bekommen. Die einzige Chance wäre, sein Wissen an Frau Elbreder weiterzugeben. Die wird ihm allerdings im Leben nicht verraten, wen Amy angerufen hat. Andererseits spielt das keine Rolle mehr. Heute ist sein letzter Tag hier oben, morgen früh um acht muss er hinter seinem Schreibtisch in Düren Platz nehmen. »Wurde sie abgeholt?«

»Keine Ahnung, ich hab niemanden gesehen. Sie ist mit ihrer Reisetasche zur Tür hinausspaziert, mehr weiß ich nicht. Aber heute früh sah sie ganz anders aus als bei ihrer Ankunft, richtig hübsch. Sie trug ein bezauberndes Kleid und wirkte ziemlich entschlossen. Ich dachte, sie hat sich mit ihrem Mann versöhnt.« Versonnen streicht er mit der Handfläche über den Tresen. »Ich hab mich für sie gefreut. So eine nette junge Frau, hab ich gedacht, die hat es doch verdient, glücklich zu sein.« Er seufzt. »Hat sie was Schlimmes angestellt?«

»Darüber können wir Ihnen keine Auskunft geben, das verstehen Sie sicher. Aber nein, sie hat nichts angestellt. Wir suchen sie als Zeugin.« Er überlegt kurz. »Kann ich mal ihr Zimmer sehen?«

»Meinetwegen. Da ist aber noch nicht geputzt.«

»Umso besser.«

»Hmm, ich weiß nicht, ob das so in Ordnung ist. So ein Papier vom Gericht haben Sie wohl nicht dabei, oder?«

»Sie meinen einen Durchsuchungsbeschluss? Nein, das geht nicht so schnell«, behauptet Benedikt kühn.

Der Hotelbesitzer scheint mit sich zu kämpfen, schließlich öffnet er eine Schublade unter dem Tresen und holt einen Schlüssel heraus. »Ich begleite Sie«, erklärt er feierlich. »Damit alles seine Ordnung hat.«

Benedikt kann nicht verhindern, dass Marco Maiwald ihnen folgt. Das hier ist keine legale Aktion, und er muss froh sein, dass der Hotelbesitzer sich darauf einlässt. Jetzt nichts sagen, das den Kroaten zweifeln lässt. Auf halbem Weg kommt ihnen ein Ehepaar, schwer beladen mit Koffern, entgegen.

»Ach, Herr Zoltan. Können wir sofort bezahlen? Wir haben verschlafen, und jetzt müssen wir sehen, dass wir unseren Zug noch erreichen.« Die Frau lacht kreischend, und ihr Mann gibt ein erschöpftes Schnaufen von sich. »Am besten bestellen Sie uns schon ein Taxi zum Hauptbahnhof.«

»Oh … ja dann … Sie sind ja von der Polizei.« Kurz entschlossen drückt er Benedikt den Schlüssel in die Hand. »Dritter Stock.«

Allein, um seine Nervosität zu bekämpfen, nimmt Benedikt die Treppe. Er kann nicht verhindern, dass Marco Maiwald ihn leichtfüßig überholt, der Mann ist fünfundzwanzig Jahre jünger und offenbar topfit. Als Benedikt oben ankommt, ist er völlig außer Atem. Marco Maiwald merkt man nichts an.

Seite an Seite betreten sie den Raum. Amy hat alles

ordentlich zurückgelassen, die Handtücher hängen an den dafür vorgesehenen Haken, das Bett ist akkurat gemacht, der Schrank leer. Ein Blick in die Minibar bestätigt die Aussage des Besitzers, Amy hat alles ausgetrunken und die leeren Flaschen im Papierkorb entsorgt. Bestimmt war ihr das heute Morgen peinlich.

Sie verabschieden sich von dem Mann, der Zoltan heißt, und machen sich auf den Heimweg, jeder in seinem eigenen Wagen. Auf der Autobahn gibt Marco Maiwald Gas und ist bald schon nicht mehr zu sehen.

61 BEATE ELBREDER

Schon wieder dieser nervige Benedikt Kramer.

»Amy hat heute Morgen ihren Mann angerufen. Die Nummer ließ sich im Netz zurückverfolgen, *Hotel Belgrad* in Bremen Gröpelingen. Leider ist sie direkt nach dem Telefonat ausgezogen.«

Wenn das stimmt, stellt sich die Frage, woher er das alles weiß und warum er sie nicht umgehend informiert hat. Wütend funkelt sie ihn an. »Das ist ja hochinteressant. Und warum erfahre ich das jetzt erst?«

»Weil es um jede Minute ging. Ich habe gehofft, Amy noch anzutreffen. So war es aber nicht. Am Telefon hat sie ihrem Mann gesagt, dass sie jetzt weiß, was sie tun muss, um sich nicht für den Rest ihres Lebens verstecken zu müssen. Es gab aber noch einen weiteren Anruf von ihrem Zimmertelefon. Keine Ahnung, mit wem sie gesprochen hat. Sie sollten unbedingt ...«

»Danke. Ich weiß selbst, was zu tun ist, Herr Kramer. Ich leite dieses Dezernat nicht erst seit vorgestern. Darf ich erfahren, woher Sie von dem Anruf bei Herrn Maiwald wussten?«

»Ich habe ihn heute früh aufgesucht. Wenn einer weiß, wo Amy sein könnte, dann ja wohl der Ehemann. Bei der Gelegenheit hat er von dem Anruf erzählt. Er wollte gerade los, und ich habe ihn begleitet.«

»*Hotel Belgrad*, sagen Sie? Ich werde mich darum kümmern. Ich!«, wiederholt sie zur Sicherheit.

Seufzend hebt er beide Hände. »Schon klar. Ich muss heute ohnehin nach Hause fahren. Mein Urlaub ist zu Ende, morgen bin ich wieder im Dienst. Kriminalpolizei Düren, meine Karte haben Sie ja. Ich wäre Ihnen dankbar, wenn Sie mich auf dem Laufenden halten.«

»Warum?«

»Weil das mal mein Fall war und es so aussieht, als ließen sich die offenen Fragen doch noch klären.« Abschätzend sieht er sie an. »Kennen Sie das nicht selbst? Eine offene Ermittlungsakte, die einem nicht aus dem Kopf gehen will, auch nicht nach Jahren?«

Natürlich kennt sie das. »Wir haben einen ausgebrannten Kleinwagen gefunden, wahrscheinlich das Fahrzeug, mit dem Roman Bozanski hier aufgetaucht ist. Offenbar hat er den Wagen gewechselt, nachdem er auf diese Frau geschossen hat, und wollte durch das Feuer seine Spuren beseitigen. Die Fahndung nach einem weißen Kleinwagen älteren Baujahrs können wir wohl einstellen.«

Gott, warum erzählt sie das überhaupt? In den Augen des Kollegen aus Düren blitzt es interessiert auf.

»Er will nicht, dass wir über den Wagen seine Adresse rauskriegen.«

Er sagt schon wieder *wir*. Diesmal lässt sie es unkommentiert stehen, weil er schon so gut wie weg ist.

»Ja, so ähnlich stelle ich mir das vor. Vielleicht wohnt er gar nicht in Mannheim.«

»Unwahrscheinlich. Wenn das Kennzeichen des Wagens nicht zu der angegebenen Adresse gepasst hätte, wäre das der Vermieterin der Ferienwohnung aufgefallen und sie hätte es erwähnt, als sie ihn vermisst gemeldet hat«, wirft Oberkommissar Kramer ein. Kluger Kopf.

»Kann sein«, muss Beate zugeben, wenn auch nicht gern. »Aber das bringt uns nicht weiter. Warum ist die junge Frau überhaupt abgetaucht? Die Polizei hat ihr doch schon einmal das Leben gerettet. Irgendwie undankbar, oder?« Nachdenklich öffnet sie die Dose mit den Salmiakpastillen und lässt eine davon in ihren Mund wandern. Seit sie nicht mehr raucht, und das sind jetzt mehr als zehn Jahre, ist sie süchtig nach Salmiakpastillen, eine kleine Schwäche, die weder die Gefäße schädigt noch dick macht. Außerdem gibt es nicht viele Menschen, die diese Vorliebe teilen, sie muss also nichts von ihren schwarzen Schätzchen abgeben. »Halten Sie es für ausgeschlossen, dass die beiden in Kontakt stehen? Bozanski und Amy Maiwald? Wusste er, dass er nicht auf Amy schießt, sondern auf ihre Schwester? Steckt vielleicht etwas ganz anderes dahinter, als wir denken?«

Unwillig schüttelt er den Kopf. Schau an, ihre Überlegung gefällt ihm nicht. »Ausgeschlossen. Sie hat Angst vor Bozanski, das dürfen Sie mir ruhig glauben. Was hat sie, verdammt noch mal, vor?« Er schluckt und fährt sich mit beiden Händen durch die Haare. »Ich frage mich, ob sie auf die wahnwitzige Idee gekommen ist, Bozanski eine Falle zu stellen. Aber wie und was hat sie dann vor? Will sie ihn erschießen? Womit? Das traue ich ihr nicht zu.«

»Was soll ich dazu sagen?«, seufzt Beate, bevor sie zugibt, keine Idee zu haben, was Amy Maiwald bezwecken könnte. »Im Gegensatz zu Ihnen kenne ich die junge Frau ja nicht mal.« Und dann beschließt sie, noch etwas zu verraten. »Bei der Verletzten, die offenbar die Schwester ist, haben wir übrigens eine Waffe gefunden, eine alte Militärpistole. Geladen. Wollte sie damit Amy Maiwald töten? Was denken Sie?«

Wie erwartet hat Kriminalrat Kramer keine Antwort parat. »Keine Ahnung. Wo kommt diese Schwester auf einmal her? Lebt sie vielleicht mit Bozanski zusammen? Sollte sie Amy in seinem Auftrag töten?«

»Und dann knallt er sie vor Amys Haustür ab? Das ist Unsinn, Herr Kollege.«

Kramer errötet. »Stimmt. Wie geht es ihr überhaupt? Ist sie ansprechbar?«

»Nein. Sie liegt noch im künstlichen Koma. Morgen soll sie erneut operiert werden. Wenn ich alles richtig verstanden habe, geht es bereits um die spätere Rekonstruktion des Gesichts. Lebensgefahr scheint aber nicht mehr zu bestehen.«

Benedikt Kramer erhebt sich schwerfällig, dann streckt er ihr ganz unerwartet seine Hand entgegen, und sie ist so perplex, dass sie die Hand ergreift, obwohl sie ungern andere Menschen anfasst.

»Ich mache mich auf den Weg. Wie schon gesagt, ich wäre dankbar, wenn Sie mich auf dem Laufenden halten.«

»Mal sehen.« Wenn er sie besser kennen würde, wüsste er zu würdigen, wie ungewöhnlich dieses Zugeständnis für Beate Elbreder ist, dieses vage Versprechen, gegen ihre Prinzipien zu verstoßen. Nicht umsonst nennt man sie die Eiserne Lady.

62 AMY

Das Erste, das ich wahrnehme, ist ein merkwürdiger Druck auf den Ohren. Als Nächstes bemerke ich einen eigentümlich bitteren Geschmack im Mund. Ich habe geschlafen, warum und wie lange? Ich weiß es nicht. Ein Geruch dringt in mein Bewusstsein, feucht und moderig, als würde ich in einem Grab liegen. Entsetzt schlage ich die Augen auf. Es ist dunkel hier, aber ich befinde mich nicht unter der Erde. Es dauert einen Moment, bis meine Augen sich an das Dämmerlicht gewöhnt haben, dann erkenne ich an der Wand gegenüber das allgegenwärtige Kreuz, das ich jeden Abend vor dem Einschlafen anschauen musste. Es scheint, als würde es mich hämisch begrüßen. *Da bist du ja wieder, Rose. Hast du wirklich geglaubt, du kannst weglaufen?*

Mühsam versuche ich, mich aufzurichten, doch sofort dreht sich alles in meinem Kopf, sodass ich mich auf die Unterlage zurückfallen lasse. Eine Weile liege ich einfach nur da, ohne mich zu bewegen, dann wende ich ganz vorsichtig den Kopf. Ich liege auf einer Matratze, die sich klumpig anfühlt und klamm. Nicht mal ein Laken gibt es, und mir kommt der Gedanke, dass die Matratze schon ewig hier auf dem Boden liegt und von irgendwelchen widerlichen Insekten bewohnt wird, aber ich bin zu erschöpft, um mich zu ekeln, obwohl ein stechender Geruch nach Fäulnis aus der Unterlage aufsteigt.

Wie bin ich hierhergekommen? Meine letzte klare Erinnerung ist der Kaffee in dem Bistro. Ich wollte Thomas Gärtner alles erzählen, habe geglaubt, wenn ein Buch über Bozanski erscheint, wenn alles publik wird, was damals auf dem Hof *Weiße Sonne* passiert ist, wenn all das Schreckliche ans Tageslicht kommt, wird die Polizei ihn doch noch finden und ich darf endlich unbeschwert leben. Aber dann ist mir schlecht geworden von der ganzen Aufregung und dem viel zu starken Kaffee, so schlecht, dass wir vor die Tür gehen mussten. Als Nächstes erinnere ich mich an eine Hand, die etwas ekelhaft Stinkendes auf mein Gesicht presst. Danach nur noch an Dunkelheit, Motorengeräusche und das Schwanken eines Wagens. Ich habe auf dem Rücken gelegen und unter mir eine harte Fläche gespürt. Wahrscheinlich befand ich mich im Kofferraum eines Autos, aber genau weiß ich es nicht, weil ich immer wieder weggedämmert bin und nicht unterscheiden kann, was Traum ist und was die Realität.

Aber das hier ist kein Traum. Jemand hat mich zurück auf den Hof *Weiße Sonne* gebracht. Nein, nicht jemand. Er. Bozanski. Wer sonst?

Wie dumm ich doch war, mir einzubilden, ich könnte ihn mithilfe eines furchtlosen Journalisten besiegen. Stattdessen hat Bozanski mich gefunden, bevor ich alles erzählen konnte. Im Bistro ist Thomas ein Mann aufgefallen, der uns durch die Scheibe beobachtet hat. Dieser Mann muss Bozanski gewesen sein. Warum um alles in der Welt haben meine Alarmglocken nicht laut geschrillt? Habe ich verlernt, auf mich aufzupassen?

Thomas. Ist er etwa auch hier? Als ich den Kopf mit einer heftigen Bewegung drehe, wird mir so übel, dass ich mich mit aller Kraft darauf konzentrieren muss, nicht zu erbrechen. Krampfhaft schlucke ich die aufsteigende Säure runter.

Es scheint, als wäre der Raum leer bis auf die Matratze und das Kreuz an der Wand. Offenbar bin ich hier allein. Entweder hat Bozanski meinen Begleiter in einem der anderen Zimmer untergebracht, oder er hat ihn längst aus dem Weg geräumt. Mir ist klar, dass ein Toter mehr oder weniger keine Rolle für ihn spielt. Der Göttliche steht über den Normalsterblichen, wir sind nur seine Spielfiguren.

Ich versuche, mich an das Gesicht von Thomas Gärtner zu erinnern, an seine freundlichen Augen hinter den Brillengläsern, seine Stimme, die fürsorgliche Art, wie er mich aus dem Bistro geleitet hat, und die Erinnerung lässt mich aufschluchzen. Wahrscheinlich ist er tot, und das ist allein meine Schuld. Ich habe ihn in etwas Lebensbedrohliches hineingezogen, ohne ihn auf die drohende Gefahr hinzuweisen. Ich fühle mich schrecklich. Was mit Thomas passiert ist, werde ich vermutlich nie erfahren, auch nicht, ob er im letzten Moment noch sein Messer gezückt hat. Und dann begreife ich endgültig, dass ich verloren bin. Bozanski wird mich töten. Hier, auf dem Hof *Weiße Sonne*, wo alles begann, und er wird jede Minute genießen.

Es mag unwichtig sein, aber ich befinde mich nicht in dem Zimmer, das ich mit meinen Schwestern geteilt habe. Die Tür ist zu weit rechts. Wer von den Mitgliedern der Gemeinschaft hier geschlafen hat, weiß ich allerdings nicht. Zuerst habe ich geglaubt, dass es so dunkel ist, weil ich mitten in der Nacht aufgewacht bin, aber jetzt sehe ich, dass Bozanski das Fenster von außen vernagelt hat. Durch die schmalen Ritzen zwischen den einzelnen Brettern rieselt ein wenig Helligkeit in den Raum, also muss es Tag sein. Winzige Staubpartikel flirren in den Straßen aus Licht, die quer durch den Raum führen. Warum hat Bozanski mich ausgerechnet hierhergebracht? Sein ursprünglicher Plan muss doch gewesen sein, mich einfach auf offener Straße zu erschießen. Doch seine Kugel hat Viola getroffen, meine tot geglaubte Schwester, und genau wie ich wird auch er die Nachrichten verfolgt haben und wissen, dass ihm ein Fehler unterlaufen ist. Nein. Bozanski macht keine Fehler. Vermutlich wusste er genau, auf wen er schießt, genau wie er wusste, wo er mich finden kann. *Wer die Gemeinschaft verrät, muss sterben.* Bis heute habe ich mich daran gehalten, in der irrigen Annahme, ihn damit besänftigen zu können. Ich habe geschwiegen, als Benedikt Kramer jeden Abend an meinem Bett saß und mich mit sanfter, aber beharrlicher Freundlichkeit dazu bringen wollte, zu reden. Wie jung ich damals war, fast noch ein Kind. Ehrlich gesagt, war ich ein bisschen verliebt in den gut aussehenden Polizisten, auch wenn er vom Alter her mein Vater hätte sein können. Den ganzen Tag habe ich auf ihn gewartet, und wenn er endlich kam, mit Kuchen oder Pralinen, war ich so befangen, dass ich kaum den Mund aufkriegte.

Ich habe auch geschwiegen, als die Verhörspezialisten vom Landeskriminalamt mich in die Mangel genommen haben, tagelang, wochenlang, eine Frau und ein Mann, immer abwechselnd.

Ich habe sogar geschwiegen, als der Mann, den ich liebe und mit dem ich alt werden wollte, nach meiner Vergangenheit gefragt hat, geschwiegen und gelogen. Und ich habe geschwiegen, als Benedikt Kramer nach zwölf Jahren plötzlich wieder vor mir stand.

Am Ende war das alles völlig sinnlos, vielleicht sogar ein großer Fehler. Bozanski hat mich ausfindig gemacht, und ich werde mein Wissen mit ins Grab nehmen. Nie wird jemand erfahren, was damals auf dem Hof *Weiße Sonne* wirklich passiert ist. Hätte ich doch nur geredet.

Ein kalter Luftzug streicht über meinen Nacken. Mein Kopf fliegt herum. Der Umriss eines Menschen zeichnet sich im Türrahmen ab.

63 BENEDIKT KRAMER

Benedikt war gestern so müde, dass er sich eine Pizza bestellt hat und danach einfach auf sein Bett gesunken ist, ohne den Koffer auszupacken oder irgendwo anzurufen. Immerhin war sein Parkplatz frei, und das hat ihn zum Grinsen gebracht. Vielleicht gelingt es ihm ja, sich mit seiner Nachbarin zu versöhnen. Es war schon ein angenehmes Arrangement, dass sie seine Pakete angenommen und er im Gegenzug ab und an nach ihrem Rasenmäher geschaut hat.

Auf dem Weg zum Präsidium holt er sich ein belegtes Brötchen und einen Coffee to go, den er während der Fahrt trinkt, obwohl das fast schlimmer ist als Telefonieren am Steuer.

Dass ausgerechnet Anita die Erste ist, die ihm über den Weg läuft, ist der erste Minuspunkt des Tages und bestimmt kein Zufall.

»Hey, Reisender, endlich wieder da?« Sie hat Lippenstift aufgelegt, Pink mit einem Stich ins Violette, und spitzt albern die Lippen.

Er nickt flüchtig und geht weiter, bevor sie ihn in ein Gespräch verwickeln kann. Die Kollegen begrüßen ihn freudig, auf seinem Schreibtisch stapelt sich die Arbeit, und nach zwei Stunden ist es beinahe so, als wäre er nie fort gewesen. Kurz vor der Mittagspause steht plötzlich Ingo in seinem Büro.

»Na, wie weit bist du in Lilienthal gekommen?«

Bereitwillig erzählt Benedikt, was er weiß. »Das mit dem Wagen find ich allerdings seltsam. Erst gibt er sich alle Mühe der Welt, uns wissen zu lassen, dass er vor Ort ist. Dann vernichtet er seine Spuren. Leuchtet mir nicht ein.«

Ingo zieht sich einen Stuhl heran und setzt sich. »Vielleicht hätte der Wagen uns zu seiner aktuellen Adresse geführt.«

»Du sagst auch schon *uns*. Du meinst wohl die Kripo in Osterholz oder besser Frau Elbreder.« Dann beschreibt er die Kollegin, übertreibt dabei ein wenig, sodass sie am Ende herzlich lachen.

»Und Amy Maiwald ist spurlos verschwunden? Glaubst du, dass Bozanski sie irgendwo abgefangen hat?«

»Kann ich mir kaum vorstellen. Irgendwas hat sie vor. Aber was? Keine Ahnung. Ich fürchte, sie überschätzt sich.«

Ingo überlegt kurz, dann sagt er nachdenklich: »Oder wir irren uns, und sie braucht keine Angst vor Bozanski zu haben. Im Grunde wissen wir bis heute nicht, was damals wirklich vorgefallen ist.«

»Vor drei Tagen wollte Bozanski sie erschießen«, wirft Benedikt ein und merkt wieder einmal, dass er es schwer aushält, wenn Leute schlecht von Amy denken. Das, was Ingo da andeutet, gefällt ihm nicht, er weiß selbst nicht, warum, aber er muss sie verteidigen. Dabei hat Ingo nicht unrecht. Sie haben keine Ahnung, was sich tatsächlich auf dem Hof *Weiße Sonne* abgespielt hat und wie Amy damals entkommen konnte.

Ingo verschränkt die Hände hinter seinem Nacken und schaut hoch zur Zimmerdecke. »Das könnte so sein. Richtig. Getroffen hat es aber ihre Schwester. Du kannst nur vermuten, dass der Schuss Amy gegolten hat. Vielleicht hält sie immer noch Verbindung zu Bozanski, und die beiden wussten, dass die Schwester im Anmarsch ist, und wollten sie aus irgendeinem Grund aus dem Weg räumen. Überleg doch mal, über die Schwester wissen wir nichts. Wo war sie die ganze Zeit? Warum taucht sie mit einer Pistole in der

Tasche auf, nachdem sie Amys Bild in der Zeitung gesehen hat? Oder siehst du da keinen Zusammenhang?«

»Doch, ich kapiere bloß nicht, was das eine mit dem anderen zu tun haben könnte. Ich baue auf Frau Elbreder«, sagt Benedikt grinsend.

Ingo schlägt vor, nach Feierabend ein Bier zu trinken, und Benedikt willigt ein. Mit Ingo war er ewig nicht unterwegs, genau genommen, seit es ihnen nicht gelungen ist, diesen verfluchten Fall zu lösen.

64 FRIEDHELM SCHWARZ

Langsam scheint es Harras besser zu gehen, er hat gefressen, wenn auch nicht so gierig wie sonst, aber Friedhelm ist erleichtert. Vielleicht ist er dumm, so dumm, wie seine Mutter immer behauptet hat, aber er glaubt fest daran, dass es Viola, wo immer sie sein mag, auch besser geht.

Friedhelm hockt auf dem Boden neben dem Hundekorb und streichelt über Harras' mächtigen Kopf. Heute Vormittag war er auf dem Friedhof, der alte Schmied ist gestorben und soll morgen früh beerdigt werden.

Friedhelm redet nicht gern bei der Arbeit, aber heute hat er den Pfarrer getroffen und plötzlich den Drang verspürt, das zu sagen, was ihm durch den Kopf geht. In letzter Zeit sterben so viele Leute, als läge ein Fluch über dem Dorf. Der Pfarrer hat nachsichtig den Kopf geschüttelt und gemeint, das wäre Unsinn. *Die Toten der letzten Wochen waren allesamt alt. Leben und Sterben gehören zusammen, Friedhelm. Der alte Schmied ist gestorben, und die Gerti aus dem Gasthof hat Zwil-*

linge bekommen. Der eine geht, der andere kommt, der ewige Kreislauf. Das mag so stimmen, aber die Zeiten sind schlecht, Viola ist fort, und Friedhelm weiß nicht, was mit ihr ist und ob sie wiederkommt.

Als er gestern Abend im Bett lag und sich schrecklich einsam gefühlt hat, hat er überlegt, ob er zum Bahnhof nach Düren fahren und fragen soll, ob sich jemand an Viola erinnert und weiß, wohin sie gefahren ist. Aber was würden die von ihm denken? Dass er ein Depp ist, der sich nicht mal merken kann, wohin seine Frau verreist. Das geht nicht. Außerdem müsste er zuerst den Bus nach Düren nehmen, und Friedhelm ist schon ewig nicht mehr mit dem Bus gefahren, er weiß gar nicht, wie das heutzutage funktioniert.

Komisch, aber die alte Försterei geht ihm nicht aus dem Kopf. Er muss heute noch mal dorthin fahren, aber er weiß nicht, warum. *Hör auf dein Gefühl*, sagt Viola immer, und daran wird er sich einfach halten. Viola ist klug und weiß immer einen Rat.

»Was meinst du, Harras, soll ich da noch mal hin?«

Der Hund regt sich nicht, er ist wieder eingeschlafen.

»Ach was, ich bleibe«, murmelt Friedhelm. »Das kostet nur Sprit.«

Er geht raus auf den Hof, holt sich eine Drahtrolle und eine Zange und macht sich daran, den Zaun um den Gemüsegarten zu flicken. Wenn die Hühner erst das Loch entdecken, sieht es schlecht aus für die kleinen Salatpflanzen. Einmal passt er nicht auf und sticht sich den Draht in den linken Daumen. Er ist einfach nicht bei der Sache, denkt die ganze Zeit nur an Viola.

Nachdem er seine Arbeit erledigt hat, erfüllt ihn für einen Moment tiefe Zufriedenheit.

Zurück im Haus, erwartet ihn der Hund. Er schaut Friedhelm an, dann tapst er Richtung Tür, wahrscheinlich muss er sein Geschäft erledigen.

»Geht's dir besser, Harras?«

Friedhelm stößt die Tür mit dem Fuß auf und freut sich, dass der Hund tatsächlich ins Freie will. Anders als sonst hebt er nicht das Bein, sondern hockt sich zum Pinkeln hin, dann lässt er sich auf die Seite fallen und schließt die Augen. *Guck, unser Harras tankt wieder Sonne*, sagt Viola immer, wenn er so auf dem warmen Gras liegt.

Friedhelm holt sich einen Hocker und setzt sich daneben. Heute wird er endlich die Bettwäsche von der Leine nehmen. Später. Jetzt muss er Harras beim Gesundwerden zuschauen und hoffen, dass es Viola gut geht. Lange hält er es allerdings nicht aus. Er muss etwas tun.

Er lässt Harras in der Sonne weiterschlafen und steigt auf sein Moped. Er wird eine Weile weg sein, aber egal, außer Harras braucht ihn hier ja niemand. Und Harras muss sich ausruhen, um gesund zu werden.

Der Schlagbaum ist geschlossen, wie beim letzten Mal, doch Friedhelm sieht sofort, dass jemand mit dem Auto hier war, weil das Gras ganz flach auf dem Boden liegt. Wieder versteckt er das Mofa, bevor er zwei Meter neben der Zuwegung Richtung Haus schleicht und sorgfältig darauf achtet, immer im Sichtschutz von Buschwerk und Bäumen zu bleiben. Als wäre es verboten, durch den Wald zu streifen.

Das Haus sieht aus wie gestern, alle Fenster verbrettert, die Tür verschlossen. Heute steht allerdings ein Auto neben dem Trecker. Das Kennzeichen ist ihm fremd. Was ist, wenn der Mann, vor dem Viola sich so fürchtet, wieder da ist? Friedhelm wagt nicht, sein Versteck zu verlassen. Der Mann bringt alle Menschen um, die sich ihm in den Weg stellen, hat Viola gesagt. Vielleicht hat der böse Mann Viola gefunden und hierher zurückgebracht, um wieder schlimme Sachen mit ihr zu machen.

Beim nächsten Mal sollte Friedhelm besser das Gewehr mitnehmen. Und den Hund. Wenn Viola hier ist, wird Harras das merken.

Aber Harras ist noch nie im Anhänger mitgefahren. Bestimmt ist das Ganze mal wieder eine dumme Friedhelm-Idee, die nicht funktioniert.

65 BEATE ELBREDER

Ein Anruf aus Süddeutschland. Die Frau am anderen Ende klingt aufgeregt, sie scheint zu den wenigen Menschen zu gehören, für die eine Polizistin noch eine Respektsperson ist. Ständig verhaspelt sie sich beim Reden, sogar bei ihrem eigenen Namen.

»Nun mal ganz ruhig«, sagt Beate. »Worum geht es denn überhaupt?«

»Ich bin am Samstag beim Zappen zufällig auf *Bremen 3* gelandet. Da ging es um die blonde Frau mit dem herzförmigen Blutschwamm unter dem Schlüsselbein. Und da hab ich mich gefragt, ob es sich um die kleine Viola Engels handeln könnte. Na ja, klein ist sie natürlich nicht mehr, das ist ja schon ewig her. 1994 muss das gewesen sein, da war sie acht, so wie meine Tochter, und die beiden gingen in eine Klasse. Und die ist jetzt zweiunddreißig. Also meine Tochter, aber um die geht es ja nicht.«

Beate hat den Namen bereits notiert. Viola Engels.

»Vielleicht ist sie es ja auch gar nicht. Aber dieser Blutschwamm, so etwas kommt nicht so häufig vor«, tönt es aus dem Telefon.

»Wir wissen bereits, dass die verletzte Frau mit Vornamen Viola heißt. Erzählen Sie doch bitte, was Sie über die Frau wissen, also über das Kind.« Gott, jetzt redet sie selbst schon wirres Zeug.

»Na ja, was soll ich sagen? Wir wohnen hier eher ländlich, eine kleine Gemeinde, wo noch jeder jeden kennt. Nicht ganz«, räumt sie ein. »Aber damals war es noch so. Als diese Frau mit ihren drei Töchtern ein Haus gemietet hat, um einen esoterischen Laden zu eröffnen, war das eine kleine Sensation. Hedwig hieß sie, Hedwig Engels, und sie hatte keinen Mann, nur diese hübschen Kinder. Selbst war sie keine so große Schönheit, dafür strahlte sie etwas aus, das manche Leute anzog. Männer«, fügt sie an. »Ich würde mal sagen, sie gefiel sich in der Rolle der Außenseiterin. Die Mädchen hatten alle Blumennamen, Rose, Viola und die Kleine hieß Amaryllis. Schräg, oder? Rose war ein ganz braves Mädchen, sie tat mir immer leid.«

»Warum gerade sie und die anderen beiden nicht?«, wundert sich Beate, während sie auf die Dose mit den Salmiakpastillen schielt.

»Es gibt ja diese Mädchen, die sich immer verantwortlich fühlen. Rose war so eine. Weil ihre Mutter sich kaum um ihre Kinder kümmerte, hat Rose das übernommen. Ihre Mutter hockte ja den ganzen Tag in ihrem komischen Laden und gab kluge Sprüche von sich. Über Gott und die Welt und das Leben. Wir Normalsterblichen haben ja alles falsch gemacht. Es kam, wie es kommen musste, der Laden lief überhaupt nicht. Wer bei uns kauft schon Heilsteine und so ’n Zeug und dann noch bei so einer überkandidelten Frau. Sie konnte die Miete nicht zahlen und ist mit den Mädchen verschwunden.

Wir dachten, dass sie mit ihnen nach Indien aufgebrochen ist, davon hat sie immer geredet, dass die Menschen dort arm, aber glücklich sind.«

»Das hab ich aber anders gehört«, fällt Beate ihr ins Wort.

»Nicht nur Sie. Jedenfalls hab ich ewig nicht mehr an sie gedacht. Genau genommen bis vorgestern. Ich hab mir Ihre Telefonnummer aufgeschrieben, die wurde ja eingeblendet. Mein Mann hat gemeint, ich sollte mich lieber nicht einmischen. Merle allerdings, also meine Tochter, fand auch, dass ich anrufen soll. Wenn es wirklich Viola ist und niemand außer uns sich an sie erinnert…«

Beate Elbreder bedankt sich höflich und legt auf. Drei Schwestern also, Rose, Viola und Amaryllis, Gott, was für alberne Namen, das sagt doch schon alles über die Mutter aus. Grinsend wählt sie Benedikt Kramers Nummer.

»Herr Kramer? Hier ist Elbreder. Ich hab was für Sie. Die verletzte Frau heißt Viola Engels. Sie, die damals verstorbene Amaryllis und Ihre Amy waren tatsächlich Schwestern. Und Amy heißt in Wahrheit Rose. Da kriegt die Karte in dem Blumenstrauß doch gleich eine andere Bedeutung.« Den Rest erzählt sie natürlich auch. Und sie genießt es, dass der Mann am anderen Ende nach Luft schnappt, weil er kaum fassen kann, dass ihr etwas gelungen ist, was er seit zwölf Jahren vergeblich versucht.

66 AMY

»Du?«, flüstere ich entsetzt.

»Überrascht?« Sein Lachen klingt böse. »Ich dachte schon, ich hätte dir zu viel von dem Zeug eingetrichtert.«

Wie kann das sein, wieso er, wie passt das alles zusammen? »Ja, ich bin überrascht«, krächze ich schließlich, während mein Hirn noch versucht, einen logischen Zusammenhang in das zu bringen, was mir widerfahren ist. Und ich finde nur eine Erklärung. »Wo ist er?«

Er weiß sofort, von wem die Rede ist. »Bozanski? Keine Ahnung. Wir beide werden hier auf ihn warten.«

Was für eine merkwürdige Aussage. »Und was hast du mit Bozanski zu tun? Warum erledigst du seine Schmutzarbeit?«

Sein Lachen klingt hässlich. »Oh, das ist ein Irrtum, liebe Rose. Ich handle nicht in Bozanskis Auftrag, wie käme ich dazu? Das hier ist mein ganz eigener Rachefeldzug. Seit vielen Jahren warte ich darauf, die beiden Menschen zu töten, die mir das Liebste im Leben genommen haben, meine Frau. Auch wenn meine kleine Aktion sie nicht mehr zurückbringen kann, wird sie mir das Weiterleben sehr erleichtern.«

Während er das sagt, marschiert er vor meiner Matratze hin und her. Seine Arme rudern durch die Luft, als würde er ein unsichtbares Orchester dirigieren. Die Luft im Raum scheint aufgeladen mit seinem unbändigen Zorn, und ich ertappe mich dabei, ganz flach zu atmen, um mich nicht mit seiner Wut zu infizieren.

»Änne war ein wunderbarer Mensch, klug und schön. Und ihr habt sie vernichtet.« Abrupt bleibt er stehen. »Für das, was du uns angetan hast, kannst du gar nicht genug leiden. Es wäre mir ein Vergnügen, dich auf der Stelle zu töten. Dein

Glück ist, dass für Bozanski dasselbe gilt. Auch er muss sterben, und du bist mein Köder. Ich werde dich so lange leben lassen, bis er herkommt, egal, wie lange das dauert.«

»Aber ich... was hab ich denn getan?«

»Ihr habt uns ein krankes Kind untergeschoben, einen sabbernden Idioten. Kein Wunder, wenn seine leiblichen Eltern Vater und Tochter sind. Es war ein Produkt eurer Inzucht!«

»Nein, das stimmt doch gar nicht...«

»Wenn du nicht die Klappe hältst, werde ich dich knebeln. Ist das klar?«, stößt er aufgebracht hervor.

Ich nicke. Wozu mag dieser Mann fähig sein, wenn sein Zorn ihn erst übermannt? Wird er mich schlagen? Komisch, aber ich habe mehr Angst vor Schmerzen als davor, tot zu sein. Unauffällig lasse ich meinen Blick über seinen Körper gleiten, der in einem Rollkragenpullover und schwarzen Jeans steckt, und bleibe an einer verdächtigen Ausbuchtung der linken Hosentasche hängen. Eine Pistole? Jetzt wendet er sich ab, er will den Raum verlassen.

»Ich hab schrecklichen Durst«, rufe ich und schäme mich für die Verzweiflung in meiner Stimme. Warum kann ich nicht stark sein, eine Kämpferin, die niemals klein beigibt?

»Kann ich mir denken. Du kriegst gleich was zu trinken, keine Angst. Ich brauche dich ja noch, damit Bozanski wirklich herkommt. Für die Nächte hab ich schon einen Ort für dich gefunden, aus dem du dich garantiert nicht befreien kannst.«

Mir ist sofort klar, was er meint. Den Strafkeller, den schrecklichsten aller Orte auf diesem Hof. »Nein«, schluchze ich auf. »Bitte nicht. Ich mache alles, was ich soll, du kannst mich an Händen und Füßen fesseln, auch knebeln, aber bitte nicht da runter.«

Sein höhnisches Lachen lässt mich frieren. »Macht dir das Angst, Rose? Das ist gut, sehr gut, es gefällt mir, wenn du Angst hast.«

67 MARCO

Gestern hat Marco seine Sachen zusammengepackt und ist zurück in Amys Wohnung gezogen. Doch anders als erhofft konnte er auch dort nicht zur Ruhe kommen. Sein Versuch, sich mit einem *Tatort* aus Münster zu betäuben, scheiterte kläglich. Bereits nach zwanzig Minuten hatte er den Faden verloren. Entnervt stellte er den Fernseher aus. Schließlich kam ihm die Idee, Olaf aufzusuchen und zu fragen, was ihn bewogen hat, Amy von Janine zu erzählen, und ob es das ist, was er unter Freundschaft versteht. Doch Olaf war nicht zu Hause und ging auch nicht ans Telefon. Seither macht sich in seinem Kopf eine wahnwitzige Idee breit. Deshalb ist er heute früh direkt nach Osterholz-Scharmbeck gefahren.

Die Kommissarin schaut ihm neugierig entgegen. Auf seine Frage, ob sie was von Amy gehört hat, schüttelt sie den Kopf. »Nein. Und Sie?«

Marco nickt. »Gestern. Sie hat mich morgens angerufen. Aber nur kurz. Sie hat gemeint, dass sie jetzt wüsste, was zu tun ist, damit sie sich nicht länger verstecken muss.«

»Das war alles? Mehr hat sie nicht gesagt?«

»Der Rest war privat.«

Seine Worte lösen bei der Polizistin ein trockenes Lachen aus. »Privat, Herr Maiwald? In so einem Fall gibt es kein *privat* mehr. Was also hat Ihre Frau gesagt?«

»Dass sie bereut, mir nicht die Wahrheit über ihre Vergangenheit erzählt zu haben. Sie hat es damit erklärt, dass sie Angst hatte, ich würde danach nicht mit ihr zusammenbleiben.«

»Und? Hätte die Wahrheit etwas geändert?«

»Wie soll ich das wissen, ohne die Wahrheit zu kennen?«, fährt er auf.

»Tja. Sie werden es nicht glauben, aber ich weiß schon längst von dem Anruf. Ich weiß auch, dass Ihre Frau im *Hotel Belgrad* abgestiegen ist und dass sie von ihrem Zimmer aus zwei Telefonate geführt hat. Die erste Nummer, die sie angewählt hat, ist Ihre. Die zweite Nummer konnten wir noch nicht ausfindig machen. Der offizielle Weg dauert leider. Aber wir sind dran. Und Sie sind in die eheliche Wohnung zurückgekehrt, nicht wahr?«

»Ja. Aber deshalb bin ich nicht gekommen. Es gibt da etwas, das mir komisch vorkommt. Kann auch blinder Alarm sein.«

Frau Elbreder rutscht auf ihrem Stuhl nach vorn und stützt beide Ellenbogen auf die Tischplatte. Erwartungsvoll schaut sie ihn an.

»Hm. Ehrlich gesagt, komm ich mir ein bisschen mies vor. Immerhin handelt es sich um einen Kriegskameraden. Andererseits …« Er richtet sich auf. »Sie haben gefragt, mit wem Amy in letzter Zeit Kontakt hatte, Freunde oder so. Freunde hat sie meines Wissens nach nicht, aber wir hatten kürzlich Besuch von Olaf. Also Hauptfeldwebel Olaf Jordan. Wir haben in Afghanistan einen Wohncontainer geteilt. Olaf weiß eine Menge über mich, klar, man redet abends miteinander, auch private Dinge, was soll man sonst machen? Olaf ist zehn Jahre älter als ich, geschieden, hat einen vierzehnjährigen Sohn, der bei seiner Exfrau lebt. Ich glaube, er hat ihn seit Jahren nicht mehr gesehen.«

»Weiter?«

»Letzte Woche stand er abends vor der Tür, mit zwei Sixpacks Bier. Wenn ich jetzt darüber nachdenke, ist der Abend seltsam verlaufen. Er hat Amy ständig über Südafrika ausgefragt, es war das reinste Verhör. Angeblich war er selbst schon häufiger dort, um einen Onkel zu besuchen. Davon wusste ich überhaupt nichts, und ich bin mir auch gar nicht sicher, dass es stimmt. Jedenfalls hat er Amy mit Fragen gelöchert und wollte nicht akzeptieren, dass sie sich nicht erinnern kann. Als wäre es sein Ziel, sie in Verlegenheit zu bringen, weil er wusste, dass sie in Wirklichkeit niemals dort war. Am nächsten Morgen hat er ihr dann von meiner Ex erzählt, dass wir gerade eine Woche auseinander waren, als ich Amy getroffen habe.«

»Richtig. Haben Sie nicht ziemlich schnell geheiratet?«

»Ja. Wir kannten uns nicht mal einen Monat, und zwei Wochen nach der Hochzeit bin ich nach Kundus geflogen. Drüben hab ich mehr von meiner Ex als von Amy erzählt. Trotzdem hätte Olaf den Mund halten müssen, finde ich. Unfrieden in anderer Leute Ehe stiften, so etwas macht man einfach nicht.«

Wenn er ihren Blick richtig interpretiert, teilt sie seine Meinung dazu nicht. »Und jetzt glauben Sie, dass Ihre Frau sich bei diesem Olaf versteckt? Warum sollte sie das tun?«

»Nein. Das glaube ich ja gar nicht. Gestern wollte ich ihn besuchen. Ich wollte mich ablenken, verstehen Sie, meine Angst um Amy aus dem Kopf kriegen. Aber Olaf war nicht da. Er geht auch nicht ans Telefon. Dabei beklagt er sich ständig, dass er allein zu Hause rumhängt und nichts mit seiner Zeit anfangen kann. Vielleicht ist es ein Zufall, dass sein Verschwinden und das meiner Frau zusammenfallen. Aber falls es doch etwas bedeutet, sollten Sie es wissen.«

»Und wenn der gute Mann nur verreist ist? Vielleicht saß er gerade im Flieger, als Sie ihn anrufen wollten.«

»Ja. Vielleicht. Allerdings müsste er sich dann auf einem Interkontinentalflug befinden. Er ist nämlich immer noch nicht zu erreichen.« Jetzt kommt er sich wie ein Trottel vor.

»Andererseits sprachen Sie gerade von einem vierzehnjährigen Sohn. Vor vierzehn Jahren konnte man möglicherweise illegal Säuglinge auf dem Hof *Weiße Sonne* erwerben. Doch kein Zufall?« Sie rümpft die Nase, wühlt in der gelben Plastikschale auf ihrem Schreibtisch und hält einen Stift in die Höhe. »Ich brauche den Namen Olaf… wie weiter?«

»Jordan. Oberfeldwebel beim Fallschirmjägerregiment Seedorf. Die Adresse kann ich Ihnen auch geben und seine Handynummer.«

»Und bei dem Besuch in Ihrer Wohnung hat er Ihre Frau zum ersten Mal gesehen, richtig?«

»Nein. Die beiden sind sich schon vorher begegnet, auf dem Flughafen. Dort wurde ja auch dieses unselige Foto geschossen.«

Ein paar Minuten später findet er sich vor dem Polizeigebäude wieder, hin- und hergerissen zwischen schlechtem Gewissen, weil er einen Kameraden angeschwärzt hat, und Angst um Amy. Auf einmal fallen ihm tausend Dinge über Olaf ein, an die er jetzt lieber nicht denken würde. Beim Kartenspielen hat Olaf gern betrogen, und wenn man ihm auf die Schliche kam, wurde er sauer und hat alles abgestritten. Frauen gegenüber war er oft respektlos. Einmal hat er eine junge Soldatin im Camp so bedrängt, dass sie sich über ihn beschwert hat. Am Ende stand Aussage gegen Aussage, aber keiner zweifelte ernsthaft an den Worten der jungen Frau.

Olaf ist manchmal, sehr selten zwar, regelrecht ausgeflippt. Einmal waren es Marcos Socken auf dem Fußboden, die ihn *angekotzt* haben, ein anderes Mal eine Bemerkung über die Bundesregierung, die jemand beim Abendessen fallen ließ. Lagerkoller nannte Olaf das, und er hat sich jedes Mal wortreich entschuldigt.

Aber jetzt kann Marco nur noch an die Soldatin denken, Irina hieß sie, wie bitterlich sie geweint hat, weil ihre Anschuldigung keine Konsequenzen nach sich zog. »Jetzt muss ich aufpassen, dass ich dem Mistkerl nicht allein begegne.«

Sollte Marcos Verdacht sich bewahrheiten, ist Amy jetzt mit einem Mann zusammen, der sich manchmal nicht im Griff hat. Ein Mann, der ihr Böses will, auch wenn Marco nicht kapiert, warum. Kann es wirklich um diesen Sohn gehen, von dem Olaf nie Näheres erzählt hat?

68 AMY

Er hat mir eine Flasche Mineralwasser und einen Teller mit Suppe gebracht, die außer Nudeln in Form von Buchstaben und winzigen, bis zur Unkenntlichkeit verkochten Gemüsestückchen nichts enthält, was satt macht. Der Löffel ist aus Plastik, genau wie die Wasserflasche. »Guten Appetit, mehr gibt's nicht.«

Den Teller hab ich sofort erkannt, weißes Steingut mit einem schmalen gelben Rand, im Schrank neben der Spüle stand damals ein ganzer Stapel davon. Wenn der Teller noch da ist, wird der Rest auch noch vorhanden sein. Komisch, in all den Jahren hab ich mir nie Gedanken darüber gemacht, was aus dem Hof geworden ist, ob jemand Neues darin wohnt, ob Diebe gekommen sind und alles mitgenommen haben, was sie transportieren konnten. Erinnerungsstücke an den Schauplatz eines grausamen Verbrechens. Wie heute wohl die Räume aussehen, in denen wir die Babys gebären mussten? Der Gemüsegarten, die Hühner? Können Hühner überleben, wenn niemand sie füttert? Ich weiß es nicht, ich weiß so vieles nicht.

Inzwischen haben meine Augen sich an das Dämmerlicht gewöhnt, ich kann mich in dem Zimmer orientieren, auch wenn es nicht viel zu sehen gibt. Neben der Tür steht jetzt ein roter Plastikeimer ohne Deckel. Vor einer Stunde hat er ihn reingebracht.

»Deine Toilette, Rose. Tu dir keinen Zwang an, du bist ja ganz allein hier.« Sogar an eine Rolle Toilettenpapier hat er gedacht.

Bei der Gelegenheit ist mir aufgefallen, dass er mir nie den Rücken zuwendet. Er lässt mich keine Sekunde aus den Augen, und wenn er den Raum verlässt, geht er rückwärts. Ob er Angst hat, dass ich ihn von hinten niederschlage? Warum? Er hat dafür gesorgt, dass sich nichts im Raum befindet, das ich dafür nutzen könnte.

Die Suppe ist beinahe kalt. Als der Teller leer ist, habe ich mehr Hunger als vorher und bin wütend, weil er mich nicht richtig versorgt. Warum kann er mir nicht wenigstens Essen bringen, das satt macht?

Inzwischen habe ich begriffen, dass er mich am Leben lassen wird, bis Bozanski aufkreuzt. Mir kommt der Gedanke, dass er etwas in das Essen gemischt haben könnte. Ich an seiner Stelle hätte mir ein Schlafmittel verabreicht, um mich ruhig zu halten.

Ehrlich gesagt, hätte ich nichts dagegen. Der Gedanke, nichts mehr zu spüren, erscheint sehr verlockend. Mit der Zunge fahre ich an meinen Lippen entlang, aber ich schmecke nur die Suppe. Ich stelle den leeren Teller neben die Tür und gehe zurück zu meiner Matratze, wie ein dressierter Hund, der sein Körbchen aufsucht. Dort schraube ich die Flasche auf und trinke ein Drittel, den Rest hebe ich für später auf.

Dann mache ich das, was ich eigentlich nicht wollte, ich benutze den Eimer. Mein Urin riecht unangenehm scharf, mir fehlt Flüssigkeit. Ich beschließe, mehr Wasser zu trinken, aber nicht alles.

Um mich zu bewegen, laufe ich herum, immer an den Wänden entlang. Ich finde eine Stelle, an der die Bodenbretter knarren, und bemühe mich, sie beim nächsten Mal auszulassen. Er soll nichts von mir hören. Wider besseres Wissen probiere ich, ob die Tür wirklich abgeschlossen ist. Natürlich, was hab ich denn erwartet? Ich bleibe vor dem Fenster stehen. Die beiden Flügel lassen sich nicht öffnen, das hab ich vorhin schon ausprobiert. Er hat sie mit dem Rahmen verschraubt. Alle fünf Zentimeter sitzt eine dicke Messingschraube, und nirgends ist ein Werkzeug, mit dem ich sie lösen könnte. Wozu auch, von außen ist das Fenster mit breiten Holzbohlen vernagelt. Wie soll ich die mit bloßen Händen entfernen? Es ist zwecklos. Bis auf die stinkende Matratze, das Kreuz an der Wand, den Teller, den Plastiklöffel und den Eimer für meine Notdurft gibt es hier drinnen kein Mobiliar. Das Kreuz krieg ich nicht von der Wand, das hab ich schon mehrfach versucht.

Kurz stelle ich mir vor, die Fensterscheibe mit dem Teller einzuschlagen, falls das überhaupt geht, eine Scherbe aufzuheben und ihn damit anzugreifen. Doch mein Plan enthält zu viele Unwägbarkeiten. Wahrscheinlich kriegt er mit, wenn das Glas zerspringt. Danach wird er aufpassen, dass ich ihm nicht zu nahe komme, das tut er jetzt schon. Wenn ich das Fenster kaputt mache, wird er mich bestrafen, das weiß ich genau. Und dann wird er mich in ein anderes Zimmer umquartieren. Er könnte mich fesseln, was sehr schlimm für mich wäre, oder in den Strafkeller sperren, den er offenbar entdeckt hat. Ich beschließe, mich vorläufig ruhig zu verhalten, damit ich hierbleiben darf und einen besseren Plan entwickeln kann.

Mit geschlossenen Augen lasse ich mich auf die Matratze fallen und versuche, an etwas Schönes zu denken. Zum Beispiel an den Tag meiner Hochzeit, wie glücklich ich war. Wie eine Prinzessin hab ich mich gefühlt. Ein kurzes Glück. Eine Illusion. Marco war überhaupt nicht in mich verliebt, es sah nur so aus. Jetzt kommen mir die Tränen. Wider besseres Wissen stelle ich mir vor, dass die Tür auffliegt und mein Ehemann hereinstürmt, zusammen mit der Polizei. Er hat mich gesucht und gefunden. Janine bedeutet ihm gar nichts mehr, nur ich bin wichtig. Darüber schlafe ich ein.

69 FRIEDHELM SCHWARZ

»Komm, Harras, hopp, rauf da.«

Der Hund schaut ihn an, völliges Unverständnis im Blick. Noch nie ist einer von ihnen auf die Idee gekommen, Harras in den Anhänger zu setzen, um ihn irgendwo mit hin zu nehmen.

Kein Wunder, dass der Hund gar nicht versteht, was Friedhelm von ihm will. Erst als er laut wird, bringt er den Schäferhundmischling dazu, in die kleine Holzwippe auf zwei Rädern zu hopsen, die Friedhelm selbst gebaut hat. Harras setzt sich allerdings nicht hin, wie Friedhelm sich das vorgestellt hat, sondern bleibt stehen, sprungbereit und sichtlich irritiert.

»Und jetzt fahren wir beide ein Stück, hörst du?«

Er setzt sich auf das Moped und startet den Motor. Mit einem großen Satz flüchtet der Hund sich aus dem Hänger.

Als Friedhelm ihn am Halsband packt und Richtung Hänger zerren will, stemmt er alle vier Pfoten in den Boden. Es gelingt ihm, sich loszureißen und ein paar Meter Abstand zwischen sich und das Moped zu bringen. Dort bleibt er stehen, mit eingeklemmter Rute, und knurrt leise. Voller Zorn schleudert Friedhelm das Nächstbeste in seine Richtung, das er zu fassen kriegt, die Hacke, mit der er vorhin das Gemüsebeet durchgearbeitet hat. Der Stiel trifft den Hund seitlich am Kopf, er jault auf und rennt fluchtartig in den Wald, wo er zwischen den Bäumen verschwindet.

Friedhelm weiß nicht mal so genau, auf wen er jetzt böse sein soll, auf sich selbst oder auf Harras. Wie soll der Hund kapieren, dass er mit ihm wegfahren will? Der versteht doch kein Wort. Unglücklich ist er außerdem, seit Viola weggefahren ist, aber unglücklich ist Friedhelm auch. Und deshalb hat er die Hacke nach dem Tier geworfen. So, wie seine Mutter es auch getan hätte. Sein Vater, der keinen Ungehorsam duldete, weder von Mensch noch von Tier, hätte sogar die Flinte aus dem Schlafzimmer geholt und damit gewartet, bis der Hund wieder auftaucht, und ihn, ohne mit der Wimper zu zucken, abgeknallt.

Aber Friedhelm will nicht so sein wie seine Eltern. Er wird jetzt das Moped mit dem Hänger in den Schuppen fahren. Wenn Harras zurückkommt, wird er ihm eine Extraportion Futter geben, so als wäre nichts passiert. Ja, genau so wird er es machen.

Als er den Schuppen abschließt, ist der Hund noch immer

nicht da. Erneutes Rufen bringt keinen Erfolg. Harras taucht nicht mehr auf, und plötzlich quält ihn die Angst, auch noch den Hund zu verlieren. Alles scheint kaputtzugehen. Heute ist der sechste Tag ohne Viola angebrochen. Alle Küken sind weg, weil er das Loch im Draht nicht rechtzeitig repariert hat. Die Tomatenpflanzen sind krank, auf den Blättern haben sich braune Flecken gebildet, und er weiß jetzt schon, dass sie bald absterben. Er hat es zu gut gemeint und zu viel gegossen. Auch die Katze lässt sich seit Tagen nicht mehr blicken.

Heute ist Montag, da fahren sie immer zum Einkaufen, er und Viola. Aber es liegt kein Zettel auf dem Tisch, auf dem sie aufgeschrieben hat, was fehlt. Er muss selbst überlegen, was er braucht.

Bestimmt werden die Leute nach Viola fragen. Er wird einfach behaupten, dass es ihr nicht gut geht. Am liebsten würde er zu Hause bleiben, aber das geht nicht. Er muss doch etwas essen. Diesmal wird er so viel kaufen, dass er am nächsten Montag nicht ins Dorf muss.

Also holt er das Moped doch wieder aus dem Schuppen, obwohl er es gerade erst reingestellt hat. Egal, was er macht, ohne Viola ergibt es keinen Sinn.

Die Frau im Laden fragt tatsächlich nach Viola.

»Ihr ist einfach schlecht. Da mag sie nicht mit dem Moped fahren.«

Die Frau zwinkert ihm vielsagend zu. »Na, da ist doch wohl nichts Kleines unterwegs? So hat es bei mir auch angefangen. Sag ihr, sie soll sich schonen. Nach ein paar Wochen geht es besser.«

Was soll er jetzt bloß sagen? Er kann doch nicht mit einer fremden Frau über solche Dinge reden. Außerdem bekommt Viola gar kein Baby, und darüber ist sie sehr traurig, genau wie Friedhelm. Also schweigt er beharrlich und kauft ziemlich planlos ein.

»Viola nimmt immer den Gouda. Hat sie dir gar keinen Zettel mitgegeben?«, will die Frau jetzt auch noch wissen. Aber dann fällt ihr wohl ein, dass Friedhelm kaum lesen kann, und sie wird rot. »Ist ja auch egal. Die eine Sorte schmeckt so gut wie die andere.«

Er ist froh, als er wieder auf dem Moped sitzt und den Berg rauftuckert. Als er heimkommt, ist der Hund immer noch nicht da. Alles Rufen hilft nichts, Harras ist weg.

70 MARCO

Niemand weiß, wo Amy sich befindet. Sie kann überall sein. Gestern Abend war Marina hier, sie hat Essen vom Italiener mitgebracht, das sie stumm in sich reingeschaufelt haben.

»Ich finde es nicht gut, dass du hier allein rumhängst«, hat sie irgendwann gemeint und ihn gebeten, mit ihr zurückzufahren.

Aber Marco muss hierbleiben, an dem einzigen Ort, an dem er sich Amy nahe fühlen kann. Als Marina weg war, hat er ein paar Briefe gelesen, die er an Amy geschickt hat. Der Gedanke, was sie sich von dem Wiedersehen erhofft haben wird und wie abweisend er sich verhalten hat, beschämt ihn. Amy wäre mit sehr wenig glücklich gewesen, doch nicht mal das war er bereit zu geben. Wegen einer Frau wie Janine.

Nachdenklich starrt er auf sein Handy, wider besseres Wissen versucht er zum hundertsten Mal, Amy anzurufen, wie immer erfolglos. Dann scrollt er die Liste der eingespeisten Nummern runter, bis er bei Janine landet, und löscht ihre Daten. Das ist vorbei.

Er öffnet die Tür des Kleiderschranks und legt die Sachen aufs Bett, die Amy nie getragen hat. Wunderschön hätte sie darin ausgesehen. »Warum wolltest du nicht hübsch aussehen?«, fragt er leise. »Und warum hab ich das nicht gemerkt? Warum weiß ich so wenig von dir?«

Es klingelt an der Tür, und wie jedes Mal in den letzten Tagen klopft sein Herz vor Aufregung, weil ein kleiner Teil von ihm die Hoffnung nicht aufgeben will, dass Amy einfach wieder nach Hause kommt.

Aber dort steht nur Oberkommissarin Elbreder. »Kann ich reinkommen?«

Wortlos tritt er beiseite.

»Haben Sie was von ihr gehört?«

»Nein. Setzen Sie sich.« Seine Hand weist auf einen der Sessel, und sie nickt.

»Folgendes: Ihr Verdacht gegen Olaf Jordan hat sich zerschlagen. Herr Jordan befindet sich seit vorgestern auf einer Minikreuzfahrt, Hamburg – Oslo – Kiel. Am Hamburger Hafen wurde ihm im Getümmel gleich als Erstes sein Handy geklaut. Es liegt eine offizielle Anzeige vor.«

»Und das steht fest?«

»Ja. Absolut. Inzwischen haben wir auch die zweite Nummer identifiziert, die Ihre Frau vom Hotel aus angerufen hat. Leider eine Prepaidnummer, deren Eigentümer sich zurzeit nicht ermitteln lässt. Sie könnten uns allerdings weiterhelfen.«

»Ich sagte doch schon, dass ich keine Ahnung habe, mit wem meine Frau in Kontakt stehen könnte.« Wie oft soll er das wiederholen?

»Ich war noch nicht fertig«, herrscht sie ihn an, und

Marco kommt sich vor wie ein Schüler, der unerlaubterweise im Unterricht geplappert hat. »Der Eigentümer dieser Nummer, die erst seit einer Woche freigeschaltet ist, hat nur wenige Gespräche geführt. Eins davon mit Ihnen. Am letzten Dienstag, genau um 17:33 Uhr. Das Telefonat hat eine ganze Weile gedauert, gut dreißig Minuten.«

Ein einziger Anruf, dreißig Minuten lang. Einen Tag, nachdem Amy das Bild in der Zeitung entdeckt hat und so sauer auf ihn war. Himmel, wer hat ihn da angerufen?

»Thomas Gärtner«, stößt er hervor. »Moment.« Er kramt die Visitenkarte des Journalisten aus seiner Brieftasche. »Hier.«

Sie braucht eine Brille, um die Nummern zu vergleichen, dann nickt sie. »Ein Journalist. Was wollte er von Ihnen?«

»Herr Gärtner plant, ein Buch über die Familiensituation von Soldaten zu schreiben, die im Ausland stationiert waren. Durch unser Foto ist er auf uns aufmerksam geworden. Er fand unsere Situation besonders spannend, weil ich gleich nach der Hochzeit losgeflogen bin.« Als er ihren erstaunten Blick bemerkt, sagt er schnell: »Ich hab das natürlich recherchiert. Thomas Gärtner ist kein Unbekannter. Seine Bücher werden alle hochgelobt. Er packt gern heiße Eisen an.«

»Und wo recherchiert man so etwas?«

»Na ja, bei Amazon«, muss er einräumen und fühlt sich dabei wie ein Idiot. »Ich hab die Bewertungen seiner Bücher gelesen.«

»Und sein Foto gesehen, richtig?«

»Nee, da gab es kein Foto.«

»Soso. Ich könnte mir jetzt zusammenreimen, dass Herr Gärtner von Anfang an über Ihre Frau schreiben wollte. Vielleicht hatte er schon damals versucht, über die Katastrophe auf dem Hof *Weiße Sonne* zu berichten. Doch es gab nicht genug Material – keine Überlebenden, keine greifbaren Zeugen und eine Pressesperre. Und jetzt entdeckt er zufällig Amys Foto und beschließt, doch noch sein Buch zu schreiben.«

»Möglich«, ruft er, während er die Nummer in sein Handy eintippt.

»Das können Sie sich sparen, Herr Maiwald«, holt die Polizistin ihn auf den Boden der Tatsachen zurück. »Die Nummer ist tot. Seit dem Anruf Ihrer Frau aus dem Hotel. Zu diesem Zeitpunkt war der Teilnehmer im Stadtgebiet von Bremen eingeloggt, er hat sich eine Weile Richtung Stadtnorden bewegt, dann muss er die Karte aus seinem Handy genommen haben, wahrscheinlich hat er sie sogar zerstört.«

»Aber warum sollte ein Journalist…?«

»Keine Ahnung, Herr Maiwald. Sagten Sie nicht, dass Ihre Frau behauptet hat, sie wüsste jetzt, was zu tun ist? Vielleicht hat sie geglaubt, dass ein Enthüllungsjournalist ihr helfen kann.«

»Weil sie der Polizei nicht vertraut«, wirft er ein.

Verärgert zieht sie die Brauen zusammen. »Weil sie niemandem vertraut, Ihnen ja wohl auch nicht.«

»Und wo sind die beiden jetzt?«

»Das weiß ich wirklich nicht, Herr Maiwald. Aber ich werde zurück zum Präsidium fahren und versuchen, das rauszufinden. Vielleicht ist Herr Gärtner aufgrund seiner Arbeit mit allen Wassern gewaschen und hat die Prepaidkarte entsorgt, damit niemand ihn ausfindig machen kann. Vielleicht wurden die beiden von diesem geheimnisvollen Herrn Bozanski verfolgt und überwältigt, und der hat Gärtners Handy samt Prepaidkarte vernichtet. Das erscheint mir im Moment am wahrscheinlichsten. Vielleicht ist alles aber auch ganz anders. Sie hören von mir.«

Und dann ist sie weg, und Marco bleibt mit all den unbeantworteten Fragen zurück. Er versucht, sich an Thomas Gärtner zu erinnern. Ein sympathischer Mann, der intelligent und selbstbewusst gewirkt hat und bestimmt nicht wie ein Verbrecher. Aber wer sieht schon wie ein Verbrecher aus?

Zwei Stunden später bittet Frau Elbreder ihn per Telefon, seine Mails abzurufen.

Ist er das?

Das angehängte Foto zeigt einen blonden Mann mit Vollbart, Thomas Gärtner.

Nein. Den Mann habe ich noch nie gesehen.

Dann muss ich Sie bitten, ins Präsidium zu kommen und den Mann zu beschreiben, der sich als Thomas Gärtner ausgegeben hat. Der echte Journalist weilt übrigens seit drei Wochen auf einem der Schiffe, die afrikanische Flüchtlinge aus dem Meer fischen. Keine Ahnung, mit wem Sie geredet haben, Thomas Gärtner war es nicht.

71 BENEDIKT KRAMER

Nachdenklich starrt Benedikt das Phantombild an, das Frau Elbreder ihm gerade übermittelt hat.

Kommt dieser Mann Ihnen irgendwie bekannt vor? Haben Sie ihn damals im Rahmen der Ermittlungen gesehen? Er dürfte um die fünfzig sein, und wir fürchten, dass Amy Maiwald sich in seiner Gewalt befindet.

Benedikt ist sicher, diesem Mann noch nie begegnet zu sein, doch vorsichtshalber befragt er alle Kollegen, die seinerzeit im Team waren, zuallererst natürlich Ingo. Doch niemand kann sich erinnern. Was hat das zu bedeuten? Arbeitet Bozanski jetzt mit Helfern, damit er nicht selbst in der Öffentlichkeit auftreten muss? Hat dieser Mann in Bozanskis Auftrag auch auf Viola Engels geschossen?

Er greift zum Telefon und ruft in Osterholz-Scharmbeck an. »Kramer hier. Ich kenne den Mann auf dem Bild nicht. Konnten Sie eine Verbindung zwischen ihm und Bozanski herstellen?«

»Bislang nicht. Ich lasse gerade mal den Hintergrund von Amy Maiwald untersuchen. Am Ende hat das hier gar nichts mit Ihrem Fall zu tun.«

»Unwahrscheinlich. Sie sagten doch, dass Amy und der angebliche Journalist sich im Beisein von Marco Maiwald begegnet sind. Der hätte doch mitbekommen, wenn die beiden sich kennen.«

»Stimmt. Trotzdem könnte es sein, dass Frau Maiwalds Vergangenheit ein paar schwarze Flecken enthält, von denen wir nichts ahnen.«

Soll er erzählen, dass Ingo nichts in Amys Vorleben gefunden hat? Nein. Eine offizielle Recherche könnte sehr viel mehr zutage bringen als ein flüchtiger Blick in die polizeiinternen Datenbanken.

»Ich denke, wir müssen unbedingt rauskriegen, wo Bozanski die zwölf Jahre gelebt hat. Was ist mit dem Wagen? Sind Sie da weitergekommen?«

»Ja. Das sind wir. Meine Mitarbeiter konnten die Fahrgestellnummer bis auf die letzte Zahl wieder sichtbar machen. Zusammen mit der Tatsache, dass der Fiesta in Mannheim angemeldet war, dürften wir über kurz oder lang erfahren, auf wen er zugelassen war. Leider liegt Mannheim ja nicht um die Ecke. Sie wissen ja selbst, wie das ist, woanders hat man keine Befugnisse und kann keinen Druck machen.«

Ja, dieses Gefühl kennt Benedikt nur zu gut. Und jetzt, da er endlich wieder hinter seinem Schreibtisch sitzt, sind seine Möglichkeiten auch sehr begrenzt.

Er kann sich nicht in die Arbeit einer Polizeidienststelle in Niedersachsen einmischen, ohne dass dort ein offizieller Antrag auf Amtshilfe gestellt wurde – und darauf kann er bei dieser Kollegin lange warten. Sie hat schon mehr als einmal deutlich zu verstehen gegeben, dass sie ihre Arbeit lieber allein erledigt, genau, wie er selbst es an ihrer Stelle wohl halten würde. Und selbst wenn so ein Antrag ins Haus käme, müsste er die Ermittlungen von seinen Beamten durchführen lassen. Als Präsidiumsleiter ist er nicht mehr in die Ermittlungsarbeit eingebunden.

Eigentlich gibt es nur eine Person, die ihn unterstützen kann. Ingo. Schon greift er zum Telefon. Zuerst setzt er Ingo über die Neuigkeiten in Kenntnis, dann sagt er: »Hör mal, was ist eigentlich damals aus dem Mann geworden, der in dem Unfallwagen saß?«

Ingo schaltet sofort. »Du meinst, er könnte sich als Journalist ausgegeben haben?«

»Wäre denkbar, oder? Offiziell sind wir nicht an den Ermittlungen beteiligt, und das wird auch so bleiben. Trotzdem kannst du ja mal in einer freien Minute schauen, ob du was über ihn findest.«

Eine freie Minute, das ist natürlich ein Witz. Hier arbeitet kaum einer, der nicht einen Berg Überstunden vor sich herschiebt. Eigentlich erstaunlich, dass Ingo sofort einwilligt. Andererseits ist er persönlich betroffen, beinahe noch stärker als Benedikt selbst.

72 AMY »Sind Sie wirklich Journalist?«

Ich habe beschlossen, Thomas Gärtner nicht länger zu duzen. Er ist mein Feind, und ich denke nicht daran, mich mit ihm zu verbrüdern.

Meine Worte lösen keine Reaktion bei ihm aus. Er fuchtelt mit einer Pistole vor mir herum. Ich soll mitkommen. Als ich zögere, gibt er einen Schuss ab, der direkt neben meinem Schuh in das Holz des Fußbodens eindringt. Der Knall ist ohrenbetäubend, und wir zucken beide zusammen. Hinterher riecht es verbrannt. Er meint es ernst, aber daran habe ich nicht gezweifelt.

»Glaub bloß nicht, dass ich dich gleich töte, Rose. Ich schieße nur in einen Fuß. Das tut höllisch weh, aber du wirst nicht daran sterben. Ich brauche dich noch. Wenn Bozanski anruft, wirst du bestätigen, dass du hier bist. Und jetzt los. Ich hab was zu erledigen. Du wirst so lange ins Untergeschoss umziehen.«

Er meint den Strafkeller. Allein der Gedanke lässt mich aufschluchzen. Ich war zehn, als wir auf den Hof gezogen sind, und elf, als Bozanski mich zum ersten Mal dort unten eingesperrt hat. Ich glaube, Bozanski hat Kinder gehasst. Meine Mutter wollte uns immer wild, laut und unangepasst, für ihn sollten wir plötzlich still und fügsam sein. Niemand durfte uns sehen, weil man uns dann in die Schule geschickt hätte. Für Bozanski verkörperte die Schule den Staat, und den Staat betrachtete er als seinen persönlichen Feind. Die Schule würde uns verderben, uns in willenlose Jasager verwandeln, sagte er immer, als hätten wir jemals den Mund in seiner Gegenwart öffnen dürfen. Bei der kleinsten Verfehlung landeten wir in dem fensterlosen Kellerloch, und bis heute kann ich meiner Mutter nicht verzeihen, dass sie nicht ein einziges Mal versucht hat, ihn umzustimmen. Nicht mal getröstet hat sie uns, wenn wir völlig verheult wieder ans Tageslicht durften. In ihren Augen waren wir selbst schuld, weil wir nicht bereit waren, uns anzupassen – oder sollte ich sagen, Bozanski anzubeten? Heute verstehe ich erst, dass sie verrückt war nach dem Mann, genau wie die anderen Frauen der Gemeinschaft, und dass das wenig mit Glauben zu tun hatte.

Wir gehen durch den Flur. Es ist dunkel, weil alle Türen geschlossen sind, doch ich weiß, wohin er mich bringt. In den Vorratsraum hinter der Küche. Darunter liegt der ehemalige Kartoffelkeller, den Bozanski zum Strafkeller für aufsässige Mädchen umfunktioniert hat.

Wie gern wäre ich jetzt tapfer, schließlich bin ich mittlerweile erwachsen, doch jeder Schritt bedeutet für mich eine Qual. Ich schluchze leise vor mich hin und zittere am ganzen Körper. Am liebsten würde ich mich vor meinem Feind auf den Boden werfen und ihn anflehen, mich nicht dort unten einzusperren. Nur die Gewissheit, dass es nichts helfen würde, hält mich davon ab.

Ich bekomme eine Flasche Wasser mit, sonst nichts. Mein Betteln um eine Taschenlampe wird mit einem Kopfschütteln abgeschmettert. Wenigstens leuchtet er den Raum von oben für mich aus. »Dort ist nichts, vor dem du dich fürchten musst. In drei Stunden bin ich zurück, vielleicht schon eher.«

Der Keller ist sehr viel kleiner als in meiner Erinnerung, vielleicht zwei mal zwei Meter groß und so hoch, dass ich die Decke nicht mit den Händen erreichen kann. Die Holzleiter ist dieselbe wie damals. Neun Sprossen, ich weiß nicht, wie oft ich sie gezählt habe. Er hat die Leiter bereits aufgestellt, und genau wie Bozanski holt er sie wieder nach oben, bevor er die Luke verschließt.

Das dumpfe Geräusch, als die Holzluke in den Rahmen fällt, explodiert in meinem Kopf. Sofort schließt mich tiefste Dunkelheit ein, und ich habe das Gefühl zu ersticken. Obwohl ich mit eigenen Augen gesehen habe, dass es hier keine Ratten gibt, narren mich meine Sinne. Ich höre leise Trippelschritte und bilde mir ein, dass irgendwas Lebendiges mein Bein berührt. Ich schreie, auch wenn es sinnlos ist, ich kann nicht anders. Ich schreie, bis meine Kehle wund ist und ich völlig kraftlos bin, dann sinke ich auf die Knie und springe im nächsten Augenblick wieder hoch. Die Ratten sollen wissen, dass ich noch lebendig bin. Ich muss mich bewegen, das habe ich als Kind auch gemacht, damit die Biester mich in Ruhe lassen. Es spielt keine Rolle, dass ich inzwischen erwachsen bin und meine Logik mir sagt, dass ich hier unten ganz allein bin, die Ratten sind in meinem Kopf, und wenn er mich lange genug hier einsperrt, werde ich wahnsinnig.

Längst ist mir klar, wie aussichtslos meine Lage ist. Niemand weiß, wo ich bin, und wenn mein Entführer nicht zurückkommt, werde ich hier drinnen jämmerlich verhungern. Meine Haut klebt von Schweiß und Tränen, und ich erinnere mich an die Flasche, die irgendwo hier liegen muss. Ich überwinde meinen Ekel und taste mit den Füßen, die zum Glück in Schuhen stecken, den Boden ab, bis ich gegen etwas stoße, das von der Berührung umfällt. Die Wasserflasche. Ich hebe sie auf und schraube den Deckel auf. Wie lange muss das Wasser reichen? Stunden, Tage oder für den Rest meines Lebens? Ich weiß es nicht, ich weiß nur, dass meine Zunge sich nach alldem Schreien anfühlt, als würde sie am Gaumen kleben, und so trinke ich gierig, bis sich meine Mundhöhle wieder annähernd normal anfühlt. Von jetzt an werde ich haushalten, mit dem Wasser, mit meinen Kräften, mit meiner Angst. Angestrengt lausche ich, taste die Stille nach irgendwelchen Geräuschen ab, nach einem Hinweis, dass er über mir rumläuft. Das würde mir schon reichen, das Gefühl, nicht völlig verlassen zu sein. Aber da ist nichts, und dann meine ich, dass etwas mein Gesicht streift, und ein Schrei löst sich aus meiner Kehle. Er schmerzt in meinem Hals, hallt von den Wänden wider und dringt wie ein Messer in meine Ohren. Mein Vorsatz, mich nicht durch unsinniges Schreien zu verausgaben, ist vergessen. Wenn jemand in der Nähe ist, soll er mich hören. Ich will nicht widerstandslos sterben.

73 RÜCKBLICK, EIFEL, 2004

Eine Zeit lang kamen fremde Männer auf den Hof, Handwerker, die sich in einer rauen, fremden Sprache verständigten. Rose beobachtete vom Küchenfenster aus, wie sie zwischen Bozanskis Praxisräumen, die für die Mädchen tabu waren, und ihrem Lieferwagen hin- und herliefen, bis Anna sie dabei erwischte und in ihr Zimmer scheuchte.

»Pass bloß auf, sonst erzähle ich Bozanski, dass du so neugierig bist. Oder glaubst du, dass du zu alt bist für den Strafkeller?«

Danach wagte Rose sich nicht mehr in die Nähe des Fensters. Zwei Tage später hatten die Männer ihre Arbeit beendet. Am Abend wurden Gwendolyn, Rose, Viola und Amaryllis in die Praxis geschickt, um dort gründlich zu putzen.

Neugierig schauten sie sich um, hier war alles so hell und freundlich, ganz anders als in den Wohnräumen. Bis dahin hatten sie nicht einmal gewusst, dass es unter den Zimmern, in denen Bozanski seine Patienten empfing, einen Keller gab. Mit großen Augen bestaunten die vier Mädchen das, was sie dort erwartete. Zwei Zimmer unter der Erde, von denen eins bis zur Decke weiß gefliest war. Die Wände fühlten sich ganz glatt an, und sie glänzten. Es war angenehm, die Hand dagegen zu legen, aber hinterher blieben Abdrücke zurück, und Anna schimpfte, dass sie nicht ordentlich genug geputzt hätten.

Das Zimmer nebenan war klein, dafür aber sehr wohnlich, hellgelbe Wände, ein rötlicher Holzfußboden und ein aufgemaltes Fenster, hinter dem Schmetterlinge auf einer Wiese tanzten. Von diesem Zimmer führte eine Tür in ein winziges Badezimmer mit Dusche, Waschbecken und WC.

Viola hatte aufgeschnappt, dass bald Möbel kommen sollten, und jetzt waren sie neugierig darauf, was für Möbel das sein sollten und wer dort wohnen würde. Rose war sicher, dass die Räume für Bozanski bestimmt waren, Viola glaubte, dass Anna einziehen würde. Sie wagten aber nicht, zu fragen, weil Anna ständig schlecht gelaunt war, seit die Geschichte mit Tabeas Baby passiert war.

Sie duldete nicht mehr, dass eine der Frauen sich allein mit Bozanski in einem Zimmer aufhielt, und hatte an allem etwas auszusetzen. Hedwig, die Mutter der drei Schwestern, war für das Kochen zuständig. Doch nichts, was sie auf den Tisch brachte, stellte Anna zufrieden. Die Frauen, die im Gemüsegarten arbeiteten, waren zu langsam, und der Hühnerstall sah angeblich furchtbar aus.

Manchmal stellte Rose sich vor, dass ihre Mutter endlich genug hatte von Bozanski, dass sie ihre Siebensachen packte und mit den Töchtern fortging. Zu Fuß, ihr Auto war längst verkauft, und es gab nichts mehr, das ihnen gehörte. Doch Hedwig Engels ließ sich in ihrer Verehrung für Bozanski nicht beirren, sie behauptete ständig, an Schmerzen zu leiden, damit Bozanski ihr seine heilenden Hände auflegte. So oft wie möglich hielt sie sich in seiner Nähe auf und lächelte selig, sobald sein Blick auf sie fiel. Von ihren Töchtern erwartete sie dasselbe, sie sollten ihn verehren wie einen Gott.

Rose wusste nicht, wie sie das anstellen sollte. Sie hasste den Mann aus tiefster Seele, seit er sie das erste Mal in den Strafkeller gesperrt hatte.

74 AMY

Als die Luke sich endlich öffnet und Licht in mein Gefängnis fällt, liege ich völlig entkräftet am Boden, die Beine in Embryonalstellung angezogen, die Hände um die leere Wasserflasche gekrampft. Ich bin klatschnass, ob von Schweiß oder Urin, weiß ich nicht, und zittere am ganzen Körper. Ich glaube, ich war zwischendurch sogar ohnmächtig, beschwören kann ich das aber nicht. Mein ganzer Körper fühlt sich taub an, wie abgestorben, und eiskalt.

Es ist mir egal, dass er die Holzleiter runterlässt und zu mir in die Hölle steigt. Jeder Gedanke, ihn zu überwältigen und zu fliehen, ist verschwunden, ich bin sicher, mich nicht mehr bewegen zu können.

»Mein Gott«, höre ich ihn sagen. »Was ist los mit dir?« Er rüttelt an meiner Schulter, doch ich rühre mich nicht. »Warte, ich hole eine Flasche Wasser von oben.«

Wasser, die ganze Zeit habe ich danach gelechzt, aber jetzt

ist der Durst verschwunden. Ich glaube nicht, dass ich dieses Loch lebend verlassen werde, und schließe die Augen.

Ein Arm schiebt sich unter meinen Körper und richtet ihn auf, dann fließt etwas Kaltes über meine Lippen. Wasser, köstliches Wasser. Ich strecke die Zunge danach aus, und er murmelt, dass ich trinken soll, aber langsam, damit ich mich nicht verschlucke. Ich frage mich, warum er mich rettet, um mich hinterher sterben zu lassen.

»Ich gehe jetzt hoch, und du kommst langsam hinterher, Rose. Und mach keine Dummheiten, du weißt, dass ich bewaffnet bin.«

Seine Worte lassen mich hysterisch kichern. Ich bin nicht mal sicher, dass es mir gelingen wird, die Sprossen zu erklimmen, ohne abzurutschen und mir den Hals zu brechen. Doch irgendwas in mir hindert mich daran, aufzugeben. Ich setze einen Fuß auf die unterste Sprosse und kämpfe mich die Leiter hoch. Das linke Bein braucht jedes Mal länger als das rechte, um den Fuß anzuheben und auf dem Querholz zu platzieren, als wäre mein inneres Gleichgewicht aus dem Takt geraten. Oben schiebe ich meinen schwankenden Körper Richtung Küche. Wieder braucht die linke Körperseite mehr Zeit als die rechte. Links sitzt das Herz, und mein Herz rebelliert. Ich stelle mir vor, wie es plötzlich aus mir herausfällt und auf dem Boden zerplatzt, und lache albern.

Er folgt mir, die Arme ausgebreitet, um mich aufzufangen, falls ich zusammenklappe. Aber das wird nicht passieren, weil er mich nicht anfassen soll.

Die Küche sieht beinahe so aus, wie ich sie in Erinnerung habe, der große Tisch ist noch da, aber nicht mehr alle Stühle. Drei von vier Fenstern sind mit Holzbrettern verschlossen, an dem vierten Fenster hat er ein paar der oberen Bretter gelöst, sodass Licht in den Raum fällt, aber niemand von außen hereinsehen kann. Die Türen der Küchenschränke stehen auf, es ist sogar noch Geschirr da. Es irritiert mich, wie ordentlich alles wirkt. Er muss sich die Mühe gemacht haben, zu putzen. Jedenfalls kann ich auf den ersten Blick kein einziges Spinnengewebe entdecken und keinen Dreck auf dem Fußboden.

Ich sinke auf einen Stuhl, verschränke die Unterarme auf dem Tisch und lege meinen Kopf darauf. Etwas wird über den Tisch geschoben, und als ich den Kopf hebe, steht eine Tasse Kaffee vor mir, dampfend heiß.

»Hier, damit dein Kreislauf sich erholt.« Er setzt sich neben mich. »Mir war nicht klar, dass du so heftig auf den Aufenthalt in dem Keller reagieren würdest. Es tut mir leid, ehrlich. Aber ich musste weg und wollte sichergehen, dass du keinen Unsinn anstellst.«

Was für eine komische Aussage. Als würde er sich um mein Wohlergehen sorgen. Ich weiß nicht, was ich erwidern soll, nichts am besten.

»Leidest du unter Klaustrophobie?«

»Kann sein. Als Kind wurde ich sehr oft dort unten eingesperrt. Es ist für mich der schlimmste Ort auf Erden.« Gerade habe ich mir noch vorgenommen, gar nichts zu sagen. Anscheinend bin ich so schwach und willenlos, dass die Worte einfach über meine Lippen schwappen, als wäre mein Mund übervoll von dem, was mich bewegt.

»Komisch. Ich hätte dich für ein braves, zurückhaltendes Kind gehalten, das nie bestraft werden musste. War Bozanski so streng? Nach außen hin gab er sich doch so tolerant und gütig.«

»Ich will nicht über ihn reden, nicht mal denken will ich an ihn«, flüstere ich, bevor ich den Kaffee probiere, der seltsam schmeckt.

»Der Kaffee ist mit Mineralwasser gekocht«, erklärt Thomas, als hätte er gerade meine Gedanken gelesen. »Ich bin mir nicht sicher, ob das Wasser aus der Zisterne trinkbar ist.«

Die Zisterne liegt unter einem Teil des Hauses. Damals haben wir das Wasser mit einer altmodischen Schwengelpumpe nach oben befördert und zum Gießen der Gemüsebeete benutzt. »Es gibt hier doch fließendes Wasser«, fällt mir ein.

»Nicht mehr, das Wasser ist abgestellt. Ich wollte kein Aufsehen erregen, indem ich Strom und Wasser wieder anmelde.«

Jetzt erst bemerke ich den kleinen Campingkocher neben dem Herd, auf dem er das Wasser für den Kaffee erhitzt hat.

Es dauert einen Moment, bis ich begreife, was er mir gerade verraten hat. Er wollte kein Aufsehen erregen, indem er Strom und Wasser anstellen lässt. So etwas kann nur der Hauseigentümer veranlassen. Der Hof muss also Thomas gehören.

75 FRIEDHELM SCHWARZ

Heute früh saß Harras vor der Tür, als wäre nichts geschehen. Friedhelm hat ihm eine Schüssel Futter hingestellt, bevor er runter ins Dorf gefahren ist. Der Pastor hat angerufen, weil Friedhelm den Rasen vor der Kirche mähen soll. Eine schöne Arbeit ist das, weil die Gemeinde vor zwei Jahren einen Aufsitzmäher angeschafft hat, einen knallroten. Darauf fühlt Friedhelm sich jedes Mal wie ein König.

Auf dem Heimweg hält er vor dem Dorfladen und kauft drei große Dosen mit Bockwürsten.

»Gibt's was zu feiern?« Frau Töpfer ist wirklich sehr neugierig, findet Friedhelm. Und er tut so, als hätte er nichts gehört.

Vorhin auf dem Rasenmäher ist ihm etwas eingefallen. Immer mit der Ruhe, sagt Viola immer. Und dass man mit Gewalt überhaupt nichts erreichen kann. Man braucht Speck, um Mäuse zu fangen, und Wurst, um einen Hund zu dressieren.

Harras kann sich auf Kommando hinlegen und tot stellen. Das hat Viola ihm beigebracht. Mithilfe von klein geschnittener Wurst, die er immer dann bekam, wenn er etwas richtig gemacht hat.

Zu Hause lässt er das Moped mit dem angekoppelten Hänger mitten auf dem Hof stehen. Harras, der sich in der Sonne aalt, beäugt das Gefährt misstrauisch, bevor er aufsteht und mehr Abstand zwischen sich und das unheimliche Ding bringt. Friedhelm trägt die Dosen in die Küche und öffnet die erste. Mit seinem Taschenmesser schneidet er die Bockwürste in Scheiben. Dann geht er raus und wirft Harras ein Stück hin.

»Hier, alter Freund, für dich.« So hat Viola das auch gesagt.

Er wendet sich ab, geht in Schlangenlinien über den Hof und lässt dann und wann eine Wurstscheibe fallen. Wie erhofft, folgt der Hund ihm, die Ohren gespitzt, die Rute steil nach oben gerichtet. Ganz langsam nähert Friedhelm sich dem Hänger. Im Augenwinkel sieht er, dass der Hund zögert. Jetzt begreift er wohl, was der ungeahnte Wurstsegen bedeutet. Friedhelm lässt drei Stücke auf den Boden des Hängers fallen.

»Die sind für dich. Hol sie dir, Harras.«

Nur selten nimmt Friedhelm sich die Muße, die Hoftiere über längere Zeit zu beobachten, so etwas machen Männer nicht, Männer sollen arbeiten und nicht faulenzen. Viola hat gern den Tieren zugeschaut und hinterher davon erzählt. Darum weiß er, dass die Katze sich vor schwarzen Vögeln fürchtet, seit sie als Jungtier mal eine Amsel am Schwanz gepackt und der Vogel sie sofort mit dem Schnabel malträtiert hat. Er weiß auch, dass der Hahn eine der Hennen liebt, die schwarze, und dass die braune Henne eine Einzelgängerin ist.

Aber ihm war nicht klar, dass man einem Hund so deutlich ansehen kann, was in ihm vorgeht. Harras kämpft mit seiner Angst vor dem Hänger. Gleichzeitig lockt ihn die Wurst, solche Leckereien gibt es hier sonst nicht. Zu gern würde er die Wurst fressen, doch mit dem Hänger verbindet er jetzt eine sehr schlechte Erfahrung. Er schleicht sich näher, schnuppert, macht noch einen vorsichtigen Schritt nach vorn, reckt den Hals, wendet sich wieder ab und schaut sein Herrchen ratlos an.

»Ja, alles für dich«, bestätigt Friedhelm.

Und dann, Friedhelm hat schon fast die Hoffnung aufgegeben, wagt Harras einen beherzten Satz nach vorn, verschlingt die drei Häppchen und springt wieder auf den sicheren Boden zurück. Hechelnd legt er sich flach auf den Boden, die Augen auf den Hänger gerichtet.

»Brav«, lobt Friedhelm. »Bist ein guter Junge.« Lauter so Sachen, die Viola jetzt sagen würde.

Und dann legt er drei neue Stücke auf den Hänger, und sobald Harras sie gefressen hat, neue. Bald schon hüpft der Hund wie selbstverständlich hin und her. Als Friedhelm das erste Mal den Motor anlässt, ist die Angst wieder da, aber nicht lange. Gegen Abend kann Friedhelm mit Hund und Hänger über den Hof fahren.

Wenn Viola ihn jetzt sehen könnte, wäre sie stolz auf ihn, und dieses Gefühl macht ihn für eine Weile richtig glücklich. Bis er sich daran erinnert, dass Viola vielleicht niemals wiederkommt.

76 BEATE ELBREDER

Endlich. Der Besitzer des weißen Fiesta wurde mit fünfundneunzigprozentiger Sicherheit ermittelt. Ivan Karlovic, kroatischer Staatsbürger, geboren vor siebenundsechzig Jahren in Dubrovnik, jetzt wohnhaft in Mannheim. Dort, wo er gemeldet ist, hat man ihn zuletzt am 9. Juni gesehen. Das ist der Tag, an dem der verhängnisvolle Artikel in der BILD erschienen ist.

Die Kollegen in Mannheim haben die Wohnung geöffnet und Fingerabdrücke sowie DNA-Proben gesichert, die unterwegs sind zum LKA, wo sie mit den alten Proben von Roman Bozanski verglichen werden sollen. Herr Karlovic wohnt seit etwa acht Jahren dort, sein Geld hat er als Nachtportier in einem Hotel verdient. Vor allem aber, und damit steht für Beate Elbreder fest, dass es sich um den gesuchten Bozanski handelt, ist er in der Nachbarschaft dafür bekannt, durch Handauflegen Krankheiten zu heilen. *Einige Damen schwören auf seine Kräfte*, steht in dem Bericht, mit drei Ausrufezeichen dahinter. Das passt.

Am 9. Juni gegen Mittag hat er in seinem Hotel angerufen und erklärt, nach Kroatien reisen zu müssen, weil seine Mutter unerwartet verstorben ist. Begeistert war man dort nicht, aber *der Ivan* wäre sehr eigen und hätte gleich mit Kündigung gedroht, als sein Chef vorschlug, einen Tag später zu fahren, damit er sich noch um Ersatz kümmern könnte. Seither hat man dort nichts mehr von ihm gehört. In der Wohnung hat er nichts zurückgelassen, das auf seine wahre Identität hinweist. Möglicherweise hatte er nie vor, zurückzukehren. Aber wo ist er hin, und was ist mit Amy Maiwald passiert?

Ein Gedankenblitz lässt sie aufspringen und die Tür aufreißen. »Steinbeck!«, schreit sie über den Flur, und es vergeht keine Minute, bis David Steinbeck in ihrem Büro erscheint.

»Folgendes: Sie nehmen das Phantombild von diesem angeblichen Journalisten und leiten es an die Kollegen in Mannheim weiter. Ich will wissen, ob irgendwer aus Ivan Karlovic' Umfeld diesen Kerl kennt.«

»Wird erledigt.«

»Was ist mit seiner Telefonliste?«

»In Arbeit.«

»Das haben Sie vor zwei Stunden auch schon gesagt«, raunzt sie ihn an.

»Ja. Aber ich kann nicht mehr tun, als ständig den Provider zu nerven.«

Natürlich hat er recht, dennoch kann sie sich eine überflüssige Bemerkung nicht verkneifen. »Dann legen Sie gefälligst einen Zahn zu beim Nerven, wir haben keine Zeit für Trödeleien.«

77 AMY

»Sag ruhig Thomas zu mir, so heiße ich nämlich wirklich«, murmelt der Mann, der mich Bozanski ausliefern will, und es klingt sehr müde. »Warum hast du eigentlich diesen Soldaten geheiratet, das versteh ich nicht, ehrlich. Ein Mann, der seine Frau schlägt…«

»Er hat mich nicht geschlagen.« Mein Gott, wie oft habe ich das schon klarstellen müssen. Warum nehmen die Menschen immer gleich das Schlechteste voneinander an? Ein weiteres Mal erkläre ich, wie es zu den Verletzungen in meinem Gesicht gekommen ist. »Marco ist ganz anders, als Sie scheinbar glauben. Sonst hätte ich mich wohl kaum in ihn verliebt. Vielleicht habe ich ihn so überstürzt geheiratet, weil ich einsam war und mir jemanden gewünscht habe, dem ich etwas bedeute. Und ihm ging es nicht anders. Seine Freundin wollte ihn nicht mehr, also hat er eine Frau gesucht, die ihn wollte. Und das war ich. Wenn wir ehrlich zueinander gewesen wären…« Ich breche ab, weil mir klar wird, dass ich nicht weiß, was dann passiert wäre. Hätte mir ein Mann genügt, der ein weibliches Trostpflaster auf sein angekratztes Ego kleben will? Wäre Marco mit einer Frau zufrieden gewesen, deren Vergangenheit so furchtbar ist, dass sie unter gnädigen Lügen versteckt werden muss? Ich weiß es nicht. Man glaubt immer, dass der Weg, den man nicht eingeschlagen hat, der bessere gewesen wäre als der, auf dem man sich gerade befindet. Stimmt das wirklich? Ist es nicht sehr viel wahrscheinlicher, dass Marco und ich uns nie nähergekommen wären? Wir hätten nicht geheiratet, keine Liebe, keine Zärtlichkeit, kein Sex, ich wäre immer noch einsam und allein. Und dann frage ich mich, ob eine kurze Spanne voller Liebe nicht besser ist als gar nichts?

»Ich hätte Änne nie geschlagen, ich habe sie geliebt, sie war mein Leben«, bricht es aus Thomas heraus. »Am Ende hab ich sie kaum noch wiedererkannt, aber ich hätte ihr nie etwas angetan. Das hat sie selbst übernommen, eine Überdosis Schlaf- und Beruhigungspillen.«

»Sie hat sich umgebracht?«, frage ich fassungslos. In meinem Leben gab es viele schwarze Täler, aber das wäre mir nie in den Sinn gekommen. Ich habe alles getan, um zu überleben, und das will ich auch jetzt, nach einer Nacht, in der ich tief geschlafen habe und mein Überlebenswille zurückgekehrt ist. Ich will das hier überstehen, aber ich weiß noch nicht, ob mir das gelingen wird. In jedem Fall scheint Thomas nicht mehr so zornig zu sein. Darf ich das als gutes Zeichen werten? Ich beschließe, ihn reden zu lassen und nicht zu unterbrechen.

»Änne war mein Lebensmensch, eine starke, patente Frau voller Optimismus. Es gab nichts, das sie aus der Bahn werfen konnte. *Dann finden wir eben eine andere Lösung*, hat sie immer gesagt, wenn etwas nicht klappen wollte. Sie war älter als ich, acht Jahre. Unvorstellbar für manche Leute, aber ihr Alter hat keine Rolle gespielt. Es wurde zum Problem, als Änne ein Kind wollte. Sie war schon über vierzig, heutzutage eigentlich kein Problem, dachten wir. Ein paar Hormone würden es schon richten. Aber so war es nicht, sie wurde einfach nicht schwanger. Wir haben uns in die Hände einer Kinderwunschklinik begeben, zweimal hat es geklappt, und beide Male hat sie die Babys verloren. Zu diesem Zeitpunkt war sie bereits sechsundvierzig und völlig verzweifelt. Ich habe eine Adoption vorgeschlagen, aber eine Frau in diesem Alter bekommt bei uns kein Neugeborenes mehr, und sie hat sich nun mal ein Baby gewünscht. Es war schrecklich. Mir selbst fehlte, ehrlich gesagt, nichts, ich fühlte mich auch ohne Kind sehr glücklich in unserer Ehe, bei Änne war das anders. Alles, was ihr vorher Freude bereitet hat, wurde bedeutungslos. Gut essen gehen, schöne Kleider, reisen, Theater, Kunstausstellungen, nichts hat sie mehr interessiert. Manchmal habe ich sie gar nicht wiedererkannt. Heute denke ich, dass sie depressiv war, doch sie weigerte sich strikt, einen Facharzt zu konsultieren. Es war zum Verzweifeln, sie war unglücklich, und ich konnte ihr nicht helfen. Dann machte irgendwer sie auf diesen Heiler in der Eifel aufmerksam. Er würde ihr keine Schwangerschaft schenken, wohl aber ihr seelisches Gleichgewicht wiederherstellen.«

»Bozanski«, flüstere ich tonlos, und er nickt.

»Ja, Bozanski. Eine Weile fuhr sie zweimal pro Woche hin. Nicht, dass ich an Wunderheilung glaube, das liegt mir wirklich fern, aber ihr Zustand schien sich zu verbessern. Sie lachte wieder, und wir dachten über eine Zweitwohnung im Süden nach. Und dann… eines Tages kam sie völlig verändert von einer Heilsitzung wieder. Sie glühte vor Aufregung. Bozanski hätte eine Tochter, Rose, ein hochbegabtes, sehr gläubiges Mädchen. Rose träumte davon, einen Teil ihres Medizinstudiums in Amerika zu absolvieren, aber das konnten sie sich nicht leisten. Deshalb würde Rose darüber nachdenken, einmal, ein einziges Mal nur, für entsprechendes Geld ein Kind auszutragen. Als Leihmutter, obwohl das in Deutschland verboten ist. Erst hätte er das als Unsinn abgetan, aber dann wäre ihm Änne in den Sinn gekommen, die sich so sehnlich ein Kind wünschte. Sie sollte darüber nachdenken und mit ihrem Mann reden.

Ich war schockiert von dem, was meine Frau da vorschlug, doch Änne ließ nicht locker. Es war, als hätte jemand eine rausgesprungene Sicherung wieder eingesetzt, von null auf hundert. Änne sprühte vor Entschlossenheit, sie wurde wieder zu der Frau, in die ich mich verliebt hatte. Es war so unglaublich schön. Deshalb ließ ich mich überreden, sie in die Eifel zu begleiten. Im Vorfeld erfuhr ich, dass Bozanski über keine großartigen medizinischen Möglichkeiten verfügte, was ich nur logisch fand, es passte zu der Geschichte von seiner Tochter und machte das Ganze sympathischer für mich. Mein Part sollte lediglich darin bestehen, einen Becher mit Sperma abzugeben. Seine Frau würde die Insemination ganz altmodisch mit einer Spritze und einem Schlauch vornehmen.

Für Änne gab es kein anderes Thema mehr. *Das ist unsere Chance, ein Geschenk des Himmels! Wenn Rose schwanger wird, soll es so sein, wenn nicht, rede ich nie mehr davon, versprochen. Lass uns diese Entscheidung in größere Hände legen.*

Als ich Bozanski persönlich kennenlernte, war er mir sofort zuwider, dieses übertriebene Gehabe, seine ständige Selbstbeweihräucherung, unerträglich fand ich das. Sein Argument, dass er sich mit dem Vertrag genauso ausliefern würde wie wir, war allerdings nicht von der Hand zu weisen. Meine heimliche Befürchtung, dass er uns später erpressen könnte, schien damit entkräftet. Wir würden einen Vertrag schließen, der uns beide in ernsthafte Schwierigkeiten bringt, sollte er je publik werden. Das Geld wurde erst bei der Übergabe des Babys fällig. Alles schien gut durchdacht und fair für beide Seiten. Irgendwann bin ich wider besseres Wissen eingeknickt.« Er schüttelt den Kopf, als könne er seine Entscheidung bis heute nicht verstehen. »Vierzehn Tage später hab ich mein Sperma abgegeben und einen Monat später noch einmal, weil es nicht gleich beim ersten Mal geklappt hat.« Höhnisch verzieht er den Mund. »Wie hätte ich ahnen können, dass mein Sperma vermutlich gleich in der Toilette runtergespült wurde, weil Bozanski die

Befruchtung lieber in Eigenarbeit erledigte, ganz ohne seine Anna. Aber wem erzähl ich das, du weißt ja am besten, was passiert ist.« Jetzt klingt er doch wieder sehr aufgebracht, und seine Stimme wird mit jedem Wort lauter. »Dann kam der Anruf, *Rose ist schwanger*, und wir begannen, die Schwangerschaft vorzutäuschen. Änne hat künstliche Bäuche aus Silikon bestellt, insgesamt drei Stück.

Wenn sie von der Schwangerschaft erzählte, hieß es überall: *Das sieht man dir an.* Angeblich hätte sie diesen besonderen Ausdruck von Glückseligkeit im Gesicht, den nur schwangere Frauen haben. Die Umstandskleidung wurde im Netz bestellt, damit niemand sie in der Umkleidekabine überraschte oder gar den künstlichen Bauch bei der Anprobe berührte. Zu Hause hat Änne vor dem Spiegel geübt, wie eine Schwangere zu gehen. Manchmal hat sie den Bauch gestreichelt und mit dem Baby geredet. Meine Frau ging völlig auf in ihrer Rolle als werdende Mutter. Mir wurde das Ganze zunehmend unheimlich, aber, mein Gott, sie war so selig, wie hätte ich das zerstören können? Wir akzeptierten, dass du das Geschlecht des Babys nicht vor der Geburt wissen wolltest, um keine Bindung aufzubauen. Uns war das nur recht, schließlich war es unser Kind, das in deinem Bauch heranwuchs, gezeugt mit meinem Samen. Dachte ich jedenfalls.« Wieder stößt er dieses hasserfüllte Lachen aus, das mich erschaudern lässt. Urplötzlich hält es ihn nicht mehr auf dem Stuhl, er springt hoch und beginnt, in der Küche auf und ab zu wandern.

Es wirkt, als wäre er völlig mit sich selbst beschäftigt, und ich frage mich, ob das meine Chance ist zu fliehen. Aber so, wie ich Thomas einschätze, ist die Tür abgeschlossen und der Schlüssel befindet sich in seiner Hosentasche. Außerdem, so verrückt es auch sein mag, will ich unbedingt hören, wie es für ihn und seine Frau weiterging. Irgendwie ist das ja auch meine Geschichte.

»Die Bescheinigung eines Arztes über eine Hausgeburt hat Bozanski mitgeliefert. Damit und mit den notwendigen Papieren bin ich zum Standesamt gefahren und habe eine Geburtsurkunde beantragt.« Er bleibt vor mir stehen und schaut mich drohend an. »Für ein Baby, das nicht meins war, das wusste ich sofort. Von der ersten Sekunde an. Egal, was Änne in ihm sehen wollte, meine Hände, meine Füße, meine Art, den Mund zu verziehen, er war nicht von mir, und ich konnte ihn nicht als mein Kind akzeptieren. Nie. Jede Berührung kostete mich Überwindung. Das Schlimmste war, dass Änne es gar nicht gemerkt hat, sie hielt mich für unbeholfen. *So sind die meisten Männer, warte, bis er größer wird.* Die beiden bildeten die Kernfamilie, und ich wurde zum Ernährer degradiert. Von außen entsprach diese Rollenverteilung durchaus unserem Lebensmodell. Beruflich ging es damals steil bergauf für mich, wir gingen für zwei Jahre nach Lissabon und anschließend nach Saudi-Arabien. Ich verließ morgens das Haus und kehrte häufig erst spätabends zurück. Den Kleinen sah ich kaum. In dieser Zeit stellte sich heraus, dass Clemens, so hat sie ihn genannt, sich nicht altersgemäß entwickelte. Zuerst fanden die Ärzte heraus, dass er so gut wie nichts sehen konnte, dann sprachen sie von Gehörlosigkeit, am Ende sollten wir uns darauf einstellen, dass er nie sprechen oder laufen lernen würde. Clemens war schwerstbehindert und brauchte Betreuung rund um die Uhr. Im Gegensatz zu mir fand Änne sich klaglos damit ab, schlimmer noch, plötzlich war sie überzeugt, dass wir diese Strafe verdient hätten, weil wir Gott ins Handwerk gepfuscht hatten.«

Er lacht, doch ich spüre, dass er viel lieber weinen würde.

»Sie hat ihn abgöttisch geliebt, und es war ihr vollkommen egal, dass er sich nicht artikulieren konnte, nie ein selbstständiger Mensch werden würde. Nicht mal eine Pflegerin wollte sie einstellen, er wäre ihr Kind und seine Betreuung allein ihre Aufgabe. Es war zum Verzweifeln. Von der Frau, die ich geliebt und bewundert habe, blieb nichts mehr übrig. Änne magerte ab, sie pflegte sich nicht mehr und verließ kaum noch das Haus. Ihr gesamtes Dasein drehte sich um ein Kind, das den ganzen Tag schrille Geräusche von sich gab, überhaupt nichts von ihren Bemühungen mitbekam und nicht mal unser eigenes war. Irgendwann hielt ich ihr ewiges *Das ist unsere Aufgabe, er ist doch unser Sohn!* nicht mehr aus. Ich wollte einen Vaterschaftstest machen lassen. Keine Ahnung, woher ich so sicher wusste, dass ich nicht sein Erzeuger war, aber ich wusste es. Wir hatten den schlimmsten Streit unserer Beziehung, es fielen schreckliche Worte. Änne drohte damit, mich zu verlassen. Ich gab nach, was hätte ich sonst tun sollen? Aber unsere Ehe war praktisch zerstört. Wir kehrten nach Deutschland zurück, es war November und ziemlich kalt, und der Junge bekam eine Lungenentzündung, an der er schließlich verstarb. Änne behauptete, dass ich froh darüber wäre.«

»Und, waren Sie froh?«, frage ich leise.

»Froh? Das Frohsein hatte ich zu diesem Zeitpunkt längst verlernt. Ich war erleichtert, bildete mir ein, dass alles so werden würde wie vorher. Aber mitnichten. Änne fiel erneut in eine tiefe Depression. Sie verließ kaum noch das Bett, schluckte alles, was das Empfinden ausschaltet. Längst hatte sie mich aus dem Schlafzimmer verbannt. Ich arbeitete weiterhin sehr viel und kam nur zum Schlafen heim. Ja, ich gebe es zu, in dieser Zeit hatte ich eine Geliebte, eine Frau, die mich nicht als eiskaltes Monster betrachtete, sondern als attraktiven, warmherzigen Mann. Den Schritt, die Scheidung einzureichen, konnte ich allerdings nicht gehen. Irgendwo schlummerte die Hoffnung, dass Änne wieder sie selbst werden könnte, auch wenn unsere Ehe zu diesem Zeitpunkt entsetzlich war. Wenn wir uns zufällig auf dem Flur begegneten, meist am späten Abend, beschimpfte sie mich. Auf den Tag genau ein Jahr nach dem Tod des Kindes nahm sie Tabletten. Sie starb, ohne dass wir uns versöhnt haben. Nicht mal einen Abschiedsbrief war ich ihr noch wert.« Bei den letzten Worten bleibt er stehen. Sein Kopf fällt nach vorn, und er schlingt die Arme um seinen Oberkörper.

Ich unterdrücke den Impuls, aufzustehen und seine Hand zu streicheln oder etwas Tröstliches zu sagen. Schließlich hat dieser Mann meinen Tod beschlossen. Er sollte mir wirklich nicht leidtun.

»Ich bin wieder ins Ausland gegangen, vier Jahre Nordafrika, aber ich konnte nicht vergessen. Und eines Tages war mir klar, dass ich Bozanski vernichten muss, so, wie er mich vernichtet hat. Auge um Auge, Zahn um Zahn.« Er hebt den Kopf und mustert mich kalt. Aus seinem Blick spricht wieder die Verachtung, die ich bereits kenne. »Mein Leben ist zerstört, weil ein Irrer beschlossen hat, seine Tochter zu beschlafen und das Ergebnis dieser kranken Inzuchtbeziehung für viel Geld an nichts ahnende Menschen zu verkaufen, die sich verzweifelt ein Kind wünschen.« Seine Hand krallt sich in sein Shirt, als müsse er an sich halten, um nicht auf mich loszugehen.

»Nein, so war es nicht«, sage ich beschwörend.

Aber Thomas will nichts mehr hören. Er reißt mich vom Stuhl hoch und schubst mich vor sich her zurück in das Zimmer, in dem früher Gwendolyn und ihre Mutter geschlafen haben, wie ich jetzt weiß.

78 MARCO

Zum ersten Mal, seit er mit Amy verheiratet ist, träumt Marco von ihr, ein schwerer, düsterer Traum, aus dem er schweißgebadet erwacht. Der Wecker zeigt 4:33 Uhr, und der Traum ist noch gegenwärtig. Amy wird vor seinen Augen von einer Salve Gewehrschüsse durchsiebt. Ihr weißes Hochzeitskleid ist von roten Sprenkeln übersät. Sie fällt zuckend nach hinten, und ihr Körper zerschellt am Boden, als wäre sie aus Porzellan, tausend Scherben, alle blutbesudelt. Ihr Schrei, bevor sie aufschlägt, gellt immer noch in seinen Ohren: *Hilf mir!*

An Weiterschlafen ist nicht zu denken. Sein Herz rast, er ist wieder in Afghanistan, die Taliban feuern ihre Waffen ab, und gleichzeitig sieht er Amys Schwester vor sich, wie sie in dem Klinikbett liegt, wie ein lebender Leichnam. Nichts, das ihn betrifft, scheint mehr heil und in Ordnung zu sein. Er geht in die Küche und trinkt ein Glas Leitungswasser, dann setzt er sich an den Tisch und lauscht auf die Geräusche auf der Straße. Die Stadt erwacht, ein Vogel singt, es klingt traurig, und ein Auto mit kaputtem Auspuff knattert vorbei.

Um fünf Uhr beschließt er, einen Brief an Amy zu schreiben, doch als Stift und Papier vor ihm liegen, weiß er nicht, was er schreiben soll. Das Ganze ist sowieso unsinnig, wohin soll er den Brief denn schicken? Er sollte sich mit ganz anderen Dingen beschäftigen. Was wird aus der Wohnung? Kann er als Ehemann einfach den Mietvertrag übernehmen, und will er das überhaupt? Wäre es nicht klüger, wieder nach Zeven zu ziehen, wo er die meiste Zeit seines Lebens gewohnt hat? Aber wie könnte er diese Wohnung aufgeben, ohne zu wissen, was mit Amy passiert ist? Ist er ihr nicht schuldig, das hier zu bewahren?

Eine Stunde später hockt er wieder vor dem PC und starrt auf das, was er über die alte Geschichte finden kann, über die Gemeinschaft *Weiße Sonne*, den Mann, der Bozanski heißt, über die toten Frauen.

Plötzlich weiß Marco, was zu tun ist. Er muss in die Eifel fahren. Nicht, dass er damit rechnet, Amy dort zu finden, aber er verspürt den Drang, sich den Ort anzuschauen, an dem sie aufgewachsen ist, in völliger Isolation, wo sie für einen Irren Kinder gebären musste, die ihr gleich nach der Geburt entrissen wurden. Hastig packt er ein paar Klamotten in seinen Seesack.

Als er in den BMW steigt, fühlt er sich zum ersten Mal seit Tagen annähernd gut. Es ist die richtige Entscheidung, nirgends kann es schlimmer sein als hier. Er steckt den Stick mit seiner Lieblingsplaylist in die Anlage und lässt den Motor an. Auf der Autobahn nimmt er direkt die linke Spur und tritt das Gaspedal durch. Er könnte ewig so weiterfahren, auf der Überholspur, den Blick nach vorn gerichtet, die Hände fest am Lenkrad, im Ohr die Songs, die ihn an bessere Zeiten erinnern. Als sein Telefon klingelt und er Marinas Nummer erkennt, ignoriert er den Anruf, weil er mit niemandem reden mag, auch nicht mit seiner Schwester. Er will einfach nur über die Autobahn brettern und alles hinter sich lassen, seinen Zorn, sein schlechtes Gewissen, seine Angst um Amy.

79 BEATE ELBREDER

Irgendwas stimmt nicht, das weiß Beate ganz genau. Und doch bleibt das, was sie irritiert, in den Tiefen ihres Unterbewusstseins verborgen. Sosehr sie sich auch anstrengt, es will ihr einfach nicht gelingen, den Gedanken zu fassen.

Vielleicht hilft es, die Ereignisse noch mal chronologisch aufzulisten. Dieser geheimnisvolle Roman Bozanski hat Amy Maiwalds Foto in der BILD-Zeitung gesehen und ist nach Lilienthal gekommen. Er hat sich eine Ferienwohnung gemietet und ist gleich am ersten Abend verschwunden. Zwei Tage später ist er wieder aufgetaucht, hat sein Gepäck geholt und die Vermieterin ermordet. Dafür hat er die Waffe benutzt, die er vor zwölf Jahren einem Polizisten entwendet hat. Natürlich war ihm klar, dass sie anhand der Projektile rauskriegen würden, wer die Frau erschossen hat. Für ganz Begriffsstutzige hat er zudem noch einen verräterischen Namen gewählt: Doktor Roman Heimbach, ein Wink mit dem Zaunpfahl.

Als Nächstes hat er Frau Maiwald aufgelauert, ihre Schwester Viola gesehen und aus seinem Wagen heraus auf sie geschossen, wieder mit der Waffe des Polizisten. Ob er die beiden verwechselt hat oder tatsächlich Viola Engels treffen wollte, bleibt vorerst ungeklärt. Dann aber, und das ist wirklich seltsam, hat er seinen Wagen an einem Angelteich abgestellt und verbrannt. So etwas ergibt eigentlich nur Sinn, wenn man seine Spuren vernichten will. Aber warum legt ein Mensch einerseits Spuren, so breit wie die Abdrücke von Lkw-Reifen, und versucht gleichzeitig, seine Spuren verschwinden zu lassen?

Verdammt noch mal, das entbehrt jeder Logik. Jetzt weiß

Beate auch, was sie die ganze Zeit irritiert. Wie ist dieser Kerl an Amy Maiwalds Adresse gekommen? Nicht einmal Benedikt Kramer ist das gelungen, und der konnte immerhin einen Polizeiausweis vorlegen, wenn auch nicht aus Niedersachsen.

Kurz entschlossen macht sie sich auf den Weg zum Einwohnermeldeamt in Lilienthal. Weil sie es eilig hat, hält sie den beiden Männern, die neben der Tür warten, ihren Dienstausweis vor die Nase, um sich vorzudrängeln. Die zuständige Verwaltungsangestellte, die laut dem Schild auf ihrem Tisch Gabriele Wenk-Stabler heißt, wirft ihr einen abschätzigen Blick zu, der an ihrer klein geblümten Bluse hängen bleibt, die schon bessere Tage gesehen hat, und von dort zu ihren Haaren wandert, die, zugegeben, einen Schnitt nötig hätten. Beate ist klar, dass sie diese Prüfung nicht bestanden hat. Vor ihr sitzt nämlich eine Frau, die viel Wert auf Äußerlichkeiten legt. Anders lässt sich wohl auch kaum erklären, dass die Farbe ihres Nagellacks dieselbe ist wie die ihrer Kette. Lächerlich. Wer hat denn Zeit, sich mit solchen Kinkerlitzchen zu befassen? Beate jedenfalls nicht.

»Ja bitte, womit kann ich Ihnen helfen?«

Spöttisch verzieht die Polizistin den Mund. Die Dame glaubt also, sie von oben herab behandeln zu dürfen.

Energisch knallt sie ihren Dienstausweis auf den Tresen und rattert, ohne Luft zu holen, die Fakten runter. »Amy Maiwald«, sagt sie am Ende noch mal nachdrücklich. »Denken Sie bitte genau nach.«

»Ich erinnere mich.« Interessant, dass die Frau jetzt ihrem Blick ausweicht. »Da war ein Mann, ein Polizist aus Nordrhein-Westfalen. Dem hab ich aber keine Auskunft gegeben. Ohne richterlichen Beschluss, das darf ich ja gar nicht.« Ihre Stimme glüht vor Eifer.

»Das weiß ich längst«, blafft Beate sie an. »Meine Frage bezieht sich auf einen älteren Mann, Anfang sechzig, graues Haar, vielleicht auch schon weiß, er nannte sich Dr. Roman Heimbach oder Ivan Karlovic. Hat einen sehr vitalen Eindruck gemacht. Einer, bei dem manche Frauen schwach werden.« *Frauen wie Sie*, das muss sie gar nicht aussprechen, die Dame hinter dem Schreibtisch weiß auch so, dass sie gemeint ist.

»Weiße Haare, sagen Sie? Nein, der hat nicht nach Frau Maiwald gefragt.« Es klingt erleichtert. Sieh an.

»Aber jemand anders, richtig?« Mit triumphierendem Grinsen zieht Beate das Phantombild des angeblichen Journalisten aus ihrer Handtasche. »Dieser Mann war hier, stimmt's? Und ihm haben Sie die Adresse verraten.«

Erst sagt sie gar nichts, dann stottert sie: »Nun ja, ein Schriftsteller. Er hat sich legitimiert, hat mir sogar ein Buch geschenkt, mit Signatur. Darin ging es um die Kinder von anonymen Samenspendern, wie schrecklich es für sie ist, ihre Väter nicht zu kennen. Und jetzt will er über Gewalt gegen Frauen schreiben. Er hat mir erzählt, natürlich unter dem Siegel der Verschwiegenheit, dass Frau Maiwald zu den Frauen gehört, die auf der Flucht sind vor einem gewalttätigen Exfreund… ich dachte… na ja… so ernst kann das mit dem Sperrvermerk ja nicht sein, wenn sie sich für die BILD ablichten lässt… außerdem war die Anschrift des Ehemanns ja nicht mit einem Sperrvermerk versehen.« Betreten schaut sie auf ihre rosaroten Fingernägel. »Ich hab ihn gefragt, ob er nicht nach der Adresse des Ehemanns fragen will. Es ist nicht wirklich in Ordnung, ich weiß.«

»Nein!«, donnert Beate. »Ist es absolut nicht. Und auf der Signatur können Sie sich ein Ei braten, der Mann heißt nicht Thomas Gärtner.«

»Aber er hat mir doch das Buch…«

»Das kann man in jedem Laden kaufen, gute Frau. Amy Maiwald ist verschwunden, genau wie dieser Mann. Sehr merkwürdig, nicht wahr?«

»Sie meinen, er ist der Mann, vor dem sie auf der Flucht ist?«

»Was ich meine, tut nichts zur Sache«, knurrt Beate. Sie zwingt sich, tief durchzuatmen. »Und dieser Mann ist wirklich der Einzige, dem Sie die Adresse gegeben haben? Überlegen Sie genau, was Sie sagen, es ist wichtig, möglicherweise hängt das Leben der Frau davon ab. Also…«

»O Gott, ich weiß gar nicht, was ich sagen soll. Der Mann machte so einen seriösen Eindruck… sonst hätte ich doch nie…«

»Lassen wir das. Also?«

»Eine junge Frau war noch hier, eine Verwandte. Sie hielt die Zeitung in der Hand, und ich konnte sehen, dass sie Frau Maiwald wie aus dem Gesicht geschnitten war. Sie war in Tränen aufgelöst. Vor Freude. Die beiden sind Schwestern und haben sich vor vielen Jahren aus den Augen verloren.« Sie schluckt. »Im Fernsehen machen die das doch auch, Sie wissen schon, die blonde Frau, die überallhin reist, um vermisste Leute wiederzufinden. Ich dachte, dass der Sperrvermerk nichts mit der Schwester zu tun hat. Die war nun wirklich völlig harmlos.«

Was sie jetzt wohl sagen würde, wenn Beate von der Pistole in Viola Engels' Handtasche erzählen würde.

»Aber sonst war da niemand? Kein weißhaariger Mann, wirklich nicht.«

Beate weiß nicht, was sie mehr ärgert. Die Tatsache, dass diese Verwaltungsangestellte gegen ihre Dienstvorschrift verstoßen hat, zweimal sogar, die Tatsache, dass diese Frau

Wenk-Stabler einem Polizisten die Adresse verweigert, zwei Privatpersonen dagegen nicht, oder die Tatsache, dass sie immer noch nicht weiß, wie dieser verfluchte Bozanski an Amy Maiwalds Adresse gekommen ist.

Immerhin darf sie wohl davon ausgehen, dass Bozanski nicht hier auf dem Einwohnermeldeamt war. Das könnte bedeuten, dass er und der angebliche Journalist irgendwie zusammenhängen. Aber wie? Männer gab es auf dem Hof doch gar nicht. Könnte der Mann einer der Väter sein, die damals ein Kind von Bozanski bekommen haben? Aber warum sollte er Amy entführen? Der Gedanke beschäftigt sie während der gesamten Rückfahrt.

Wieder an ihrem Schreibtisch, ruft sie als Erstes nach David Steinbeck. »Was glauben Sie, würde ein unbescholtener Bürger sich mit einem Mehrfachmörder zusammentun, um sein Kind zu beschützen?«

Die Frage scheint ihn völlig zu überrumpeln. Er stottert ein bisschen herum und sieht dabei aus, als wäre er nicht viel älter als fünfzehn. »Das weiß ich wirklich nicht«, muss er schließlich zugeben.

»Vielleicht sollten Sie jemanden fragen, der schon Vater ist. Ich habe hier die Telefondaten von Ivan Karlovic. Sein letztes Gespräch hat er am Montag, dem 9. Juni geführt, in Mannheim. Er hat mit seinem Chef gesprochen, aber das wissen wir ja bereits. Das war der Tag, an dem das Bild von Amy Maiwald in der Zeitung erschienen ist. Seither wurde das Handy nicht mehr benutzt, auch nicht, um die Ferienwohnung zu buchen. Anpeilen lässt es sich auch nicht.«

»Die Wohnung hat er wahrscheinlich vor Ort gesucht. Wir haben die Telefonliste von Frau Morisse ja überprüft und keine Nummer entdeckt, die uns zu dem Mann führen könnte.« Ohne dass es ihr aufgefallen ist, wühlen ihre

Finger in der Dose mit den Salmiakpastillen. »Ich kann mir beim besten Willen nicht vorstellen, dass er hier kein Telefon benutzt hat. Der hat ein Zweithandy, wetten? Aber wie kommen wir an die Nummer? Und sagen Sie nicht schon wieder: ›Das weiß ich wirklich nicht!‹« Plötzlich kommt ihr noch eine Idee. »Steinbeck, ich möchte gern wissen, wem dieser Hof in der Eifel jetzt gehört. Los, los, es ist eilig!«, scheucht sie ihn aus ihrem Büro.

80 AMY

»Wie kommen Sie überhaupt darauf, dass Bozanski mein Vater ist?«

»Er hat mir dein Foto gezeigt. Die redliche Tochter, die Medizin studiert und nach Amerika will. Wir wünschten uns ein Baby, du wolltest uns dieses Baby schenken. Verkaufen«, verbessert er sich sofort. »Und wir Idioten haben bezahlt. Wie hätten wir auch ahnen sollen, dass der Kleine behindert ist, das Ergebnis einer inzestuösen Beziehung. Inzucht, wie man im Volksmund sagt.« Voller Zorn erhebt er die Stimme. »War euch wirklich nicht klar, dass solche Kinder überproportional häufig behindert sind? Ach«, winkt er ab, »das hat euch nicht interessiert, dich und deinen sauberen Vater.«

Mein hilfloses Kichern facht seine Wut noch an. Er gibt mir einen heftigen Stoß in die Rippen, und ich schnappe erschrocken nach Luft. Es ist Zeit für die Wahrheit.

»Mein Vater heißt Rainer Engels. Er ist tödlich verunglückt, als ich fünf Jahre alt war. Ich war zehn, meine Schwestern neun und sieben, als unsere Mutter beschloss, alle Zelte abzubrechen und künftig in der Gemeinschaft

Weiße Sonne zu leben. Seit meinem zehnten Lebensjahr bin ich nicht mehr zur Schule gegangen. Bozanski wollte das so, und meine Mutter hätte keine seiner Anordnungen jemals infrage gestellt. Sie hat den Boden geküsst, auf dem er gewandelt ist, und die anderen Frauen der Gemeinschaft waren genauso. Vier Kinder lebten auf dem Hof, alles Mädchen, wir drei und Gwendolyn. Sie war drei Jahre älter als ich. Wir wurden all die Jahre vor der Welt versteckt, damit die Behörden nicht eingreifen und uns zur Schule schicken konnten. Gwendolyns Mutter war Lehrerin. Sie hat uns unterrichtet. Wenigstens darauf hat Bozanski Wert gelegt.«

Während der Mann, der nicht Thomas Gärtner heißt, mir zuhört, kaut er versunken an seinem Daumennagel. Ich glaube nicht, dass er das oft macht, seine Hände wirken viel zu gepflegt. »Und eines Tages hat er beschlossen, euch zu schwängern, eine nach der anderen, um mit den Babys Geld zu verdienen. Ist er nachts von einem Bett ins nächste gehüpft, oder wie stelle ich mir das vor?«

»Nein, so war es nicht, auch wenn alle das glauben«, sage ich ruhig, weil ich nichts mehr zu verbergen habe. »Bozanski war mit Anna zusammen, nur mit ihr, jedenfalls haben alle das geglaubt. Bis eines Tages eine der anderen Frauen schwanger war, Tabea, eine Holländerin, sehr hübsch. Ich war damals sechzehn und hab das meiste gar nicht verstanden. Wir sind ja völlig isoliert und unwissend aufgewachsen. Niemand hat uns aufgeklärt. Tabeas Bauch wuchs, sie kriegte ein Baby, das habe ich natürlich begriffen, und auch, dass das Baby von Bozanski ist. Durch Tabeas Schwangerschaft war die Stimmung in der Gemeinschaft ganz anders als vorher, die anderen Frauen haben ihr das Leben zur Hölle gemacht, ihr und nicht etwa Bozanski. Am schlimmsten benahm sich Anna, und ausgerechnet sie hat das Baby zur Welt gebracht. Anna war ja ausgebildete Hebamme. Zwei Tage später ist Tabea gestorben, ich weiß nicht, woran, es wurde nie darüber geredet. Vielleicht hat Anna etwas damit zu tun, das würde ich ihr zutrauen. Doch es wurden keine Fragen gestellt, nie. Bozanskis Wort war Gesetz.

Wir haben Tabea hinter dem Gemüsegarten begraben, weil Bozanski, abgesehen von seinen Patienten, die er nur in die Praxisräume ließ, keine fremden Leute auf dem Hof duldete, schon gar keine Polizei, die Tabeas Tod hinterfragen könnte. Niemand würde unsere Art zu leben verstehen, erklärte er uns. Das Baby war kurze Zeit später auch weg, Bozanski hat gesagt, der Hof wäre nicht der richtige Ort für Säuglinge und er hätte einen guten Platz für das Kleine gefunden. Eltern, die sich sehnlichst ein Kind wünschten. Wahrscheinlich haben diese Leute so viel Geld bezahlt, dass er auf die Idee gekommen ist, ein Geschäft daraus zu machen. Allerdings war Gwendolyn vorerst die Einzige, die dafür infrage kam, die anderen waren zu alt, meine Schwestern und ich zu jung. Er hat gewartet, bis wir achtzehn waren.« Ich schließe die Augen und sehe mich auf dem komischen Stuhl liegen. Mir wird schlecht, und ich brauche eine Weile, bis ich weitererzählen kann.

»Ich bin nicht die Mutter Ihres Sohns. Mein Baby war ein Mädchen.«

»Und, wo ist sie hin?«

»Keine Ahnung. Keine von uns hat erfahren, was aus den Babys geworden ist. Man hat sie uns einfach weggenommen. Meine Tochter ist jetzt vierzehn, und ich denke sehr oft an sie.« Wie immer, wenn ich diese Erinnerung zulasse, muss ich mit den Tränen kämpfen. »Glauben Sie mir, keine von uns hat mit Bozanski geschlafen. Das hätten die älteren Frauen gar nicht zugelassen. Anna schon gar nicht.«

»Aber ihr wart doch schwanger von ihm«, wirft er ein.

»Wir mussten jeden Morgen unsere Temperatur messen. Anna hat die Kurven geführt. Wenn sie glaubte, dass der Tag richtig war, mussten wir runter in den Trakt unter der Praxis und uns auf den Stuhl setzen. Anna hat das Sperma eingeführt, mit einer Spritze und einem Gummischlauch. Wenn es nicht geklappt hat, mussten wir im nächsten Monat wieder auf den Stuhl. Es war sehr unangenehm, weil keine von uns Anna mochte und sie gar nicht erst versucht hat, vorsichtig zu sein. Bozanski war nicht dabei, nie. In Wahrheit verstanden wir nicht mal, was da mit uns passierte. Es hieß immer, dass wir nur der Kelch wären, in dem die göttlichen Wesen Gestalt annahmen. Bozanskis Kinder. Nach der Geburt hat Anna sie gleich von uns getrennt. Aber ich...« Es fällt mir nicht leicht, das zu erzählen. Ich fürchte, dass mein Entführer es missverstehen könnte, andererseits will ich bei der Wahrheit bleiben.

»Zu mir war Bozanski oft sehr nett, unangenehm nett, ich mochte das nicht. Und weil ich während der Schwangerschaft so viel geweint habe, schließlich wusste ich, dass ich das Baby in meinem Bauch nicht behalten darf, hat er mir erlaubt, einen Blick auf die neuen Eltern zu werfen. Nur ganz kurz, damit ich wusste, dass es gute Menschen sind, die meine Tochter liebevoll behandeln werden. Ich habe auch nur den Mann gesehen. Das Gesicht werde ich nie vergessen.«

»Und was musstest du für dieses Privileg tun?«, fragt er böse.

So etwas musste ja kommen. »Nichts.« Noch *nichts*, sollte ich wohl sagen. Aber ich sehe ihm an, dass er mir nicht glaubt.

81 RÜCKBLICK, EIFEL, 2006

Als Bozanski die Waschküche betrat, spülte Rose gerade die blutigen Handtücher aus. Er durchquerte den Raum und stellte sich neben sie, so nah, dass die feinen Härchen auf ihren Armen sich aufstellten. Seine rechte Hand legte sich wie ein eiserner Ring um ihr linkes Handgelenk. Am liebsten hätte sie sich losgerissen. Doch sie hatte gelernt, auch Dinge auszuhalten, die sie unerträglich fand.

»Hör auf, das ist nicht mehr wichtig.«

Gehorsam ließ sie das Handtuch zurück ins Wasser fallen. Sie fragte sich, was damit gemeint war, *nicht mehr wichtig*. Blut ließ sich am besten entfernen, wenn es noch nicht ins Gewebe eingezogen war, so wie jetzt, und das Wäschewaschen zählte zu ihren Aufgaben.

»Aber ich muss...«, setzte sie an, wurde aber sofort unterbrochen.

»Nein, Rose, du musst keine Wäsche mehr waschen. Nie mehr.«

Rose versuchte zu verstehen, was seine Worte bedeuteten, doch es wollte ihr nicht gelingen. »Was ist denn passiert?«

»Wir werden ein neues Leben beginnen, meine wunderschöne Rose, an einem anderen Ort, nur du und ich. Ich habe vorgesorgt für diesen Tag, es wird uns an nichts fehlen.«

»Aber...« Sie schluckte. »Was ist mit den anderen?«

»Wir müssen sie zurücklassen.«

»Sie bleiben hier? Allein?«

Für einen Moment sah es aus, als wollte er wütend werden. Sie wusste schon, warum. Bozanski mochte es nicht, wenn man Fragen stellte. Doch sie hatte sich geirrt, sein

Mund formte sich zu einem Lächeln, und er legte seine Hände um ihr Gesicht.

»Es geht nicht anders.« Der Druck seiner Hände, die immer noch ihre Wangen umfassten, verstärkte sich, auf einmal war seine Berührung nicht mehr zärtlich, sondern unangenehm, fast schon schmerzhaft. »Du weißt, dass du etwas Besonderes für mich bist, Rose. Du hattest viele Privilegien in den letzten beiden Jahren, und ich habe dir deinen größten Wunsch erfüllt, nur dir und keiner anderen. Ich weiß, dass die anderen eifersüchtig sind und dich nicht gut behandeln, wenn ich nicht in der Nähe bin. Sogar deine eigene Mutter.« Angewidert verzog er das Gesicht. Er ließ seine Hände von ihrem Gesicht nach unten gleiten, sie strichen über ihren Hals, bevor sie auf den Schultern liegen blieben. »Ich weiß auch, dass Anna damit zu tun hat, dass du kein weiteres Kind mehr empfangen hast. Aber das macht nichts, Rose. Du bist jetzt alt genug, um meine Frau zu sein. Die Frau des Heilers. Wir werden noch viele Kinder bekommen, wunderbare Geschöpfe, die Intelligenz, Schönheit und Hellsichtigkeit in sich vereinen. Sie werden natürlich bei uns leben.«

»Und meine Tochter?«, flüsterte sie rau.

Ärgerlich schüttelte er den Kopf. »Wir werden neue Kinder haben, Kinder, die in Liebe gezeugt wurden. Ich werde dir zeigen...«

Irgendwo öffnete sich knarrend eine Tür, Schritte kamen näher, und er ließ sie eilig los. »Kein Wort zu den anderen.« Damit verließ er die Waschküche. In der Tür stieß er beinahe mit Viola zusammen.

Rose sah sofort, dass ihre Schwester gerannt war, ihre Wangen leuchteten rosarot, und ihr Atem ging schneller als gewöhnlich.

»Kann ich dir bei der Wäsche helfen, Rose?«

Bozanski blieb stehen und drehte sich um. »Ja, das kannst du. In Zukunft wirst du die Aufgabe deiner Schwester übernehmen«, sagte er, bevor er seinen Weg fortsetzte. »Und jetzt möchte ich nicht mehr gestört werden.«

Den Wagen hörten sie gleichzeitig, er wurde langsamer, dann erstarb das Motorengeräusch.

»Sie sind da«, flüsterte Viola, und Rose nickte.

Beide wussten, dass Leute gekommen waren, um Amaryllis' Baby abzuholen. Sie schlichen zum Fenster und sahen, wie Bozanski aus dem Haus trat und mit ausgestreckten Armen auf die Leute zuging. Ein Mann und eine Frau, die sich wegdrehte und etwas unter ihrem weiten Kleid hervorzog. Ihr Mann nahm ihr das komische Ding ab, das aussah wie ein Kissen, und verstaute es im Kofferraum. Dann öffnete er die Hintertür des Wagens und holte einen kleinen Sitz heraus, mit einem Griff zum Tragen. Darin transportierte man Babys, das wusste Rose.

Gemeinsam mit Bozanski verschwand das Ehepaar im Haus. Sie würden jetzt in die Praxis gehen, wo Anna mit dem Baby wartete. Und bald würden sie mit Amaryllis' Kind in das Auto steigen und davonfahren.

Rose konnte nicht anders, als an Bozanskis Worte zu denken. *Du bist jetzt alt genug, um meine Frau zu sein. Die Frau des Heilers.* Das also sollte ihre Zukunft sein. Sie und dieser Teufel in Menschengestalt. An einem anderen Ort, ohne ihre Schwestern, die einzigen Menschen, die ihr etwas bedeuteten. Dafür würde sie ihre Babys behalten dürfen.

Sie wischte ihre Hände, die noch feucht waren von der Waschlauge, an ihrem Rock ab. Dann packte sie Viola an den Handgelenken. »Willst du fort von hier? Für immer? Ein normales Leben führen?«

Ihre Schwester lachte überrascht. »Aber wie?«

»Wir müssen schnell sein. Komm. Wir nehmen die Tür zum Garten, die ist nicht verschlossen. Und dann laufen wir Richtung Straße. Wenn die Leute mit dem Baby an uns vorbeifahren, winken wir und halten sie an. Wir sagen, dass sie uns mitnehmen müssen!«

»Aber warum sollten sie das tun?«

Darüber wollte Rose lieber nicht nachdenken. »Sie müssen einfach. Komm jetzt. Du darfst dir nichts anmerken lassen, das ist wichtig.«

Im Korridor trafen sie ihre Mutter, doch keine von ihnen verspürte den Drang, sich von der Frau zu verabschieden, die sie hierhergeführt hatte.

»Schon fertig mit der Wäsche?«, fragte Hedwig Engels, allzu interessiert klang es allerdings nicht.

»Ja«, log Rose, die nicht ahnte, dass dies die erste von ungezählten Lügen sein würde. »Wir sollen nach den Hühnern schauen.« Ihr Herz klopfte so laut, dass sie fürchtete, ihre Mutter könnte es hören.

Die Tiere auf dem Hof waren Hedwig Engels einerlei. »Passt auf, dass die Leute euch nicht sehen. Die sind gerade gekommen, um das neue Baby zu holen.« Das neue Baby, so nannte sie das Kind ihrer jüngsten Tochter, und es interessierte sie genauso wenig wie die Hühner.

»Natürlich«, sagten Rose und Viola wie aus einem Mund.

Draußen rannten sie am Gemüsegarten vorbei in den Wald, der das Gehöft von allen Seiten einschloss, um im Schutz des dichten Unterholzes einen Bogen zu der Zuwegung zu schlagen, die zur Straße führte. Es war ihnen egal, dass Zweige in ihre Gesichter schlugen und Viola einmal ins Stolpern kam und sich das Knie aufschlug. Kurz vor der Straße kauerten sie sich hinter einen Busch. Hier konnte man sie vom Haus aus nicht mehr sehen, und Bozanski begleitete die Eltern nie weiter als bis zu ihrem Auto. Sie mussten sich in Geduld üben, doch es war schrecklich, zu warten und sich dabei vorzustellen, dass sie bereits im Haus vermisst wurden.

»Kann es sein, dass sie schon weg sind?«, jammerte Viola.

»Nein, das hätten wir gehört«, behauptete Rose mit fester Stimme, obwohl sie keineswegs sicher war.

Dann, als sie schon überlegten, wie sie ihr plötzliches Verschwinden erklären sollten, wurde ein Motor angelassen und ein Wagen kam näher. Der Wagen mit Amaryllis' Baby. Sie sprangen aus dem Gebüsch, winkten mit beiden Armen und riefen: »Halt, nehmen Sie uns bitte mit! Bitte!«

Durch die Windschutzscheibe des Wagens schauten sie in zwei erschrockene Gesichter. Der Mann lenkte das Auto um die Mädchen herum, die Frau schien ihn anzutreiben, er gab so viel Gas, dass kleine Steinchen aufflogen und die Mädchen trafen. Der Wagen kam kurz ins Schleudern, fing sich aber wieder.

Sie rannten hinterher, völlig verzweifelt, das hier war ihre einzige Chance zu entkommen. Doch je schneller sie rannten, umso mehr beschleunigte der Wagen. Und dann gab es einen schrecklichen Knall.

82 MARCO

Die Stadt Heimbach interessiert Marco nicht im Geringsten, er fährt direkt hoch zu der ehemaligen Revierförsterei. Die Zuwegung ist mit einer verschließbaren Schranke versperrt. Damit hat er nicht gerechnet. Andererseits hört man ja immer von Katastrophentouristen, die genau solche Orte suchen, um Fotos zu schießen, am besten Selfies: *Ich stehe hier an dem Ort, an dem acht Frauen abgeschlachtet wurden!*

Vielleicht müssen die Besitzer ihr Eigentum auf diese Weise vor Vandalismus schützen. Der Gedanke lässt ihn stutzen. Wem mag der Hof jetzt wohl gehören? Immer noch diesem Bozanski? Das runtergefahrene Gras hinter der Schranke beweist, dass vor Kurzem ein Auto die Zufahrt benutzt hat. Und dazu musste der Fahrer die Schranke öffnen.

Ein Schild verbietet das Betreten des Grundstücks. Aber davon wird Marco sich nicht abhalten lassen. Er wird den BMW so abstellen, dass man ihn nicht gleich entdecken kann, und seinen Weg zu Fuß fortsetzen. Er fährt noch ein Stück bergauf und biegt dann in einen relativ breiten Waldweg ein, dem er bis zu einer scharfen Rechtskurve folgt. Dort kann man den BMW von der Straße nicht sehen. Ein seltsames Gefühl ist es dennoch, hier zu parken. Andererseits hat der Wagen eine Alarmanlage, was soll schon passieren?

Gerade als Marco die Straße erreicht, rauscht ein weißer Sportwagen vorbei, viel zu schnell für sein Empfinden. Er wartet einen Moment ab, dann trabt er neben der Straße zurück bis zu dem Schlagbaum und schlängelt sich rechts daran vorbei.

Wenn der Besitzer vor Ort ist, und damit muss er rechnen, sollte er nicht einfach die Auffahrt hochspazieren. Also schleicht er durch das Unterholz und bemüht sich, möglichst wenige Geräusche zu verursachen. Für einen Moment ist er wieder der Soldat, dessen Leben von seiner eigenen Vorsicht abhängt, aber der Moment währt nicht lange. Die Vegetation hier ist ganz anders, so grün und üppig, die Vogelstimmen sind ihm seit seiner Kindheit vertraut, Afghanistan ist weit weg. Jetzt kommt das Haus in Sicht. Nein, nicht ein Haus, bei dem Hof *Weiße Sonne* handelt es sich um mehrere barackenähnliche Gebäude. An dem Haupthaus sind alle Fenster mit Brettern zugenagelt. Als Nächstes fällt sein Blick auf eine Remise und dort auf einen dunklen Geländewagen, einen Mercedes. Vor Schreck hätte er beinahe laut aufgeschrien. Genau dieses Modell hat der angebliche Thomas Gärtner gefahren. So einen Zufall kann es nicht geben. Der Mann ist hier, und das heißt, dass Amy auch hier sein muss.

Während Marco überlegt, ob er es wagen kann, seine Deckung zu verlassen und sich dem Haus zu nähern, hört er eine Männerstimme.

»Komm her, wenn ich das sage.«

Er schließt die Augen, um sich besser auf die Stimme zu konzentrieren. Könnte das der angebliche Thomas Gärtner sein?

»Was ist, hast du was gehört?« Es klingt unsicher.

Und dann sieht er den Mann, er trägt ein Gewehr auf dem Rücken und hält einen riesigen Hund an der Leine. Scheiße, ein Wachmann. Der Mann und der Hund bewegen sich in die entgegengesetzte Richtung. Als sie nicht mehr zu sehen sind, schleicht Marco zurück. Sein Herz rast, und er kann spüren, wie der Schweiß seinen Rücken runterläuft. Vielleicht ist er ein Feigling, ja, bestimmt sogar, aber ihm ist schlecht vor Angst. An der Straße angekommen, rennt er, bis er kaum noch Luft bekommt, und als er endlich seinen Wagen erreicht, springt er hinein und verriegelt sofort alle Türen. Er wendet mit quietschenden Reifen und rast runter nach Heimbach. Dort sucht er einen Parkplatz und schaut die Karte an, die Benedikt Kramer ihm gegeben hat. Polizeirevier Düren, das kann nicht so weit sein. Mit schweißnassen Fingern tippt er die Adresse in das Navi ein.

Im Präsidium erklärt er, dass er jemanden sprechen will, der sich mit dem Fall *Weiße Sonne* auskennt. »Am besten Benedikt Kramer.«

Der Polizist, der am Empfang sitzt, schaut auf die Uhr an der Wand und verzieht das Gesicht. Dann wählt er eine Nummer. »Tut mir leid, er nimmt nicht ab. Ich könnte einen anderen Kollegen runterrufen, der ebenfalls in die Ermittlungen involviert war.«

Wenig später stellt sich ein Mann, der in Kramers Alter sein dürfte, als Oberkommissar Ingo Wenzel vor.

»Mein Name ist Marco Maiwald. Ich komme aus Norddeutschland.«

»Sind Sie der Ehemann von Amy Maiwald?«

Marco nickt erleichtert. Der Polizist weiß Bescheid, das ist gut.

»Haben Sie etwas von Ihrer Ehefrau gehört?«

»Nein, das nicht. Aber ich war gerade bei diesem komischen Hof *Weiße Sonne*. Da läuft jemand rum, ein Mann mit einem Hund und einem Gewehr. Und in der Remise steht ein großer Geländewagen, ein Mercedes. So einen hat auch der Mann gefahren, der sich als Thomas Gärtner ausgegeben hat. Ich konnte nicht näher rangehen, weil ich nicht wollte, dass der Wachmann mich sieht. Allerdings frage ich mich ...«

»... was das zu bedeuten hat.« Ingo Wenzel zupft nachdenklich an seinem linken Ohrläppchen. »Das frage ich mich auch.« Seine Gestalt strafft sich. »Schade, dass Sie das Nummernschild nicht gesehen haben. Aber das lässt sich klären. Herzlichen Dank, dass Sie uns gleich informiert haben. Wir werden uns um die Sache kümmern. Sobald wir etwas hören, melden wir uns. Hat Benedikt Ihre Nummer?«

»Ja. Halten Sie es für denkbar, dass Thomas Gärtner ein Handlanger von diesem Bozanski ist und Amy für ihn zurückgebracht hat?«

Festlegen will der Polizist sich natürlich nicht, aber er nickt vorsichtig. »Das ist zumindest vorstellbar, Herr Maiwald. Ich werde umgehend Kriminalrat Kramer informieren. Heute Abend wissen wir Näheres. Tun Sie mir bitte den Gefallen und fahren Sie nicht zurück. Sollte Ihr Verdacht sich bestätigen, wäre nichts so ärgerlich, als wenn der mögliche Täter gewarnt wird und sich aus dem Staub macht, bevor wir vor Ort sind. Abgesehen davon, dass solche Leute vor einem Mord nicht zurückschrecken.« Er streckt Marco seine Hand entgegen. »Ich muss jetzt zügig alles Nötige veranlassen.«

83 RÜCKBLICK, EIFEL, 2006

Einmal, ganz am Anfang, hatte sie ihre Schwester gefragt, ob sie glaubte, dass die Leute in dem Auto tot waren, sie und Amaryllis' Baby, doch Rose wollte nicht antworten.

Viola hatte keine Ahnung, wie lange sie schon durch den Wald liefen, waren es Tage oder schon Wochen, ihre Kraft reichte nicht mehr aus, um darüber nachzudenken. Ihre gesamte Energie war nötig, um sich vorwärtszubewegen. Längst schaffte sie es nicht mehr, die Füße beim Gehen anzuheben, sie schlurften nur noch über den unebenen Boden, und jetzt verfing sie sich an einer Baumwurzel, die quer über den Weg wuchs. Stolpernd fiel sie nach vorn, zu schwach, um sich abzufangen. Sie blieb einfach liegen, auf dem Bauch, den Kopf im letzten Augenblick noch zur Seite gedreht. »Ich kann nicht mehr.«

»Wir müssen weiter«, sagte Rose mit unbewegter Stimme. »Wenn er uns findet, ist es aus.«

Woher nahm Rose nur ihre unerschütterliche Kraft? Und warum war sie selbst so erschöpft, dass es völlig unmöglich erschien, wieder aufzustehen und weiterzulaufen?

»Beeil dich.«

Mühsam rappelte Viola sich hoch. Bei dem Sturz hatte sie sich die Haut über ihrem linken Knöchel aufgeschrammt, es blutete sogar, doch den Punkt, an dem sie ihre körperlichen Schmerzen fühlen konnte, hatte sie längst überwunden. Sie war nur noch ein menschlicher Roboter, programmiert darauf, sich vorwärtszubewegen, über Stock und Stein, immer nur vorwärts, und dabei möglichst nicht das Gleichgewicht zu verlieren.

»Komm, du musst die Zähne zusammenbeißen«, verlangte Rose. »Wir dürfen nicht anhalten. Du weißt, was passiert, wenn er uns findet.«

Irgendwie brachte Viola eine Art Nicken zustande. Sprechen war viel zu anstrengend. Ihre Zunge pappte am Gaumen fest, ihre Lippen waren trocken und rissen ein, sobald sie ihren Mund bewegte, ein Schmerz von vielen.

Als das Tageslicht nachließ, fanden sie einen kleinen Bach, der durch den Wald plätscherte, ganz flach, aber bestimmt einen Meter breit. Sie ließen sich auf die Knie sinken, hielten die Hände ins Wasser und tranken, bis sie nicht mehr konnten. Rose verlangte, dass sie auf die andere Seite wateten. »Das ist sicherer.«

Sie zogen die Schuhe aus, damit sie nicht nass wurden, und tasteten sich barfuß durch den Bach. Der Boden war hart und uneben, Kieselsteine drückten in ihre Fußsohlen, und das Wasser war kalt wie Eis. Auf der anderen Seite schleppten sie sich noch ein paar Meter weiter, dann ließen sie sich hinter einer majestätisch großen Tanne auf den Boden fallen und schliefen beinahe sofort ein.

Aus dem Waldboden kroch unangenehme Kälte in ihre Glieder, davon wachten sie auf, bevor es richtig Tag wurde. Die Schatten der Bäume schälten sich gerade erst aus der Dunkelheit, und wenn Viola nicht so müde gewesen wäre, würde sie sich jetzt fürchten.

»Es geht weiter. Aber lass uns vorher noch so viel wie möglich trinken.« Rose schaffte es sogar, zu lächeln.

Violas Antwort bestand aus einem langen Seufzer. Am liebsten wäre sie einfach liegen geblieben. Für immer.

»Komm schon, wenn wir uns bewegen, werden wir wieder warm und die feuchten Kleider trocknen von selbst.«

Gehorsam robbte Viola auf den Knien zu dem kleinen Bach. Das schwindende Mondlicht webte zarte Fäden aus Silber in das Wasser, das kalt war und wunderbar schmeckte. Als sie versuchte aufzustehen, merkte sie erst, dass der linke Knöchel angeschwollen war und heftig schmerzte.

»Ich kann nicht weiter«, erklärte sie trotzig. »Ich bin verletzt.«

Mit einer wütenden Bewegung riss Rose einen Streifen Stoff vom Saum ihres Kleides, tauchte ihn in das kalte Nass und wickelte ihn anschließend um Violas Knöchel. »Das muss reichen. Wir können ja ein bisschen langsamer gehen.«

Sie liefen und liefen, es wurde hell und irgendwann wieder dunkel. Viola humpelte mit leerem Kopf hinter Rose her. Einmal entdeckten sie eine Stelle mit Blaubeeren. Sie aßen gierig, bis keine einzige mehr da war, und sie lachten einander aus, weil ihre Münder violett verschmiert waren.

Ihr Lachen klang schrill und hysterisch, fast als würden sie weinen.

Als sie weitergingen, fühlte Viola ein sanftes Brennen in ihrem Bauch, zuerst kaum wahrzunehmen, doch mit der Zeit wurde es immer heftiger, und bald schon erfüllte ein brennender Schmerz ihren gesamten Unterleib. Sie sank auf den Boden und zog die Beine an.

»Was ist?«

»Ich glaube, ich sterbe jetzt«, flüsterte sie. »Ich hab solche Schmerzen, ich kann nicht mehr.«

»Unsinn. Du hast einfach zu viele Blaubeeren gegessen. Davon kann man sich den Magen verderben, aber bestimmt nicht sterben.«

»Wo gehen wir überhaupt hin?«

Nie im Leben hätte sie erwartet, dass sie keine Antwort erhielt auf diese einfache Frage. Es gab kein Ziel, das alles war völlig sinnlos.

»Ich bleibe hier«, murmelte sie, legte sich auf die Seite und umklammerte die Knie mit den Armen.

Zum ersten Mal, seit sie fortgelaufen waren, gab Rose nach. »Na gut, wenn du solche Schmerzen hast, machen wir eine Pause. Du kannst ein bisschen schlafen.«

Schlafen, etwas Schöneres konnte Viola sich nicht vorstellen. Einfach die Augen schließen und alles vergessen. Der Schlaf empfing sie wie ein weiches Daunenkissen, in das sie sich fallen lassen konnte, er nahm ihr den Schmerz und die Angst und die quälende Frage, ob sie so lange durch den Wald irren mussten, bis sie vor Erschöpfung starben.

Als jemand unsanft an ihrem Arm zerrte und schrie, dass sie endlich aufwachen sollte, ließ sie die Augen geschlossen. *Ich bleibe hier*, dachte sie, *ich will nur noch in Ruhe sterben.* Aber ihr fehlte die Kraft, die Worte laut auszusprechen. Eine ganze Weile hörte sie noch Roses Stimme, die nicht mehr zornig klang, sondern besorgt, dann wurde wieder alles dunkel.

84 AMY

Nachdem ich alles gesagt habe, fühle ich mich ganz leicht, fast, als könnte ich fliegen.

Thomas ist still geworden, er steht auf, füllt Mineralwasser in einen kleinen Aluminiumtopf und stellt den Gaskocher an.

»Ich glaube, jetzt brauchen wir einen Kaffee.«

Von meinem Platz aus schaue ich zu, wie er Kaffeepulver in einen Kaffeebereiter aus Glas schüttet, wenig später mit kochendem Wasser aufgießt und dann den Deckel mit dem Pressfilter aufsetzt. Er schaut auf seine Armbanduhr und holt zwei Becher aus dem Schrank.

»Milch gibt es nicht, nur Kaffeeweißer und Zucker. Was möchtest du?«

»Beides«, sage ich und denke darüber nach, wie absurd die Situation ist. Wenn mir etwas an meinem Leben liegen würde, müsste ich aufspringen, den Deckel von der Kanne reißen und meinem Entführer die kochend heiße Flüssigkeit ins Gesicht schütten. Stattdessen warte ich, bis er den Filter runterdrückt, Kaffee einschenkt, Kaffeeweißer und Würfelzucker auf den Tisch stellt und zuletzt eine Packung Schokoladenkekse.

»Was Besseres hab ich nicht.« Er lächelt entschuldigend. »Ich kann mich nur bei dir entschuldigen, Amy. In meiner Vorstellung warst du eine skrupellose Verbrecherin, eiskalt und geldgeil, die, ohne mit der Wimper zu zucken, ihre Kinder verkauft. Kinder, die sie für diesen Zweck mit ihrem Vater gezeugt hat. Jetzt verstehe ich, dass du selbst ein Opfer bist. Ich entschuldige mich in aller Form, dass ich dich so schlecht behandelt habe, und hoffe, dass du mir glauben kannst.«

So verrückt es auch sein mag, ich nicke, wenn auch zögernd.

»Seit Tagen versuche ich, Bozanski ans Telefon zu kriegen. Er meldet sich nicht, als wüsste er, was ich vorhabe. Gleichzeitig stelle ich fest, dass ich erleichtert bin. Meine Motivation, diesen Mann zu töten, schwindet rapide. Es kommt mir so vor, als würde ich zum ersten Mal nach Ännes Suizid wieder Licht sehen. All die Jahre hat mich nur der Gedanke an Rache am Leben erhalten, und jetzt spüre ich, dass es auch ohne Bozanskis Tod weitergehen kann für mich.«

»Warum bist du nicht zur Polizei gegangen und hast gesagt, was du über ihn weißt?« Erstaunt nehme ich zur Kenntnis, dass ich wieder zum Du übergegangen bin und es sich richtig anfühlt.

»Das hätte ich wohl tun sollen. Ich kenne ja seine Telefonnummer. Schließlich ruft er regelmäßig an und fragt nach Geld. Keine riesigen Summen, dafür ist er zu klug. Er weiß genau, dass ich jedes Mal darüber nachdenke, zur Polizei zu gehen und allem ein Ende zu setzen. Aber damit wäre meine Karriere vorbei. Ich bin im diplomatischen Dienst. Deshalb die Auslandsaufenthalte. Wenn bekannt wird, dass ich gegen das Gesetz verstoßen und ein Kind praktisch gekauft habe, bin ich nicht mehr tragbar in meiner Position.« Mit beiden Händen umklammert er den Kaffeebecher. »Was habe ich denn außer meinem Beruf noch vom Leben? Änne ist tot, genau wie das Kind. Wem würde meine Beichte helfen?, frage ich dich. Vermutlich bin ich einfach zu feige, zu bequem, nicht gewillt, meine Komfortzone zu verlassen, wie man heute so schön sagt. Im Übrigen fürchte ich, dass Bozanski mit einem blauen Auge davonkäme. Ich weiß ja gar nicht, wer sonst noch zu seinen *Kunden* zählt. Nein, mir hat die Vorstellung weitaus besser gefallen, ihn zu töten. Als dein Bild in der Zeitung war, wusste ich sofort, dass er nach Lilienthal fahren wird. Er hat mich sogar angerufen. Ich sollte über meine Ministerialkontakte deine Anschrift rauskriegen. Ich habe ihm erklärt, dass das nicht möglich ist, und gleichzeitig beschlossen, die Situation für mich auszunutzen. Ich kenne Thomas Gärtner persönlich, er hat mal in Saudi-Arabien recherchiert. Seither weiß ich, wie penibel er darauf achtet, dass keine Bilder von ihm veröffentlicht werden. Einer, der über brisante Themen schreibt, wird immer wieder bedroht. Da kam mir die Idee, mich als Thomas Gärtner auszugeben. Ich habe mir ein neues Handy gekauft und Visitenkarten mit dieser Telefonnummer gedruckt. Dann bin ich nach Lilienthal gefahren, habe die Frau auf dem Einwohnermeldeamt bezirzt und bin so an deine Adresse gekommen. Den Rest der Geschichte kennst du ja.«

Ich versuche, mir vorzustellen, dass ein kluger und ganz bestimmt nicht gewissenloser Mensch wie Thomas so einen perfiden Plan entwickelt und dann in die Tat umsetzt. »Hast du nie gezweifelt?«

»Wenn es sein muss, kann ich sehr hart sein. Natürlich habe ich mich nicht gut dabei gefühlt, eine Frau so mies zu behandeln. Ich musste mich zwingen, an Änne zu denken, dass ihr sie praktisch auf dem Gewissen habt.« Bevor ich protestieren kann, verbessert er sich schon. »Nein, du nicht, nur Bozanski, das habe ich jetzt verstanden.«

Eine Frage brennt mir noch auf der Seele. »Wenn ich das richtig interpretiere, hast du den Hof gekauft. Warum?«

»Ach Gott«, sagt er leise. »Nicht, um dich hier zu verstecken und auf Bozanski zu warten. Wie hätte ich ahnen können, dass sich alles so entwickelt? Nein, ich bin vor zwei Jahren hergekommen, ich weiß selbst nicht, was mich hergezogen hat. Der Hof stand zum Verkauf, und da kam mir die irrwitzige Idee, etwas aus diesem Ort zu machen, das Änne gefallen hätte. Eine Wohneinrichtung für behinderte Kinder, Kinder wie Clemens. Nachdem der Kauf abgewickelt war, fehlte es mir allerdings an der nötigen Energie, meinen Plan in die Tat umzusetzen. Ich verschob mein Vorhaben immer weiter nach hinten. Im Grunde wollte ich wieder verkaufen, als ich dein Bild in der Zeitung entdeckte. Ich redete mir ein, dass es nicht meine Entscheidung ist, sondern die einer höheren Macht. Was man sich alles so einredet, wenn man verzweifelt ist und gleichzeitig voller Hass.«

Er steht auf, macht ein paar Schritte Richtung Fenster und dreht sich wieder um. »Ich habe kein Recht, dich länger festzuhalten, Amy. Du bist eine freie Frau. Wenn du willst, fahren wir direkt zur Polizei. Dort kannst du mich anzeigen.«

Ich stelle mir das, was Thomas gerade vorschlägt, bildlich vor und merke, dass mir das Bild nicht gefällt. »Nein«, sage ich leise. »Du würdest alles verlieren, ich hätte nichts gewonnen, und Bozanski bliebe der Sieger. Mir reicht es, wenn ich wieder nach Hause kann. Und du solltest deine Mordfantasien aufgeben.«

Wenn er so lächelt wie jetzt, kann ich gar nicht mehr glauben, dass dieser Mann mich betäubt, entführt und eingesperrt hat.

»Ich weiß nicht, ob ich das verdient habe. Aber ich stimme

dir zu. Wir sollten lernen, Bozanski aus unseren Gedanken zu tilgen. Das alles ist schon so lange her, und wir sollten kein neues Kapitel aufschlagen. Ich danke dir für deinen Großmut. Wenn es irgendwas gibt, dass ich für dich tun kann, Amy... Wie du dir denken kannst, bin ich nicht unvermögend. Vielleicht möchtest du ein Auto, eine Wohnung, noch mal studieren, etwas von der Welt sehen... Denk in aller Ruhe darüber nach.«

Mir fällt nur Marco ein. Das, was ich mir wirklich wünsche, kann man nicht mit Geld kaufen. »Die Polizei wird wissen wollen, wo ich die ganze Zeit war, oder?« Fragend schaue ich ihn an.

»Die Polizei und dein Mann.«

»Der wohl weniger...«

85 BENEDIKT KRAMER

Auf dem Flur begegnet ihnen Anita, ausgerechnet.

»Oh, Benedikt. Ich wollte gerade hoch in dein Büro. Heute Abend spielt eine tolle Band in meiner Lieblingskneipe. Irish Folk.«

»Wie du siehst, bin ich auf dem Sprung«, sagt er unfreundlich. Wann wird diese Frau endlich kapieren, dass er nichts von ihr will?

Sie zuckt mit den Achseln. »Ich ruf dich später noch mal auf dem Handy an. Vielleicht überlegst du es dir ja noch.« Dann fällt ihr Blick auf Ingo. »Wieder gesund?«

»Ja, siehst du doch«, knurrt er unwillig und geht einfach weiter.

Benedikt folgt ihm, ohne sich von Anita zu verabschieden. »Du warst krank?«

»Ja, aber nur einen Tag. Woher weiß sie das überhaupt? Hey, stimmt es, dass du was mit Anita hast? Es kursieren ja wilde Gerüchte.«

Benedikt winkt ab. Vor fünf Minuten hat Ingo ihn vor seiner Bürotür abgepasst. Marco Maiwald hat es offenbar nicht mehr in Lilienthal ausgehalten. Er ist hier und hat auf dem Hof *Weiße Sonne* einen Mann mit Schäferhund gesehen und verlangt, dass die Polizei nach dem Rechten sieht. Benedikt weiß nicht, was er davon halten soll. Ein Mann mit einem Hund, das kann alles Mögliche bedeuten. Ingo hat vorgeschlagen, dass sie zur alten Försterei rausfahren, zu zweit, weil es sich nicht so anhört, als ob da was dran ist. Er teilt seine Einschätzung, dennoch hat er im letzten Augenblick seine Dienstwaffe aus dem Tresor geholt.

Genau wie früher nimmt er hinter dem Steuer Platz und Ingo auf dem Beifahrersitz. »Ich kann mir nicht vorstellen, dass Bozanski so dreist ist, mit Amy auf den Hof zurückzukehren. So viel Kaltschnäuzigkeit traue ich nicht mal ihm zu.«

Ingo nickt. »Seh ich genauso. Ein Mann mit Hund, am Ende hat dieser Maiwald den Förster gesehen oder einen Wilderer. Egal, ich wollte schon längst mal gucken, wie es da jetzt aussieht. Aber irgendwie…«

»…ist der Ort mit unangenehmen Erinnerungen verbunden. Geht mir genauso. Vielleicht sollte ich besser einen Streifenwagen schicken.«

»Meinst du? Nur weil da ein Mann mit einem Hund unterwegs war? Wahrscheinlich ist der längst über alle Berge.«

Eine Streife wäre wirklich übertrieben. Amy ist in Lilienthal verschwunden, vierhundert Kilometer entfernt. Vielleicht lebt sie gar nicht mehr. Weshalb sollte ihr Entführer sie hierherbringen?

Inzwischen haben sie ihr Ziel erreicht. Eine abschließbare Schranke verwehrt ihnen die Durchfahrt, sie müssen den Wagen stehen lassen und ihren Weg zu Fuß fortsetzen. Beim Anblick der alten Revierförsterei überkommt ihn ein Gefühl von Déjà-vu. Zwölf Jahre ist es her, dass er mit Ingo hier stand, auch damals waren sie zu zweit, und anders als sein Kollege wusste er gleich, dass etwas nicht stimmte.

Er bleibt stehen, um in sich reinzuhorchen, nach dem Gefühl von Bedrohung zu suchen, das ihn vor zwölf Jahren dazu bewogen hat, sich über alle Vorschriften hinwegzusetzen und in das Gebäude einzudringen. Aber diesmal warnt ihn keine innere Stimme.

Das Haus scheint unbewohnt. Jemand hat sich die Mühe gemacht, sämtliche Fenster von außen zu vernageln, nach dem Zustand der Bretter zu schließen, vor noch nicht allzu langer Zeit. Den Grund kann Benedikt sich lebhaft vorstellen, leer stehende Häuser, in denen schreckliche Verbrechen passiert sind, wirken auf bestimmte Leute wie ein Magnet. Dagegen hat der Besitzer sich geschützt. Gleich morgen früh wird er prüfen lassen, wem das Anwesen inzwischen gehört.

Von einem Wachmann mit Schäferhund ist nichts zu sehen, dafür entdecken sie in der Remise einen schwarzen SUV von Mercedes mit Bonner Kennzeichen. Der Eigentümer ist wahrscheinlich vor Ort, vielleicht rennt er selbst mit einem Hund und einem Gewehr durch die Gegend. Er gibt Ingo ein Zeichen, bevor er sein Handy rausholt und das Kennzeichen des Wagens ans Präsidium weitergibt. »Es ist eilig.«

Wenige Minuten später verkündet der Vibrationsalarm, dass die Kollegen sich tatsächlich beeilt haben. Der Halter des Wagens heißt Thomas Grothbeer, Jahrgang 1964, Diplomat.

»Moment. Ich glaube, wir irren uns«, ruft er Ingo zu, der bereits an die Tür hämmert und schreit: »Aufmachen, hier ist die Polizei! Kommen Sie mit erhobenen Händen heraus!«

»Bist du verrückt? Der Wagenhalter ist im diplomatischen Dienst. Der zieht uns das Fell über die Ohren«, stöhnt Benedikt, als die Tür sich langsam öffnet. Ein Mann kommt zum Vorschein und hinter ihm, halb verborgen, eine Frau. Amy. Bei dem Mann, der die Arme brav in die Höhe streckt und dabei grinst, handelt es sich zweifelsfrei um den falschen Journalisten. Diesmal war Ingo der mit dem besseren Bauchgefühl.

»Hier liegt ein Missverständnis vor, meine Herren. Frau Maiwald ist freiwillig hier. Amy, würdest du das bitte bestätigen?«

Drei Schüsse zerreißen die Stille. Thomas Grothbeer reißt ungläubig die Augen auf, seine Hand presst sich auf die Brust, zwischen den Fingern quillt Blut hervor, dann sackt er in sich zusammen.

86 BEATE ELBREDER

Die Tür zu Beate Elbreders Büro fliegt auf und knallt gegen die Wand.

»Ich hab was«, keucht David Steinbeck. Anders als sonst bleibt er nicht in gebührendem Abstand vor ihrem Schreibtisch stehen, sondern stützt beide Hände auf die Platte.

»Meine Freundin hat mich gerade angerufen. Sie ist auch Polizistin und arbeitet in Bremen-Lesum. Natürlich sprechen wir abends mal über unsere Fälle. Zum Glück«, fügt er hinzu und grinst. »Heute früh war eine Frau mit ihrer zwölfjährigen Tochter auf dem Revier. Die Kleine hat am Sonntag etwas Merkwürdiges beobachtet.«

»Nun kommen Sie schon zur Sache«, knurrt Beate. Sie hasst es, wenn Leute ihre Aussagen mit unnötigen Kommentaren ausschmücken.

»Ja. Natürlich. Ein Mann und eine junge Frau kamen aus einem Bistro. Die Frau hatte auffälliges Haar, blond, fast schon weiß. Sie konnte kaum laufen, ihr Begleiter musste sie stützen. Er hat sie zu seinem Wagen geführt, einem schwarzen Mercedes, und auf dem Beifahrersitz angeschnallt. Dann ist er auf der Fahrerseite eingestiegen.«

»Und weggefahren, nehme ich an«, unterbricht Beate Elbreder ihn ungeduldig. »Fassen Sie sich bitte kurz, Steinbeck.«

»Nein«, sagt er entschieden. »Ich meine, ja, ich versuche, mich kurzzufassen. Er ist nicht weggefahren, nicht gleich. Die Kleine will beschwören, dass er ihr ein weißes Tuch vor das Gesicht gehalten hat.«

»Amy Maiwald und der falsche Journalist? Er hat sie mit Äther betäubt, ganz altmodisch?«

»Hört sich so an. Die Mutter hat an der Geschichte gezweifelt, sie meinte, die Kleine würde über eine rege Fantasie verfügen und gern wilde Storys erfinden. Der Mann hätte der Frau vermutlich nur ein Taschentuch gereicht. Aber die Kleine ist standhaft geblieben.«

»Das Ganze liegt drei Tage zurück, sie hätte gleich kommen müssen«, schimpft Beate, während sie zwei Salmiakpastillen auf einmal zwischen ihre Lippen schiebt.

»Wie schon gesagt, ihre Mutter wollte das nicht. Das Beste kommt übrigens noch. Die Kleine war so clever, das Kennzeichen des Wagens aufzuschreiben. Ich hab das gleich geprüft. Er ist auf einen Thomas Grothbeer aus Bonn zugelassen. Und jetzt wird es spannend. Ich sollte doch recherchieren, wem der Hof *Weiße Sonne* jetzt gehört.«

»Weiter, Steinbeck, ich hab nicht ewig Zeit!«

»Der ehemalige Hof *Weiße Sonne* gehört seit zwei Jahren ebendiesem Herrn, Thomas Grothbeer.«

»Und jetzt denken Sie …«, setzt Beate an, doch ihr junger Kollege lässt sie gar nicht zu Wort kommen, was höchst ungewöhnlich ist. Stattdessen umrundet er den Schreibtisch, bis er neben ihr steht, beugt sich nach vorn und gibt etwas in ihren PC ein.

»Und nun passen Sie mal auf! So sieht Thomas Grothbeer aus. Der Mann ist übrigens im diplomatischen Dienst im Auswärtigen Amt. Ein Berufspolitiker.«

Es dauert einen Moment, bis die Seite sich aufbaut, dann schaut sie in ein Männergesicht, das ihr sehr bekannt vorkommt. »Der Mann, der sich als Thomas Gärtner ausgegeben hat! Unglaublich. Steinbeck, ich ziehe meinen Hut.«

»Das will ich meinen. Wir müssen seine Telefondaten anfordern. Hoffentlich macht der Staatsanwalt keine Schwierigkeiten, immerhin genießt der Mann diplomatische Immunität.«

»Das lassen Sie mal meine Sorge sein, Steinbeck. Dem Staatsanwalt werde ich schon Feuer unter dem Hintern machen. Sie können inzwischen Grothbeers Telefonnummer rauskriegen. Warten Sie«, ruft sie ihm hinterher. »Wollen Sie?« Mit dem Kinn deutet sie auf ihre Dose mit den Salmiakpastillen.

»Lieber nicht.«

Aus dem kann mal was werden, das hat sie ja immer gewusst. Oder wenigstens geahnt.

87 AMY

»Hast du das gehört?«, hat Thomas gefragt, und ich habe genickt.

»Okay, dann ist es so weit. Bleibt es dabei, Amy?«

Ich habe mein Versprechen, ihn nicht anzuzeigen, erneuert.

»Na dann...« Vor dem Öffnen der Tür hat er mich noch mal angelächelt, das letzte Lächeln seines Lebens, wie mir jetzt schmerzlich bewusst ist.

Ich weiß nicht, wie ich es geschafft habe, so schnell zu reagieren. Als die Kugeln Thomas' Körper trafen, bin ich zurückgesprungen und habe der Tür einen Tritt versetzt, sodass sie krachend ins Schloss fiel. Der Schlüssel steckte von innen, ich habe ihn zweimal umgedreht, bevor ich ins Innere des Hauses geflüchtet bin.

Jetzt verstehe ich alles. Benedikt. Ich hätte ihm niemals glauben dürfen, wie konnte ich nur so dumm sein und ihm vertrauen, nur weil er mir vor langer Zeit Süßigkeiten und Kuchen mitgebracht hat?

Draußen knallen erneut zwei Schüsse, und mir wird bewusst, dass ich jetzt ganz oben auf der Todesliste stehe. Benedikts Begleiter habe ich nicht richtig gesehen. Bozanski? Anders kann es doch gar nicht sein.

Wie kann ich überleben? Ich habe kein Telefon, um Hilfe zu rufen, und Thomas' Handy steckt in seiner Gesäßtasche, und wo seine Pistole ist, weiß ich nicht. Wenn ich die Tür öffne, bin ich tot. Zum ersten Mal bin ich dankbar, dass alle Fenster zugenagelt sind. Wenn jemand versucht, ins Haus einzudringen, werde ich das hören und mir bleiben ein paar Minuten Zeit, mich zu verstecken. Es fragt sich bloß, wo. Der einzige Ort, der mir einfällt, ist das widerliche Kellerloch. Aber darin wäre ich gefangen.

Ich weiß nicht, was ich tun soll.

88 BENEDIKT KRAMER

»Und jetzt bist du dran«, sagt Ingo und richtet seine Waffe, mit der er soeben den Mann erschossen hat, auf Benedikt. »Es gibt keine andere Lösung. Unterwegs habe ich fast gehofft, dass Amy, oder sagen wir besser, Rose, nicht hier ist. Aber du hast sie ja selbst gesehen.«

Benedikt versucht zu verstehen, was gerade passiert ist, doch es will ihm nicht gelingen. Sein Kollege Ingo hat soeben kaltblütig einen Mann erschossen. »Ingo, wir können doch über alles reden!«

Die Antwort ist ein spöttisches Lachen. »Worüber, wenn ich fragen darf? Meine Geschichte steht, und sie ist perfekt. Nachdem Herr Maiwald mir von seiner Beobachtung erzählt hat, wollte ich zuerst allein herkommen. Aber dann fiel mir auf, dass so ein Alleingang im Nachhinein unglaubwürdig gewirkt hätte. So allerdings…« Er grinst. »*Du* wolltest ja unbedingt, dass wir zu zweit rausfahren, nur du und ich. Ich fand das sehr riskant und habe vorgeschlagen, einen Streifenwagen mitzunehmen, aber du bist ja nun einmal der Präsidiumsleiter und mein Vorgesetzter, und ich musste mich fügen. Und dann stand plötzlich Bozanski vor uns und hat wild um sich geschossen. Zuerst hat er den Blödmann getroffen, der Amy Maiwald entführt hat, dann sie und zuletzt sogar dich. Mir ist es wie durch ein Wunder gelungen, mich mit einem Sprung hinter den Wagen zu retten. Ich habe ein paarmal aus meiner Dienstwaffe gefeuert und Bozanski damit in die Flucht geschlagen.«

»Damit kommst du nicht durch, Ingo, niemals.« Er denkt an seine Dienstwaffe, eine Walther P99, die er seit Ewigkeiten nicht mehr außerhalb des Schießtrainings benutzt hat. Und sein letzter Besuch im Schießkino ist auch schon viele Monate her. Könnte es ihm gelingen, unauffällig nach der Waffe zu greifen und Ingo zu treffen?

Triumphierend hält Ingo seine Pistole in die Höhe. »Weißt du, was das für eine Waffe ist? Meine alte Sig Sauer. Bozanski hat sie ordentlich gepflegt, hätte ich ihm gar nicht zugetraut.«

Benedikt spürt, wie der Angstschweiß auf seiner Stirn prickelt. Im Zeitlupentempo schiebt er seine rechte Hand Richtung Waffenholster. Dabei ist ihm nur zu bewusst, dass Ingo ihn nicht aus den Augen lässt. Er muss etwas sagen, damit Ingo sich auf sein Gesicht und nicht auf seine Hände konzentriert.

»Du solltest noch mal überlegen, ob dein Plan wirklich so wasserfest ist, wie du glaubst. Ich denke nämlich nicht…« Noch zehn Zentimeter trennen ihn von der Walther. Er muss es einfach versuchen, das ist seine letzte Chance.

»Lass das, Hände in den Nacken, sofort.« Ingo feuert die Pistole ab, einmal und dann noch einmal. Die Kugeln schlagen rechts und links neben Benedikts Füßen in den Boden. Seine Hände fliegen wie von selbst nach oben, anscheinend ist er alles andere als ein abgebrühter Hund, der auch in Extremsituationen klar denken und vor allem handeln kann.

»Bozanski hat genauso fassungslos aus der Wäsche geguckt wie du gerade. Damit, dass ich eines Tages genug haben könnte von seinen ewigen Erpressungen, hat er nicht gerechnet. Ich habe ihn abgeknallt und meine alte Dienstwaffe wieder an mich genommen.«

»Du hast dich krankgemeldet und bist nach Lilienthal gefahren. Dort hast du dich mit Bozanski verabredet«, flüstert Benedikt entsetzt. »Zuerst hast du ihn und dann die Vermieterin der Ferienwohnung getötet.«

»Es musste sein. Sie stand vor seinem Bett, als ich sein Gepäck holen wollte. Sie hätte mich jederzeit identifizieren können.«

»Irgendwann kommt das raus, Ingo, spätestens, wenn die Kollegen in Osterholz an Bozanskis Telefondaten kommen.«

»Glaubst du, ich bin blöd? Sein Handy ist zerstört. Niemand kennt die Nummer, weil niemand weiß, unter welchem Namen er gelebt hat. Und seine Leiche werden sie auch nicht finden, dafür habe ich gesorgt.«

»Du hast auch auf Viola Engels geschossen.« Benedikts Stimme ist nur noch ein heiseres Krächzen.

»In dem Glauben, dass ich Amy Maiwald ausschalten kann.« Trotzig schiebt er den Unterkiefer vor. »Ich tu das nicht für mich. Glaub mir, wenn du Kinder hättest, würdest du mich verstehen.«

O Gott, wie soll er diesen Irren aufhalten? Benedikt verflucht sich dafür, dass er ohne Begleitung mit Ingo hier rausgefahren ist. Niemand weiß, wo sie sich befinden. »Es geht also um Leni.« Am liebsten würde er sich mit der flachen Hand vor die Stirn schlagen, aber er darf sich ja nicht rühren. Wie konnte er das nur übersehen? Es ging die ganze Zeit um

Leni. Schon damals. »Leni ist nicht euer leibliches Kind. Das blonde Haar…« Fassungslos schüttelt er den Kopf. »Darum ist Bozanski uns durch die Lappen gegangen. Er hatte dich in der Hand, und du musstest ihn entkommen lassen.«

»So ist es, ich konnte nicht anders handeln. Wir geben Leni nicht wieder her, sie ist unsere Tochter, egal, von wem sie abstammt.«

»Ich verstehe dich, Ingo. Aber willst du für den Rest deiner Tage mit der Angst leben, dass deine Tochter erfährt, was du getan hast?«

»Halt die Fresse. Ich hasse dein borniertes Gequatsche, damit gehst du mir schon ewig auf den Keks. Schon damals. In den ersten Wochen war es meine größte Angst, dass du misstrauisch werden könntest. Aber ganz so schlau, wie du immer tust, bist du dann ja doch nicht. Wie hätte ein Hänfling wie Bozanski einen Polizisten überwältigen und entwaffnen sollen? Hast du dir wirklich nie die Frage gestellt?« Ehe Benedikt antworten kann, redet er weiter, inzwischen so erregt, dass kleine Speicheltröpfchen durch die Luft fliegen. »Nein, hast du nicht. Im Gegenteil, meine vermeintliche Niederlage bestätigte nur das Bild, das du von mir hattest. In deinen Augen war ich ein unfähiger Trottel, ein einfältiger Familienvater, ein Weichei, das nichts bei der Polizei verloren hat. Glaubst du, ich habe nicht gemerkt, wie du innerlich die Augen verdreht hast, wenn ich mal ausnahmsweise von zu Hause erzählt habe? Mister Superbulle!«, lacht er höhnisch. »Einer wie du hat gar keine Ahnung vom echten Leben, was es bedeutet, für andere verantwortlich zu sein. Vor einem Jahr hat Bozanski Leni abgepasst. Er wollte ihr einreden, dass sie von seinem Blut ist und über Heilkräfte verfügt. Seine legitime Nachfolgerin sollte sie werden. Kannst du dir vorstellen, was das für ein Gefühl war?

Wie lange wir gebraucht haben, ihr diesen Mist auszureden? Damals hab ich beschlossen, dass Bozanski verschwinden muss und mit ihm alle, die Leni gefährlich werden können.«

»Was, wenn ich schwöre, den Mund zu halten? Ich meine es ernst, Ingo«, versichert Benedikt. Er nickt in Richtung des Toten. »Der Mann ist kriminell, ein Entführer. Mit seinem Tod kann ich sehr gut leben.«

»Und Amy, die in Wahrheit Rose heißt, könntest du auch damit leben, dass sie gleich sterben wird? Ich glaube nicht. Früher oder später wirst du den Mund aufmachen, weil du nicht anders kannst. Tut mir leid, du musst sterben. Ich werde alles Bozanski in die Schuhe schieben. Der böse Bozanski war hier und hat euch alle erschossen. Die Ballistiker werden das bestätigen.«

Reden kann man mit Ingo offenbar nicht, das ist Benedikt jetzt klar. Seine einzige Chance ist die Dienstwaffe. Wenn es ihm jetzt gelingt, die Walther rauszuziehen und sofort abzufeuern, könnte es klappen.

Jetzt oder nie, das ist die letzte Gelegenheit, mit dem Leben davonzukommen. Eigentlich ist er bereits tot. Sein Arm schwingt nach unten, Ingo schreit: »Verdammter Idiot!«, und schießt. Benedikt spürt einen furchtbaren Schmerz und dann nichts mehr.

89 MARCO

Nicht eine Sekunde hat Marco ernsthaft in Erwägung gezogen, der alten Revierförsterei fernzubleiben. Nach seinem Gespräch mit dem Polizisten ist er schnurstracks zurückgefahren, hat den BMW wieder auf dem

Waldweg versteckt und sich genau wie vorhin im Schutz der Büsche und Bäume angepirscht.

Im ersten Moment war er stinksauer, dass nur zwei Polizisten in Zivil vorgefahren sind. Dann allerdings haben die Ereignisse sich überschlagen. Und jetzt weiß er nicht, wie er reagieren soll. Amy ist in dem Haus, ihr Entführer tot und der Bulle, der ihr nach Lilienthal nachgereist ist, ebenfalls. Der zweite Polizist rennt mit gezückter Pistole ums Haus und hämmert gegen die verbretterten Fenster. »Frau Maiwald, machen Sie auf, es besteht keine Gefahr mehr!«

Wäre er bewaffnet, könnte Marco etwas unternehmen, aber so käme es einem Selbstmord gleich, sich aus der Deckung zu wagen. Schließlich ist er Zeuge von zwei kaltblütigen Morden.

Was tun? Am besten holt er erst mal Hilfe. Er zieht sein Handy aus der Hosentasche, stellt den Ton aus, wählt den Notruf und schildert flüsternd die Ereignisse.

Soll er warten, bis die Polizei eintrifft? Nein, Amy könnte jederzeit auf die Idee kommen, die Tür zu öffnen. Und das wäre ihr Tod. Müssen Polizisten nicht bewaffnet sein? Alle? Irgendwie muss er es zu dem toten Kramer schaffen. Egal, wie widerwärtig es auch sein mag, eine Leiche zu durchsuchen, er braucht eine Waffe. Der andere Bulle schreit immer noch, dass Amy rauskommen soll, und schaut dabei nicht in Marcos Richtung. Genau der richtige Moment, um seine Deckung zu verlassen. Er lässt sich auf alle viere nieder und robbt durch das Gras, trotz seiner Aufregung im Zeitlupentempo, weil ihm klar ist, dass jede schnelle Bewegung Aufmerksamkeit erwecken und sein Ende bedeuten kann. Als er den Wagen erreicht, der ihm Sichtschutz bietet, atmet er auf.

Benedikt Kramer liegt auf der Seite, die Augen geschlossen. Nichts ist für Marco so albtraumhaft wie der Blick in die

Augen eines Toten. Er drückt sich ganz flach auf den Boden und schiebt den rechten Arm nach vorn, bis seine Fingerspitzen die Jacke des Polizisten berühren. Ein leises Stöhnen lässt ihn erschrocken nach Luft schnappen. Kramer ist nicht tot, aber sein verzerrtes Gesicht verrät, welche Schmerzen er gerade erleidet. Blut dringt aus zwei Wunden im Oberkörper, die höchstens zwei Zentimeter auseinanderliegen. Die Lunge ist in jedem Fall getroffen, vielleicht auch das Herz.

»Ich brauche Ihre Waffe«, raunt Marco.

»Aufpassen«, stöhnt der Polizist, bevor seine Augen wieder zufallen.

In diesem Moment bellt ein Hund, sehr laut und sehr nah. Im nächsten Moment tritt der komische Kauz, den Marco vorhin schon gesehen hat, aus dem Wald, er und sein Hund, der diesmal nicht angeleint ist. Der Polizist fährt auf dem Absatz herum, erschrocken. Die Hand mit der Pistole schwankt hin und her, für einen Moment weiß er nicht, auf wen er schießen soll, auf den Hund, der mit großen Sätzen auf ihn zuspringt, oder auf den Mann, der mit einem Gewehr auf ihn zielt. Das ist die Gelegenheit für Marco, Kramers Pistole an sich zu nehmen.

Inzwischen hat der Schäferhund den Polizisten beinahe erreicht, er setzt zum Sprung an, ein Schuss knallt, doch der Hund scheint nicht getroffen zu sein. Marco kann gerade noch die gefletschten Zähne des Tiers erkennen, dann verknäulen der Mann und der Hund sich ineinander und gehen gemeinsam zu Boden. Die Kugel aus Mensch und Tier rollt hin und her, man sieht schwarzes Fell, eine grünliche Jacke und Blut. Der Hund knurrt bedrohlich, der Mann schreit gellend auf, dann fällt ein weiterer Schuss, und der Mann schleudert den leblosen Hundekörper mit einer heftigen Bewegung von sich.

»Harras«, heult der Hundebesitzer auf. Den Rest kann Marco kaum verstehen. Der Mann scheint zu glauben, dass der Tod des Schäferhundes den Tod seiner Viola bedeutet. Damit muss er die Frau meinen, die vor Amys Tür niedergeschossen wurde. Ihre Schwester, die jetzt angeblich sterben muss, weil ihr Hund nicht mehr lebt.

90 BEATE ELBREDER

Beate will gerade runter in die Kantine gehen, als ihr Telefon klingelt. Die Kollegen aus Bremen teilen ihr mit, dass die Frau soeben gestorben ist. Völlig unerwartet hat das Herz ausgesetzt, und alle Reanimierungsversuche sind erfolglos geblieben.

»Keiner hier versteht das«, seufzt die Kollegin. »Es hieß doch, sie wäre außer Lebensgefahr. Und dann macht das Herz nicht mehr mit, einfach so. Schrecklich.«

Nachdem sie sich bedankt hat, legt Beate auf. Was für eine furchtbare Geschichte. Zwei Schwestern verlieren sich aus den Augen, und als sie sich zwölf Jahre später wiederfinden, stirbt eine von beiden, bevor es zu einem Treffen kommt. Noch immer haben sie keinen Anhaltspunkt gefunden, woher Viola Engels gekommen ist, wie sie all die Jahre verbracht hat. Keine Papiere, kein Handy, nicht mal eine Fahrkarte, nichts. Nur diese uralte Pistole, deren Besitzer sich nicht mehr ermitteln lässt, und Kleidung zum Wechseln, genauso altmodisch wie das, was sie am Körper trug. Als wäre sie direkt aus der Vergangenheit gekommen, um sich zu rächen. Ein Gedanke, der sogar einer pragmatischen Frau wie Beate ein wenig unheimlich ist.

Nachdenklich schaut sie auf ihren Computerbildschirm. Eine Mail aus Mannheim weckt ihr Interesse. Die Mannheimer Kollegen haben in Bozanskis Wohnung eine Liste mit Namen, Adressen und Telefonnummern gefunden. Darunter steht: *Wenn Sie das hier finden, bin ich nicht mehr am Leben. Nachfolgend liste ich die Namen aller Menschen auf, die als Täter infrage kommen.* Es folgen acht Namen, außerdem Geburtsdaten und Geschlecht der Kinder, die sie von Bozanski bekommen haben.

Thomas Grothbeer gehört also zu den Menschen, die ein Baby von dem dubiosen Heiler »gekauft« haben, anders möchte sie das nicht nennen. Ein zweiter Name ist ebenfalls schon in den Akten aufgetaucht. Sie greift zum Telefon, doch Benedikt Kramer ist nicht zu erreichen. Das passt überhaupt nicht zu ihm. Kurz entschlossen lässt sie sich zu seiner Dienststelle durchstellen.

91 MARCO

Mit wutverzerrtem Gesicht zielt der Mann aus dem Wald auf den am Boden liegenden Polizisten. Er wird ihn erschießen, daran besteht für Marco kein Zweifel, und er denkt im Traum nicht daran, ihn aufzuhalten.

Doch im letzten Moment überlegt der Mann es sich anders. Er lässt das Gewehr sinken, dreht es um und schlägt, ohne zu zögern, mit dem Gewehrkolben auf ihn ein. Als er den Kopf trifft, meint Marco, Knochen brechen zu hören. Das hält den Mann nicht davon ab, weiter auf den Polizisten einzuprügeln. Marco muss die Augen schließen, weil er den

Anblick nicht erträgt. Plötzlich knallt ein Schuss, und als er die Augen aufreißt, hält der Polizist, der immer noch am Boden liegt, die Pistole in der Hand, und der Hundebesitzer liegt reglos auf dem Rücken.

Oberkommissar Wenzel, jetzt fällt ihm der Name wieder ein, kämpft sich stöhnend auf die Beine. Mit dem linken Fuß versetzt er dem Hundemann einen Tritt, aber der rührt sich nicht mehr. Scheint so, als wären beide tot, Hund und Herrchen. Mühsam schleppt er sich zum Haus, er stützt einen Arm am Türrahmen ab und brüllt: »Mach auf, Amy, es droht keine Gefahr mehr. Wir fahren jetzt runter zum Präsidium.«

Ohne nachzudenken, springt Marco hinter dem Wagen vor. »Nein, Amy, bleib drinnen!« Er richtet Kramers Pistole auf den Polizisten. »Waffe fallen lassen! Ich werde nicht zögern zu schießen.«

Kommissar Wenzel dreht sich langsam um. Aus seinen Augen spricht der blanke Wahnsinn. Er wird nicht aufgeben, nicht, bevor er tot ist.

Jetzt erst sieht Marco, wie entsetzlich er zugerichtet ist, überall offene Wunden und Blut. Er schafft es kaum noch, sich auf den Beinen zu halten, und sackt schließlich in sich zusammen, die Pistole immer noch fest umklammert. Marco fragt sich, ob er tot ist oder nur bewusstlos, doch er bringt es nicht über sich, ihn zu berühren und nach einem Puls zu tasten, sondern nimmt nur vorsichtig die Pistole aus seiner Hand.

92 AMY

»Amy, ich bin es, Marco. Alles gut, du kannst die Tür aufmachen.«

Ich weiß nicht, woher Marco kommt, wie er wissen konnte, wo ich bin. Aber er ist da. Mit zittrigen Fingern schließe ich auf. Bei seinem Anblick bringe ich vor lauter Heulen kein klares Wort heraus. Er versteht mich auch so und nimmt mich einfach in seine Arme.

»Alles ist gut«, flüstert er, und ich nicke, weil ich ihm so gern glauben möchte.

Ich spüre, dass auch er am ganzen Körper zittert, und frage mich, wer sich an wem festhält. Eine ganze Weile bleiben wir so stehen, versunken ineinander und schweigend. Sein Daumen streicht sanft über meine Wange, meine rechte Hand liegt dort, wo ich seinen Herzschlag spüren kann, der sich nur langsam beruhigen will.

»Hat er dir was getan?«, will er irgendwann wissen, und ich brauche einen Moment, um zu begreifen, von wem er spricht.

»Du meinst Thomas? Nicht wirklich. Nachdem er die Wahrheit kannte, wollten wir gemeinsam das Haus verlassen. Aber dann ist die Polizei aufgetaucht. Die haben ihn einfach erschossen«, schluchze ich auf. »Ohne Grund, einfach so. Und mich hätten sie auch getötet, wenn ich nicht so schnell die Tür zugeschlagen hätte.«

Ich spüre, dass sich etwas verändert. Ein Ruck geht durch Marcos Körper, und sein Blick richtet sich auf einen Punkt über meinem Kopf.

»Beweg dich nicht«, raunt er mir zu.

Ganz langsam hebe ich den Kopf. Neben Marcos Schulter taucht das auf, was von dem Gesicht des Polizisten übrig geblieben ist. Sein rechtes Auge starrt mich blutunterlaufen an, das linke ist völlig zugeschwollen. Aus einer tiefen Fleischwunde unterhalb des linken Auges sickert Blut. »Geh zur Seite«, fährt er Marco an.

»Nein. Vorher müssen Sie mich erschießen.« Marco zieht mich noch fester an seinen Körper.

Der Polizist bewegt sich nach rechts, und ich sehe eine Pistole in seiner rechten Hand, die so wackelt, dass er sie mit der linken abstützen muss.

Es ist vorbei, denke ich, als Marco urplötzlich herumschnellt und ihm die Waffe aus der Hand tritt. Der Polizist schreit auf und geht in die Knie, bevor Marcos Schuh ihn ein weiteres Mal trifft, diesmal am Hals, wo es aussieht, als hätte jemand ein Stück Fleisch herausgerissen. Er schreit, wie ich noch nie einen Menschen habe schreien hören, aber Marco macht einfach weiter. Ich muss ihn fortziehen, damit er aufhört.

»Ich bin so ein Idiot!«, stößt er hervor. »Ich hätte ihn nach einer weiteren Waffe durchsuchen müssen.«

Und dann dringt das wunderbarste Geräusch, das man in so einem Moment hören kann, in meine Ohren, eine ganze Sinfonie aus Martinshörnern.

Schwer bewaffnete Polizisten mit schusssicheren Westen stürmen auf das Haus zu, und Marco schreit, dass draußen Benedikt liegt, schwer verletzt, aber noch am Leben. Dann wird es ganz leise um mich herum, alles verschwimmt, und als ich wieder zu mir komme, liege ich in einem Krankenwagen und Marco hockt auf einem Sitz neben der Tür. Sein Kopf ist nach vorn gesackt, als würde er schlafen.

93 AMY

Hinter uns liegen zwei anstrengende Tage. Man hat uns praktisch rund um die Uhr verhört. Immer wieder müssen wir dasselbe erzählen. Abends bringt man uns in ein Hotel. Heute ist unsere letzte Nacht hier, morgen geht es zurück in den Norden. Ich werde zum ersten Mal mit dem roten BMW fahren, *mit unserem Auto,* wie Marco vorhin gesagt hat. Ich wünsche mir, dass seine Worte das bedeuten, was ich heraushöre, aber ich bin mir nicht sicher und wage nicht zu fragen, wie es mit uns weitergeht, ob es überhaupt weitergeht.

Marco hat geduscht, das Wasser perlt von seinem nackten Oberkörper, und er trägt nur ein weißes Handtuch. Ich bemühe mich, nicht in seine Richtung zu gucken. Es tut weh, sich vorzustellen, dass ich ihn zum letzten Mal so sehe.

»Amy, komm mal her. Ich möchte dich etwas fragen.«

Bilde ich mir ein, dass er verlegen ist, unsicher? Falls ja, ist das kein gutes Zeichen. Wird er mich bitten, mit dem Zug zu fahren, weil Janine ihn zu Hause erwartet?

Ich bringe keinen Ton heraus, als ich seine warmen Hände auf meinen Schultern spüre. »Ich möchte dich fragen, Amy, ob du meine Frau bleiben willst. In den letzten Tagen habe ich so unglaublich viel Neues über dich erfahren. Du bist keine kleine Elfe, die beim leisesten Windhauch umfällt. Du bist eine Kämpferin, unglaublich stark und mutig. Und jetzt habe ich mich noch mal in dich verliebt, noch viel mehr als beim ersten Mal. Ich wäre überglücklich, wenn wir noch mal neu anfangen könnten. Ohne Lügen. Du und ich. Willst du?«

Mein Ja klingt wie ein Schluchzen. Wir gehen nicht mehr essen, weil wir lieber allein sein wollen. Ich fühle mich an unseren Anfang erinnert, an die Tage, an denen wir gar nicht aus dem Bett kamen. Aber diesmal ist es anders, es gibt keine Fragen mehr, keine Unsicherheit, nur dieses wohlige Miteinander-Verschmelzen, eins werden. Wir schlafen miteinander, langsam und voller Liebe, und danach liegen wir auf dem Rücken, den Blick zur Decke gerichtet, und halten uns an den Händen. Endlich erzählen wir all das, was wir uns längst hätten erzählen sollen. Der Wecker zeigt halb drei, als mir die Augen zufallen.

Ich bin glücklich. Keine Ahnung, ob jemand, der nicht dasselbe erlebt hat wie ich, sich vorstellen kann, wie wunderbar es ist, ohne Angst einzuschlafen, zu wissen, dass morgen alles genauso gut sein wird wie heute. Kein Verstecken mehr, keine Angst davor, dass jemand etwas über mich herausfindet, das er nicht wissen darf. Es fühlt sich an, als würde ich in ein Kissen aus Daunen sinken, watteweich.

Ich bin immer noch eine verheiratete Frau, mein Mann kennt all meine Geheimnisse, dennoch liegt er neben mir und hält mich fest.

94 BENEDIKT KRAMER

Seit zwei Tagen geht es Benedikt besser. Er steht nicht mehr rund um die Uhr unter Morphium, das Essen schmeckt wieder einigermaßen, und er freundet sich langsam mit dem Gedanken an, nicht mehr in den Dienst zurückzukehren. Einen Lungenflügel hat er eingebüßt, aber er wird lernen, mit dieser Beeinträchtigung klarzukommen.

Es klopft. Wenn es Anita ist, wird er wieder so tun, als

würde er mitten im Gespräch einschlafen. Doch zu seiner Überraschung tritt Beate Elbreder ein.

Sie war beim Friseur, die Haare sind deutlich kürzer als in seiner Erinnerung, aber er würde nicht behaupten, dass sie besser aussieht als vorher. Blumen hat sie auch dabei, gelbe Chrysanthemen.

»Ich habe Urlaub und dachte, ich schau mal, wie es diesem nervigen Kollegen aus NRW geht.« Grinsend zieht sie einen Stuhl heran und setzt sich breitbeinig darauf. »Wie geht es Ihnen, Herr Kramer?«

»Es heißt, ich hätte großes Glück gehabt. Immerhin lebe ich noch.«

Sie greift in die Tasche ihrer Jacke und holt eine bunte Dose aus Blech hervor, die – welche Überraschung – Salmiakpastillen enthält. Diesmal bietet sie ihm sogar eine an, aber er verzichtet dankend.

»Ich weiß ja, dass dieser elende Fall Sie über viele Jahre beschäftigt hat. Also habe ich beschlossen, Ihre Wissenslücken aufzufüllen.« Sie kratzt sich am Hinterkopf. »Dass Ihr Kollege Ingo Wenzel diesen Bozanski seinerzeit entkommen ließ, wissen Sie ja inzwischen. Neu für Sie dürfte sein, dass Roman Bozanski in seiner Mannheimer Wohnung eine Liste hinterlassen hat. Für den Fall seines Todes war es ihm wichtig, dass die Namen aller Elternpaare, denen er seine leiblichen Nachfahren untergejubelt hat, publik werden, mit Adresse, Geschlecht und Geburtsdaten der Kinder. Eine letzte Gehässigkeit, wenn Sie so wollen. Er hat die armen Leute regelmäßig angerufen und sich ausführlich nach den Kindern erkundigt. Hat wohl gehofft, dass eins der Kinder sich zu einem zweiten Wunderheiler entwickelt und sein Erbe antreten kann.« Sie lacht spöttisch. »Und bei der Gelegenheit hat er Geld kassiert, Schweigegeld, das alle zähneknirschend bezahlt haben. Keine riesigen Summen, aber so viel, dass er zusammen mit seinem Einkommen als Nachtportier einigermaßen über die Runden kam. Die Abnehmer der Babys wurden mit Bedacht ausgewählt, sie mussten vermögend sein und eine gesellschaftliche Stellung innehaben, in der sie sich keinen Skandal leisten konnten. Ein Richter, ein Diplomat, eine Gymnasiallehrerin, ein Unidozent, ausgerechnet für Jura... dann natürlich Ihr Kollege. Die Staatsanwaltschaft hat allen Elternpaaren zugesagt, dass sie die Kinder behalten dürfen. Wahrscheinlich müssen Sie sich nicht mal vor Gericht verantworten.«

»Aber warum hat Ingo dann...«

»Ich denke, Ihrem Kollegen ging es nicht um das Geld. Er wollte endlich mit der Vergangenheit abschließen. Vergessen Sie nicht, dass er erheblich mehr zu verlieren hatte als alle anderen. Mit seiner Hilfe konnte Bozanski damals entkommen. Als Amy Maiwalds Foto in der BILD erschien und Bozanski noch am selben Tag bei ihm anrief, damit er ihm ihre Adresse besorgt, muss Panik bei ihm ausgebrochen sein, dass alles wieder von vorn losgeht. Er hat sich am nächsten Tag krankgemeldet und ist nach Lilienthal gestartet. Ein Hotelzimmer brauchte er nicht, die Familie besitzt ein Wohnmobil. Als Sie ihn wegen der Adresse kontaktiert haben, befand er sich nur wenige Kilometer entfernt. Es gab übrigens noch etwas, das wie ein Damoklesschwert über seiner kleinen Familie schwebte. Als er und seine Frau damals den Säugling abgeholt haben, ist er Amy Maiwald begegnet. Sie hätte ihn jederzeit identifizieren können. Plötzlich gerät diese Frau in den Fokus der Ermittlungen. Stellen Sie sich vor, sie hätte ihr Schweigen gebrochen, vielleicht sogar ein Phantombild von dem Mann erstellt, bei dem ihre Tochter lebt. Herr Wenzel muss Blut und Wasser geschwitzt haben.

Diese merkwürdige Entführung, die jetzt angeblich gar keine gewesen sein soll, bot ihm die Gelegenheit, Amy Maiwald endgültig aus dem Weg zu schaffen. Sie sollten sein Alibi sein, und dafür musste er Sie ebenfalls töten.«

»Und Bozanski?«, fragt er heiser.

Unwillig kräuselt sie die Lippen. »Der ist tot, das steht fest. Aber die Leiche haben wir noch nicht gefunden. Ihr Kollege Wenzel macht den Mund nicht auf. Als würde das etwas für ihn ändern.« Jetzt beugt sie sich vor und schaut ihn prüfend an. »Sie sehen ganz blass aus. Ich glaube, ich mach mich wieder auf den Weg.« Bevor sie die Tür hinter sich zuzieht, dreht sie sich noch einmal um. »In der Wohnung sind wir auf Fotos gestoßen. Sah nicht übel aus, dieser Bozanski.«

Benedikt traut kaum seinen Ohren. Wenn es nicht so wehtäte, würde er jetzt laut lachen. Aber dank Ingo sind Lachen und Husten zurzeit eine Tortur. Ingo. Sein ehemaliger Kollege liegt ebenfalls in der Klinik, allerdings schwer bewacht. Sobald es ihm besser geht, wird er in Untersuchungshaft überstellt. Seine Frau will nichts von seinen Plänen geahnt haben. Angeblich hat er vorgegeben, eine Auszeit zu brauchen, allein im Wohnmobil. Die Geschichte klingt nicht sonderlich plausibel, aber solange beide dabei bleiben, wird man ihr keine Mittäterschaft nachweisen können. Vielleicht ist das ja auch in Ordnung, nicht sie hat die Waffe gegen einen alten Kollegen gerichtet.

95 FRIEDHELM SCHWARZ

Seit einem Monat ist Friedhelm wieder zu Hause. Ärzte konnten ihn wieder zusammenflicken. Bei Viola ging das nicht, sie ist gestorben, ganz allein in einem fremden Krankenhaus. An manchen Tagen hasst er sich dafür, dass er ihre Reise nicht verhindern konnte. Dann muss er raus in den Wald und sich die Seele aus dem Leib brüllen. Hinterher fühlt er sich immer ein bisschen leichter.

Die Leute aus dem Dorf haben Geld gesammelt, damit Violas sterbliche Überreste – so hat es der Pastor genannt – hierher auf den Friedhof überführt werden konnten. So ist sie doch noch zurückgekommen. Geld für einen Grabstein besitzt Friedhelm nicht, aber das schlichte Holzkreuz findet er auch sehr schön.

Er besucht das Grab jeden Tag, nur heute nicht, weil Besuch da ist.

Violas Schwester Amy und ihr Mann. Sie haben Friedhelm etwas mitgebracht, einen jungen Hund.

»Eine Hündin«, sagt Amy verlegen und drückt ihm das weiche Wollknäuel in die Arme. »Sie hat noch keinen Namen.«

Zuerst will er sie nicht nehmen. Er möchte überhaupt kein Lebewesen mehr bei sich haben, jetzt, da Viola gestorben ist, aber dann steckt der kleine Hund die Schnauze unter seinen Arm, und Friedhelm steigen Tränen in die Augen, weil er für einen Moment das Gefühl hat, Viola würde ihm über die Schulter sehen.

Also lässt er den Hund da, wo er ist, und nickt. Er weiß nicht, was er mit den Besuchern anfangen soll. Am besten zeigt er ihnen den Hof und danach den Garten, obwohl es hier nicht so schön aussieht wie bei anderen Leuten und er sich ein bisschen schämt. Ohne Viola macht die Arbeit an der frischen Luft keine Freude mehr. Das sieht man den Beeten an, überall Unkraut, und die Bohnen sind am Busch verfault.

Amy tut so, als würde sie das nicht bemerken, und ihr Mann sagt sowieso kein Wort, er geht einfach neben ihr her und hält ihre Hand.

»Das erinnert mich an früher, an die Zeit, als wir noch zusammen waren, Viola, Amaryllis und ich. Bestimmt war meine Schwester hier sehr glücklich«, sagt Amy plötzlich, und sie lächelt ihn dabei an.

Die Ähnlichkeit mit Viola ist ihm ein bisschen unheimlich. Am liebsten würde er sie deshalb wegschicken. Er will nicht immer nur traurig sein. Doch er weiß nicht, wie er das sagen soll. Deshalb stapft er mit dem Hund auf dem Arm zum Haus und stößt die Tür auf. »So haben wir gewohnt.«

Im Haus ist es ziemlich dunkel, das war schon immer so, die Fenster sind klein, und draußen stehen hohe Bäume, die dem Sonnenlicht den Weg versperren. Wie eine Höhle, hat Viola mal gesagt, und dass sie sich hier geborgen fühlt.

Amy schaut sich gar nicht richtig um. Ihr Blick wandert sofort zu den Bildern, die Viola gezeichnet hat und die überall an den Wänden hängen. Sie legt den Kopf schief und lächelt. »Sie konnte schon immer so gut zeichnen«, flüstert sie und streicht behutsam mit den Fingerspitzen über ein Bild von Harras.

Ja, das findet Friedhelm auch. Er ist nicht so dumm, wie manche Leute glauben, und spürt genau, dass Amy am liebsten eines der Bilder mitnehmen würde, als Andenken an ihre tote Schwester. Aber er kann auf keines verzichten. Sie sind sein größter Schatz, das Einzige, was ihm von Viola geblieben ist, außer den Erinnerungen in seinem Kopf. Doch dann fallen ihm die beiden Bilder in Violas Nachtschrank ein. Viola wollte nicht, dass er sie zu Gesicht bekommt, und bestimmt gilt das auch über ihren Tod hinaus. Er zögert einen Augenblick, weil das, was er sich gerade überlegt hat, ihm schwerfällt, aber dann gibt er sich einen Ruck und holt die Bilder der drei blonden Mädchen.

»Hier, die können Sie haben.«

»Oh, danke, aber das ist ja…« Amy bricht in Tränen aus, sie weint so doll, dass Friedhelm nicht hinsehen mag und ihr Mann sie trösten muss. Aber sie weint vor Glück, da ist er sicher. Er hat ganz bestimmt das Richtige gemacht.

Am Ende sitzen sie draußen auf der Bank, wo sich ein paar Sonnenstrahlen einen Weg durch das Laub der Bäume bahnen und Kringel aus Licht auf den Boden malen. Amy hält die Bilder an ihre Brust gepresst, als hätte sie Angst, er könnte sie ihr in letzter Sekunde wieder entreißen, und Friedhelm streichelt den kleinen Hund.

»Willst du wirklich keines der Bilder behalten?«, vergewissert sie sich immer wieder, und er schüttelt jedes Mal den Kopf.

»Ich brauche nur die, die Viola für mich gemalt hat.«

Er ist froh, als die beiden wieder mit ihrem roten Auto wegfahren.

Jetzt ist er schon so lange traurig, dass sein Mund gar nicht mehr weiß, wie man lächelt. Doch als er der kleinen Hündin lange genug dabei zuschaut, wie sie über den Boden kugelt und versucht, in ihren Schwanz zu beißen, muss er doch schmunzeln. Wenn Viola hier wäre, würde sie jetzt laut lachen, und die Vorstellung gefällt ihm. Und ein Name für die Kleine fällt ihm bestimmt auch noch ein. Vielleicht nennt er sie einfach Amy.

96 AMY

Neun Monate sind vergangen. Wir sitzen im Auto und starren auf das Haus mit der Nummer 199. Ein schmales Reihenhaus, weiß angestrichen, mit dunklen Fensterrahmen. Die Gardinen sind aufgezogen und heißen das Tageslicht willkommen. Es ist halb acht morgens. Marcos Finger umschließen meine Hand, er weiß, wie aufgeregt ich bin.

Unsere Umzugskartons befinden sich auf dem Weg nach Griechenland. Marco wird die nächsten vier Jahre auf Kreta seinen Dienst leisten, dort gibt es einen NATO-Stützpunkt, wo auch deutsche Soldaten stationiert sind.

Was ich in Griechenland machen werde, weiß ich noch nicht. Der Abschied von der Kita ist mir schwergefallen, aber es ist Zeit für etwas Neues, diesmal etwas Echtes, Wahres. Aus mir ist wirklich Amy Maiwald geworden, eine Soldatenfrau, die froh ist, dass ihr Mann nicht in ein Kriegsgebiet muss. Ich ziehe mich anders an, enge Jeans, bunte Shirts, manchmal sogar ein bisschen verrückt. Ich lackiere meine Nägel und schminke mich. Manchmal komme ich mir vor wie ein Teenie, der versucht, möglichst erwachsen auszusehen. Marco gefällt das.

Jetzt öffnet sich die Haustür, und ein Mädchen kommt heraus. Ihr Haar ist so weißblond wie meins, aber sie ist größer als ich und nicht so dünn, wie ich in dem Alter war. Meine Tochter.

Leni dreht sich um, weil ein Hund bellt. Ein Collie springt aus der Tür, sie geht in die Knie und umarmt ihn stürmisch. Dann ruft sie ungeduldig: »Mama, hol Flora rein, ich muss los!«

Im Türrahmen erscheint eine Frau, Susanne Wenzel. Man

sieht ihr an, welch schwere Last sie zu tragen hat. Sie hat das Haus in der Eifel verkauft und ist nach Flensburg gezogen, in der Hoffnung, dass niemand sie erkennt. Ich glaube nicht, dass es funktioniert. Der Prozess gegen ihren Mann wird nächste Woche eröffnet.

Mit leiser Stimme fordert sie den Hund auf, wieder ins Haus zu kommen. Es ist deutlich zu sehen, dass er eine Weile überlegt, ob er gehorchen oder Leni nachlaufen soll. Schließlich ist es das strenge »Rein jetzt!« meiner Tochter, das ihn Richtung Haus trotten lässt.

Frau Wenzel hebt langsam die rechte Hand, als wollte sie winken, überlegt es sich aber im letzten Moment anders. Doch ihre Blicke folgen Leni, die sorgfältig die Gartenpforte verschließt, den dunkelblauen Rucksack mit den Schulsachen lässig über eine Schulter geworfen. Wahrscheinlich ist es gerade cool, ihn so zu tragen.

Inzwischen steht Leni nur noch wenige Meter von unserem Auto entfernt. Ich gebe meinen Vorsatz auf, sie nur aus der Ferne zu beobachten, steige aus und gehe langsam auf sie zu, ich kann nicht anders. Erstaunt schaut sie mir entgegen. Auf halbem Weg bleibe ich so abrupt stehen, als wäre ich gegen eine unsichtbare Mauer gelaufen. Bozanskis Augen. Bozanskis Mund. Sogar ihre Art, sich zu bewegen, diese ausholenden Schritte, erinnert mich an ihn. Natürlich ist mir bewusst, dass jeder Mensch Anteile von Vater und Mutter in sich trägt, dennoch bin ich schockiert. In all den Jahren, in denen ich diesen Moment herbeigesehnt habe, wäre mir nie in den Sinn gekommen, dass mein Kind mich mit Bozanskis Augen ansehen könnte. Sie wirkt irritiert, aber nur ganz kurz, dann stolziert sie hoch erhobenen Hauptes an mir vorbei und zischt: »Verräterin.«

Sie weiß, wer ich bin.

Verwirrt drehe ich mich um und schaue ihr nach. Aus dem übernächsten Haus kommt ein anderes Mädchen, offenbar eine Schulfreundin, Küsschen links, Küsschen rechts, Kichern.

»Du, Leni«, höre ich. »Ich hab wieder solche Kopfschmerzen. Kannst du das mit deiner Hand noch mal machen? In der ersten Pause auf dem Mädchenklo? Bevor wir die Französischarbeit schreiben? Bitte.«

Leni dreht den Kopf und schaut mir direkt in die Augen, stolz und provokativ. Dann machen die beiden sich auf den Weg, zwei unbeschwerte Teenager.

Frau Wenzel steht jetzt an der Gartenpforte. Sie schaut den Mädchen hinterher, dann dreht sie den Kopf und inspiziert den Bürgersteig und die parkenden Autos. Ich fühle mich an mich selbst erinnert, an meinen Zwang, ständig die Umgebung zu kontrollieren und auf potenzielle Feinde abzusuchen. Wahrscheinlich fürchtet sie sich vor neugierigen Journalisten, die ihre Geschichte ausschlachten wollen, gerade jetzt, so unmittelbar vor dem Prozessbeginn. Ihr Blick bleibt an unserem BMW hängen, an dem Nummernschild. Ich kann sehen, wie sie zusammenzuckt und sich eilig zum Gehen wendet.

Ohne nachzudenken, rufe ich ihren Namen.

Zuerst tut sie so, als hätte sie mich nicht gehört, und strebt mit großen Schritten Richtung Haustür, doch dann überlegt sie es sich anders und kehrt wieder um. »Lassen Sie uns in Ruhe. Leni hat genug mitgemacht.«

Ich gehe bis zur Pforte, die ich allerdings nicht öffne. »Ich wollte nur einziges Mal meine Tochter sehen.«

»Ihre Tochter? Sie haben Ihr Baby damals an den Meistbietenden verschachert. Ich denke nicht, dass Sie sich als Lenis Mutter bezeichnen dürfen«, fährt sie mich an.

Mir ist sofort klar, dass der barsche Ton nur die Angst überdecken soll, die ich in ihren Augen erkenne.

»So war es nicht. Ich glaube, das wissen Sie auch«, sage ich leise. Und dann bin ich plötzlich wütend, weil diese Frau kein Recht hat, so herablassend mit mir zu reden. »Ich könnte ein Besuchsrecht erzwingen. Schließlich haben Sie mir mein Kind einfach weggenommen und sich damit strafbar gemacht.«

Ihre Abwehr fällt in sich zusammen. Sie presst eine Hand vor den Mund und würgt ein jämmerliches »Bitte nicht« hervor. »Dann wäre alles umsonst gewesen.«

»Keine Sorge«, sage ich müde. »Mein Mann und ich gehen ins Ausland. Ich wollte sie wirklich nur sehen, ein einziges Mal.«

Es irritiert mich, dass ich nicht so traurig bin, wie ich es mir vorgestellt habe. Leni ist mir fremd. Ich könnte sie niemals anschauen, ohne an Bozanski zu denken. Mag sein, dass ich sie trotzdem lieben könnte, schließlich habe ich sie geboren, aber nicht so sehr wie diese Frau, die sie aufgezogen hat und der ich sie mit Gewalt entreißen müsste. Das würde meine Tochter mir nie verzeihen.

Und dann steht Marco neben mir. Er legt seinen Arm um meine Schultern und flüstert, dass es Zeit ist aufzubrechen.

Es gibt nicht viel, das mir wichtig genug ist, um es mit nach Griechenland zu nehmen. Meine Kleidung natürlich, meine Zeugnisse und ein Fotobuch, das die Jahre in der *Villa Kunterbunt* festhält, ein Abschiedsgeschenk der Kollegen. Doch egal, wohin unser Weg uns auch führen mag, Violas Zeichnungen von den drei blonden Mädchen, die einander an den Händen halten und noch nicht ahnen, was ihnen bevorsteht, werden mich immer begleiten.